HARDY PUNDT

# Memmert-sand

HARDY PUNDT

# Memmert-sand

ROMAN

GMEINER

Dieser Roman ist eine fiktionale Darstellung und enthält sowohl erfundene Elemente und Dialoge als auch reale historische Persönlichkeiten und Ereignisse. Jegliche Ähnlichkeiten mit lebenden oder toten Personen, die über die bewusst verwendeten historischen Figuren hinausgehen, sind rein zufällig und nicht beabsichtigt.






Im Ehnried 5, 88605 Meßkirch
Telefon 07575/2095-0
info@gmeiner-verlag.de

1. Auflage 2024

Herstellung: Mirjam Hecht
Umschlaggestaltung: U.O.R.G. Lutz Eberle, Stuttgart
unter Verwendung des Bildes von: © Reproduktion aus: Otto Leege, »Werdendes Land in der Nordsee«, erschienen im »Verlag Hohenlohesche Buchhandlung Ferd. Rau«, Oehringen, 1935, Foto Prof. Dr. Georg Wagner, Stuttgart
Druck: GGP Media GmbH, Pößneck
Printed in Germany
ISBN 978-3-8392-0712-3

*Für Antje (1960–2024)*

# KARTE

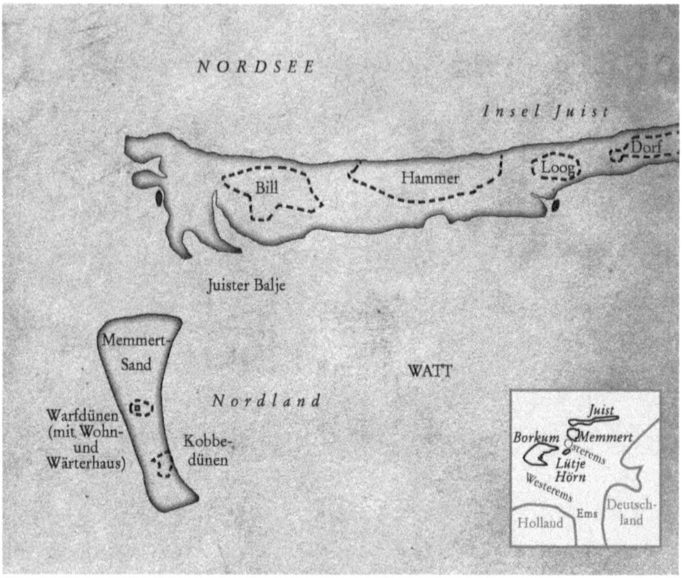


Memmertsand, 1891

1586 nehmen holländische Geografen »de Meem«, den Memmert, auf eine Seekarte auf. Eine Karte von 1720 nennt ihn »Memer Sandt«, um 1828 heißt er bereits »Memmert«, wird jedoch noch lange Zeit meistens als »Memmertsand« bezeichnet. 1650 wird Memmert in einer amtlichen Beschreibung der ostfriesischen Inseln als Sandbank erwähnt, »die nicht mehr bei einer gemeinen Flut unterläuft und stellenweise Bewuchs trägt«.

# VORBEMERKUNG DES AUTORS

Dieses Buch enthält zahlreiche Dialoge. Natürlich sprach man zwischen dem 19. zum 20. Jahrhundert in anderer Weise und verwendete vielfach Worte, insbesondere in den sogenannten höheren Bildungskreisen, die heute nicht mehr gebräuchlich sind. Des besseren Verständnisses und der einfacheren Lesbarkeit wegen orientiert sich der Roman an der Sprache der Gegenwart.

# PROLOG

»Connors, habe ich mich nicht unmissverständlich ausgedrückt?«, donnerte Kapitän Turley.

»Sir«, konterte Connors, »bei aller Ehrerbietung, aber die Mannschaft ist unzufrieden. Sie wird sich auflehnen. Es ist …«

»Halten Sie den Mund! Auflehnen? Dass ich nicht lache!«, schrie der Kapitän. »Wenn wir am Ziel sind, bekommt die Mannschaft ihre Heuer. So lange gibt es zu essen, was auf den Tisch kommt, und die Männer tun gefälligst ihre Arbeit. Schluss jetzt.« Turley wandte sich zum Gehen, doch der Zweite Offizier gab nicht auf.

»Ich glaube, Sir«, er machte eine Pause, denn er wusste, was es bedeutete auszusprechen, was aus seiner Sicht ausgesprochen werden musste, »es wird Ärger geben, wenn Sie diesen Befehl nicht revidieren.«

»Was faseln Sie da?«, Turley hielt sich sichtlich im Zaum. Bei einem Choleriker wie ihm musste man aufpassen, was man sagte. »Schenken Sie Rum aus. Wenn die Männer saufen, sind sie zufrieden.«

»Nicht einmal Rum wird helfen, Sir«, insistierte Connors. »Es gibt einen Beschluss innerhalb der Mannschaft …« Connors wurde jäh unterbrochen.

»Beschluss?« Kapitän Turley trat nah an seinen Zweiten Offizier heran. »Sind Sie wahnsinnig, Connors? Seit wann beschließt die Mannschaft irgendetwas? Sie wagen es doch wohl nicht …« Turley atmete tief durch, dann presste er durch die Lippen: »Hören Sie, auf der Braganza beschließt nur eine Person etwas. Und die bin ich. Auf einem Schiff«, wieder musste der Kapitän an sich halten, um nicht vollends in Raserei zu geraten, »ist der Kommandant derjenige, der die Befehle gibt. Daher die Bezeichnung.« Er lächelte hämisch.

Connors schwieg.

»Bitte verlassen Sie jetzt meine Kajüte. Ich will darüber hinwegsehen, dass Sie sich tatsächlich beinahe hätten hinreißen lassen, zum Spielball der Mannschaft zu werden. Schwach, Connors, schwach. Wären wir auf einem Kriegsschiff … ach … die Handelsmarine ist eben viel zu nachlässig. Sorgen Sie lieber für Ordnung auf diesem Schiff. Es geht zu lasch zu. Nehmen Sie sich ein Beispiel am Ersten Offizier, Mister Smith. Der greift durch, wenn es sein muss. Wenn Kapitän und Offiziere nicht an einem Strang ziehen, verkommt die Disziplin! Und nun raus hier.«

»Herr Kommandant …« Connors nahm Haltung an.

»Raus, verdammt noch mal, das Gespräch ist beendet.«

Connors hatte sich bereits umgedreht, als der Kommandant nochmals ansetzte.

»Ach, beinahe hätte ich es vergessen. Der Kurs wird gehalten. In einer halben Stunde bin ich an Deck.« Er brummelte noch etwas Unverständliches, schloss dann: »Noch etwas. Sollte Ihnen die Bestrafung von Mister Deweys nicht behagen, lassen Sie sich gesagt sein, dass ich Deweys seit jeher für einen Nichtsnutz halte. Er ist faul, andere übernehmen seine Arbeit. Ich habe das selbst gesehen. Er säuft und liegt uns allen auf der Tasche, anstatt ordentlich Dienst zu tun.«

»Deweys ist krank, Herr Kommandant.«

»Natürlich ist er krank!«, schrie Turley. »Er trinkt zu viel. Er ist krank vom Suff. Und er hat, abgesehen von der

Rumgammelei, mir, dem Kommandanten, vor versammelter Mannschaft widersprochen.«

»Das war …«

»Widerspruch, genau. Das ist es, Connors: Sie wollen einem solchen Hallodri auch noch recht geben. Ihre Autorität wird auf immer und ewig verebben, wenn Sie so weitermachen. Deweys wird bestraft.«

Connors dachte an Smith. Der Erste Offizier griff durch. Ha! Der Erste Offizier war ein treuer Vasall des Kapitäns. Er profitierte von seiner Loyalität zu Turley. Die Mannschaft kochte, hatte nichts Ordentliches zu beißen und musste gammeliges Wasser trinken. Aber Smith saß bei Turley in der Kajüte und trank mit dem Kommandanten und dessen Gästen französischen Cognac.

Der Zweite Offizier verließ das Oberdeck, das nur die Offiziere und Turleys Gäste, darunter dessen Ehefrau, betreten durften. Connors ließ sich für einen Augenblick den frischen Nordseewind um die Nase wehen. Doch schon stand Moir vor ihm, der zweite Steuermann. Er hatte Wache.

»Sir, was hat er gesagt? Wird sich etwas ändern?«, flüsterte er.

Connors zuckte die Schultern.

»Er muss doch etwas gesagt haben, Sir?«

»Moir, verdammt noch einmal, gehen Sie auf Ihren Platz und lassen Sie mich zufrieden. Sind Sie nicht zur Wache eingeteilt?«

Moir trat erschrocken einen Schritt zurück. »Jawohl, Sir.«

Die Braganza, eine ansehnliche Brigg, hatte gute Segeleigenschaften. Sie war nicht groß, ein stabiler Zweimaster, den Unbilden des Meeres jedoch stets gewachsen. Kapitän Joseph Turley war ein erfahrener Seemann. Seinen Aufstieg hatte er bei der königlichen Marine erlebt, weshalb er sich nach wie vor gerne als »Kommandant« bezeichnete. Jahrzehnte hatte er die Weltmeere befahren, hatte manchen Sturm erlebt und seine Schiffe immer sicher zurück in die britischen Häfen gelenkt. Er war als harter Knochen bekannt. Sagte man alternden Männer mitunter nach, sie würden ruhiger und weiser, so entwickelte sich Turley auf dieser Fahrt zum Ekel. Miserable Windverhältnisse hatten über weite Strecken das Vorankommen verzögert. Die Verpflegung war minderwertiger und karger geworden. Der Smutje hatte mit vergammelten Lebensmitteln versucht, Essen zuzubereiten – die Mannschaft hatte es ihm vor die Füße geworfen.

Turley hatte getobt, als Connors ihm davon berichtet hatte. »Wenn ihr das nicht fresst, fresst ihr eben gar nichts.« Er hatte Anweisung gegeben, nichts über Bord zu werfen, ahnend, dass die Vorräte knapp werden würden. Keiner wusste, dass Turley dieses Risiko bewusst eingegangen war, als er Platz für Ware bereitstellte, wo sonst Wasser, Brot und andere Lebensmittel hätten lagern sollen. Das Angebot seiner Auftraggeber war zu verlockend gewesen. Mehr Geld für mehr Laderaumkapazitäten. Bei günstigen Winden hätte die Verpflegung trotzdem gereicht, aber die Flauten zwischendurch … Mit den kaum schmeckenden, immer armseliger werdenden Rationen wuchs der Unmut unter den Männern der Besatzung. Seitdem durchgesickert war, dass Kapitän Turley Deweys, ausgerechnet den alten Deweys, der schon länger unter starken Brust- und Rückenschmerzen litt, bestrafen wollte, weil er einige Nahrungsmittel und eine Flasche Rum aus der Vorratskammer unter Deck stibitzt hatte, kochte es gewaltig zwischen den Schiffsplanken der Brigg. Natürlich war es verboten zu stehlen, aber

Deweys hatte nicht eigennützig gehandelt. Er hatte sein »Verbrechen« für andere begangen, die ihn beim Kartenspielen betrunken gemacht und dann überredet hatten, für Nachschub zu sorgen.

Turley rief während eines Wutanfalles sein Urteil laut heraus und setzte hinzu, um Deweys sei es nicht schade, er sei alt, gebrechlich, ein Drückeberger. Er hätte ihn gar nicht anheuern sollen, aber jetzt sei es eben zu spät.

Deweys hatte vor Wut gebebt. Dann war es passiert.

»Mister Turley, Entschuldigung, aber Sie sind ungerecht und ohne Erbarmen! Die Mannschaft ist Ihnen egal, Ihnen geht es nur um die hochwohlgeborenen Gäste in Ihrer Kajüte. Ein guter Kommandant handelt nicht so«, hatte der alte Seemann laut ausgerufen.

Da war es mit einem Schlag mucksmäuschenstill geworden. Jeremy Connors wusste, dass sich Deweys mit diesen Worten sein Grab geschaufelt hatte. Der Erste Offizier Smith lächelte indessen in sich hinein.

Turley sah ein paar ewig scheinende Sekunden grimmig von Mann zu Mann. Schließlich blieben seine Augen auf Deweys haften.

»Was Sie da gerade gesagt haben«, verkündete der Kapitän ruhig, »war Meuterei. Und wie Sie wissen, Mister Deweys, steht auf Meuterei eine Strafe.« Für einen Moment schwieg er. Wie gebannt sahen alle Augen auf den Kommandanten der Braganza, der die Aufmerksamkeit zu genießen schien.

»Die Höhe der Strafe«, setzte Turley wieder an, »liegt, wie Sie ebenfalls wissen, im Ermessen des Kommandanten.«

Ein Raunen ging durch die Mannschaft.

»Ich spreche wohl für uns alle, wenn ich sage, dass es für einen Seemann nichts Schöneres gibt, als auf See zu sterben.« Alles hielt den Atem an. Was bedeutete das? »Und falls Ihnen das Kielholen, das ich als passende Disziplinarmaßnahme bezüglich Ihres Vergehens und der Beleidigung eines Kommandanten der britischen Handelsmarine ansehe, wider Erwarten nicht das Leben kosten sollte … dann … ja, dann werde ich dies als eine Art Gottesbeweis betrachten, dass Sie eine Daseinsberechtigung auf dem Schiff haben.«

Turley hatte soeben das Todesurteil über Deweys gesprochen. Kielholen würde der kranke Mann niemals überstehen. Einmal vom Heck bis zum Bug unter einem großen Schiff wie der Braganza gezogen zu werden, das war allenfalls etwas für junge, starke Männer, aber nicht für einen wie den alten Deweys.

George Deweys verzweifelte an dem Urteilsspruch. Er besaß ein winziges Häuschen in Blackpool. Was gab es Schöneres, als an einem solchen Ort seinen Lebensabend zu verbringen mit der Aussicht, jeden Tag das Meer sehen zu können? Diese Fahrt sollte seine letzte sein, er hatte Geld angespart, würde in den Ruhestand gehen, sein Rücken machte die schwere Arbeit auf dem Schiff jetzt schon nicht mehr mit. Ja, seine Kameraden halfen, wo sie konnten. Doch wenn er in seinem Zustand mit dem Kielholen bestraft wurde, würde er sein Haus niemals wiedersehen, seine Frau würde in die nicht eben kleine Zunft britischer Seefahrerwitwen wechseln. Es wäre dann seine letzte Fahrt, doch anders, als er es sich vorgestellt hatte.

Die Braganza befand sich mittlerweile längst in nordwestdeutschen Küstengewässern. In diesen schwer navigierbaren Seen galt es, alle Konzentration darauf zu richten, den Kurs zu halten. Inseln, Untiefen und Sandbänke mussten umfahren werden. Das Verlassen der Posten und eine langatmige Bestrafungszeremonie an Deck waren fehl am Platze. Doch das kümmerte Turley nicht.

Seit dem Aufbruch in Philadelphia waren mehrere Monate vergangen. Die aufkommenden Anzeichen von Ungehorsam hatten für Turley eine einzige Konsequenz: Es war an der Zeit, hart durchzugreifen. Deweys' Bestrafung kam ihm gerade recht. Danach würde Ruhe herrschen, bis sie in oder vor einem niederländischen Hafen, vielleicht Harlingen, ankern und die Leute endlich mal wieder Land unter ihren Füßen spüren, sich vollfressen und -saufen konnten. Das würde die Gemüter abkühlen, bevor es zurück an Bord der Braganza ging.

Etliche Seemeilen nordwestlich der Nordseeinsel Borkum rief Turley die Mannschaft frühmorgens zum Appell. Deweys stand festgebunden am Großmast – die Offiziere in Paradeuniform in Aufstellung. Jeremy Connors schien sich unwohl zu fühlen, seine Wangen färbten sich rot, während der Kommandant und der Erste Offizier Smith Genugtuung ausstrahlten.

»Männer«, rief Turley mit seiner durchdringenden Stimme, die die Brise aus Nordwest übertönte. Er machte eine wohlbedachte Pause. Er sah blitzende und funkelnde, hasserfüllte, aber auch nichtssagende Blicke auf sich gerichtet. »Männer«, wiederholte er, »ihr wisst, George Deweys hat Mannschaftskameraden bestohlen, aus purer Eigensucht. Diebstahl an Bord kann nicht geduldet und muss geahndet werden«, begann er mit zusammengekniffenen Augen.

Stille. Außer dem stetigen Rauschen des Windes und dem Plätschern des Wassers unter dem Rumpf der Braganza war nichts zu hören.

»Deweys hat öffentlich dem Kommandanten widersprochen, was bei der ohnehin schon zu verhängenden Strafe wegen Diebstahls zu berücksichtigen ist. Er ist verurteilt, und das Offizierskorps, das dieses Schiff befehligt, hat mehrheitlich entschieden.«

»Da siehst du, was Connors für einer ist, letzten Endes hält er doch zu Turley«, flüsterte der Holländer Martens dem Nebenmann ins Ohr. Er wusste nicht, dass sich Jeremy Connors gegen eine Auspeitschung Deweys ausgesprochen hatte, woraufhin Turley seine und die Stimme Smiths als Mehrheit festgestellt und das Urteil in Abwesenheit des Angeklagten gesprochen hatte.

»Doch ich bin kein Unmensch, Männer. Ich sehe mich veranlasst, Mister Deweys zu begnadigen. Er sieht seine Verfehlungen ein und rät der Mannschaft, weiter getreu Dienst zu tun, nicht wahr, Mister Deweys?« Alle Blicke richteten sich auf den grauhaarigen Mann, der mit dicken Tampen gefesselt am Mast stand. Es war ein schauriges Bild, das er abgab. Er sah den Kapitän verächtlich an und schwieg. Turley trieb ein zynisches Schauspiel. Oder wollte er tatsächlich Milde walten lassen?

»Die Schwere des Vergehens von Mister Deweys macht es mir jedoch unmöglich, gänzlich von einer Bestrafung abzusehen. Die Begnadigung bedeutet, dass ich vom Kielholen absehe. Es wäre bei seiner schwächlichen Konstitution einem Todesurteil gleichgekommen, wir schleppen hier ja einen Kranken durch. Anstelle dessen wird Deweys zwanzig Hiebe bekommen, auszuführen sofort, hier und jetzt.«

Turley setzte ein spöttisches Lächeln auf und richtete den Blick auf den Mann mit der Lederpeitsche. Der erste Steuermann schien sich nicht wohl in seiner Haut zu fühlen, aber Befehl war Befehl. Was konnte er schon tun?

»Mister Moir, bitte.«

»So ein … ein mieses Schwein«, flüsterte Persson, der Schwede, Johnson zu, der neben ihm stand.

Der entgegnete leise: »Vielleicht rettet es Deweys das Leben.«

»Sieh ihn dir doch an, der kann jetzt schon nicht mehr, nach zwanzig Hieben ist er genauso tot, als wenn Turley ihn über die Planke hätte gehen lassen.«

In diesem Moment vollzog Steve Moir den ersten Hieb. Von Deweys war nichts zu hören – er zuckte und wand sich stumm unter dem Schmerz. So ging es weiter, Turley zählte laut jeden Peitschenschlag. Nach zehn Hieben verhinderten nur die Seile, mit denen er am Hauptmast festgezurrt worden war, dass Deweys regloser Körper auf dem Schiffsdeck zusammensackte. Mit jedem Peitschenhieb wuchs die Wut bei denjenigen, die zum Zusehen verurteilt waren. Der Zweite Offizier Connors kniff die Augen zusammen. Er hatte den Kapitän von der Milderung der Strafe überzeugt. Dennoch war es unerträglich, und doch konnte er nichts weiter tun. Nicht in diesem Moment.

»Stopp!«, rief Turley, nachdem Moir den neunzehnten Schlag ausgeführt hatte. »Es reicht. Genug, Mister Moir, die Bestrafung ist vollzogen.«

Aufatmen. Turley lächelte und fügte hinzu: »Ich bin ja kein Unmensch.«

Das grausige Schauspiel war beendet. Deweys hing bewegungslos und mit blutendem Rücken vornüber in den Seilen. Doch er atmete. Zwei Männer lösten seine Fesseln und schleppten ihn in die Mannschaftskabinen, um ihn zu versorgen.

Als Turley davon erfuhr, befahl er die Verlegung Deweys in das Gefangenenverlies.

»Ohne Verpflegung, für zwei Tage!«

Doch zwei Männer brachten dem Bestraften heimlich Brot und Wasser. In einem Moment, als sie gerade wieder an Deck gelangen wollten, stand Turley wie aus dem Nichts vor ihnen.

»Sieh an ... Hatte ich nicht verordnet, dass Mister Deweys für zwei Tage weder zu essen noch zu trinken bekommt?« Er lachte spöttisch. »Und wollen Sie mir bitte erklären, was Sie dort unten bei ihm gemacht haben?« Er wusste Bescheid. Smith hatte die Aktion mitbekommen und den Kommandanten umgehend informiert. Connors hatte den Offizier bekniet, nichts zu sagen, doch Smith hatte ihn ohne Antwort stehen lassen. Er war Erster Offizier, brauchte sich nur vom Kapitän etwas sagen lassen. Und mit dem war er sich ohnehin einig.

»Nun, was haben Sie dazu ...«, mehr konnte Turley nicht sagen, bevor er laut aufschrie. Das blanke Metall eines langen Messers hatte sich seitlich in seinen Bauch gebohrt. Er hielt die Wunde und sah das Blut zwischen seinen Fingern hervorquellen. Die beiden Männer, die Deweys Nahrung gebracht hatten, verschwanden unter Deck.

Turley schwankte über die Planken, eine tiefrote Blutspur hinter sich lassend. Er blickte umher, eine Welle ergriff das Schiff, warf es auf die andere Seite. Turley brach zusammen, ächzend. Smith eilte zum Kapitän.

»Wo ist der Sanitäter, verdammt noch mal? Der Kommandant ist schwer verletzt!«, brüllte er. Doch niemand wollte helfen.

Es war Turleys Frau, die herbeieilte und hysterisch um Hilfe rief. Auch Mister Diehl, der Schiffseigner, der sich gerade mit einer der letzten Flaschen guten Weines beschäftigt hatte, kam herbei und ahnte Böses. Beide versuchten,

Turley aufzuhelfen. Langsam, ohne besondere Eile, kamen immer mehr Männer dazu. Niemand schien sonderlich Lust zu verspüren, den Gästen des Kapitäns und seiner Frau unter die Arme zu greifen. Als plötzlich der Obermatrose Verbrügge für alle hörbar rief: »Über Bord mit Ihnen. Wer quält uns und wer lebt wie die Made im Speck? Sie haben es nicht besser verdient.«

»Jawoll, über Bord ... über Bord!«

Die Mannschaft verwandelte sich in eine wilde Meute, packte den verwundeten Kapitän und zog ihn an die Reling. Das Schreien des Opfers, sich vor Schmerz krümmend, wurde durch das aufbrausende Johlen der anderen übertönt. Der Aufprall des Körpers auf die kalte Nordsee war kaum hörbar. Es war so schnell gegangen, dass weder Smith noch Connors hätten eingreifen können. Smith gab mehrere Schüsse in die Luft ab, doch es half nichts. Connors schrie: »Halt, Männer! Tut das nicht ...«, doch ihm wurde der Weg versperrt.

»Mister Connors, Sir, ausgerechnet Sie wollen uns hindern?« Verbrügge grinste ihn an.

»Es ist meine Pflicht, Sie gefährden die Sicherheit auf der Braganza!«, gab Connors unwirsch zurück.

»Wer in Harlingen, in Genua oder irgendwann wieder in Blackpool ankommt und wer nicht, bestimmen jetzt wir, Herr Offizier«, ließ Verbrügge laut vernehmen und ein begeistertes Gebrüll unterstrich die Zustimmung der Mannschaft.

»Aber nicht die Frauen«, sagte Connors, noch einen Versuch unternehmend, letzte Funken moralischen Anstands in der wütenden Mannschaft zu entfachen.

»Damit bin ich einverstanden«, sagte Verbrügge, der sofort die Rolle des Verhandlungsführers übernommen hatte. »Wir sind ja auch keine Unmenschen«, rief er, das Wort des Kommandanten aufgreifend, der damit seine Gnade, Deweys nur neunzehn und nicht zwanzig Peitschenhiebe zu geben, untermauert hatte. Verbrügge hatte sich auf eine Kiste gestellt, überragte mit seiner großen Gestalt alle anderen und brüllte: »Leute, holt das erste Beiboot runter. Wir schicken die hochwohlgeborenen Damen und Herren auf eine neue Seereise.« Als das Boot zu Wasser gelassen war, packte Verbrügge Diehl am Kragen, zerrte ihn an das Fallreep und verkündete: »Runter mit Ihnen, edler Herr! Sie bekommen jetzt schon Ihr neues Schiff, nicht erst in Genua.« Gelächter begleitete die Szene. »Und nehmen Sie Mrs Turley und die anderen ehrbaren Herrschaften mit. Vielleicht erreichen Sie die Niederlande, Borkum oder irgendeine Sandbank, mir ist es völlig egal. Ihr habt doch kein Mitleid, Leute?« Wieder zustimmende Rufe. »Wir peitschen niemanden aus, mit dem Boot haben Sie eine reelle Chance, Land zu erreichen. Sandbänke gibt es hier genug. Es soll sogar solche geben, die selbst bei Flut nicht mehr überspült werden. Also, Männer, holt die vornehmen Pfeifen aus Turleys Gemächern – die machen jetzt eine Bootspartie! Die Ruder bekommen sie aber nicht mit. Die Nordseeströmungen und die Wellen werden Sie schon irgendwohin führen. Und ich bestimme, dass Mister Smith, der ehemalige Erste Offizier auf der Braganza, ab sofort Ihr Kommandant ist«, höhnte Verbrügge, »er ist ein erfahrener Seemann und hat sehr viel bei Käpt'n Turley gelernt.« Erneut setzte allgemeines Gelächter ein. Kurze Zeit später trieb das Boot ab. Es war schnell aus dem Sichtfeld und in die nebelige Ferne der Nordsee verschwunden, den Unbilden des Meeres schutzlos ausgeliefert.

»Sie machen einen sehr großen Fehler«, sagte Connors und wurde von einem kräftigen Matrosen abgeführt. »Hier gibt es zwischen Festland und Inselkette Sandbänke, Platen und Untiefen. Es ist ablaufend Wasser. Da sollten wir nicht weiter diesem Kurs folgen. Wir haben viel zu viel Zeit verloren. Ihre ganzen Sperenzchen hier …«

»Wer, Sir, hat denn jetzt hier das Kommando?«, wollte Moir wissen.

»Ich bin der Zweite Offizier. Nachdem der Kapitän und der Erste Offizier widerrechtlich auf der Nordsee ausgesetzt wurden, habe ich natürlich das Kommando. Wir müssen den Kurs ändern.«

»Wir sollten ankern und die Lage besprechen«, sagte der Steuermann, der wusste, dass Connors recht hatte, sich aber zu den neuen Machthabern auf dem Schiff zugehörig fühlte.

»Ankern? Hier? Unmöglich! Zu große Strömung und viel zu tief«, erwiderte Connors. Er sah sich um, es dämmerte bereits. »Wir sind an Borkum vorbei.«

»Dann eben …«

»Gibt's Probleme mit Mister Connors?« Plötzlich stand Verbrügge neben den beiden. »Wenn Sie nicht die richtigen Befehle geben, Connors, dann übernehme ich jetzt: Mister Moir, Sie nehmen nur noch Befehle von mir entgegen.«

»Mister Verbrügge, wir müssen den Kurs ändern. Die Braganza läuft …« Doch Verbrügge unterbrach ihn. Seine Augen verrieten, dass er reichlich dem Single Malt zugesprochen hatte, den er sicherlich in Turleys Kajüte gefunden hatte.

»Mister Verbrügge, wir segeln Kurs Osterems … Wir wollen aber doch …«

»Ich bestimme jetzt«, lallte Verbrügge. »Sie mischen sich nicht ein, Connors. Kurs halten, Moir!«

Die Brigg pflügte durch das Wasser, die Segel waren voll gesetzt, sie lief Kurs Südost. Doch es lauerten Untiefen, so wurde auf Nordost gedreht. Irgendwo musste sich der Memmertsand befinden, eine angeblich höher gelegene Sandplate und eine große Gefahr für die Schifffahrt.

»Sir …« Connors sprach den betrunkenen Verbrügge an, der per Selbstaklamation zum Kommandanten geworden war.

»Schnauze, Pack!«, schrie Verbrügge und zog einen Revolver aus dem Gürtel. Turleys Waffe. Die hatte er sich also auch zugelegt. Er zielte auf Moir und nahm einen Schluck aus einer Whiskypulle, die er in der großen Tasche seiner wetterfesten Jacke verstaut hatte.

»Ich erschieße Sie, wenn Sie meine Befehle nicht befolgen.«

»Wir müssen auf Südwest ändern, sonst …«

Der Schuss durchschnitt die Luft. Moir brach zusammen, Verbrügge hatte ihn in den linken Fuß geschossen, der Steuermann wälzte sich vor Schmerz über die Schiffsplanken.

»Ich dulde keine Widerrede. Holen Sie Knutsen, er soll das Steuer übernehmen«, raunte Verbrügge Connors zu. »Knutsen weiß, wie man ein Schiff steuert.«

Verbrügge war im Ausnahmezustand. Doch Knutsen kam nicht, Jeremy Connors brachte sich schnellstens hinter einem großen Haufen Tampen in Sicherheit.

Verbrügge versuchte, das Steuer zu übernehmen, doch der Whisky übermannte ihn. Das Schiff neigte sich stark zur Seite, er taumelte. Eine Querwelle ließ die Braganza krängen, er verlor den Halt, rutschte auf dem Oberdeck bis an die Reling, raffte sich auf.

»Knutsen, wo bleiben Sie?«, schrie er, doch Knutsen kam nicht.

»Wir müssen hier weg!«, zeigte Verbrügge Einsicht, dann schlug er mit dem Kopf an die harte Kante eines Pfeilers, der die Reling trug. Er sackte in sich zusammen.

Connors raffte sich auf, griff das Steuer, aber seine böse Vorahnung wurde rasch zur Gewissheit. Die Braganza war zu lange falschen Kurs gelaufen. Jetzt hatte sie beigedreht, die Segel flatterten, sie trieb ungesteuert im Meer. Connors übergab das Steuer an einen der Matrosen, die an Deck kamen, ohne ihm genau sagen zu können, was er eigentlich tun sollte. Er musste eine Peilung vornehmen. Kaum in der Kajüte des Kommandanten stand er vor der Seekarte und spürte in demselben Augenblick ... Grundberührung. Connors starrte auf die Seekarte vor ihm. Wo waren sie?

Es war der Moment, in dem die Braganza ächzend und knirschend vor Memmertsand strandete.

»Wassereinbruch am Bug«, schrie der Matrose Wilhelm Hamburger, als er den Kopf durch ein Luk steckte.

Wassereinbruch, Sturm, Strandung, Chaos auf dem Schiff. Das Schiff zu verlassen, war lebensgefährlich. Selbst wenn man es auf die Sandplate schaffte, auf Memmertsand gab es nichts. Eine öde Sandbank. Die Strandung bedeutete das Ende der Brigg Braganza. Das Schiff würde in den tosenden Seen nach und nach zerschlagen, für die Mannschaft gab es keine Rettung. Der Sturm hielt mehrere Tage an. Durch das Leck hatte es einen Wassereinbruch gegeben, die umgekippten Trinkwasserfässer waren ausgelaufen. Ohne Wasser und ohne Aussicht auf Rettung starben die Besatzungsmitglieder vor Memmertsand einen quälenden Tod. Einige versuchten, sich mit einem Beiboot zu retten, doch sie kenterten in der brodelnden See der Osterems und ertranken. Verbrügge, in den letzten Tagen nur noch betrunken, erschoss jeden, der sich ihm widersetzte.

Jeremy Connors war der Letzte, der versuchte, irgendetwas zu retten. Doch in einem Gerangel mit Verbrügge stürzte er über die Reling der Braganza und konnte sich, womöglich weil er sich etwas gebrochen hatte, nicht mehr aus den Fluten retten. Wie Verbrügge den Tod fand, ist nicht bekannt.

Kapitän Turley, seine Frau, Schiffseigner Diehl nebst Gattin und dem befreundeten Ehepaar sowie der Erste Offizier Smith und der Koch der Braganza, Scutthers, wurden indes von Kapitän Towler, der mit seinem Schiff, der Hebden, zufällig auf die im Beiboot der Braganza Ausgesetzten traf, aus Seenot gerettet.

*

Volksschullehrer Otto Leege sah die Schülerinnen und Schüler der Schule zu Ostermarsch aufmerksam an, der Reihe nach. Er strich mit der rechten Hand durch seinen Bart, rückte die Nickelbrille zurecht.

»So oder so ähnlich muss es sich damals zugetragen haben, als die Braganza auf dem Memmertsand strandete«, beendete er die Geschichte, der seine Schülerinnen und Schüler begeistert gelauscht hatten. Na ja, er hatte schon das eine oder andere hinzugesponnen, um Spannung zu erzeugen. Es gab verschiedene Versionen, die die legendäre Strandung der Braganza auf dem Memmertsand nach einer Meuterei beschrieben. Wer musste schon wissen, welche die richtige war?

Anna streckte zunächst ein wenig zögernd, dann entschlossen den Finger nach oben. Leeges Augen richteten sich auf sie.

»Ja, Anna?«

Die kleinen Fältchen in seinem Gesicht, die sein unverkennbares Schmunzeln begleiteten, kamen zum Vorschein.

Diese Fältchen unterschieden sich von den Altersfalten, die das Gesicht des Lehrers übersäten, jetzt, wo seine Pensionierung in sichtbare Nähe rückte. Doch davor fürchtete er sich keineswegs. Im Gegenteil. Er hatte sogar gefordert, noch vor Erreichen des entsprechenden Dienstalters in Rente zu gehen. Geld war nie ein Ansporn zur Arbeit für ihn gewesen, und auch wenn das Monatseinkommen zukünftig etwas geringer ausfiel, würde es für ihn und seine Frau Engeline reichen. Sie brauchten nicht viel. Mein Gott, mit welch kläglichem Gehalt hatte er damals, 1882, seine Lehrerstelle auf Juist angetreten. Die Poststation mit dem Morsegerät musste er gleich mitbetreuen, damit ein wenig mehr Lohn heraussprang. Immerfort waren hungrige Kindermäuler zu stopfen gewesen. Sieben Söhne, eine Tochter – die musste man erst einmal ernähren! Zum Glück war Luxus ihm und seiner Frau Engeline seit jeher fremd. Am liebsten aßen und tranken sie alles, was die Natur hergab. Viele Leute wussten ja gar nicht, was man alles essen konnte und was selbst in den kargen Dünen der Insel Juist wuchs. Schon seine Mutter hatte Otto Leege, als er noch als Knirps durch die Grafschaft Bentheim tollte, mitgegeben, welche Pflanzen essbar, welche ungenießbar waren und welche besondere Heilkräfte hatten. Sie hatte ihm die notwendige Ehrfurcht und das Wissen über die Natur und ihre Zusammenhänge sowie die Tatsache beigebracht, dass die Menschen ohne eine intakte Natur nicht leben könnten.

»Ist die Geschichte wirklich wahr?«, fragte Anna. »Oder ist es ein Märchen, das Sie sich ausgedacht haben?«, riss sie den Lehrer aus seinen Gedanken.

»Die Wahrheit, Anna.« Leege legte seinen Kopf ein wenig zur Seite. »Tja …« Er räusperte sich und sah das Mädchen mit den strohblonden, zu Zöpfen geflochtenen Haaren wohlwollend an. »Ob es sich genauso abgespielt hat, weiß ich natürlich nicht. Es ist ja ewig her. Und auch wenn ich nicht mehr der Jüngste bin, hat sich das alles lange vor meiner Zeit zugetragen. Vermutlich ist es überwiegend eine Mär, eine Art Märchen, und da wird oft viel hineingedichtet. Allerdings gibt es einen wahren Kern. Dass das Schiff auf dem Memmertsand gestrandet ist, entspricht der Wahrheit. Es gibt da zum Beispiel eine Bildergeschichte zur Strandung der Braganza. Irgendein Zeitzeuge mag sie aufgemalt haben. Und es gibt noch weitere Hinweise, die darauf hindeuten, dass das Schiff tatsächlich vor dem Memmert verunglückte. Die Bildergeschichte dazu hängt bei uns im Flur, hier, im Schulhaus. Ihr seid aber wahrscheinlich immer unachtsam daran vorbeigelaufen. Sie erzählt in kurzen Worten, wie es zu der Meuterei kam.«

»Haben Sie etwas hinzugedichtet, Herr Lehrer, sodass es ein spannendes Abenteuer wird?«, wollte Anna wissen.

»Wer weiß, wer weiß …« Leege schmunzelte wieder. Er fügte an: »Die Tragödie der Braganza ist die eine Sache. Aber wovon ich euch eigentlich erzählen will in der nächsten Stunde, das ist die Geschichte darüber, wie aus einer Sandbank – oder aus dem Meer – eine Insel entsteht. So wie die kleine Insel südwestlich von Juist, der Memmertsand. Dort, wo die Braganza strandete.«

»Da wohnt doch niemand, da gibt's nur Möwen und Seehunde«, quakte der kleine Jan dazwischen.

»Seit wann meldet man sich nicht, bevor man spricht?«, ranzte Leege ihn an und Jan verstummte. Leege schenkte dem Jungen einen strengen Blick.

»So lernen wir am Beispiel des Memmertsandes, wie unsere ostfriesische Inselkette entstand. Die Braganza-Strandung ist wohl erst die zweite Erwähnung des Memmerts, nachdem die Sandbank – mehr war es ja zunächst nicht – im 17. Jahrhundert bereits einmal in dem Bericht eines holländischen Seefahrers genannt wurde.«

Leege erzählte weiter, obwohl er merkte, dass er seine Schüler in diesem Augenblick doch ein wenig überforderte. Er heftete eine Karte an die Tafel.

»1586 findet sich auf einer alten Seekarte der Name ›de Meem‹ für den Memmertsand«, Leege holte Luft, »und eine andere Seekarte zeigt den Namen ›Memer Sandt‹ im Jahre 1750. Es existiert übrigens auch eine amtliche Beschreibung der ostfriesischen Inseln und hier erscheint Memmert ebenfalls. 1828 wird die Sandbank schon als ›Memmertsand‹ bezeichnet. Damals gab es noch keine Dünen auf Memmert«, setzte Leege fort, »vor allem sind es Schiffsstrandungen, die den Memmertsand im 17. und 18. Jahrhundert zu Bekanntheit verhalfen. Er war eine Sandbank wie viele andere auch, irgendwo im Wattenmeer. Zwischen all den Sandbänken und bei dem stetigen Wechsel von Ebbe und Flut das Meer zu passieren, war für die Seefahrer schwierig. Mit einem großen Schiff aber, insbesondere einem richtigen Segelschiff und keinem kleinen Boot, war man oft verloren. Wie die Braganza. Die Seekarten von damals waren sehr ungenau. Man begann, Baken zu errichten, die hoch genug waren, um von Weitem als Warnung erkannt zu werden. Und wisst ihr, dass wohl auch schon Wale in der Nähe des Memmertsandes gestrandet sind?«

»Hier gibt es doch keine Wale!«

»Vielleicht doch, vielleicht ist es mal geschehen. Wie ich jetzt darauf komme? Nun, die Kachelotplate, hier …«, Leege streckte sich und zeigte auf die Sandbank nordwestlich von Memmert, »hat ihren Namen von einem Wal. So jedenfalls die Erklärung für ihren Namen, auf Französisch heißt der Pottwal Cachalot. Mag sein, dass sich einmal ein solcher verirrt hat und ebenfalls nicht mit den Irrungen und Wirrungen der komplizierten Strömungsverhältnisse zwischen Osterems, Memmert und Juist zurechtgekommen ist. Für Wale ist das Wattenmeer der sichere Tod, es ist viel zu flach. Vielleicht heißt die Plate aber auch so, weil irgendjemand sie einmal umrundete und die Form eines Wales darin entdeckte. Beides ist nicht sehr wahrscheinlich, aber irgendwoher muss der Name ja kommen.«

Ein Junge meldete sich.

»Johann?«

»Sie, Herr Leege, Sie haben doch aus dieser Sandbank erst eine Insel gemacht«, sagte der rotschopfige Schuljunge.

»Na ja …«, zögerte der Lehrer, »so kann man es nicht sagen. Ich habe nachgeholfen, ja. Seht, man macht aus einer Sandbank nicht einfach eine Insel. Das muss schon die Natur selbst machen. Was man jedoch tun kann, ist, genau zu beobachten, was die Natur anstellt. Und dann kann man den Sand bepflanzen. Das festigt den Sand, die Pflanzen halten ihn fest. So können Dünen entstehen, Zentimeter um Zentimeter wachsen sie. Und wenn die Seevögel kommen, dann … nun ja, dann müssen die ja auch ihr Geschäft machen. Das düngt den unfruchtbaren Sand. Gut für die Pflanzen. Ihr seht: Wir Menschen können die Natur unterstützen, damit sich so etwas wie eine Insel entwickelt, aber sie braucht Raum, um selbst ihre Arbeit zu tun. Meine Frau, die ihr ja alle kennt, und meine Söhne haben mir geholfen und später habe ich auch Arbeiter auf Memmert bekommen, die mich unterstützt haben, Strandhafer zu pflanzen.«

»Wieso werden Sie eigentlich der Memmertvater genannt?«, wollte Anna wissen.

Leege überlegte. »Memmertvater? Ja, das klingt sonderbar, nicht? Man ist doch Vater von Kindern, nicht einer Insel.«

Die Schüler kicherten.

»Das hat sich ergeben … im Laufe der Zeit. Den Namen Memmertvater habe ich mir jedenfalls nicht ausgedacht«, sagte er, »eine lange Geschichte steckt dahinter.« Wieder blinzelte Leege in die Klasse. »Vielleicht sollte ich sie einmal aufschreiben.«

Es klingelte, und die Stunde war zu Ende. Als die Schüler das enge Klassenzimmer verließen und sich ihren Schulbroten oder dem Spiel auf dem kleinen Schulhof zuwendeten, verweilte Leege noch ein wenig, sah auf die Karte an der grauen Wand und dachte: »Ja, vielleicht sollte ich das alles endlich einmal aufschreiben.«

Immerhin war er mittlerweile sechzig. Wie viele Jahre ihm der Herrgott dort oben noch geben würde – wer konnte das wissen?

Er verließ das Klassenzimmer und ging ins Wohnhaus nebenan, hoffend, dass seine Frau Engeline Tee aufgebrüht hatte.

**1862-1914**

# 1

Das schreiende Kind beruhigte sich erst, als es von der Mutter auf den Arm genommen und sein Verlangen nach ihrer Milch endlich gestillt wurde. Es war 1862 in einem bitterkalten Februar. Der ernst dreinblickende Mann an der Seite der Frau lächelte.

»Ein feiner Kerl«, sagte Friedrich-Andreas Leege und seine Frau Leonore antwortete: »Er hat ständig Hunger. Ich hoffe, ich kann ihm genug bieten!«

»Schlafen die Kinder?«, erkundigte sich Friedrich-Andreas nach den Geschwistern des Säuglings. Während Carl, mit dreiundzwanzig Jahren der Älteste, und der neunzehnjährige Friedrich-Wilhelm, der als Zweiter das Licht der Welt im Hause Leege erblickt hatte, ihrer Arbeit im Nachbardorf nachgingen, lagen Mathilde und Lisette, zwölf und vier Jahre alt, in einer kleinen Kammer neben der Küche friedlich in ihren Betten. Friedrich-Andreas Leege hatte Elisabeth Dorothea Leonore Rudolphi 1842 geheiratet. Das Paar war schon bei der Geburt der beiden Mädchen nicht mehr ganz jung gewesen. Fast hatten sie sich gewundert, dass nun doch noch ein Kind hinterherkam, war Friedrich-Andreas doch mittlerweile zweiundfünfzig und Leonore sechsundvierzig Jahre alt. Doch das kleine Kerlchen in den Armen seiner Mutter störte das nicht.

Carl war in Bad Bentheim bei einem Schreiner untergekommen, während Friedrich-Wilhelm im weiter entfernten Groß Hesepe die zweite Hand eines wohlhabenden

Bauern geworden war. Friedrich-Andreas war froh, dass die Söhne Arbeit hatten. Das war in diesen Zeiten und in dieser Gegend, die vor allem von den sich weit ausbreitenden Mooren geprägt war, nicht selbstverständlich. Torfabbau und Landwirtschaft warfen nicht viel ab, und Landarbeiter zu bezahlen, konnten sich die meisten nicht leisten, weil es kaum für sie selbst und ihre Familien reichte.

»Es sind tüchtige Burschen«, hörte man Vater Leege häufig über seine Söhne sagen. Leonore lächelte dann und dachte an Mathilde, die ihr schon kräftig in der Küche und im Garten half, und daran, dass sie nun neben all ihren Tätigkeiten nicht nur für Lisette, sondern auch für das kleine Neugeborene sorgen musste. Aber das würde sie tun, so wie sie es für all ihre Kinder getan hatte.

Nachdem der Kleine von der Brust seiner Mutter abgelassen hatte, wiegte sie ihn in ihren Armen sachte hin und her und Karl, der als weitere Vornamen Georg und Otto mit auf seinen Lebensweg bekommen hatte, schlief friedlich ein. Der Tag ging seinem Ende entgegen. Friedrich-Andreas nahm seiner Frau dankend einen Becher Tee aus der Hand, den sie aus Pfefferminzblättern aus dem kleinen Hausgarten bereitet hatte. Die kalten Wintertage mit früher Dunkelheit, Regen und manchmal Schnee verleiteten zu frühem Schlaf. Im Frühjahr und Sommer gab es im Garten allerhand zu tun und Leonore suchte in der Heide oder dem Wald nach Kräutern und Heilpflanzen für ihre Hausapotheke, mit der sie die Heilsuchenden aus dem Dorf Uelsen versorgte, an dessen Rand ihr Häuschen stand. Nicht selten kamen kranke Dorfbewohner zu ihr, die ihren Rat suchten. Ihre umfassenden Kenntnisse um die heilenden Kräfte der Natur hatten sich herumgesprochen. Für jede und jeden hatte sie ein Kräutlein parat.

Dunkle Wolken zogen an diesem Abend über die westlich gelegenen Niederlande und die auf deutscher Seite liegende Bentheimer Grafschaft. Der frischgebackene Vater war erst vor Kurzem von seinem täglichen Dienst als Beamter der Zollbehörden im Grenzraum zu den Niederlanden nach Hause gekommen. Die Stelle sicherte den Leeges ein Einkommen und für ihn, die junge Mutter und die nun vergrößerte Familie den Unterhalt. Für ihre Gesundheitsdienste bekam Leonore Leege oftmals nur ein gut gemeintes Dankeschön, doch schon dafür half sie gerne. Manchmal gab es aber auch ein paar Eier, einige Strunken Grünkohl oder, wenn sie häufig oder in schwierigen Fällen geholfen hatte, ein Huhn. Das füllte die Vorräte auf und die Leeges nahmen es dankbar entgegen.

»Und, was hast du sonst noch gemacht an diesem trüben Wintertag?«, fragte Friedrich-Andreas, dem schlafenden Sohn vorsichtig über den kleinen Kopf streichend.

»Der kleine Wurm hält mich auf Trab. Und es waren Nachbarn da. Du weißt ja, die alte Burmann hat arge Schmerzen im Unterleib. Sie sagt, was der Arzt verschreibt, hilft nicht, und ob es nicht irgendeine Pflanze gäbe, die die Schmerzen lindern könne.«

»Die alte Burmann, ja … Sie ist zäh, schon über siebzig und doch noch ganz gut zu Fuß«, dachte ihr Mann laut nach, schien aber mit den Gedanken woanders zu sein. Daher überhörte er fast die Frage seiner Frau: »Und bei dir?«

»Ach, das Übliche«, erwiderte er, »der Schmuggel nimmt wieder zu. Wein, Lederwaren, Tabak, alles Mögliche kommt von Rotterdam und Amsterdam herein und soll über die Grenze geschafft werden. Wir haben alle Hände voll zu tun, die vielen Fuhrwerke zu kontrollieren und Waren aufzuspüren, die verzollt werden müssen. Die Regelungen des

Zollvereins machen ja auch nicht alles einfacher. Und der Handels- und Schifffahrtsvertrag zwischen den Niederlanden und Preußen hat sicher sein Gutes, aber der Schmuggel illegaler Waren hört deswegen ja nicht auf. Im Gegenteil. Aber …«

»… das gehört eben zu deinem Beruf, darüber kannst du dich nicht beklagen«, fiel ihm Leonore ins Wort. Sie war erschöpft und wollte den Feierabend genießen.

»Man muss auf so viel achten … Aber ja, du hast recht, ich sollte nicht jammern«, schloss Friedrich-Andreas seinen Tagesbericht vorzeitig.

Er genoss einen guten Ruf als Beamter des Staates. Doch große Achtung hatten die Uelsener auch vor Leonore. Sie galt in dem kleinen, unscheinbaren Dorf in der weiten, ungestümen Landschaft des westlichen Emslandes, als fleißige, freundliche und gebildete Frau. Ihr Wissen über die Pflanzenwelt gab sie in einfachen, verständlichen Worten weiter, sodass kaum jemand sich scheute, sie anzusprechen.

»Der Holunder«, so erzählte sie gern, »ist ein wunderbares Beispiel dafür, wie nützlich eine Pflanze sein kann. Die Blüten sind essbar und sie lassen sich zu gesundem Tee, Saft, Likör oder auch Küchlein verarbeiten. Seine Rinde und selbst die Wurzeln sind für allerhand wohltuende und heilende Zwecke brauchbar.«

»Ga man nach Fro Leege – se weet dat woll. De kennt de Planten. Se deit verschkeden Bladen tosamen, kippt kokend Water darto, denn gifft dat een Gesöff, dat schmeckt as … Na, dat segg ich lever nich. Aberst, an de nächste Dag, da geit di dat vööl beter«, hörte man in der Dorfstraße. Dass sie aber nur verschiedene Blätter nahm, kochendes Wasser darüberschüttete und es einem am nächsten Tag besser ging, so einfach war es meistens nicht.

Das Schreien des kleinen Karl Georg Otto – sein letzter Vorname sollte schon bald zu seinem Rufnamen werden – brachte neue Aufregung in das Haus. Während Leonore sich geduldig um Otto kümmerte, sobald er nach Nahrung oder Zuneigung verlangte, und sich, wenn eines der anderen Kinder krank war, dessen Leidensgeschichte anhörte und ein, zwei Kräutlein zur Heilung empfahl, war Friedrich-Andreas die Unruhe nach einem langen Arbeitstag manchmal schon zu viel.

»Wozu gibt es in Uelsen einen Arzt, du nimmst ihm die Kundschaft«, sagte Friedrich-Andreas grummelig, und Leonore antwortete gelassen: »Der Arzt ist überlastet, bis nach Bentheim gibt es keinen weiteren, seitdem Doktor Schomaker in Neuenhaus verstorben ist. Er freut sich, dass ich ihm ein wenig Arbeit abnehme und seine Heilkunst mit der meinen unterstütze. Auch wenn er nicht immer von der Heilkraft der Pflanzen überzeugt ist. Und doch schickt er mir sogar manchmal Kranke, wenn seine Medizin nicht hilft. Und ich sage Patienten, sie sollen sich an ihn wenden, wenn ich mit den Heilpflanzen bei ihnen nicht weiterkomme. So helfen wir uns gegenseitig.« Brummelnd zog sich Friedrich-Andreas an den Ofen in der kleinen Küche zurück.

*

»Komm mit in den Garten!«, rief Leonore Leege, als der kleine Otto laufen konnte. Dort hielt er sich gern auf und sie war froh, die Arbeit erledigen zu können, während der Sohn sich mit allem Möglichen beschäftigte. Er buddelte Löcher, wenn auch nicht immer da, wo er es hätte tun dürfen, half aber auch beim Unkrautzupfen, soweit es überhaupt welches gab. Denn Leonore Leege konnte allerlei

Kräutern etwas abgewinnen, die andernorts ohne Bedenken aus dem Boden gerupft wurden. Er legte kleine Wasserläufe an, die er mit Hilfe einer angerosteten Blechgießkanne mit Wasser füllte, das die Mutter ihm mit der Pumpe heraufbeförderte. Er beobachtete gerne, wohin das Wasser floss und wie schnell es in sandigem Boden versickerte, während es länger dauerte, wenn der Boden, wie im hinteren Garten, lehmiger wurde. Deshalb bevorzugte er diesen Teil des Gartens, weil dort seine imaginären Schiffe, teils handelte es sich lediglich um alte, kurze Holzbretter, länger im Wasser lagen. Leonore nahm den kleinen Otto mit auf ihre Erkundungsgänge und Wanderungen in das Umland, wenn sie ihre heilsamen Kräuter sammelte. Sie erklärte ihm die Getreidearten auf den Feldern, nannte ihm die Namen von Pflanzen und Tieren, und schon bald konnte er die wichtigsten Baumarten unterscheiden. Am besten gefiel es beiden auf den Heideflächen, die zu dieser Zeit großen Raum in der Grafschaft Bentheim einnahmen. Die spätsommerliche bläulich-lila Blütenpracht der Heide sollte Otto in guter Erinnerung behalten ebenso wie das frische Grün entlang kleiner, plätschernder Bachläufe.

Karl Georg Otto Leege wuchs heran. Er begann, allerlei Getier zu fangen, das er zu seiner Mutter in die Küche trug, um zu fragen, worum es sich handeln könnte. Zum Glück erlaubte sie, dass er die krabbelnden Lebewesen ins Haus brachte. Manchmal setzte sie sich zu ihm, schaute ebenso interessiert die Tiere an und bestimmte die meisten von ihnen fehlerlos. Dann bestand sie jedoch darauf, dass Otto dafür sorgte, dass alle Käfer, Würmer, Raupen, Spinnen und sonstiges Getier wieder in einem Behältnis landeten, in dem er sie zurück in die Natur brachte. Es musste ja nicht sein, dass sie die Küche mehr und mehr besiedelten. Das eine oder andere entkam natürlich erfolgreich. Aber angesichts undichter Fenster und einer schlecht schließenden Haustür waren derartige Gäste nichts Ungewöhnliches. Otto setzte die Tiere vorsichtig wieder aus. Verletzen mochte er die kleinen Lebewesen nicht.

»Auch Tiere können Krankheiten heilen«, erläuterte Leonore Leege, »stell dir vor, die Blutegel, die so viele für ekelig halten, können ältere Menschen vor Krampfadern bewahren.«

Otto fragte: »Was sind Krampfadern?« Er saugte ihre Erklärungen auf wie die Egel das Blut und schaute am Ende enttäuscht drein, als sie sagte: »Und nun raus damit, ich möchte Abendbrot machen und wenn Vater heimkommt, will er kein Ungeziefer hier haben!«

*

Als Otto das fünfte Lebensjahr erreichte, endete seine unbekümmerte Kindheit. Er kam in die Schule.

»Ein fleißiger Junge«, befand der Uelsener Grundschullehrer Meinertz, als er eines Nachmittags Leonore und Friedrich-Andreas auf der Uelsener Dorfstraße begegnete, »wissbegierig und gehorsam.« Der Vater nahm es wohlwollend zur Kenntnis, lobte seine Frau Leonore, da sie dem Sohn den Lohn des Lernens schon früh vermittelt hatte.

»Ich habe ihm nie befohlen, etwas zu lernen«, entgegnete sie, wissend, dass sie durch die Wanderungen, die sie mit dem Sohn unternommen, und die Erklärungen, die sie ihm währenddessen gegeben hatte, seine Wissbegierigkeit und sein Interesse für die Pflanzen und Tiere geweckt hatte.

»Die Kinder lernen nur«, sagte sie, »wenn man ihnen erklärt, warum es gut und wichtig ist, dieses Wissen zu haben.«

Lehrer Meinertz nahm das zur Kenntnis, aber viel hielt er nicht von den neumodischen pädagogischen Ideen, die Frau Leege ihm gegenüber manchmal äußerte. Sie behandelte Kranke ja auch mit Kräutern aus dem Wald, da hielt er sich doch lieber an den Rat eines richtigen Arztes.

Und tatsächlich glaubte Leonore Leege nicht an den Rohrstock, um Geschichtsdaten, Grammatik, mathematische Formeln oder die richtige Zuordnung von Städten, Ländern und Flüssen auf grauen Landkarten in die jungen Köpfe hineinzuschlagen. Friedrich-Andreas war da nicht immer ihrer Meinung. Er fand, dass ab und an eine ordentliche Tracht Prügel einen erzieherischen Sinn erfüllte.

Dem Grundschüler Otto gefiel nicht alles, was er in der Schule lernen musste. Aber er bewältigte es ohne größere Schwierigkeiten. So blieb Zeit, am Nachmittag mit Freunden die ihm schon gut bekannten Heideflächen der Grafschaft zu durchkreuzen, Kaninchen und Eidechsen, Molche und Ringelnattern zu fangen und zu versuchen, sie zu domestizieren, was bei Schlangen und Molchen zu seinem Bedauern nicht gelang.

»Bah, nimm die Schlange nicht in die Hand!«, rief sein Freund Bernhard, als Otto eine Ringelnatter gepackt hatte.

»Die sind gefährlich! Wenn die zubeißen, tötet dich das Gift«, meinte Hermann zu wissen. Otto zeigte ihnen, wie man ein solches Tier anfasste, ohne dass es zubeißen konnte.

»Außerdem«, fügte er hinzu, »sind die nicht giftig, das ist ein Märchen.«

In der Schule wurde Otto wegen seiner ungewöhnlichen Interessen manchmal gehänselt, dennoch gewann er bei vielen Anerkennung, wenn er ohne Scheu jedes Getier einfach in die Hände nahm, neben Schlangen auch Echsen, Wasserkäfer, Würmer, ganz abgesehen von Insekten und großen Spinnen, vor denen sich viele Mädchen und Jungen ekelten. Es war Otto ein Riesenspaß, mit geschlossenen Handflächen auf seine Freunde zuzugehen und zu sagen: »Wisst ihr, was ich hier in meinen Händen habe? Eine richtig schöne, große schwarze Hausspinne!« Dann öffnete er die Hände nur leicht, schaute in die Höhle, die sie bildeten, schloss sie wieder und fügte hinzu: »Mann, hat die lange Beine! Acht Stück. Wusstet ihr, dass Spinnen auch acht Augen haben?«

Die Kinder traten dann einige Schritte zurück.

»Tu das Ding weg!«

»Mach sie tot!«

Otto lachte, öffnete die Hände und meistens war gar nichts drin. Meistens, denn hin und wieder entwischte tatsächlich ein besonders schönes Spinnenexemplar aus der kurzzeitigen Falle, ein fetter Frosch hüpfte auf den Boden oder eine grünblaue Libelle flog zurück in die Freiheit.

Er beeindruckte seine Klassenkameraden auch, wenn er Wespen oder Bienen über seinen Unterarm oder die Handfläche laufen ließ. »Ganz ruhig muss man bleiben, dann spüren sie, dass gar keine Gefahr für sie besteht. Warum sollten sie mich stechen, wenn ich ihnen nichts tue? Nach dem Stechen sterben sie, wozu sollten sie das riskieren, wenn ihnen doch gar nichts geschieht?«

In der idyllischen Grafschaft in der Umgebung Uelsens begeisterten sich Otto und seine Freunde vor allem für die Bachläufe.

»Komm, wir sammeln Wassermilben und Larven von Köcher- und Eintagsfliegen. Ich habe Gläser in meiner Tasche, die füllen wir mit Wasser, setzen die Larven hinein und bringen sie nach Hause. Mal sehen, was daraus wird.« Meistens landeten auch noch ein paar Wanzen und Wasserspinnen in den Behältnissen.

»Wir können eine Sammlung aller Wassertiere erstellen«, versuchte er, seine Freunde anzuspornen, weiteres Getier zu suchen.

»Wenn wir alle zusammen haben, die es hier gibt, übergeben wir die Sammlung der Schule«, warb er für seine Idee.

»Du bist ein Spinner«, entgegneten seine Freunde. Aber dort draußen in der Natur herumzutollen, daran hatten sie Spaß.

*

»Du kommst in die Schule nach Neuenhaus, außerdem wirst du Latein lernen, beim dortigen Dorfpfarrer«, verkündete Ottos Vater, als sein Sohn mit zehn Jahren die Uelsener Dorfschule verlassen musste. Dass er nicht ewig auf der kleinen Dorfschule bleiben konnte, hatten seine Eltern ihm schon erklärt. Doch dass der Moment dann so plötzlich kam, das musste er erst einmal verdauen. Eine Wahl gab es indes nicht.

Latein? War das wichtig? Seine Mutter bestätigte das, und sie würde schon recht haben.

»Viele botanische Begriffe und Pflanzennamen stammen aus dem Lateinischen. Wenn du sie verstehen willst, ist es gut, die Sprache zu lernen.«

Das leuchtete Otto ein. Er hatte oft gehört, wie seine Mutter lateinische Namen genuschelt hatte, wenn sie unterwegs gewesen waren.

»Taraxacum officinale«, sagte sie dann mehr zu sich selbst, wenn Otto mit einem kleinen Strauß gelb blühenden Löwenzahns daherkam, um ihn seiner Mutter zu schenken.

*

»Die Dinkel gefällt mir«, erzählte Otto seiner Mutter, nachdem er wieder einmal draußen herumgestreift war. Das kleine Flüsschen, das in seinem weiteren Verlauf die Grenze zu den Niederlanden querte, war mit Ufer, Kiesgrund, Strudel und Untiefen Heimat von diversen Klein- und Kleinstlebewesen und Fischen. Otto verbrachte dort viel Zeit mit Schulkameraden und setzte dabei die Arbeit an seinem Inventar fort.

»Was willst du denn mit all den Tieren?«, fragte Ottos Freund Reemt Huisenkamp, als er erstmals mit Otto die Dinkelniederung erkundete.

»Eine Sammlung. Ich will alle Tiere sammeln, die hier leben«, entgegnete Otto und der junge Huisenkamp zuckte die Schultern.

»Auch Rehe und Wildschweine?«

»Nein, natürlich nicht. Nur die kleinen. Insekten, Schmetterlinge, Spinnen, so etwas.«

»Und woher willst du wissen, dass du alle in deiner Sammlung hast?«

»Wenn ich keine mehr finde, die ich noch nicht kenne, gibt es auch keine mehr. Dann ist meine Sammlung vollständig.«

Wieder zuckte Huisenkamp mit den Schultern. Verständnis hatte er für Ottos Tun wenig. Aber ihm machte es, genauso wie Hermann, Spaß, Wasserwanzen oder Laufkäfer zu fangen.

»Immer noch besser als Lateinvokabeln zu büffeln«, sagte er sich.

Dann bauten sie aus Holzstämmen, Ästen und Steinen einen Staudamm an einer flachen Stelle der Dinkel. Es sollte ein Stausee entstehen. Doch der Damm war so undicht, dass das Wasser einfach weiter seinen Weg in die Zuiderzee nahm. Als er den Flusslauf verfolgte, fielen Otto Abtragungen von Sand und Grassoden an den Prallhängen auf. Manchmal stürzten Bäume in den Fluss. An den Gleithängen gab es hingegen Anlagerungen von Sand und Kies. Hier zerstörte das Wasser etwas, an anderer Stelle baute es etwas auf. Ohne dass irgendjemand etwas dafür tun musste. Diese Erkenntnis würde später einmal sehr wichtig werden.

# 2

»Ich möchte etwas mit Tieren oder Pflanzen machen, wenn ich erwachsen bin«, sagte Otto eines Abends spontan, als er mit seinen Eltern und den kleinen Geschwistern das Abendessen einnahm.

Hinweise seines Vaters, ein solcher Berufswunsch sei eine »brotlose Kunst«, ignorierte Otto. »Was willst du damit anfangen? Wo willst du eine Arbeit finden? Nenne mir einen Beruf außer dem des Bauern, in dem Pflanzen und Tiere eine Rolle spielen«, kommentierte Ottos Vater dessen Pläne. »Oder willst du Bauer werden?«

Otto zuckte mit den Schultern. »Vielleicht«, sagte er leise. So ungewöhnlich kam ihm das gar nicht vor und er dachte daran, dass ein Bauer viel an der frischen Luft arbeitete.

»Wir haben keinen Hof. Du könntest dich höchstens als Tagelöhner durchschlagen. Ich glaube kaum, dass du das erstrebenswert findest«, sagte sein Vater.

Otto antwortete nicht. Was dann? »Vielleicht Gärtner, jemand, der die Gärten schön macht«, sagte er leise.

»Das ist doch nichts!«, urteilte Friedrich-Andreas Leege. »Damit kannst du nichts verdienen. Allein schon, weil im Winter nichts zu tun ist. Keine Arbeit, kein Lohn. Und wer braucht schon Gärtner? Die reichen Leute mit ihren großen Häusern, die von ebenso großen Gärten umgeben sind. Davon gibt es hier aber nicht viele.«

»Ach, bis dahin ist doch noch viel Zeit«, wiegelte Leonore ab, um einer Auseinandersetzung zwischen Vater und Sohn zuvorzukommen.

»Du bist gut in der Schule, da kannst du einen Beruf lernen, in dem du ordentlich verdienst«, fügte Friedrich-Andreas an.

»Nun lass den Jungen doch. Er wird sich das alles schon noch überlegen.«

»Pflanzen und Tiere«, nuschelte der Vater noch, schüttelte den Kopf und legte im Ofen ein Holzscheit nach. »Ja, womöglich hast du recht«, bestätigte er schließlich, wandte sich dann Otto zu. »Du wirst schon noch auf etwas Solides kommen, mit dem du später eine Familie ernähren kannst.«

Eine Antwort kam kurze Zeit später und unerwartet von Ottos Lehrer in Neuenhaus.

»Er hat einen hellen Kopf und sollte Schulmeister werden«, meinte der Pädagoge. Dieses Berufsziel erschien dem Vater wiederum sinnvoll. Schulmeister mussten schließlich über alles, also auch die Natur, Bescheid wissen. Dann konnte er ja neben den anderen, aus Friedrich-Andreas' Sicht wichtigeren, Fächern auch hier und da etwas über Pflanzen und Tiere erzählen. Jedenfalls bekam man als Schulmeister ein festes Gehalt, ein recht sicheres zumal … der Gedanke gefiel ihm. Auch Leonore betrachtete diese Idee wohlwollend. Sie sah Otto schon vor ihrem inneren Auge als Lehrer, der den Kindern mit Begeisterung die Natur erklären konnte, so wie sie sie ihm von klein auf nahegebracht hatte.

»Es ist wohl so ziemlich der einzige Beruf«, sinnierte Friedrich-Andreas, »bei dem ihm das Wissen über Kröten, Lurche, Wasserpflanzen und Bäume zugutekommen könnte. Wer braucht so etwas sonst außer irgendwelchen großkopferten Professoren an Universitäten, die dicke Bücher über die Pflanzen und ihre Verbreitung schreiben?«

Und auf diese Weise, dachte er, wäre die Zeit an Flüssen, in der Bentheimer Heide und im Moor nicht vertan gewesen. Oft genug hatte er bemängelt, dass Otto zu viel draußen herumstromerte, anstatt sich mit den Schulaufgaben zu beschäftigen oder im Haus zu helfen.

Leonore hatte ihn dann immer mit den Worten beruhigt: »Otto wird seinen Weg gehen, du wirst es sehen.«

*

»Schulmeister ist ein ehrbarer Beruf«, Friedrich-Andreas Leege sah seinen Sohn an. »Wenn du das willst, dann haben deine Mutter und ich nichts dagegen.«

Die Schulzeit in Neuenhaus ging dem Ende entgegen und es war an der Zeit zu entscheiden, wie Ottos Zukunft aussehen sollte. Irgendwann musste der Sohn sein eigenes Geld verdienen, dafür bedurfte es einer guten Ausbildung. Ein Lehramt würde Ottos Zukunft sichern.

»Wäre es wirklich dein Wunsch?«, fragte Leonore.

Otto überlegte, dann murmelte er: »Ich glaube, es liegt am nächsten an dem, was ich möchte.«

»Aber die Ausbildung kannst du nicht in Neuenhaus machen«, bemerkte Leonore.

»Auch in Bentheim oder Meppen wird es nicht gehen, dort gibt es keine Ausbildungsstätten für Lehrer«, ergänzte Friedrich-Andreas. Das stimmte die beiden nachdenklich und ihr Sohn sah es ihnen an. Er würde das vertraute Zuhause verlassen; Besuche bei den Eltern wären nur selten möglich, egal wohin es ihn verschlagen würde.

»Vielleicht bekomme ich später eine Anstellung an der Schule in Neuenhaus«, versuchte Otto, die betrübten Gesichter seiner Eltern aufzumuntern.

»Dann kannst du den alten Mirkendorf ersetzen«, lachte Friedrich-Andreas.

»Da würde ich aber einiges anders machen«, erwiderte Otto.

»Oho, der Herr Sohn hat schon eigene pädagogische Gedanken, bevor er überhaupt die Ausbildung begonnen hat«, zog sein Vater ihn auf.

»Na ja, Mirkendorf ist schon ein harter Knochen«, meinte Leonore.

»Ich glaube, ein Lehramt wäre das Richtige für mich«, Otto gab sich überzeugt.

»Aber du musst hier weg. Hier in der Grafschaft gibt es nur Bauern, Landarbeiter, Torfstecher und Tagelöhner. Es sei denn, du gehst nach Bentheim.«

»Zollbeamte gibt es doch auch«, ergänzte Ottos Mutter schmunzelnd.

»Ach Gott, ja«, seufzte ihr Mann, »und die sollen all den Schmuggel verhindern und möglichst auch noch Räuber melden, die sich über die Grenze auf- und davonmachen wollen, um den Gesetzen des Königreiches Hannover zu entfliehen!«

»Mit wem soll ich dann durch die Heide streifen?«, wechselte Leonore das Thema. Natürlich war ihr klar, dass es hieß, Abschied von ihrem Sohn zu nehmen. Er war flügge, musste das Nest verlassen.

»Himmel, Leonore, wie lange willst du ihn denn noch mitnehmen? Du kannst wohl kaum mit deinem erwachsenen Sohn Kräuter in der Bentheimer Heide sammeln gehen!«, erregte sich Friedrich-Andreas.

»Du hast ja recht«, sagte sie leise.

»Immer wenn ich heimkomme«, sagte Otto, »können wir in die Heide gehen. Hier gibt es nun mal keine Zukunft für mich. So schön es auch ist.«

»Du musst das tun, was du wirklich willst«, bestätigte Leonore. Friedrich-Andreas sagte nichts weiter, dachte nur kurz daran, dass er sicherlich die Anerkennung der Uelsener erhalten würde, wenn sie erfuhren, dass der »kleine Otto« nun Lehrmeister würde. Das klang besser als Torfstecher oder Tagelöhner.

So machte sich Otto mit dem Gedanken vertraut, nach Abschluss der Schule in Neuenhaus die Grafschaft Bentheim zu verlassen. Es lag ja auch ein Reiz darin, denn mehr als die Landschaften zwischen Uelsen und Neuenhaus hatte er noch nicht gesehen, wenn man von seltenen Besuchen in Bentheim und ein, zwei mit dem Vater in den Niederlanden absah. Eine unbekannte Zukunft weckte gleichermaßen Neugier und Furcht.

Dem Rat seines Lehrers folgend und mit dessen Empfehlungsschreiben ausgestattet begann er, Bewerbungen aufzusetzen, um sie an verschiedene Ausbildungsstätten für Lehrer zu schicken, die Präparandien. Die Antworten ließen auf sich warten. Immer wenn der Postbote anklopfte, stürzte Otto erwartungsvoll zur Haustür oder fragte die Mutter, wenn er erst spät aus der Schule nach Hause kam.

»War etwas für mich dabei?«

»Nein, kein Brief für dich. Das wird schon noch, wirst sehen!« Ja, seine Mutter machte ihm immer wieder Mut.

Es dauerte viele Wochen, bis er Antwort erhielt und ein Brief für ihn in der Post war. Er kam aus Aurich in Ostfriesland.

# 3

»Die Präparandie in Aurich will mich aufnehmen!« Ottos Erregung war groß, als er hastig die Zeilen des Schreibens überflog, noch in dem engen Hausflur stehend. Sein Vater sah auf, er war in dem alten Sessel am Fenster eingeschlafen. Leonore kam aus der Küche.

»Komm mal her, Otto, was sagst du?«, rief Friedrich-Andreas. Leonore folgte Otto, als er zum Vater schritt. Otto zeigte ihm das Schreiben.

»In Aurich, dort wollen sie mich aufnehmen«, wiederholte er.

»Präparandenschule Aurich …« Friedrich-Andreas überflog die Zeilen und dachte nach. Der Neuenhauser Schulmeister hatte ihnen erklärt, dass der Besuch einer Präparandie als unterste Stufe der Volksschullehrerausbildung in der Regel die Voraussetzung zum Besuch eines Lehrerseminars war. Ein Abitur war nicht notwendig. Die Präparandie in Aurich hatte der Neuenhauser Pädagoge sogar erwähnt und, wenn Friedrich-Andreas sich richtig erinnerte, recht wohlwollend von ihr gesprochen. Der Lehrer hatte, wie es so seine Art war, weit ausgeholt und den Leeges davon berichtet, dass es seit der Amtszeit des preußischen Kultusministers Falk Anfang der 1870er-Jahre mehr und mehr staatliche Präparandien gab. Vorher waren sie durchweg privat gewesen, was mit hohem finanziellem Aufwand verbunden war. Überhaupt habe Preußen schon 1872 für die Lehrerausbildung neue Maßstäbe gesetzt, wodurch das

Niveau der Lehrerausbildung in den Folgejahren deutlich angehoben worden war. Man achtete mehr darauf, dass nicht nur Praktiker oder derweil aus dem Dienst ausgeschiedene Männer aus der Wirtschaft, der Kirche oder dem Militär in der Lehrerausbildung eingesetzt wurden, sondern der Pädagogik mehr Raum zuteilwurde. Es wurden erste Lehrpläne entwickelt, die Mindestziele definierten, die die Schüler erreichen müssten. Darum wären die Seminare ein guter Ansatz, um mehr junge Lehrer auszubilden, die nach dem aktuellen Stand unterrichteten.

Das alles klang für Friedrich-Andreas Leege vielversprechend. Trotz seines Beamtengehaltes hatte er sich schon gefragt, ob er sich eine Ausbildung Ottos an einer privaten Schule finanziell hätte leisten können. Die Auricher Lehrerausbildungsstätte war eine staatliche Einrichtung, es musste lediglich ein Obolus für die Mahlzeiten entrichtet werden.

»Neben der Präparandie gibt es in Aurich auch ein Lehrerseminar«, wusste er.

»Wozu …«, setzte Otto an, doch Friedrich-Andreas unterbrach ihn und erklärte:

»Die Präparandie ist die erste Ausbildungsstufe für Lehrer. Danach musst du noch für zwei Jahre auf ein Lehrerseminar.«

»Zwei Jahre«, bestätigte Leonore.

»Du könntest also die ganze Ausbildung bis zum Volksschullehrer in Aurich absolvieren«, der Vater machte eine kurze Pause, »vorausgesetzt, du bestehst die Abschlussprüfung an der Präparandie.«

»Das werde ich«, rief Otto selbstbewusst, während seinem Vater kurz der Gedanke kam, der ihn immer wieder beschäftigte: dass sein Sohn zwar sehr gescheit war, aber manchmal auch allerlei Flausen im Kopf hatte.

»Wann beginnt die Ausbildung?«, fragte Ottos Mutter.

»Ich kann noch in diesem Jahr anfangen. Zum Sommer«, rief Otto, dessen Begeisterung seine Mutter nur zum Teil mitriss.

»Im Sommer ... schon?«, wiederholte Leonore, sie ahnte, dass es ihr schwerfallen würde, den Sohn ziehen zu lassen.

»Er ist nicht aus der Welt«, tröstete Friedrich-Andreas abends seine Frau.

»Aurich ist weit, aber nicht unerreichbar. Wir können ihn besuchen ...«

»Ach, was wir hier alles zu tun haben! Wie sollen wir ihn dann besuchen? Und es ist eine lange Reise, es gibt keine durchgehende Bahn. Willst du dorthin wandern? Oder reiten?«, warf Friedrich-Andreas ein.

»Dann kommt er eben zu uns – er wird Ferien haben!«, entgegnete sie, woraufhin er sich einem Buch und sie sich einigen Kleidungsstücken zuwandte, die gestopft werden mussten.

*

Dann kam das Jahr 1876. Im Sommer machte sich Otto Leege auf den Weg nach Aurich. Er bekam ein kleines Zimmer zugewiesen und bald schon begann der Unterricht.

»Es fällt mir nicht schwer, dem Stoff zu folgen«, schrieb er in seinem ersten Brief an die Eltern, »deshalb nutze ich die Zeit, um Exkursionen in die Umgebung zu unternehmen. Ein Kamerad leiht mir sein altes Fahrrad aus. Die Landschaften um Aurich herum sind sehr interessant. Es gibt Gehölze, Heiden, Moore, Meeden und Seen. Ich nehme an, liebe Mutter, du kannst dir vorstellen, wie ich darin aufgehe. Ich wünschte, du könntest sehen, wie es hier ist. Ich fahre hin und her, sehe etwas Neues, fange Tiere, pflücke Pflanzen. Die einzigartige Vielfalt erschließt sich mir als sagenhaftes Neuland. Dahinter steht eine interessante Entstehungsgeschichte, zu der ich schon allerhand gelernt habe. Hier um Aurich liegt die Geest, altes, von den Eiszeiten überprägtes Land mit sandigen Böden, das in die Marsch übergeht, junges, fruchtbares Land, das der Mensch in stetem Kampf gegen die Nordsee dem Meer abgerungen hat. Aber das Wunderbarste ist das Große Meer, Ostfrieslands größter Binnensee. Ja, er wird Meer genannt. Ich habe einen Fischer kennengelernt, habe ihn einfach angesprochen. Er heißt Warntje Lengen und betreibt Stellnetze. Er macht oft guten Fang. Brassen, Rotfedern, Aale, Karpfen – viel edler Fisch verfängt sich in seinen Maschen. Manchmal hat er mir schon einen Fisch mitgegeben. Er räuchert sie, so kann ich sie gut transportieren und abends essen. Ein Genuss!«

Mehr noch interessierten ihn aber die Geschichten über das Große Meer, die Lengen erzählte, die Schilfzone mit den Wasservögeln, das schnell wechselnde Wetter und wie man erkannte, ob sich ein Regengebiet näherte. Im Winter, als sich der Binnensee in eine weitläufige Eisfläche verwandelte, auf der man kilometerweit schöfeln konnte, lieh er sich Kufen, die er unter seine Schuhe schnallte. So lernte er bei Lengen auch Plattdeutsch. »Schöfeln«, Schlittschuhlaufen, hatte er zuvor nie versucht doch es gelang ihm schnell, sich auf den kufenbehafteten Schuhen vorwärtszubewegen.

»Dat grote Meer is nargens mehr as een goden Meter deep«, erläuterte Lengen, der mit seinem grauen Rauschebart nicht immer leicht zu verstehen war, während er sein langes, schmales Boot, das er »Jülle« nannte, über den See stakte. Leege saß auf der Querbank, schaute nach vorn. Doch der Fischer wusste mittlerweile, dass der junge Mann ihm gespannt zuhörte, während er aufmerksam die Umgebung fixierte.

»De Fisk trekkt hierhenn und dorhenn – ick weet, wo de beste Stellen sünd, wo vööl Fisk to fangen is. Mann du kannst nooit neet seker sien, off dat Netz an't nächst Dag vull is. Een Dag verkoop ick vööl, een anner Dag nix. So is dat. Und in't Knipp hest du een Dag mal een Daler, een anner Dag ook nix. Ick mutt immer wat sparen, för de slechte Dagen.« Lengen lachte und zeigte dabei eine beeindruckende Zahnlücke am Oberkiefer. Lengen wusste also, wo die Fische hinzogen, dennoch konnte er nie sicher sein, ob sein Netz am nächsten Tag voll war. Es gab gute Tage, an denen er verdiente, aber auch solche, an denen er nichts fing. Also hieß es sparen, wenn Geld hereinkam, damit für schlechte Tage etwas übrig blieb. Ja, der Mann war wirklich freundlich, ein Glücksfall, dass Otto ihn getroffen hatte. Die ostfriesischen Fischer an den Zuggräben, Kanälen und Meeren gehörten sicher nicht zu den Großverdienern der Gegend. Im Portemonnaie, dem »Knipp«, war manches Mal bittere Leere zu beklagen. Aber Otto hatte auch schon volle Netze erlebt und mit einem guten Fang stieg Warntje Lengens Laune merkbar an.

Von Lengen lernte Otto die heimischen Fischarten einschließlich ihrer plattdeutschen Namen. Der Fischer konnte ihm eine Menge über die Wasservögel erzählen, die am Großen Meer auf ihren Flügen in den Norden oder den Süden – je nach Jahreszeit – pausierten oder hier nisteten und ihre Brut großzogen.

»Riesige Schwärme von Ringelgänsen ziehen im Frühjahr über die freien Flächen, suchen nach Nahrung oder ruhen sich aus. Die weiten Schilfflächen an den Ufern bieten gute Zufluchtsorte und viel Material für den Nestbau. Diverse

Entenarten überall, ganz abgesehen von zahlreichen Singvögeln«, schrieb Otto seinen Eltern.

Warntje Lengen kannte auch die Vögel meistens nur mit dem plattdeutschen Namen. Otto machte sich später die Mühe, anhand von Bestimmungsbüchern die hochdeutschen Bezeichnungen sowie die lateinischen Namen herauszufinden. So unnütz war sein Lateinunterricht bei Lehrer Mirkendorf in Neuenhaus also doch nicht gewesen. Die amüsanten plattdeutschen Bezeichnungen machten neben der Artenkenntnis auch noch Spaß. Einige Namen waren dem Hochdeutschen ähnlich, wenn Lengen etwa die »Swalfkes«, Schwalben, oder die »Aanten und Gosen«, Enten und Gänse, erwähnte. Bei anderen kam Otto über Beobachtung und einen Blick in die Bücher zum Ziel. Der Wippsteert hatte seinen Namen, weil er eben mit dem Schwanz, dem Steert, nach oben und unten wippte, wenn der kleine schwarz-weiße Vogel über den Boden lief und Körner aufpickte. Vom Wippsteert zum hochdeutschen Namen, Bachstelze, war es ein längerer Weg. Und das Lüntjes Spatzen waren, musste man eben auch erst einmal wissen. Am schönsten fand Otto aber den Porgstohl. Das war die Bezeichnung für Pilze, übersetzt »ein Stuhl für einen Porg«, einen Frosch. Otto brachte ihn gerne in Gesprächen mit seinen Mitschülern unter, wenn er über das Plattdeutsch sprach.

»Dat sünd Düfels!«, rief Lengen bei einer ihrer Fahrten plötzlich und zeigte auf ein paar Kormorane. »Teufel«, nannte er sie, weil sie den schlechten Ruf hatten, besonders viele Fische zu fangen. Und die sah er lieber in seinem Netz als im Schnabel der schwarzen Vögel, die eindrucksvoll auf Pfählen saßen und sich die ausgebreiteten Flügel im Wind trockneten. Otto begann, seine Eindrücke aufzuschreiben.

»Ein außergewöhnlich großer, sehr flacher See mit einer Flora und Fauna, die ihresgleichen sucht«, notierte er. Wieder schrieb er den Eltern: »Hier an der Präparandie habe ich auch Zeichenunterricht. Der Lehrer heißt Wessels, aber neben dem Zeichnen interessiert er sich vor allem für die Botanik. Eher zufällig haben wir uns über Pflanzen unterhalten und da eröffnete er mir, dass er sogar ein Buch geschrieben hat, die ›Flora Ostfrieslands‹. Er hat mir eine Ausgabe geliehen – und ich habe schon die eine oder andere Art wiedererkannt. Neulich erst brachte er allerhand Blütenpflanzen mit und hat mir so einige mir unbekannte Arten nahegebracht. Die Allerweltspflanzen lernt man ja schnell, die seltenen Arten, die sind es, die mir immer wieder Schwierigkeiten bereiten. Es geht ja auch darum, die lateinischen Namen zu kennen, obwohl es die oft lustig klingenden ostfriesischen Bezeichnungen gibt.«

»Ich habe noch viel zu ergänzen«, sagte Wessels jedes Mal, wenn er mit Otto sprach. Er hatte sich mit seinem Buch alle Mühe gegeben, war aber dennoch davon überzeugt, dass es die Flora der nordwestlichen Ecke des deutschen Reiches nur unvollständig widerspiegelte. Dass Otto auf Anraten Wessels' auch mit dem Apotheker Rassau Kontakt aufnahm, erwähnte er in keinem seiner Briefe, hielt es jedoch in seinem Tagebuch fest. Rassau forschte gerade über Kryptogamen. Otto fand, dass er seine Eltern nicht auch noch mit Moosen und Flechten konfrontieren musste, obgleich er sicher war, dass seine Mutter sich auch dafür interessieren würde. Sie hatte ein ums andere Mal erwähnt, dass sie sicher sei, dass gerade in den Flechten Heilkräfte enthalten sein könnten, man wisse aber kaum etwas über diese seltsamen, Baumrinden oder Steine überziehenden Organismen.

»Sie müssen wissen, Herr Leege«, erläuterte ihm Rassau,

»dass sich die Kryptogamen ohne Blüte vermehren.« Das war für den angehenden Lehrmeister neu. Rassau dozierte weiter über diese Pflanzen, zu denen neben den Flechten und Moosen auch Pilze, Algen und Farne zählten und somit, das erkannte Otto nach und nach, einen erheblichen Teil der Flora Ostfrieslands ausmachten, den niemand so recht wahrnahm.

»Die Pteridophyta, also die Farne«, erklärte ihm wiederum Wessels, »bilden ein Prothallium an der Unterseite der Wedel, das sowohl die männlichen wie die weiblichen Geschlechtsorgane vereinigt. Bei günstigen Wetterbedingungen, vor allem ausreichend Feuchtigkeit, bildet sich eine neue Farnpflanze. Windbestäubung durch Insekten spielt hier also keine Rolle.«

Otto schwirrte manchmal der Kopf, aber von den beiden Männern lernte er die verschiedenen Spielarten der Vermehrung bei Pilzen und Flechten, Farnen und Moosen und vielen weiteren Pflanzen kennen. Und er wollte mehr wissen.

»Pilze können sich sowohl geschlechtlich als auch ungeschlechtlich fortpflanzen«, erfuhr er von dem Apotheker und für Otto revolutionierte diese Information sein Weltbild. Bislang war er davon ausgegangen, dass Pflanzen sich ausschließlich mittels Blüten und über Wind- oder Bestäubung durch Insekten vermehrten. Die Pilze, so beschrieb Otto es in seinen Notizen, fristeten auf der kargen Geest – und auf den Inseln, wie er später feststellen sollte – ein eher unauffälliges Leben. Man musste sie schon suchen. Doch wenn man dies tat, fand man sie fast überall, genau wie die Moose und Flechten. Pilze siedelten an den ungewöhnlichsten Stellen, es waren eben nicht immer nur Champignons, Pfifferlinge oder andere auffällige Vertreter wie Schopftintlinge oder gar Fliegenpilze mit ihren weiß getupften roten

Kappen. Viel mehr Pilze erschienen unauffällig, unscheinbare, sehr kleine Arten, die der oberflächliche Wanderer schlichtweg übersah. Otto büffelte sich weiter durch das Pflanzen- und Tierreich.

»Die Flechten wiederum«, erläuterte Rassau ihm, »bilden Symbiosen mit Photosynthese-treibenden Pflanzen. Eine Gemeinschaft, die uns erkennen lässt, dass einzelne Arten nicht unabhängig voneinander leben, also einfach nur so vor sich hin ... wie so mancher Mensch«, er schmunzelte, »sondern dass die Gesamtheit der Pflanzen und Tiere ein sich gegenseitig bedingendes Ganzes ist und die Natur sich unglaubliche Schachzüge überlegt, dieses große Ganze am Funktionieren zu halten. Die einzige Gefahr, so scheint es mir manchmal, stellt für sie der Mensch dar.«

Aber sollte sich der Mensch nicht die Erde untertan machen, dachte Otto. Stand es so nicht in der Bibel?

*

Otto Leege scheute sich nicht davor, andere Pflanzen- und Tierexperten, die er namentlich von Wessels oder Rassau kannte, anzuschreiben und sie zu verschiedenen Themen um Rat zu fragen. Er teilte ihnen die Entdeckung der einen oder anderen Art mit, die er in keiner Quelle gefunden hatte und von der er dachte, sie sei neu in der Umgebung von Aurich.

Friedrich-Andreas und Leonore lasen Ottos Briefe mit großem Interesse.

»Er scheint ja in Aurich gut voranzukommen«, schloss Ottos Vater. »Aber offenbar streift er nach wie vor wie ein Schuljunge durch die Landschaft, um Pflanzen und Tiere zu suchen. Was hast du nur mit ihm angestellt?«

»Lass ihn, es macht ihm Spaß. Und am Ende wird er noch ein richtiger Gelehrter«, antwortete Leonore lächelnd.

»Gelehrter ...«, wiederholte Friedrich-Andreas abfällig. »Nun übertreib mal nicht. Wozu auch? Sollte er den Abschluss schaffen, ist er Lehrmeister. Das ist jawohl Gelehrtentum genug. Und außerdem gibt es neben Pflanzen und Tieren auch Latein, Erdkunde, Mathematik, Physik, Religion, Lyrik, Prosa und Poesie, Grammatik, Malerei und vieles mehr, was man als späterer Lehrmeister beherrschen muss«, meinte er. »Darauf muss er sich auch konzentrieren, sonst schafft er die Prüfungen nicht.«

Leonore war sich indes sicher, dass Otto die Prüfungen bestehen würde.

»Ich sage dir, er hat sehr genaue Vorstellungen. Mach dir keine Sorgen.«

Ihr Mann grummelte etwas, was sie nicht verstand.

*

Der Sommer 1877 brach an und im Auricher Lehrerseminar wurde eine Exkursion angekündigt.

»Ein Ausflug nach Norderney! Ab auf die Insel! Das ist doch mal was anderes«, sagte Ottos Seminarkollege Peter Ahrends und Otto antwortete: »Ich wollte schon immer mal auf eine der Inseln da oben.«

»Norderney soll ein schönes Seebad sein! Noble Häuser und ebensolche Gäste.«

»Ich interessiere mich mehr für die Natur«, antwortete Otto.

»Das war ja klar!«, rief Ahrends, klopfte Otto auf die Schulter und stand auf, um vor der nächsten Stunde noch zum Klo zu gehen, das in einem abseits vom Hauptgebäude stehenden Häuschen untergebracht war und mittels eines Eimers, den der Benutzer nach Gebrauch wieder auffüllen musste, zu spülen war.

Dann kam der Exkursionstag. Frühmorgens ging es los. Otto war aufgeregt. Erstmals würde er an die ostfriesische Küste kommen. Und dann noch eine Überfahrt mit dem Schiff nach Norderney!

Warntje Lengen hatte Norderney erwähnt, bei einer der Touren auf dem großen Meer, bei der er die Reusen leerte. Sein Bruder war wie er Fischer, aber im Gegensatz zu Warntje spürte er den Krabben, dem Butt und den Seezungen im Wattenmeer nach. Er fuhr auf einem kleinen Kutter, der in Greetsiel seinen Heimathafen hatte.

»Mien Broer«, hatte Lengen erzählt, »de was all up Börkum, up Nördernee und up Baltrum«, und Otto hatte, wieder im Lehrerseminar, nachgeschlagen, wie es sich mit den ostfriesischen Inseln verhielt.

»Es ist sicher schön auf den Inseln«, hatte Otto vermutet.

»Nee, dat is nix«, hatte Lengen widersprochen. »Da is nix as Sand und Dünen …«, und hatte sein Urteil über die Inseln damit gesprochen.

Die Fahrt von Aurich nach Norddeich dauerte eine Zeit, musste man sie doch mit einem Pferdebus zurücklegen. Endlich an der Mole angekommen, bestiegen die Seminaristen den Schraubendampfer »Stadt Norden« nach Norderney. Schon die Überfahrt war ein Abenteuer, Otto und seine Schulkameraden hatten viel Spaß. Mit lautem Pfeifen und viel grauweißem Qualm, der aus dem langen Schornstein des Schiffes strömte, legten sie ab. Das Wetter war gut, sie standen an Deck und tauschten sich aus, wie es wohl auf Norderney wäre. Keiner von ihnen hatte bisher eine Insel besucht.

An der Norderneyer Hafenmauer hatte ein Schipper eine breite, stabile Holzbohle zwischen Reling und festem Land gelegt.

»Vorsicht, Herrschaften, Vorsicht! Treten Sie nicht neben die Planke! Das Wasser ist tief und kalt, wenn Sie hineinfallen!«, rief er und lachte dabei. Die Gäste lachten mit, während sie das Schiff verließen. Die Gruppe der angehenden Lehrer aus Aurich kam ohne Zwischenfälle an Land.

»Wir gehen jetzt«, rief der Exkursionsleiter Maximilian Schnautzer seinen Eleven zu, »durch den Ort und dann zum Strand. Am Strand lasse ich Ihnen ein wenig Freizeit. Wir machen dort eine Zeit aus, zu der wir uns wieder treffen. Dann erstellen wir einen Querschnitt der Insel, einen Transekt, der sich an einer geraden Linie vom Strand bis zum Watt zieht. Der wird gezeichnet und festgehalten, wo weiße, graue und braune Dünen beginnen und enden.«

»Ein Transekt am Damenstrand würde mich mehr interessieren«, flüsterte Ahrends Otto zu. Der schmunzelte.

»Wenn man dahin überhaupt kommt.«

»Um es Ihnen gleich deutlich zu sagen, meine Herren: Es ist nicht erlaubt, an den Damenstrand zu gehen, auch nicht in dessen Nähe«, bemerkte Schnautzer noch, als habe er die Worte der beiden gehört. Die Seminaristen zwinkerten einander zu.

Also ging es durch den Ort, der sich zu einem mondänen Seebad entwickelt hatte, an die Seeseite Norderneys. Am Herrenstrand entließ Schnautzer die Schüler für eine Stunde in die Freiheit. Einige nutzten die Zeit für ein Bad in der Nordsee. Sie kleideten sich im Badewagen um und sprangen in die Fluten. Auch am Damenstrand gab es die Badewagen – doch sie waren zum Bedauern der jungen Männer zu weit entfernt, um etwas zu sehen.

Otto wollte nicht baden. Stattdessen ging er in die Dünen. Später, zurück in Aurich, sollte er in sein Tagebuch eintragen: »Was sich mir in den Dünen und im Heller bot, hatte ich nicht in meinen kühnsten Träumen erwartet. Eine erstaunliche Blütenpracht, obwohl der Untergrund doch nur Sand ist. So viele Arten, und das bei einem derart rauen Klima!«

Kurz darauf versammelte man sich am vereinbarten Treffpunkt und Schnautzer durchquerte mit seinen Schülern die Insel von Nord nach Süd, dabei die verschiedenen Zonen erklärend, die sich selbst für den ungeübten Betrachter unterscheiden ließen. An der Wattseite angekommen, liefen sie einen Sandpfad Richtung Hafen.

Doch Otto trennte sich von der Gruppe. »Ich möchte ein paar Pflanzen mitnehmen, gehe mehr an der Wasserkante zum Hafen.«

Schnautzer ließ ihn gewähren. »Sehen Sie sich den Otto Leege an, der interessiert sich für die Pflanzenwelt, nicht für den Damenstrand«, sagte Schnautzer und lächelte schelmisch.

»Ach ja, Otto, sammele du mal Pflanzen«, bemerkte Ottos Freund Fritz Ockenga. Sie kannten Otto als netten, aber manchmal etwas sonderbaren Seminaristen. Bei einem, der am Wochenende mit einem Fischer in einem kleinen Holzboot auf dem Großen Meer herumschipperte und plattdeutsche Pflanzennamen lernte, wunderte man sich nicht, wenn er bei einem Klassenausflug Pflanzen im Watt einsammelte. Und er konnte ja auch sehr gesellig sein, das wussten sie. Nach zwei, drei Bier bei einem Lagerfeuerabend in der Nähe der Auricher Präparandie hatten sie lauthals Lieder gesungen und Ottos Bass war nicht zu überhören gewesen. Und, ja, Otto konnte sogar gute Witze erzählen und lachte über die der anderen.

»Wenn er Lust dazu hat, sitzt ihm der Schalk im Nacken.

Dann macht der jeden Spaß und Unsinn mit«, sagte Peter Ahrends zu Fritz Ockenga, als sie Otto etwa hundert Meter vom Sandpfad entfernt durch den Heller stapfen sahen, dabei links und rechts Pflanzen abpflückend.

»Jo, stimmt. Ein ganz netter Kerl.«

Sie näherten sich dem Norderneyer Hafen, das Schiff lag abfahrbereit an der Mole. Otto kam etwas später als Peter und Fritz an und hatte einiges zu schleppen. Im linken und im rechten Arm türmten sich Pflanzen.

»Unser Botaniker hat mal wieder alle Hände voll zu tun!«, rief Wiegbert Krüger, ein weiterer Seminarist, als sie ihn mit all dem Grünzeug kommen sahen.

»Und du kannst mir gerne mal helfen«, erwiderte Otto und baute sich vor ihm auf. »Hier, halt das mal«, sagte er und drückte ihm die Hälfte der Gräser, Blumen und Kräuter in die Arme.

»Oh nee, soll ich jetzt die halbe Norderneyer Botanik mit nach Aurich nehmen, oder was?«

»Hab dich nicht so. Das Zeug muss aufs Schiff, da kannst du mir mal unter die Arme greifen.«

»Im wahrsten Sinne des Wortes«, lachte Fritz.

»Auf dem Schiff und später im Wagen kannst du sie ja zur Seite legen. Schau, dass bloß nichts verloren geht«, belehrte Otto Wiegbert.

Der stand da und sah mit dem Haufen salzresistenter Pflanzen des Inselhellers in den Armen ein wenig hilflos aus. »Mann, Otto Leege, manchmal zweifle ich an deinem Verstand! Da ist man am Nordseestrand und du sammelst Pflanzen«, stellte er fest. Aber er passte auf, dass ihm kein Pflänzchen aus den Händen fiel.

»Also, mehr Verstand als du, Krüger, hat Otto allemal«, funkte Peter Ahrends dazwischen.

»Das ist aber auch nicht sonderlich schwierig«, parierte Weert Janssen und alle lachten.

»Unglaublich, was man hier an Pflanzen findet«, ignorierte Otto die Bemerkungen.

»Bist du fälschlicherweise als Mensch geboren? Vielleicht hättest du ein Rindvieh oder ein Schaf werden sollen. Daher vielleicht deine Vorliebe für Pflanzen?« Wieder lachten alle, als Weert versuchte, ihn zu provozieren.

Aber Otto kannte seine Mitschüler. Er blieb ganz ruhig und entgegnete: »Normalerweise esse ich die Pflanzen nicht, sondern bestimme sie.«

»Da siehst du es, Weert, dem ist keiner gewachsen«, sagte Peter.

»Wobei ...«, überlegte Otto und wühlte in dem Pflanzenhaufen, »den hier zum Beispiel, den kann man essen«, er zeigte ein Quellerpflänzchen.

»Bah, sieht nicht sehr appetitlich aus«, reagierte Fritz.

»Ist auch ziemlich salzig«, sagte Otto und knabberte ein Stückchen ab, »möchte mal jemand probieren?«

»Er ist verrückt«, schmunzelte Peter, »ich habe es gewusst.«

»Und wenn die giftig ist?«, fragte Ahrends.

»Wenn ich giftige Pflanzen äße«, erwiderte Otto, »würde ich hier nicht stehen.«

Dann begaben sich alle auf den Dampfer, betraten den Fahrgastraum, in dem sich die anderen Gäste sehr wunderten, als Otto und Wiegbert die Pflanzen auf einem der Tischchen ausbreiteten.

»Bevor ich mir auf Norderney Pflanzen angucke, schaue ich mich doch lieber mal am Damenbadestrand um«, wechselte Ahrends das Thema, als sie sich gesetzt hatten.

»Oh Mann, da hast du recht, aber … man kam nur gar nicht dorthin«, bestärkte Krüger.

»Alles uninteressant angesichts der Naturwunder dieser Insel«, antwortete Otto, fügte aber hinzu: »Obwohl …«, sprach nicht weiter und schmunzelte nur, als er die beiden Kollegen ansah.

»Damen in Badekleidung, sind das etwa keine Naturwunder?«, fragte Ahrends. Großes Gelächter folgte.

»Ich möchte doch bitten, den Anstand zu wahren«, Lehrer Schnautzer war unbemerkt herangetreten.

Die jungen Männer schwiegen betreten.

»Lassen Sie diese dummen Gedanken«, meinte der Dozent, »es hat ganz offenbar seinen guten Grund, dass das Damen- und das Herrenstrandbad Norderneys streng voneinander getrennt sind.«

# 4

Einige Tage nach diesem Erlebnis auf Norderney sagte Otto zu Ahrends: »Das war doch unglaublich. Es wäre sicher schön, mal einige Zeit auf einer Insel zu verbringen.«

»Ja, so zwei, drei Tage, das kann ich mir auch vorstellen.«

»Ich denke eher so an zwei, drei Jahre.«

»Bist du noch zu retten? Was willst du so lange auf einer Nordseeinsel?« Ahrends schüttelte heftig den Kopf. »Ich sage ja, du bist und bleibst verrückt! Nee, leben möchte ich dort nicht. Nur Sand und Dünen ...«

»Vielleicht könnte man dort eine Lehrerstelle bekommen.«

»Doch nicht auf einer Insel! Im Sommer mag es ja ganz nett sein, aber denk mal an Herbst und Winter! Rauer Wind, kalter Regen, Sturmfluten, keine Kneipen, alle paar Tage kommt mal ein Schiff vorbei ... Nee!«

»Die Insulaner kommen doch zurecht, es muss also gehen. Und die Natur ist einzigartig.«

»Die Sahara oder die Antarktis sind sicher auch einzigartig. Da will aber auch niemand leben.«

»Das ist doch etwas ganz anderes. Mich hat Norderney beeindruckt.«

»Du willst nicht ernsthaft auf einer Insel Lehrer werden?«

»Warum nicht?«

»Ach, Spinner! Und mach du erst mal deinen Abschluss, vorher nimmt dich eh keine Schule!«

Das war allerdings richtig.

Wenig später bestand er die Prüfungen am Lehrerseminar zu Aurich. Damit war er staatlich geprüfter Volksschullehrer und konnte sich an Schulen bewerben. Der Gedanke, auf einer der ostfriesischen Inseln eine Stelle als Lehrmeister zu erlangen, hatte ihn seit dem Aufenthalt auf Norderney nie mehr losgelassen.

# 5

Oberlehrer Eiben i. R. las den Brief des jungen Seminaristen Otto Leege, der sich auf die frei werdende Stelle als Lehrer der Inselschule Juist beworben hatte. Eiben war von Frerichs angesprochen worden, sie hatten vereinbart, dass die Lehrerstelle in den Tageszeitungen in Norden und Aurich ausgeschrieben wurde. Es würde nicht einfach sein, jemanden auf diese abgeschiedene Insel zu bekommen und Eiben hatte viel Erfahrung, um zu beurteilen, ob es geeignete Kandidaten gab. Der Juister Lehrer Buss schickte sich an, zu gehen. Er habe das Inselleben satt, war es ihm eines Abends herausgerutscht. Also musste ein neuer Lehrer her. Ein junger, motivierter Lehrer, der es schaffte, die Juister Schülerinnen und Schüler tagtäglich in die Schule zu locken. Das war keinesfalls selbstverständlich, mussten die Kinder doch oft genug zu Hause helfen. Und nicht wenige Eltern sahen das als sinnvoller an, als die Kinder zur Schule zu schicken. Dort konnten sie die Zeit verbringen, wenn es nichts anderes zu tun gab. Auch deswegen hatten es diverse Lehrer vor Buss nicht allzu lange auf Juist ausgehalten.

»Leege … hmm … interessant«, murmelte Eiben vor sich hin, »einen guten Abschluss hat er gemacht. Für Juist allemal gut genug …« Die Bewerberzahl hielt sich in Grenzen. Ganze drei Briefe waren eingegangen. Einer davon von einem Auricher Lehrerschüler, der gerade erst auf die Präparandie gekommen war. Der würde noch ein wenig Zeit brauchen. Ein anderer schien sich nur halbherzig zu bewerben, kaum etwas war in seinem Schreiben zu entdecken, das ihn auch nur entfernt mit einer Insel wie Juist verband. Aber dieser Leege … Der hatte ein Schreiben verfasst, das Eibens Aufmerksamkeit sofort gewann. Er schien geradezu Feuer und Flamme zu sein, auf eine Nordseeinsel zu kommen, die der Altlehrer selbst manchmal, in depressiven Momenten, als gottverlassen, langweilig und zermürbend empfunden hatte. Aber Leege schien sich neben dem Lehramt ernsthaft für die Tier- und Pflanzenwelt zu interessieren, flötete von der Schönheit der Natur, die er auf Norderney kennengelernt habe, und gedachte, ein umfassendes Herbarium anzulegen, das man ja auch zusammen mit den Schülerinnen und Schülern der Inselschule gestalten könnte. Na, sollte er die erst einmal kennenlernen! Er würde sich an das Inselleben gewöhnen müssen – und das würde, da war sich Eiben sicher, mit dem Eindampfen seiner hochfliegenden Pläne einhergehen. Ein Herbarium anlegen, mit den Juister Kindern! Wenn sie überhaupt in die Schule kamen. Und wusste er, dass die lange, schmale Insel verdammt schwer erreichbar war? Dagegen war Norderney ja ein Kinderspiel! Die Juister Balje fiel fast trocken bei Ebbe, eine Fahrt mit dem Segelschiff war beschwerlich und dauerte lang. Regelmäßige Fährzeiten waren unmöglich, musste jeder Skipper doch erst auf die Flut warten, bis es Richtung Juist gehen konnte.

Aber was nützte es? Eiben würde Ortsvorsteher Frerichs auf jeden Fall raten, Leeges Bewerbung anzunehmen. Schließlich war er der einzige ernstzunehmende Kandidat. Ob er wirklich kommen würde? Man würde ja sehen.

Otto Leege kannte Lehrer Eiben. In einem Artikel in der Tageszeitung war über sein langjähriges pädagogisches Werk berichtet worden. Otto las auch, dass auf Juist eine Lehrerstelle frei würde. Er hatte noch am selben Abend einen Brief aufgesetzt.

Otto hatte außerdem gelesen, dass, nachdem die Insel nicht mehr zum Königreich Hannover, sondern zu Preußen gehörte, seit 1866 der Kurbetrieb wiederaufgenommen worden war. Die Insel entwickelte sich also, auch wenn die Zahl der Gäste noch übersichtlich war, den Gästezahlen auf Norderney kläglich hinterherhinkte. So war auch nicht Juist, sondern Norderney im Zentrum des Interesses der preußischen Regierung in Berlin. Hier sah man das aufstrebende See- und Heilbad, gerade auch für betuchtere Damen und Herren. Juist hingegen schlief noch einen Dornröschenschlaf. Das 1873 im Juister Dorf neu errichtete Warmbad, groß gefeiert, schien fürs Erste allen zu genügen. Und der erwartete große Ansturm von Gästen war bisher ausgeblieben.

In einer Sitzung des Gemeinderates hatte Eiben, der zu dem Treffen eingeladen worden war, von seiner Ansicht erzählt, Otto Leege wäre wohl der Richtige für die Lehrerstelle.

»Was meinen Sie nun, meine Herren«, fragte er in die Runde, »sollten wir ihm den Zuschlag erteilen? Ich bin jedenfalls dafür.«

»Uns bleibt ja kaum eine andere Wahl. Aber bedenken Sie: Die Poststation liegt brach. Haben Sie ihm gesagt, dass diese Sache, einschließlich des Morsegerätes, vom Insellehrer zu erledigen ist?«

»Nein …«, räumte Eiben ein, »das kann man ihm doch noch mitteilen, wenn er erst einmal hier ist.«

»In der Kirche müsste jemand Orgel spielen, das sollte der neue Lehrer auch wissen.«

»Welche Orgel?«, fragte ein Kollege sarkastisch.

»Na, eben das alte Harmonium«, fauchte der Ratsherr zurück, »das müssen wir dem neuen Lehrer übertragen. Leege soll musikalisch sein, wie Eiben sagte.«

»Würde er das denn machen? Hat er das Morsealphabet gelernt?«

»Sagen wir mal so«, begann Eiben vorsichtig, »das traue ich ihm nach dem, was er mir geschrieben hat, zu. Und er spielt Klavier, das hat er in einem Nebensatz erwähnt.«

»Immerhin würde er für die Poststelle einen Zuschlag bekommen.«

»Na, sehen Sie«, pflichtete der Oberlehrer bei.

»Ich bin nicht sicher. Wer weiß, was er sagt, wenn wir ihm mit so etwas kommen, neben der Lehrerstelle?«, bemerkte der Inselpastor.

»Wenn er erst einmal auf der Insel ist und die Stelle hat, dann werden wir ihn schon überzeugen.«

»Na ja«, murmelte Frerichs, »wir können froh sein, wenn wir überhaupt einen neuen Schulmeister finden.«

»Wenn er das Schulhaus sieht, wird er sich umentscheiden«, wandte der kritische Zeitgenosse ein, den überaus schlechten Bauzustand der Schule vor Augen.

»Jaja«, unterbrach ihn Frerichs mürrisch, »es müsste einiges repariert und erneuert werden. Aber da rede ich schon seit Jahren davon. Nichts passiert … Sie wissen das doch, meine Herren. Die Bezirksregierung reagiert ja nicht.«

»Im Wohnraum des Lehrers hat ein Bocksdorn die Wand durchwurzelt – der rankt jetzt dort weiter, ist ihm das bekannt?«

»Jaja, ach, nein, natürlich nicht. Aber das lässt sich doch ändern. Vielleicht mit dem neuen Schulhaus.«

»Woher das Geld für eine Renovierung nehmen oder gar einen Neubau? Sie wissen genau, dass ich schon mehrere Eingaben in Aurich gemacht habe«, warf Ortsvorsteher Frerichs ein. »Am Ende habe ich wenigstens um einen neuen Anstrich und ein paar neue Möbel gebettelt. Aber die Herren Bürokraten scheren sich nicht um uns! Wahrscheinlich denken sie, dass auf Juist eh kein Kind zur Schule geht, weil es alles nur Fischer und Strandräuber sind.« Die Nasenflügel Frerichs' bebten, das taten sie immer, wenn er sich erregte. Der Windmühlenkampf mit der Bürokratie der Landdrostei in Aurich war aus seiner Sicht nicht zu gewinnen. Alles musste man selbst machen, nichts wurde einem geschenkt ... Aber selbst wenn man sich bemühte, wurde man abgewatscht.

»Wenn die ärgsten Schäden am Schulhaus wenigstens repariert würden!«, meinte Lehrer Buss, der Mitglied der Runde war.

»Na, das sage ich doch! Ich tue mein Bestes, um die Verantwortlichen in Aurich davon zu überzeugen, dass auch Juister Schüler ein ordentliches Schulhaus verdienen und der Schulmeister eine ebensolche Dienstwohnung benötigt. Aber Sie wissen ja, wie manche Amtsvertreter sind. Ich bin ja selbst nach Aurich gefahren. Und auf wen treffe ich? Einen trägen, immer irgendwelche Gegenargumente aufführenden Amtsschimmel. Es gäbe so wenig Schüler auf Juist, das lohne doch gar nicht. Und es gäbe so viele weitere Eingaben, viele Schulhäuser in Ostfriesland seien in keinem besseren Zustand. Man könne nur Schritt für Schritt vorgehen. Da möchte ich wissen, wie viele Schritte noch gemacht werden müssen, bis Juist einmal dran ist. Niemand versucht auch nur, sich in unsere Lage zu versetzen.

Bis vor drei Jahren war Fokke Hayenga noch in der Schulbehörde. Mit dem konnte man wenigstens reden. Da haben wir noch die neue Tafel und die Schuluhr bekommen. Der Neue, der, wie heißt der denn noch, Ocko … Ocko Tamminga … der ist einfach nur dösig.« Ein Raunen ging durch die Gruppe von Männern.

»Ich muss das mal so sagen«, sprach Frerichs weiter, »versuchen Sie einmal, von solch einem Bürohengst Gelder zu bekommen. Er muss sie ja genehmigen. Juist ist für den so weit weg wie Spitzbergen!«

Frerichs war nicht gut auf die Schulbehörde in Aurich zu sprechen.

»Weiß ich ja, aber ganz falsch ist es ja auch nicht. Man weiß wohl auch in Aurich, dass so manche Juister Eltern ihre Kinder lieber mit zum Fischfang aufs Boot, zum Möweneiersammeln in die Dünen oder zum Strandjen scheuchen, als sie in die Schule zu schicken.«

»Strandjen tue ich auch manchmal gerne, einfach den Strand entlanglaufen und schauen, ob man etwas Brauchbares findet«, warf einer der Teilnehmer ein, »aber sicher, die Kinder sollen in die Schule gehen. Ich habe den Eltern wieder und wieder gesagt, dass sie ihre Kinder tunlichst zum Unterricht schicken sollen! Und Buss hat es ebenso oft versucht. Meistens vergeblich.«

»Sie sehen nicht den Nutzen der Schule.«

»Sie sehen den Nutzen in einem Stück Brennholz, das die Kinder vom Strand mitbringen, oder in den Möweneiern, die sie in den Dünen finden. Den Nutzen des Schreibens, des Lesens und des Rechnens, geschweige denn der Kultur und der Körperertüchtigung, den sehen sie nicht. Also schicken sie die Kinder allenfalls in die Schule, wenn sonst nichts zu tun ist …« Buss atmete durch, er kannte seine Pappenheimer, »erst gestern, so hörte ich, kam Fiete Gerken nach zwei Fehltagen in die Schule mit der Begründung, er habe seinem Vater beim Netzflicken und beim Leeren der Reusen im Watt helfen müssen, weil sein großer Bruder, der das sonst macht, krank im Bett liegt. Und wie Sie wissen, haben wir keinen Arzt auf unserer Insel. Was soll man dazu sagen? Viele Juister Familien kommen wohl nur über die Runden, wenn die Kinder mithelfen …« Buss schaute grimmig in die Runde. Dann schloss er: »Sei's drum. Wir brauchen einen Schulmeister, und Leege ist aus meiner Sicht der Richtige für die Stelle. Versuchen sollten wir es auf jeden Fall.«

»Was bleibt uns auch übrig?«, gab sich Ortsvorsteher Frerichs einsichtig.

# 6

»Ich habe Kontakt zum Schulmeister auf der Insel Juist. Er geht in Pension und der Nachfolger wird die Insel verlassen«, erzählte Otto, aber sein Freund Peter Ahrends hörte nur mit halbem Ohr zu. »Was der mir von der Insel Juist erzählt, das ... das ist faszinierend!«

Ahrends horchte auf. »Faszinierend? Was kann an einer Sandinsel faszinierend sein? Läge die im karibischen Meer, würde ich dich verstehen, aber eine einfache ostfriesische Insel ...«

»Eine einzigartige Pflanzen- und Vogelwelt. Die Schönheit des Meeres ...«

»Du bist ein Träumer«, unterbrach ihn Ahrends. »Es ist eine öde Sandbank, glaub mir. Ein langes, schmales Stück Sand im Wasser. Das Meer ist ab und zu im Sommer schön, aber im Herbst und Winter setzt es alles daran, dieses Land zu zerstören. Haben wir nicht hier am Lehrerseminar genug über die Gewalt des Meeres gehört, wie es die Inseln und die Küstenlinie immer wieder verändert hat?«

»Das ist doch das Faszinierende!«

»Zerstörung? Sturmfluten? Deichbrüche? Ganze Dörfer werden weggerissen! Wenn du das faszinierend findest, bist du schon sonderbar, lieber Otto!«

»Nicht jede Sturmflut muss gleich eine Petriflut sein, die alles mit sich reißt. So etwas kommt alle paar Jahrhunderte einmal vor.«

»Schlechtes Wetter, Regen, Wind, Kälte ...«

»Dagegen hilft gute Kleidung.«

Ahrends schüttelte den Kopf. »Ein Träumer, sag ich ja.«

»Ich habe mich auf die Stelle beworben.«

»Du hast auf jeden Fall einen Konkurrenten weniger. Ich würde mich dort niemals bewerben. Möchtest du wirklich bei Kerzenschein Abend für Abend in irgendeinem der winzigen Inselhäuschen sitzen und auf den Frühling warten? Da gibt es keinerlei Zerstreuung! Da möchte im Winter kein Hund begraben sein und«, fügte er hinzu, »als Mensch erst recht nicht. Du wirst in einer kleinen, schäbigen Lehrerwohnung zwischen noch kleineren, noch schäbigeren Fischerkaten versauern!«

Otto sah ihn mit großen Augen an. »Unsinn«, entgegnete er. »Es muss ein Paradies sein, so stelle ich es mir jedenfalls vor. Zerstreuung geben mir die Pflanzen, die Tiere, die Landschaft, das Meer.«

»Hopfen und Malz verloren. Ich hoffe sehr, dass das Paradies anders aussieht als eine ostfriesische Insel an einem scheußlichen, dunklen Winterabend«, erwiderte Ahrends. Doch er wusste, dass Otto es ernst meinte. Er kannte seinen Kommilitonen jetzt lange genug.

»Der will tatsächlich auf so eine gottverlassene Insel!«, erzählte er am anderen Tag Wiegbert Krüger.

»Du hast ihn ja auf Norderney gesehen – die Arme voller Blumen und Gräser! Er kann nicht anders. Er interessiert sich wirklich für das ganze Grünzeug«, erwiderte der.

»Ja, an den Pflanzen hat er einen Narren gefressen.«

»Und an den Tieren, vor allem den Vögeln. Die lassen sich aber nicht so leicht pflücken.« Krüger lachte kurz auf. »Aber lass ihn. Außerdem nimmt er uns keine der begehrten Lehrerstellen in der Stadt weg, wenn er auf eine Insel geht. Nachher versetzen sie uns noch dorthin!«

»Um Himmels willen, bloß nicht. Ich würde gerne nach Emden oder Leer, vielleicht sogar Oldenburg«, machte Krüger deutlich.

»Da gibt es wenigstens Kneipen«, meinte Wiegbart knapp.

»Jo, eben. Und gepflasterte Straßen mit Laternen, Geschäften und ordentlichen Schulhäusern.«

»Otto erzählte, auf Juist, so habe es ihm dieser Lehrer geschrieben, gäbe es nur Sandwege, Fischerkaten. Einen Hafen gibt es auch nicht, man muss durchs Wasser waten, wenn man ein Schiff erreichen will.«

»Um schnell wegzusegeln … Sag ich ja. Otto ist da anders, ihn wird das nicht stören.«

»Das soll einer verstehen!«

*

1882 berichtete Otto Leege seinen Eltern, dass er die Prüfungen bestanden hatte und er sich nun als Lehrer bewerben würde. Mutter Leonore erfüllte dies sowohl mit Freude als auch mit Trauer, da dies bedeutete, dass sie ihren Sohn noch seltener zu sehen bekam, als es ohnehin schon der Fall war, seitdem er die Präparandie und das Lehrerseminar in Aurich besuchte. Zumal, wenn er nun tatsächlich eine Stelle auf einer der ostfriesischen Inseln erhielt. Wann sollte man dort schon einmal hinkommen? Es war ein besonders langer und beschwerlicher Weg. Nach Norddeich kam man ja noch, wenn es aus der Grafschaft dorthin auch schon lang genug dauerte. Man würde übernachten müssen – das kostete etwas! Und dann am nächsten Tag nach Juist segeln, wobei es ungewiss war, ob man dort überhaupt ankam, da die Schiffsfahrten von den Gezeiten, von Wind und Wetter abhängig waren, wie ihr Sohn schrieb.

»Er wird doch zu Weihnachten nach Uelsen kommen«, bemerkte Friedrich-Andreas, wenn Leonore wieder einmal die Sehnsucht nach ihrem Sohn plagte. Und sie wünschte das Weihnachtsfest herbei, wie sie es zuletzt als Kind getan hatte.

# 7

»Herr Leege, moin …«

Otto blickte sich um.

»Jo, ach, moin, Herr Gronewold.«

»Post für Sie!«, rief der Briefbote Marten Gronewold.

Es waren die ersten wärmeren Tage im Frühjahr 1882, als Otto gerade durch die alte, hölzerne Haustür in das Auricher Lehrerseminar treten wollte. Es war noch gar nicht lange her, dass er die letzte Prüfung bestanden und mit Wiegbert, Peter und ein paar anderen zwei, drei Bier darauf getrunken hatte. An dem Abend war es spät geworden und er war mit dem Gedanken ins Bett gefallen, dass er nun seinen Eltern melden konnte, dass er staatlich geprüfter Volksschullehrer war.

Den Postboten Gronewold kannte er schon seit Längerem, Otto Leege bekam ungewöhnlich viel Post, das war dem Briefzusteller längst aufgefallen. Und was so alles dabei war. Briefe aus Oldenburg, aus Bremen, von den Inseln. Neulich kam etwas von Helgoland. Und ein Schreiben aus den Niederlanden hatte er auch schon in Leeges Brieffach gelegt.

»Also«, hatte er irgendwann Leege gefragt, »was steht denn da nur in den Briefen? Beantworten Sie die auch alle?«

»Die meisten erreichen mich, weil ich die Adressaten zuvor selbst angeschrieben habe.«

»Was gibt es denn so viel zu erzählen?«

»Meistens geht es um Pflanzen und Tiere, unsere Natur.«

»Dazu kann man so viele Briefe schreiben?« Gronewold schüttelte den Kopf. Das war ja nicht zu verstehen.

»Sie müssten mal die Bibliothek im Lehrerseminar sehen, da stehen ganze Bücher dazu in den Regalen.«

»Was Sie nicht sagen! Kaum zu glauben.«

»Doch, doch ... danke für den Brief!« Otto wandte sich schnell wieder zur Tür. Er hatte den Absender gelesen und seine Erregung stieg.

»Bis zum nächsten Mal«, sagte Gronewold, grüßte kurz und begab sich auf den Weg zum nächsten Briefkasten.

Otto stieg schnell die wenigen Stufen hinauf, um sich auf eine der Holzbänke zu setzen, die in der Eingangshalle des Lehrerseminars standen. Das war ein besonderer Brief, den Gronewold ihm übergeben hatte. Das Siegel, das dieses Schreiben als Dokument der Auricher Schulbehörde auswies. Er hielt wohl die Antwort auf seine Bewerbung in den Händen. Er öffnete den Brief mit zittrigen Händen, so aufgeregt war er schon lange nicht mehr gewesen. Er überflog die Zeilen.

*

»Sie haben ja gute Laune«, stellte der Bauer fest, auf dessen Kutschbock Otto Leege gemächlich Richtung Uelsen fuhr.

»Ja, das hat einen Grund«, antwortete Otto.

»Wo geht es denn hin?«

»Die Eltern besuchen, in Uelsen.«

»Oh ja, die Eltern besuchen. Das ist gut. Meine leben schon lange nicht mehr.«

Dann schwieg der Bauer, hing seinen Gedanken nach.

Nach langer Zugfahrt hatte Otto den Bauern gefragt, ob er ihn mitnehmen könnte. Die Zugfahrt endete in Lingen, von hier hatte er einen Pferdebus Richtung Nordhorn genommen, wo er in einer kleineren Kutsche Richtung Neuenhaus einen Platz ergattert hatte. Dort war Schluss gewesen. Neuenhaus kannte er aus der Schulzeit, und so war er erst einmal losgelaufen, bis ihn ein Bauer mit seinem Pferdekarren überholte. Otto war ihm hinterhergelaufen und hatte ihn gefragt, ob er gegen ein paar Pfennige bis Uelsen mitfahren dürfe. Der Bauer hatte zugestimmt. Ein Glücksfall, denn den weiten Weg nach Uelsen hätte er ansonsten zu Fuß gehen müssen.

Otto dachte immer wieder an die Zeilen des Briefes, den Gronewold ihm gebracht hatte: »… haben Sie sich zum 9. Mai 1882 in der Inselschule Juist einzufinden.«

Was für eine Nachricht! Er, Otto Leege, würde zur Nordseeinsel Juist reisen und dort seinen Beruf als Lehrer antreten. Er wusste, dass seine Eltern sicher nicht in Jubelstürme ausbrechen würden, wenn er ihnen davon erzählte. Wenn sie ihn überhaupt erwarteten. Er hatte den Brief an sie, in dem er ankündigte, dass er sie besuchen werde, vielleicht doch einige Tage zu spät abgeschickt. Gronewold konnte auch nicht sagen, wie lange er wohl von Aurich bis nach Uelsen brauchen würde.

»Bis ins Emsland, jo … das kann dauern«, hatte er geantwortet, als Otto ihn gefragt hatte.

Aber egal, wie Vater und Mutter reagieren würden, für ihn war ein Wunsch in Erfüllung gegangen.

Es war inzwischen dunkel geworden, sie waren lange unterwegs gewesen. An seinem Elternhaus angekommen, lugte er durch ein Fenster und sah sogleich den ihm wohlbekannten Kerzenschein. Ein warmes Gefühl erfüllte ihn, so hatte sein Elternhaus schon während seiner Kindheit ausgesehen.

Himmel, wie lange war ich nicht hier, dachte er und klopfte.

Die Tür wurde geöffnet.

»Otto!«, mehr konnte Leonore nicht sagen. Mit großen Augen sah sie ihren Sohn an, und erst als sie realisiert hatte, dass er leibhaftig vor ihr stand, nach einer so langen Zeit, umarmte sie ihn innig.

Im Flur erschien sein Vater, der ihn intensiv musterte. »Dass wir unseren Sohn noch einmal wiedersehen, na, das ist schon schön«, sagte Friedrich-Andreas Leege und Otto meinte, darin beinahe den Vorwurf zu hören: Na, kommst du auch noch einmal her, um deine alten Eltern zu besuchen?

»Es war eine sehr lange Reise hierher«, sagte Otto und Leonore machte den Weg durch den schmalen Gang frei.

»Komm erst mal in die Küche«, sagte sie, »ich brühe einen Tee auf.«

Ottos Vater setzte sich in den alten Sessel, es war immer noch der, in dem er auch schon früher gesessen hatte, als die Wiege mit dem Kleinkind neben ihm stand und er sie langsam hin und her schaukelte, damit der Säugling endlich einschlief.

Nachdem sich Otto nach seinen Geschwistern erkundigt und die Eltern gefragt hatte, ob es ihnen gut ging, kam Friedrich-Andreas Leege schnell auf den Punkt. So wusste Otto, dass sein Brief rechtzeitig angekommen war.

»Willst du wirklich auf diese Insel ziehen?«

»Ja, sicher«, entgegnete Otto mit Überzeugung, »ich bin sehr glücklich über diese Fügung.«

»Das habe ich befürchtet«, bemerkte Friedrich-Andreas.

Nun schritt Leonore ein.

»Was kann uns Besseres passieren, als dass sich unser Sohn nach erfolgreicher Prüfung in ein neues, selbstständiges Leben begibt, das seinen Träumen und Erwartungen entspricht? Und bedenke, lieber Mann, er wird ein festes Gehalt bekommen.«

Das würde Friedrich-Andreas schon milder stimmen, war sie überzeugt. Die beiden alten Leute wussten, dass ihnen ohnehin nichts anderes übrig blieb, als die Entscheidung des Sohnes zu akzeptieren. Er würde sich kaum von seinem Ansinnen, nach Juist zu ziehen, abbringen lassen.

»Träume und Erwartungen … darum geht es doch nicht im Leben«, murrte Friedrich-Andreas.

»Vielleicht doch?«, entgegnete Leonore. »Oder sagen wir: Man sollte sie zumindest beachten?«

Ach ja, seine Leonore, dachte Friedrich-Andreas, seine Frau hatte nach wie vor manchmal Flausen im Kopf. Das führte hin und wieder zu Meinungsverschiedenheiten, andererseits war sie so herrlich zuversichtlich in dieser oftmals dunklen Welt, in der er tagein, tagaus denselben Dienst geschoben hatte und nun in einer kleinen Kate im Bentheimer Land sein Rentnerdasein fristete. Er konnte sich kaum zu etwas aufraffen, während Leonore nach wie vor in der Landschaft Kräuter sammelte, trocknete, zerstampfte und in Beutelchen abfüllte, damit die Menschen, denen sie half und Mut zusprach, sich daraus einen heilenden Tee zubereiten konnten. Und wenn sie dafür fünf Hühnereier oder zwei Steckrüben bekam, war sie zufrieden.

Und auch Otto dachte: Ach ja, meine Mutter, so kenne ich sie.

Dann erzählte er von seiner Auricher Zeit, vom Fischer Lengen, seinem Briefen an viele Pflanzen- und Tierkundige, der Fahrt nach Norderney.

»Ihr müsstet eine solche Düneninsel sehen, es ist eine andere Welt«, schwärmte er.

»Na, warte nur erst den Herbst und den Winter ab. Einsamkeit, Dunkelheit, Stürme, das raue Meer um dich herum … Du weißt doch, wie es manchmal im Winter ist, scheußlich! So eine Insel ist sicher noch schlimmer als das Moor hier bei uns! Sie ist neben dem furchtbaren Wetter noch umgeben von Wasser, das fortwährend droht, alles zu zerstören«, gab Friedrich-Andreas zu bedenken. Otto wunderte sich über die Ähnlichkeit der Worte seines Vaters und seines Freundes Peter Ahrends.

»Unser Otto wird ein guter Lehrer sein«, zerstreute Leonore alle dunklen Gedanken.

»Das werde ich«, gab Otto sich überzeugt und sein Vater sagte nichts dazu.

Schon bald übermannte Otto nach der langen Fahrt die Müdigkeit und seine Eltern drängten ebenfalls, zu Bett zu gehen. Sie waren nicht mehr die Jüngsten, aber Leonore versorgte immer noch ihre Patienten. Noch an diesem Abend, kurz bevor Otto das Haus betreten hatte, waren zwei Nachbarn gekommen, hatten ihr von ihren Gebrechen erzählt und ein Heilmittel erbeten.

»Sicher, ich kann ja eh nichts mehr bei ihm erreichen«, murmelte Friedrich-Andreas, schon im Halbschlaf, »schließlich hätte er auch eine Stelle in Bad Bentheim, Meppen oder Lingen bekommen können. In Groß Hesepe, auch in Brögbern, gehen die Dorflehrer in Pension, so hört man … Und nun geht er nach … Juist! Ich kann es immer noch nicht glauben. Dort will er leben?«

»Das will er, und wir werden ihn nicht daran hindern können«, hatte Leonore erklärt. Nun löschte sie die Petroleumlampe auf dem Nachttisch und bald lag das kleine Häuschen am Rande Uelsens, in dem Otto Kindheit und Jugend verbracht hatte, in der Dunkelheit einer stillen

Nacht, so, als seien all die Jahre, die er in Aurich verbracht hatte, gar nicht vergangen.

Wie lange werden sie noch leben, ging es Otto durch den Kopf, als er in der kleinen Kammer im Bett lag, dort, wo er auch als Kind geschlafen hatte. Dann schloss er die Augen und träumte von der Heide und der Issel, dem Wald und den Wiesen, auf denen er als Junge herumgetollt war.

# 8

Otto hatte sein Elternhaus und seine alte Heimat zwei Tage später verlassen. Seine Mutter hatte Tränen in den Augen gehabt und sein Vater ernst dreingeblickt. Wer wusste schon, ob sie ihren Sohn noch einmal wiedersehen würden, jetzt, wo er sich einer fernen Insel zuwandte und sich ihr Leben dem Ende zuneigte? Otto war mit einer Pferdekutsche nach Meppen und von dort mit der Eisenbahn bis nach Emden gefahren. Schon seit 1856 konnte man von Rheine nach Emden mit der Bahn fahren, wo allerdings Endstation war. Erst 1883 war die Strecke bis Norddeich fertiggestellt worden. Also musste Otto in Emden wieder umsteigen, ein Pferdewagen mit harten Holzbänken und einer an wackelnden, gebogenen Weidenstäben aufgezogenen, löchrigen Stoffplane als Regenschutz fuhr einige wenige Gäste bis nach Norddeich. Er war spät am Abend angekommen und hatte noch eine Schlafgelegenheit in einem Gasthof hinterm Deich ergattert. Aus seiner Sicht zwackte ihm der Gastwirt zu viel Geld für die schäbige Kammer ab, doch irgendwo musste er die Nacht verbringen, und das möglichst nicht allzu weit entfernt von dem Anleger, wo er sich für das Segelschiff nach Juist per Brief angemeldet hatte. Ob der Brief jemals bei dem Schiffer angekommen war, wusste er nicht.

Am nächsten Morgen frühstückte Otto eilig in dem kleinen Gasthof. Die Aufregung, bald die Reise zur Nordseeinsel Juist zu beginnen, war groß. Er erreichte wenig später die Norddeicher Mole und fand das kleine Segelschiff

»Möwe« friedlich an der Kaimauer dümpelnd, als habe es keine Lust, irgendwohin abzulegen. Er begrüßte den Käpt'n und fragte aufgeregt, wann es denn losgehe. Er sei der neue Lehrer, das sei dem Käpt'n ja vielleicht bekannt, er habe geschrieben, schon vor vier Wochen, und …

Skipper Hillrich Focken sagte: »Moin, der Herr«, und sah Leege eine Zeitlang an. Dann holte er Luft und fuhr fort: »De neeje Meester, kiek an.«

»Meester«, das wusste Otto, war die plattdeutsche Bezeichnung für »Lehrer«. Eigentlich hieß es Schoolmeester, aber meistens nutzte man die kurze Fassung. Focken war der Post-Fährschiffer. Er musterte Otto von oben bis unten.

»Das Wetter ist ja zum Glück gut«, sagte Otto, mehr aus Verlegenheit, der Skipper schien nicht der große Redner zu sein.

Es dauerte wieder, bis Focken erklärte: »Jo, dat Weer … wenn't man so blifft. In een Stünn geit dat los. Denn hebben wi genoog Water. Dat kummt noch, man nu is dat noch to minn.«

Leege kannte das Bentheimer Platt. Die ostfriesische Variante der Sprache der Einheimischen unterschied sich deutlich davon. Aber er verstand es recht gut, nicht zuletzt, da Fischer Lengen ihm bei den Bootstouren am Großen Meer viel erzählt und ihm so manche besondere ostfriesische Vokabel erklärt hatte.

»Dann ist noch etwas Zeit«, erwiderte Otto, »da kann ich mich ein wenig umsehen. In einer Stunde bin ich zurück.«

»Wenn Se meenen, maken's dat. Aberst ich wacht neet, wenn's neet weer hier sünd. In een Stünn geit dat los.«

»Ich werde da sein, machen Sie sich keine Sorgen«, entgegnete Otto.

Focken nickte. Die »Möwe« konnte nur über die flachen

Stellen im Wattenmeer kommen, wenn bei Flut genug Wasser auflief. Wenn es also nicht mehr so »minn«, so niedrig oder wenig, war, konnte Focken Segel setzen. Die Flut kam, aber es brauchte seine Zeit, um das Wattenmeer nach Niedrigwasser wiederaufzufüllen. Bei Ebbe konnte kein Schiff die Insel erreichen, was Juist von Norderney unterschied. Riesige Wattflächen fielen bei ablaufend Wasser trocken. Wenn die Flut zurückkam, musste man die Zeit nutzen, um mit dem Schiff über die flachen Untiefen zu gelangen.

Bevor er sich noch ein bisschen am Deich umsah, wollte er aber noch ein wenig mehr von Focken wissen.

»Wie lange werden wir brauchen?«, fragte er, als sich Hillrich Focken gerade schon abwenden wollte. Auf einem Boot gab es schließlich immer etwas zu tun.

»Wo lang?«, er schüttelte den Kopf, »woher sall ick dat weeten?«

»Na, Sie …«, doch Leege kam nicht weiter.

»Weetens, Herr Schoolmeester, de Peerdwagen, mit de Se nettekrat kamen sünd, de mach een Fahrplan hebben.« Dann schloss er in schönstem Platt an, dass er nun mal ein Segelboot habe, das mit Wind angetrieben werde. Und wenn der Wind gut stand, dann ging es schnell, es würde dann nur so zwei, drei Stunden dauern. Und im Moment wehe es ja ganz ordentlich.

»Na dann …«

»Aberst, Herr Meester, dat heet noch nix.«

»Oha, warum?«

Focken erläuterte ihm, dass der Wind natürlich auch abflauen konnte, und dann würde es länger dauern, Juist zu erreichen. Im ungünstigsten Fall würden sie bei Ebbe im Watt trockenfallen. Dann musste man eben auf die nächste Flut warten, na, dann ginge es eben am folgenden Tag weiter.

Der Postschiffer lächelte, wobei Otto bemerkte, dass dessen Gebiss in keinem besonders guten Zustand war. Leege sah ihn ernst an. Ohne Wind und zu wenig Wasser würden sie eben erst morgen nach Juist segeln? Das konnte jawohl nicht angehen.

»Wenn der Wind abflaut, dann ... bleiben wir hier ... oder auf dem Schiff?«, hakte er unsicher nach.

»Nu, Herr Meester, se können dat Schipp ook verlaten, mann denn mutten Se dör Schlick waten und dör de Prielen schwemmen. Ick weet nich, off Se dat willen?« Focken amüsierte sich über den erstaunten Gesichtsausdruck, den der neue Juister Lehrer an den Tag legte, als Focken ihm in Aussicht stellte, ansonsten durch das Watt waten und durch Priele schwimmen zu müssen. Ein Landei, dachte er, der musste noch viel über das Leben an der Küste lernen. Und auf einer Insel erst recht.

»Es wäre schön, wenn das nicht passiert«, sagte Otto.

»Dat hett de Herrgott in't Hand, ick neet. Ick hebb Hängematten in de Gastroom. Dor kann man schlapen, aberst ...«

»Aber?«

»Viellicht blifft de Wind ja so. Denn sünd Se an't Namiddach up Juist.«

Das beruhigte Otto ein wenig, denn wenn der Wind so wehte wie im Moment, wäre er nachmittags auf Juist. Also musste er hoffen, dass der Wind weiter so blies, wie er es gerade tat. Man musste hier oben das Wetter als Mitspieler einplanen. Otto Leege ahnte nicht, wie oft ihm diese Erkenntnis noch begegnen sollte.

Der Skipper nahm schweigend Ottos abgenutzten Koffer und nickte noch mal, als dieser sagte, er käme bald zurück. Als er den Deich erreicht hatte, ließ der neue Juister Lehrer den Blick über die vor Norddeich trocken liegenden Wattflächen nach Norderney und nach Juist schweifen. Trotz des Dunstes in der Ferne war Norderney deutlich zu erkennen, Juist sah er eher als Horizontlinie, so schien es zumindest. Ihm fielen die vielen Seevögel auf, die eifrig im Schlick herumpickten und nach Nahrung suchten. Bei Flut würden sie sich ans Land zurückziehen, um auf die nächste Ebbe zu warten. Leege setzte sich auf das Gras und genoss die Weite, die sich vor ihm auftat. Ein beeindruckendes Schauspiel, wie sich bei einsetzender Flut das Wasser immer mehr dem Deich näherte und die Wattvögel sich Richtung Land zurückdrängen ließen. Fast vergaß er die Zeit, sprang auf und lief eiligen Schrittes zum Schiff.

*

Neben Otto Leege fanden sich zwei weitere Fahrgäste auf der »Möwe« ein. Skipper Focken hatte ihnen den Fahrpreis schon abgenommen, bevor er bei Otto kassierte, der wohl kaum eine Minute später hätte erscheinen dürfen. Focken schüttelte den Kopf.

»Mann, Mann, Mann, dat hett noch äben so passt«, murmelte er, als Otto schnellen Schrittes über die Planke das Boot betrat. Fahrscheine gab es bei Skipper Focken nicht. Das kleine Segelschiff schlingerte herum, die Hafeneinfahrt war nicht besonders breit und Focken musste kreuzen, um auf die offene See zu gelangen. Der Wind nahm zu. Zwischen Juist und Norderney schaukelte es kräftig und Leege merkte, dass sich sein Magen meldete und ihm übel wurde. Der Käpt'n kannte das von den Gästen und bedeutete ihm, sich im Fall des Falles über die Reling ins Wasser und nicht etwa auf den Schiffsboden zu übergeben. Und auf gar keinen Fall in dem engen Fahrgastraum, der gerade einmal vier Personen fasste. Focken hatte keine Lust, den »Schiet« wegzumachen, wie er es ausdrückte. Landeier, mochte er wieder denken.

Ottos Übelkeit nahm, ebenso wie der Westwind, gegen den die »Möwe« mühsam kreuzend vorankam, zu. Der ungünstige, anfangs mehr aus der Fahrtrichtung kommende Wind verzögerte die Reise.

»Wor't 'n bitje mehr als dree Stünn. De Wind is good – man he kummt ut een annern Richtung as noch vörmiddags«, rief ihm der Käpt'n zu, um ihm mitzuteilen, dass die Fahrt länger dauern würde, da der Wind ein wenig gedreht hatte. Er konnte sich ein Schmunzeln nicht verkneifen, als er in Leeges kreidebleiches Gesicht blickte.

Schließlich erreichte die »Möwe« das Wattfahrwasser vor Juist. Wie ein langer Aal lag die Insel seitlich von ihnen und das Boot kämpfte sich Meter für Meter weiter. Focken würde erst in der Mitte der Insel abdrehen, um auf Reede zu gehen. Dort lag das Inseldorf. Immerhin wurde die See im Schutz der Insel ruhiger und Leeges Magen dankte es ihm, dass, wenn auch die Übelkeit nicht verflog, sein Mageninhalt wohl bei ihm bleiben würde. Besser würde es sicher erst, wenn er wieder festen Boden unter den Füßen hatte. Sand, Sand und Sand und Wasser, Wasser und Wasser, sonst nichts, fiel ihm die Frotzelei seines Freundes Wiegbert ein.

Immerhin ermöglichte die Fahrt, den Postgehilfen Fiete Kleen aus Leer anzusprechen, ein zweiter Gast auf Fockens Schiff. Der dritte Passagier, ein Mann mittleren Alters, hatte sich demonstrativ weiter weggesetzt. Das sollte ihnen wohl zeigen, dass er an Konversation kein Interesse hatte.

»Ich muss das Morsegerät, das in der Poststelle steht, auf seine Funktionsfähigkeit überprüfen, es hat in der letzten

Zeit Probleme bei der Nachrichtenübermittlung gegeben«, erklärte Kleen.

»Immerhin gibt es eine Poststelle«, sagte Leege.

»Jo, in der Schule«, antwortete der Postgehilfe.

»In der Schule?«, Otto überraschte diese Antwort. »Wieso in der Schule?«

»Sonst ist wohl nirgends Platz. Ein Postamt gibt es nicht auf Juist.«

»Lohnt sich wohl nicht«, vermutete Leege.

»Nee, das lohnt sich nicht, dort wohnen ja nur ein paar Insulaner«, bestätigte Kleen und fragte dann, was Otto denn auf die Insel verschlagen würde. Der erzählte ihm von seiner Lehrerstelle. Kleen wunderte sich.

»Meester, auf Juist ... Oha ... Jo, eine Schule gibt es da.«

»Das will ich meinen, schließlich hat man mir bestätigt, dass ich dort als Lehrer tätig sein soll. Außerdem sagten Sie ja selbst gerade, dass das Morsegerät dort steht«, wunderte sich Otto. Na, er würde ja bald Einblick in die Verhältnisse bekommen.

»Was verdienen Sie denn da so?«, fragte Kleen unversehens.

Was geht dich das an, dachte Otto, und als er gerade antworten wollte, sagte Kleen: »Herr Buss, der jetzige Lehrer, hat mir erzählt, er kriege fünfzig Mark.«

»Das ist immer noch so«, sagte Otto. Nicht eben viel, aber Wiegbert Krüger hatte schon in Aurich gemeint, dass man auf Juist sicher kein Geld brauche, es gäbe eh nichts zu kaufen. Otto kümmerte das nicht.

Fiete Kleen wurde gesprächiger.

»Die Schulkinder auf Juist, die gehen nicht immer zur Schule, müssen Sie wissen. Sie helfen oft zu Hause kräftig mit. Die Väter sehen mehr Sinn im Netzflicken oder Strandjen ...«

»Strandjen?«, funkte Otto dazwischen.

Einen Moment lang blickte Kleen den Lehrer nachdenklich an. Auch er schien zu denken, dass Otto noch viel zu lernen hatte.

»Strandjen tut hier jeder. Das ist seit jeher so. Immer treibt irgendetwas am Strand an, das man gebrauchen kann. Wer es als Erster findet, kann es behalten. Am besten ist es, wenn ganze Schiffe stranden.«

»Na hören Sie mal, das wünscht man doch niemanden!«, empörte sich Otto und bemühte sich sogleich, sich zu beruhigen.

»Nee«, räumte Kleen ein, »das nicht ... Ich wollte damit sagen, dass es dann viel zu holen gibt.«

»Was heißt denn zu holen? Dürfen die Insulaner das behalten? Das ist doch Diebstahl!«

»Ach, fragen Sie mal lieber die Juister«, Kleen wollte schnell das Thema wechseln. Offiziell war es nicht erlaubt, alles Strandgut zu behalten, das man fand, aber ...

»Und die Kinder gehen nicht jeden Tag in die Schule?«

»Ein Insulaner erzählte mir mal auf Platt, dat is doch wichtiger, dat een Kind lernt, wo man een Fisch fangt, aber neet, wo man een Book leest oder so'n annern kloogen Kram lernt, mit de man keen Gröschken verdeenen kann.« Kleen lachte.

Wir werden sehen«, erwiderte Otto, lächelte aber ebenfalls über die kleine Geschichte. »Mir ist zu Ohren gekommen, dass ...«

»Sie wissen also schon über die Juister Schule Bescheid?«, warf Kleen ein.

»So gut wie nichts. Nur, dass es früher einen Lehrer Rust gab und dort nun ein Herr Buss arbeitet.«

»Buss, ja, den kenne ich.«

Otto ärgerte sich über Kleen, was redete er ihm ständig dazwischen?

»Na, jedenfalls sagt man, dass die Juister Eltern ihre Kinder oft nur dann in die Schule schickten, wenn sie nicht zu Hause helfen mussten. Manchmal soll gerade mal die Hälfte oder gar nur ein Viertel der Kinder zum Unterricht erscheinen.«

»Ja, das stimmt wohl auch so.«

»Also sind die Kinder am Strandjen …«

»Ach, noch viel mehr. Im Winter müssen sie Strandholz zum Heizen sammeln, im Frühjahr beim Fischen oder Muschelholen helfen, neben Strandgutsuchen. Das hängt auch wieder mit Ebbe und Flut zusammen, und wenn die Ebbe gerade mit der Schulzeit zusammenfällt, da muss die Schule hintenanstehen. Außerdem müssen sie helfen, wenn der Vater etwas am Haus reparieren muss oder den Acker umgraben oder … na, eben, sonst irgendetwas zu tun ist. All das ist oft wichtiger als die Schule.«

»Beides ist wichtig«, bemerkte Otto lakonisch, »man sollte lesen und schreiben können und trotzdem wissen, wie man Fische fängt oder Gemüse anpflanzt.«

»Sie müssen es dann ja richten. Ich mag die Insel nicht … Zu weit weg, zu wenig Menschen, und die, die da sind, sind … ganz schön verstockt …«

Otto gab nicht viel auf das, was Kleen erzählte. Er würde das nun alles selbst erleben.

»Kennen Sie sich mit dem Morsen aus?«, fragte der Postler, das Thema schlagartig wechselnd.

»Morsen, nein, warum sollte ich? Ich bin Lehrer, kein Seemann.«

Kleen schwieg. Offenbar hatte man Leege nicht mitgeteilt, dass er die Morsestation übernehmen musste. Er selbst sollte dem neuen Lehrer das Morsealphabet beibringen, so hatte man es ihm aufgetragen. Aber er schwieg, sollten die Juister ihm erklären, dass es mit dem Unterrichten in der Schule allein nicht getan war.

Leege erzählte noch ein bisschen von dem, was er sich vorstellte, und der Postgehilfe bekam mehr und mehr Bedenken, wen die Schulbehörde da auf die Insel schickte. Was sagte der? Er wolle die Pflanzen- und Tierwelt erkunden? Und Leeges Satz, er wolle »den Kräften des Wassers nachgehen«, den verstand er schon mal gar nicht.

Woröver de Gelehrten so sinneren, dachte der Leeraner und war erstaunt, dass man über Pflanzen, Tiere und die Kräfte des Wassers überhaupt »sinneren«, nachdenken, konnte.

# 9

Fünf Stunden war die »Möwe« durch das Wattenmeer gestampft und die Tortur der Seekrankheit hatte sich auch nicht gelegt, als das Schiff vor Juist auf Reede ging. Langsam ließ der Kapitän es bei heruntergelassenen Segeln auf den schlickigen Grund laufen. Dort stand ein alter Ackerwagen und holte die drei Passagiere ab, das Wasser bis über die Achsen reichend. Die Pferde schienen nicht begeistert von diesem langanhaltenden und unfreiwilligen Bad, zumal es windig und kühl war. Auf den saftigen Wiesen des trockenen Hellers fühlten sie sich wohler. Ottos Begeisterung, endlich Juist erreicht zu haben, führte dazu, dass er sich etwas besser fühlte, doch im Magen rumorte es noch gewaltig. Das reichlich käsige Gesicht, mit dem er den festen Boden Juists betrat, fiel dem kleinen Empfangskomitee natürlich auf. Sie wussten, da kam einer vom Festland, einer, der Seereisen nicht gewohnt war.

»Kiek, de Meester geih't woll nich so good«, schmunzelte Abbo Tiedken, der Juister Gemeindediener, der auch den Ackerwagen lenkte.

»Mann immerhin hett he neet de Fischken fohrt«, sagte er noch leise, »hett mi Focken eben vertellt.« Der Spruch vom »Fische füttern« seekranker Schiffsreisender war allen bekannt.

Otto Leege, erstmals auf Juister Boden stehend, wurde von Ihmel Wilhelm Oepke, dem Inselpastor, dem Lehrer Buss sowie Gemeindevorsteher Johann Frerichs begrüßt.

Ohne große Umschweife setzte sich die kleine Gruppe in Richtung der Inselschule in Bewegung. Hier befand sich auch die Lehrerwohnung, die Otto beziehen sollte. Lehrer Buss, der heute seinen letzten Arbeitstag absolvierte, wirkte müde.

»Herzlich willkommen in der Juister Inselschule«, sprach er, als die kleine Gruppe das kärgliche Schulhaus erreicht hatte. Die matten Augen, in die Leege sah, unterstrichen nicht die feierlich betonten Worte. Als Buss hinzufügte: »Dann sehen wir uns mal Ihre neue Arbeitsstätte an. Es wird schnell gehen, die Schule ist nicht groß«, und dabei ein gequältes Lächeln zeigte, schien sich der Eindruck zu bestätigen, dass Buss es nicht bedauerte, Schule und Insel zu verlassen. Er hatte zur Feier des Tages die elf Inselschüler zusammengetrommelt, um dem neuen Lehrer ein Ständchen zu singen. Neun Jungen und zwei Mädchen bot Juist in diesem Schuljahr auf. Das, was der Postgehilfe schon auf der »Möwe« bemerkt hatte, bestätigte Lehrer Buss. Er erwähnte, dass er es längst aufgegeben hatte, die Eltern von der Schulpflicht ihrer Kinder zu überzeugen. Sie stimmten dieser Schulpflicht zwar zu, aber der Schulmeister musste, sozusagen als Gegenleistung, einsehen, dass es manchmal Wichtigeres für ihre Kinder zu tun gab, als die Schulbank zu drücken.

Lehrer Buss wandte sich den Schülerinnen und Schülern zu. Es war sein letzter Tag bei ihnen, aber er verzichtete auf große Worte.

»Wie ihr wisst«, begann er, »verlasse ich die Insel, die Schule und euch. Ich war einige Jahre auf Juist und habe viele schöne Dinge erlebt. Aber ich habe mir auch Sorgen gemacht. Vor allem, wenn ihr nicht zur Schule kamt und eure Aufgaben liederlich erledigt habt. Jetzt gehe ich zurück an das Festland. Aber das heißt nicht, dass ihr jetzt für immer freihabt …« Buss machte eine Pause und wartete, ob die Kinder lachten. Doch sie sahen ernst drein und schielten immer wieder neugierig zu dem neuen Lehrer, der neben ihrem alten stand. Also fuhr Buss fort: »Damit ihr weiter fleißig lernt, hoffentlich fleißiger als bisher, stelle ich euch hier euren neuen Lehrer, Herrn Leege, vor.« Er trat etwas zurück und zeigte auf Otto, der neben ihm stand und den Kindern zulächelte.

»Guten Tag, ich freue mich, euer neuer Lehrer zu sein«, sagte er verlegen, da er nicht damit gerechnet hatte, so schnell etwas beitragen zu müssen.

Die elf Kinder, an diesem Tag vollzählig angetreten, musterten ihn intensiv. Alle schwiegen. Wie würde der neue Lehrer sein? War er streng?

»Dat is de neeje Meester«, unterstrich Buss noch einmal auf Plattdeutsch und fügte hinzu: »Van nu an mookt ji dat, wat he seggt. Und ji kamen elke Mörgen in de School!«

Otto fand es sonderbar, dass der Lehrer seine Schüler darauf aufmerksam machen musste, dass sie doch bitte jeden Tag in die Schule kamen.

Buss ermahnte sie, von nun an alles zu tun, was der Lehrer von ihnen verlangte, und jeden Tag zu beten. Dann übergab er Otto das Wort. Dem stand die Übelkeit von der Seefahrt mit der »Möwe« noch ins Gesicht geschrieben. Er riss sich zusammen.

»Ich freue mich, auf der Insel Juist angekommen zu sein. Ich werde euch viel Neues beibringen«, Otto musste eine Pause einlegen und schlucken, der Brechreiz war wieder hochgekommen. Himmel, dachte er bei sich, doch nicht jetzt! Er sprach den Satz zu Ende: »Und wenn ihr, wie der liebe Herr Buss schon gesagt hat, fleißig seid, wird's ein gedeihliches Miteinander geben. Nur wer lesen, schreiben und rechnen kann und über seine Heimat Bescheid weiß, kann es im Leben zu etwas bringen. Morgen beginnt die Schule, pünktlich um acht.« Nun trat auch er einen Schritt zurück und war froh, mit diesen wenigen Worten die Begrüßung beendet zu haben. Er hoffte, erst einmal keine weiteren Worte verlieren zu müssen. Buss klopfte ihm anerkennend auf die Schulter. Oder wollte er sagen: »Danke, dass du die Meute übernimmst und mir ermöglichst, dieses kümmerliche Schulhaus nebst seiner scheußlichen Lehrerwohnung auf diesem ärmlichen Eiland endlich zu verlassen«?

Pastor Oepke übernahm die Regie und forderte die Schüler auf, ein Willkommenslied anzustimmen. Es folgte ein einfaches, einstimmiges Lied und Otto fiel auf, dass in Sachen Musikalität Verbesserungspotenzial vorhanden war. Dann forderte der Pastor den neuen Lehrer auf, mit ihm den Klassenraum und die Lehrerwohnung zu inspizieren. Schon Ottos erster Eindruck des Schulgebäudes war ernüchternd gewesen. Dass er auf der nicht vom Reichtum gesegneten Insel kein modernes Schulhaus vorfinden würde, hatte er schon geahnt. Die einzige Klasse saß an Tischen, die in einem noch schlechteren Zustand waren als das zerkratzte Lehrerpult, dem man wie allen anderen Möbeln kaum noch ansah, ob es jemals einen Schutzanstrich gesehen hatte. An der Wand des Klassenzimmers hing eine vergilbte Landkarte, feucht von der salzig-klebrigen Seeluft, die beständig durch undichte Fenster strömte. Im Winter muss es hier saukalt sein, dachte Leege. Der winzige Ofen in der hinteren Ecke würde den Raum kaum heizen können. An den Rändern der Karte hatte, ebenso wie an zwei Stellen an der Wand des Klassenzimmers, Schimmel angesetzt. Die altersgraue Wandtafel schien noch ihren Dienst zu tun. Den Zimmerschmuck bildeten ein paar Geranien, die allerdings schon lang in einer leeren Vase gestanden haben mussten, denn sie waren verdorrt. Wäre ihm nicht so schlecht gewesen, hätte er den verblühten Blumenstrauß zum Anlass genommen, die Schülerinnen und Schüler darauf aufmerksam zu machen, dass man für die Pflanzen gut sorgen müsse. Doch er sparte sich das, sollten die anderen so viel wie möglich reden. Er war froh, wenn er nichts sagen musste.

Vom Klassenzimmer führte eine Tür direkt in die Lehrerwohnung. Sein neues Zuhause stellte sich nicht weniger prächtig dar. Der Wohnraum war gleichzeitig das Telegrafenzimmer, und Otto wurde plötzlich klar, was auf ihn zukam. Vom Wohnraum waren zwei winzige Räume abgetrennt, Buss nannte sie die Abkammern. Hier gab es zwei eingezimmerte Betten, aus Strandholz gebaut. Ein Keller war vorhanden, doch Leege entging nicht das Guffeln der Anwesenden, als Buss den Keller erwähnte. Es war ein Erdloch, das hinter einer niedrigen, dunklen Küche lag. Hierin lagerten Torf und Brennholz, beides dürfte nicht eben trocken sein.

»Ein Schloss sieht anders aus«, raunte Buss Otto zu, der zuckte mit den Schultern, als habe er nichts anderes erwartet. Ihm war klar, dass er nicht in Aurich, Emden oder Norden war, wo Beamte, Kapitäne im Ruhestand oder Geschäftsleute in schmucken Häusern lebten. Er war auf Juist, wo sich mancher zu wundern schien, dass es überhaupt eine Schule gab. Er machte sich zwar nichts aus teuren Möbeln und großen Räumlichkeiten. Die Kargheit der Lehrerunterkunft beeindruckte ihn allerdings schon.

»Immerhin ein Dach über dem Kopf, verehrter Herr Leege«, beeilte sich Pastor Oepke zu sagen, »das werden

Sie noch zu schätzen wissen, wenn der Nordweststurm um die Hausecken weht und die See gefährlich nahe an die Häuser herankommt. Ja, die Nordsee. Unser Ernährer, denn hier fangen wir unseren Fisch, und gleichzeitig unsere größte Bedrohung. Wie oft musste das Inseldorf schon verlegt werden, weil die See es sich geholt hat.« Es schien fast, als wollte er von der schlichten, feuchten Wohnung ablenken. So kam er auf den Inselschutz zu sprechen.

»Wir haben schon oft überlegt, wie wir uns gegen Sturmfluten besser schützen können. Es ist schwierig und mit großem Aufwand verbunden. Vielleicht ist Ihnen bekannt, dass unser Inseldorf schon mehrere Male den Standort wechseln musste, weil uns die Nordsee das Leben an den alten unmöglich machte.«

»Doch, doch, ich habe mich ein wenig mit der Geschichte der Insel beschäftigt«, bemerkte Otto rasch. »Küsten- und Inselschutz ist hier natürlich ein beherrschendes Thema, und ich arbeite gerne mit, wenn es um die Zukunft der Insel geht.« Buss und Oepke sahen sich vielsagend an, als wollten sie ausdrücken: Na dann mal los!

»Übrigens haben wir eine Anfrage bei der Landdrostei wegen der Renovierung der Wohnung und des Klassenraumes gestellt. Bislang leider keine Antwort«, fügte Buss an.

»Ach, die Wohnung ist doch ganz in Ordnung. Wie Sie schon sagten, Hauptsache, ein Dach über dem Kopf.« Die Anwesenden sahen ihn aufmerksam an und Otto spürte, dass er noch etwas nachlegen musste. »Ich habe von weiteren neuen Planungen gehört. Zum Bau einer Landungsbrücke, damit die Schiffe einen Anlegeplatz erhalten.«

»Planungen sind Planungen«, entgegnete Buss, Johann Frerichs nickte und führte aus: »Sie sollten wissen, wie lange es dauert, bis Planungen am Festland beschlossene Sache sind. Immer wenn es ums Geld geht, steht Juist nicht gerade an erster Stelle bei denjenigen, die das Geld verteilen. Hier auf Juist dauert es im Vergleich zu anderen Orten, die auch nicht viel besser dastehen, noch ein paar Jahre länger. Die Landdrostei in Aurich ist, was Genehmigungen anbetrifft, oft sehr … langsam. Anders kann man es nicht sagen. Entschuldigen Sie, wenn ich mich so despektierlich äußere. Ich bettele, wie eben gesagt, seit Jahren um ein neues Schulgebäude, wenigstens eine Renovierung des alten Klassenzimmers und der Lehrerwohnung. Vergebens! Daher können wir Ihnen auch nicht mehr bieten. Aber der Antrag, der ist gestellt. Wer will schon wissen, ob nicht doch noch ein Wunder geschieht.«

Otto winkte ab. Er wusste, dass die Landdrostei für das Schulwesen in Ostfriesland zuständig war, sie war Aufsichtsbehörde ebenso wie Amt für alle Angelegenheiten, die mit der Renovierung, Erweiterung oder dem Neubau von Schulen zu tun hatten.

»Für die Regimenter, die preußische Armee, ist immer Geld da«, bemerkte Buss noch, »aber die Schulen verkommen!«

»Herr Buss hat da so seine eigenen Ansichten«, versuchte Frerichs, diese Randbemerkung schnell vergessen zu machen. Die preußische Armee zu kritisieren oder gar den Kaiser und seine Regierung, oblag ihnen schließlich nicht.

»Nun, Herr Kollege«, erlaubte sich Leege eine Antwort, »unsere Armee ist wichtig, es gibt viele Bedrohungen, wie wir sicher alle wissen. Aber natürlich sollten auch die Schulen beachtet werden. Wir müssen unsere jungen Menschen zu klugen Mitbürgern erziehen.« Darauf antwortete niemand, nur Pastor Oepke nickte und ergänzte: »Klugen und gottesfürchtigen Mitbürgern.«

Man sollte bei der ersten Begegnung nicht gleich über Politik sprechen, dachte Otto. Daher nahm er schnell Stellung zur Aussage von Frerichs: »Vielleicht sollten wir einen neuen Anlauf wagen, wegen der Renovierung des Schulhauses, meine ich.«

»Wenn Sie mögen … Wir sollten aber auch nicht nur klagen. Der Ausbau der Hotellerie, der Logierhäuser und Restaurationen für Kurende und Urlauber geht auf Juist voran. Wohlhabende aus dem Binnenland, Offiziere, Beamte, Politiker begehren die Sommerfrische an der Nordsee. Sie fahren nicht mehr nur nach Norderney. Da verbringen ja schon seit Langem Grafen und Könige den Sommer. Dort gibt es alles, was es braucht, auch Bademöglichkeiten am Herren- und Damenstrand. Es gibt viele Angebote zum Zeitvertreib, vom Wandeln an der Strandpromenade über Sonnenbaden, Ausflugsfahrten. Von Juist aus gibt es zum Beispiel das Ansinnen, zu der Sandbank Memmertsand überzusetzen, um den Kurgästen Abwechslung zu bieten. So kann Juist einmal zu Norderney aufschließen. Diese Leute bringen Geld auf die Insel und mit Geld können wir den Fortschritt voranbringen.«

»Was immer man als Fortschritt bezeichnet«, entgegnete Otto, biss sich aber sogleich auf die Zunge. Dass die Juister ihre Insel weiterentwickeln wollten, musste man ihnen schließlich zugestehen.

»Aber Juist ist nicht so leicht erreichbar wie Norderney«, warf er schnell ein, »wegen der Gezeiten. Man kann es eben nur bei Flut erreichen.«

»Mit der Landungsbrücke wird es leichter«, entgegnete Frerichs.

»Aber Ebbe und Flut können wir nicht ändern.«

»Wenn sie denn irgendwann einmal gebaut wird«, warf Buss ein.

»Aber im Dorf sieht man es schon«, bestätigte Otto die Zukunftsaussichten seines Gesprächspartners, das hatte er beim Gang zur Schule bereits bemerkt.

»Ja«, lachte Frerichs, »unser tüchtiger Pastor Oepke hielt am vorigen Sonntag keine erbauliche Predigt, sondern schimpfte auf den Übermut der Juister, die planten, zweistöckige Häuser auf den Sand zu bauen!«

»Zwei Stockwerke müssen es nun auch wirklich nicht sein, das ist doch viel zu hoch. Wir sind hier doch nicht in Berlin«, brummelte Oepke. »Viel zu hoch, bei den Stürmen, die wir hier haben. Warum dieser Übermut? Ich denke nicht, dass der Herrgott derart hohe Häuser auf Juist haben möchte. Es ist ... gegen die Natur der Insulaner. Sie lieben ihre kleinen Häuser, die wenig Angriffsfläche bieten«, nuschelte Oepke.

»Werter Herr Pastor, das sehe ich ganz anders. Aber das wissen Sie ja«, bemerkte Ortsvorsteher Frerichs und Otto registrierte, dass die Herren anscheinend nicht alle einer Meinung waren.

Dann setzte sich der Tross wieder in Bewegung. Die Schulbesichtigung war abgeschlossen. Doch es sollte gleich weitergehen, in die Inselkirche.

# 10

Die Schülerinnen und Schüler stapften hintendrein, als die Gruppe an der Kirche angelangt war. Vor dem Kirchturm wurde erneut ein Lied angestimmt, diesmal etwas aus dem evangelischen Gesangbuch. Falls das Lied in der Schule von Lehrer Buss eingeübt worden war und das Kirchenlied unter Oepkes Leitung, so konnte Otto kaum einen Unterschied in der Anzahl schräger Töne heraushören.

»Auf unsere Kirche sind wir sehr stolz«, betonte Pastor Oepke, als sie das Juister Gotteshaus betraten.

Otto war der schlichte Kirchturm schon bei der Ankunft mit der »Möwe« aufgefallen. Während es sich dabei um ein Pfahlgerüst mit einem kleinen Dach handelte, unter dem eine Glocke hing, präsentierte sich das Kirchenschiff als massiv errichtetes Gebäude. Doch schon beim Eintreten waren Otto diverse Gerüche aufgefallen, die so gar nicht zu einer Kirche passen wollten. Zunächst roch es nach Fisch. Gut, man war auf einer Nordseeinsel, da war Fischgeruch nicht ungewöhnlich, gerade wenn die Fischer ihren Fang anlandeten. Aber in der Kirche war es doch auffallend. Schnell erkannte Otto den Grund: Mehrere offene Heringsfässer standen aufgereiht an einer der Wände, daneben solche mit Teer und Petroleum. Das erklärte die Geruchsvielfalt, die jedoch vom Fisch beherrscht wurde.

»Ich muss mich doch sehr wundern«, raunte Otto empört. Das war hier doch keine Lagerhalle! Die Heringsfässer verbreiteten einen Geruch, der einen an den Aufenthalt in einer

Auktionshalle des Hamburger Fischmarkts denken ließ, aber keinesfalls an den Besuch eines Gotteshauses. Wobei er den Hamburger Fischmarkt nur aus Erzählungen kannte, in denen immer der Fischgeruch betont wurde, der dort angesichts vieler Verkäufer der Meerestiere herrschte.

»Nun, also … es ist so …« Pastor Oepke druckste ein wenig herum. »Natürlich wundert Sie, dass Herings- und Petroleumfässer in der Kirche herumstehen. Die Frage, junger Mann, ist mir schon von anderen Besuchern gestellt worden. Es verhält sich so: Die Kirche ist eines der sichersten Gebäude auf der Insel. Daher bringen wir hier Dinge unter, die geschützt gelagert werden müssen. Woanders ist weder Platz, noch sind die Gebäude derart gegen Stürme und Fluten gewappnet. Ihnen sind sicher die dicken Mauern aufgefallen. Und der Herrgott, dessen bin ich mir sicher, möchte doch nicht, dass unsere wertvollen Güter bei der nächsten hohen Flut weggeschwemmt werden. Die Juister sind darauf angewiesen. In ganz Ostfriesland sind die Kirchen nicht nur Bollwerke des Glaubens, sondern auch solche gegen Feinde, schwere Stürme und Fluten. So ist es immer gewesen.«

Der Kirchenmann sah Otto eindringlich an. Er schien überzeugt, und alle anderen Anwesenden waren offenbar derselben Ansicht, dass der liebe Gott Pastor Oepkes Ansicht teilte. Lehrer Buss fügte noch etwas hinzu: »Bedenken Sie im Übrigen auch die Strandportionen. Sie bringen uns gute Einkünfte und wir müssen sie irgendwo lagern. Wozu hätte der Herrgott uns Menschen auf die Inseln geschickt, wenn wir unser Überleben nicht auf diese Weise sichern?«

Otto Leege schwieg dazu. Er war ein gottesfürchtiger Mann, aber die Interpretationen der Juister wunderten ihn sehr. Na, darüber würde man vielleicht später noch einmal sprechen können, jetzt war nicht der richtige Zeitpunkt dazu. Vielmehr fiel sein Blick nun auf die Kirchenbänke, die sehr schäbig aussahen. Pastor Oepke bemerkte auch das.

»Herr Leege, die Bänke, ja! Sie sehen schrecklich aus. Das bedarf wohl auch einer Erklärung. Vor einiger Zeit ist am Nordstrand ein holländisches Schiff gestrandet. Es war auf der Reise nach Schleswig-Holstein und vollgepackt mit Käse. Den wollten wir natürlich nicht den Wettergebärden aussetzen und haben ihn vom Schiff geholt … gesichert, gewissermaßen. Es wäre doch zu schade gewesen. Allerdings wussten wir nicht, wohin mit all den großen Käserädern und haben die mächtigen Stücke auf die Kirchbänke gelegt«, der Pastor machte eine kurze Pause, während der er Otto musterte. Der wunderte sich einmal mehr. »Als wir die Käserollen wieder wegnahmen«, setzte er fort, »sahen die Bänke so aus, wie sie jetzt eben aussehen. Der Käse hat sie abgebeizt, als er hier reifte.«

»Der Käse hat gutes Geld gebracht. Wir konnten einige Rollen an fahrende Händler verkaufen. Ein Teil ist auch dem Erhalt der Kirche zugutegekommen. Und wir sparen für eine Orgel«, versuchte auch Buss, die abgebeizten Kirchbänke zu rechtfertigen.

»Und der Rest wird von den Insulanern vertilgt. Eine willkommene Ergänzung der täglichen Nahrung. Sicherlich der Gesundheit der Insulaner zuträglich. Ein paar Groschen müssen aber auch sie bezahlen – diese Einnahmen nutzen wir für die Kirche, vor allem für eine neue Orgel. Wie Sie sehen, gilt all unser Tun dem Gemeinwohl, Herr Leege«, ergänzte Frerichs.

Leege stellte sich die Kirchgänger am Sonntag vor, die sich in einigen wenigen engen Bänken drängen mussten, weil der Rest der Bänke mit zig holländischen Käserädern belegt war, die von einem gestrandeten Schiff erbeutet worden waren.

»Ich verstehe noch nicht ganz … Ich meine, das ist doch nicht das Eigentum der Gemeinde? Schiffe, die stranden …«, begann Otto zu zweifeln, kämpfte aber noch mit einer geeigneten Formulierung.

Pastor Oepke kam ihm zuvor. »Ich darf Sie korrigieren, werter Herr Leege«, ergriff er das Wort. »Strandportionen sind nichts Gestohlenes, falls Sie das meinen. Schließlich trägt von uns niemand die Verantwortung dafür, wenn die Schiffe stranden. Ich will nicht so weit gehen und sagen, auch da hätte der Herrgott seine Hände im Spiel. Aber womöglich hat die Besatzung besonders gesündigt … Man kennt das ja, wo sich die Männer so herumtreiben, wenn die Schiffe in den Häfen liegen. Da hilft er uns rechtschaffenen Insulanern, indem er uns die Schiffsfracht überlässt. Im Übrigen sind in diesem Fall alle Männer der Besatzung gerettet worden und ein holländisches Schiff hat sie wieder mit nach Delfzijl genommen. Nun, das Schiff und alles, was sich darauf befand, ist hiergeblieben. Sollen wir es da draußen am Billriff liegen lassen, wo die Wellen es Stück für Stück zerschlagen und all das wertvolle Gut, das sich an Bord befindet, eine Beute der Nordsee wird? Das wäre außerordentlich dumm. Der Herr will uns mit diesen Zeichen ein wenig aus unseren nicht eben reichen Lebensverhältnissen heraushelfen.«

Oepke erntete eifriges Kopfnicken.

»Im Übrigen«, fügte der Pastor noch hinzu, »ist dieses Vorgehen auch durch unser Inselrecht gedeckt.«

Leege hatte schon vorher von den Strandportionen gelesen. So nannte man alles, was man von gestrandeten

Schiffen mitnahm. Strandgut war Allgemeingut, so hieß es. Wie offiziell das Inselrecht war, wusste er noch nicht. Ein Kapitän ließ sein Schiff doch nicht bewusst stranden? Dahinter steckte doch zumeist ein Unglück, und zu all dem Unglück stahl man dann noch die Fracht? Aber hier ging es wohl um jahrhundertealte Traditionen. Dass Insulaner am Strand Feuer entfachten, um Schiffe bewusst fehlzulenken und zur Strandung zu bringen – nun, das waren dann doch sicher nur Gerüchte. Vermutlich musste man es einfach akzeptieren. Ohnehin wollte er im Augenblick am liebsten wieder an die frische Luft. Der Gedanke an lang gelagerten, reifen Käse, gemischt mit dem feucht-modrigen Geruch, den die Seeluft in den Gemäuern der Kirche bildete und der sich wiederum mit dem Duft aus den Herings-, Petroleum- und Teerfässern mischte, verstärkte die langsam überwunden geglaubte Übelkeit infolge der Seereise.

Und es wartete an diesem ersten Tag auf dem Eiland noch eine Überraschung auf ihn.

»Da wäre noch etwas, Herr Leege«, meldete sich Oepke erneut zu Wort, nachdem die Aufklärung über die Strandportionen beendet war. »Sehen Sie, unser alter Orgelspieler, Willem Schuster, leidet schon allzu lange an der Gicht. Und wir haben niemanden, der Orgel spielt.«

»Willem Schuster geht es gar nicht gut. Er befindet sich insgesamt nicht bei bester Gesundheit. Er wird vielleicht nicht mehr lange leben«, mutmaßte Lehrer Buss.

Otto schaute sich um.

»Ich sehe gar keine Orgel.«

»Es gibt auch keine. Ich sagte ja schon, wir sparen dafür«, beeilte sich Ihmel Oepke zu sagen, »derzeit existiert nur ein altes Harmonium.« Er schlug eine verstaubte Decke nach hinten, unter der das Instrument zum Vorschein kam.

»Oha … ein gutes, altes Stück«, meinte Otto.

»Ja, und nicht eben ein Schmuckstück«, bestätigte Buss, »jedoch das einzige Instrument, das uns zur Verfügung steht, um die singende Gemeinde zu begleiten. Und Sie als Lehrer, Herr Leege, ich meine …«, er machte eine kleine Pause, »ich meine, Sie müssen ja auch die musikalische Erziehung in der Schule übernehmen.«

Otto dachte an die Misstöne beim Gesang der Schulklasse, während Buss fortfuhr: »Wie Sie schon gesehen haben, legen wir darauf durchaus Wert. Ich habe vom alten Lehrer Eiben gehört, dass Sie sich nicht nur mit Vögeln und Pflanzen auskennen, sondern auch Klavier spielen.«

»Ein wenig, nur ein wenig«, zögerte Otto. Er ahnte, worauf die Männer hinauswollten.

»Sehen Sie«, fiel ihm der Pastor freudig ins Wort, »das Wenige ist mehr, als ein jeder von uns kann. Eine Kirche ganz ohne musikalische Begleitung – das ist doch nichts. Ich, na ja, ich also … wir, wir möchten Sie bitten, den Organisten zu ersetzen, jedenfalls so lange kein neuer da ist.«

Ob es überhaupt jemanden auf der Insel gab, der den alten, gichtkranken Willem Schuster ersetzen konnte? Aber an seinem ersten Tag wollte man Otto nach seinen kritischen Bemerkungen zu Heringsfässern und Käselaiben wohl nicht vergraulen. Nach kurzer Überlegung sagte er: »Ich kann es ja mal versuchen.«

Er konnte ja tatsächlich ein wenig Klavier spielen. Dass es ausreichte, um die Gemeinde mit ein paar Akkorden durch einfache Kirchenlieder zu begleiten, sollte er schon bald erfahren. Auch, dass die Insulaner trotz der ständigen Auseinandersetzung mit den harten Bedingungen des Insellebens auf ihre Weise sehr gläubig waren und den Gottesdienst besuchten, wenn, ja wenn es am Sonntag nicht doch gerade zum Fischfang ging, weil die Tide so war, wie sie eben war. Und wenn es Strandportionen zu bergen gab, und das an einem Sonntag, musste man Prioritäten setzen. Wenn Pastor Oepke seine Zustimmung gab, war es doch wohl in Ordnung. Und Otto dachte schmunzelnd daran, dass die Abwesenheit der Gemeinde im Sonntagsgottesdienst zumindest auf Juist, aber wohl auch auf allen anderen Nordseeinseln, vom Herrgott verziehen würde, wenn zeitgleich Ebbe war und am Strand wertvolle Ware von gestrandeten Schiffen geholt werden musste.

*

Am Abend dieses 9. Mai 1882 fiel Otto Leege erschöpft auf eine durchgelegene, klamme Matratze. Immerhin hatte er ein Federbett aus Aurich mitgenommen, es stammte ursprünglich aus seinem Uelsener Elternhaus. Er hatte keine Ahnung, wer das Bett zurechtgemacht hatte, während er mit Ortsvorsteher, Pastor und altem Insellehrer die Kirche besichtigte. Da schien jedenfalls eine Unterstützung mit Zutritt zur Lehrerwohnung da zu sein, die er noch nicht kannte. Sollte es eine Insulanerin geben, die ihm bei der Wäsche unter die Arme griff, würde es ihm recht sein.

Er war müde. Die lange Fahrt von Aurich nach Juist, die Stunden auf See verbunden mit der Übelkeit, die Begrüßungen und Besichtigungen, all das war anstrengend gewesen. Die Feuchtigkeit der Lehrerwohnung gab der Decke und dem Kissen einen muffigen Geruch. Im Sommer würde er das Bett zum Trocknen und Auslüften über den Bocksdorn, der auch Besitz von den Innenräumen ergriffen hatte, hängen. So lange ließ es sich auch so darin schlafen, was blieb ihm übrig? Ein wenig Geschirr hatte er noch bei einem

Trödler in Aurich erworben, sodass er sich auf der alten Petroleummaschine, die in der Lehrerwohnung vorhanden war, zumindest morgens und abends Tee aufbrühen konnte. Ein Mittagessen, so empfahl ihm Ortsvorsteher Frerichs, war im Gasthof im Dorf für eine Mark zu bekommen. Das konnte er sich leisten, wenn es auch den gesamten Sold als Telegrafenverwalter aufbrauchte. Der betrug knapp dreißig Mark im Monat, wie er erfahren hatte. Da bleibt mir aber noch das üppige Lehrergehalt von fünfzig Mark, dachte er an die nicht eben großzügige Besoldung. Doch wegen des Geldes war er sicherlich nicht Lehrer auf Juist geworden. Man brauchte genug zum Leben, aber nicht mehr. Über diesen Gedanken schlief er bald ein.

*

An einem der nächsten Abende setzte er sich an den kleinen Schreibtisch und schrieb einen Brief an die Eltern in Uelsen. Der Tisch hatte gehörig gewackelt und er hatte sich gewundert, wie Lehrer Buss daran gearbeitet haben konnte. Kurzerhand hatte er aber mit einer Querlatte, die er zwischen den wackelnden Beinen des Tisches festzurrte, etwas Stabilität in das Möbelstück gebracht. Nach dem Brief an die Eltern schrieb er noch an seinen Freund Wiegbert Krüger:

»Der Eindruck des scheunenartigen Baus der Inselschule ist immer wieder kläglich. An der Südwand, da, wo meine Morsemaschine steht, hat sich der Bocksdorn, den ich sommertags zum Ausbreiten von Decken, Handtüchern und Wäsche nutzen möchte, durch die Wand gebohrt und wächst fröhlich in der Wohnung weiter.« Otto lächelte. Er sah Wiegbert im Geiste, dessen Antwort er sich vorstellen konnte: »Ich habe dir immer gesagt, geh bloß nicht auf diese Insel! Und lass den Bocksdorn nur wachsen. Wahrscheinlich hält er die alten Gemäuer zusammen und die Schule bricht ein, wenn du ihn herausreißt.«

Aber das würde er gar nicht tun. Er ließ den Busch gewähren, beschnitt ihn nur innerhalb des Hauses, wenn er zu sehr störte. »Ich habe nicht versucht, ihn zu entfernen«, schrieb er, »so habe ich eine stattliche Grünpflanze im Zimmer.«

# 11

In den Monaten nach seiner Ankunft bereitete Otto Leege den Unterricht für seine elf Schülerinnen und Schüler vor, erledigte mit zunehmenden Fertigkeiten den Morseverkehr zwischen Juist und dem Festland, übte auf dem Harmonium, was infolge der durch die ständige Feuchtigkeit aufgeschwollenen Tasten nicht eben Freude bereitete, und versuchte, die Insulaner mit ihren Eigenheiten zu verstehen. Als Lehrer, Organist und Telegrafenstellenleiter lernten ihn Juists Bewohner schnell kennen. Aber er benötigte Zeit, um die Verantwortungsträger der Insel einschätzen zu können und Bekanntschaft mit den Eltern seiner Schülerinnen und Schüler zu machen. Mehr und mehr nutzte er die Sommertage, um die lange, schmale Insel zu erkunden. Wenn es sehr warm war, nahm er die Klasse mit in die Dünen und legte Untersuchungsflächen an. Er ließ die Schülerinnen und Schüler die Flächen vermessen und nach ein paar Wochen kamen sie zurück, um zu schauen, welche Pflanzen sich angesiedelt hatten. Die Kinder sollten versuchen, die Gewächse zu malen. Leege erklärte ihnen anhand der mal mehr, mal weniger gelungenen Zeichnungen die Anpassungen der Pflanzen an ihren rauen Lebensraum. Kunsterziehung und Naturkundeunterricht ließen sich auf diese Weise gut kombinieren, gleichzeitig waren die Kinder in Bewegung und an der frischen Luft, anstatt im muffigen Klassenzimmer der alten Schule auf den hölzernen, wackelnden Bänken herumzurutschen.

Otto Leege begann, ein Register der Pflanzenarten der Insel zusammenzustellen. Schon bald erweiterte er die Studien auf die Vogelwelt. Er notierte ihr Auftreten, bestimmte die Arten und beschrieb, welcher Vogel nur kurz auf Juist verweilte, bevor er weiterzog, welcher mehrtägige oder gar wochenlange Rast machte und welcher blieb und brütete. Diese Tätigkeiten bereiteten ihm viel Freude, sie waren ein Ausgleich zu den beruflichen Verpflichtungen. Sie erinnerten ihn an die Wanderungen mit seiner Mutter in der Grafschaft Bentheim, rund um Uelsen, damals … Manchmal saß er abends auf einer Düne, blickte auf die Nordsee, in der sich die untergehende Sonne spiegelte, und dachte an diese schöne, unbeschwerte Zeit seiner Kindheit und Jugend.

Was die Pflanzen betraf, hatte er auf Anraten des Apothekers Rassau in Aurich das Pflanzenbestimmungsbuch von Ferdinand Baron Droste-Hülshoff erworben. Droste-Hülshoff hatte es über die Flora Borkums verfasst, aber das Pflanzenkleid beider Inseln dürfte sich sehr ähneln, vermutete Otto. In seinem dritten Sommer auf Juist entdeckte er Lücken im Buch Droste-Hülshoffs. Es fehlten Pflanzen und ein paar Eigenschaften der katalogisierten Gewächse. Zu behaupten, das Buch enthalte Fehler, stand ihm nicht zu, fand er. Und ohnehin würde das, was er dazu sagte, kaum jemanden interessieren.

»Herr Leege, nehmen Sie es mir nicht übel, wenn ich frage«, sprach ihn der Fischer Joke Uphoff, der unweit der Schule in einem kleinen Haus lebte, eines Tages an, »aber was tun Sie all die Zeit da draußen in den Dünen? Da gibt es doch nun wahrlich nicht viel zu sehen!«

Otto sah ihn verschmitzt an und antwortete: »Da irren Sie gewaltig, Herr Uphoff. Es gibt immer von Neuem unglaublich viel zu sehen. Aber viele sehen es nicht, wenn es sie nicht interessiert. Aber um Ihnen zu antworten: Ich sammle Pflanzen und herbarisiere sie.«

»Herbar… was?«, fragte Uphoff.

»Herbarisieren, also trocknen und dann in einer Art Buch zusammenstellen, also … sammeln. Dazu schreibe ich die Namen, auch die lateinischen. Und oft notiere ich mir noch Besonderheiten dazu.«

»Wozu soll das gut sein?«

»Ich möchte eines Tages ein Buch über die Pflanzen und Tiere der Insel schreiben.«

Uphoff sah ihn erstaunt an.

»Ein Buch? Über Pflanzen? In den Dünen?«

»Ja. Die Wissenschaft, die sich mit den Pflanzen beschäftigt, die Botanik, interessiert mich sehr. Sie versucht, alle Pflanzen der Welt zu erfassen und sie in Familien einzuteilen. Ich könnte mit den Juister Pflanzen einen kleinen Beitrag …«, er machte eine kurze Pause, »einen ganz kleinen Beitrag dazu leisten, das Bild zu vervollständigen.«

»Aha«, erwiderte Uphoff und sah sein Gegenüber mit Unverständnis an. Wozu das gut sein sollte, diese Frage hielt er offenbar nach wie vor für unbeantwortet.

»So etwas habe ich noch nie gehört … wat all so gifft.«

»Und den Schülern kann ich beibringen, welche Pflanzen es sind und welchen Nutzen sie haben.«

»Nutzen? Der olle Strandhafer? Den kann man nicht essen, kein Dach damit decken …«

»Essen nicht, und dennoch ist der Strandhafer lebensnotwendig für die Insel.«

»Lebensnotwendig? Wieso soll der lebensnotwendig für Juist sein?«

»Ja, Herr Uphoff, der Strandhafer und andere Pflanzen halten den Sand fest. Sie sind der Grund, weshalb sich die

Dünen erhöhen. Immer wieder verfängt sich Sand zwischen den Halmen und bleibt dort liegen. Schicht für Schicht wächst die Düne. Und je höher die Düne, desto mehr Schutz bietet sie für Sie und Ihr Haus. Wenn das nicht für Ihr Leben notwendig ist!«

»Hmmm«, brummelte Uphoff, »wenn das so ist …«

»Die Pflanzen schützen unsere Insel. Was meinen Sie, geschähe mit den Dünen, die uns schützen, wenn sie nicht bewachsen wären?«

Uphoff sah Leege mit zusammengekniffenen Augen an. »Verstehe«, sagte er, »es würde gar keine Dünen geben.«

»Genauso ist es. Ohne die Pflanzen, den Blauhelm und den Strandhafer, läge Juist schutzlos da, wäre Wind und Wellen ausgesetzt. Ohne sie wären die Dünen, genau wie Sie gesagt haben, gar nicht erst entstanden und Sie und ich würden nicht auf dieser Insel leben, weil jeden Tag bei Flut die Nordsee darüber hinwegfegen würde.«

»Hmmm.«

»Und die Vögel sind ebenso wichtig.« Leege musste innerlich ein wenig über den verdutzten Nachbarn schmunzeln.

»Die Vögel, ja. Die legen Eier, die sammeln wir oft auf. Möweneier sind sehr schmackhaft.«

»Das sollten Sie aber nicht tun – oder allenfalls ein paar von ihnen. Man muss ihnen ja genügend Eier lassen, damit immer wieder neue Küken schlüpfen können. Denn die Vögel sind auch lebensnotwendig für uns.«

»Möwen essen? Ich weiß nicht …«

»Nein, so meine ich das nicht. Die Vögel liefern die Voraussetzung, dass die Pflanzen wachsen können, die unsere Dünen festigen.«

»Wie das?«

»Entschuldigung, wenn ich das so sage. Sie scheißen auf den Sand.«

Uphoff lächelte. So einen Ausdruck hatte er vom Lehrer nicht erwartet. »Nicht nur dahin! Aber was nutzt das?«

»Herr Uphoff! Wir schmeißen Pferde- oder Kuhmist auf die Beete in unserem Garten, sonst würde da nix Gescheites wachsen. Wer schmeißt aber Pferde- oder Kuhmist in die Dünen? Niemand! Nur die Vögel düngen sie mit ihrem Kot.«

Uphoff nickte bedächtig. »Aha.«

»Jetzt wissen Sie, warum ich mich für die Pflanzen und die Tiere so interessiere. Sie müssen geschützt werden, sonst ist es um Juist bald geschehen. Und wenn ich ohnehin die Pflanzen suche und anschaue, kann ich auch gleich aufschreiben, welche ich wo gefunden habe. Das ist ein Beitrag zur Botanik, zur Wissenschaft.«

»Das wäre nix für mich.«

»Darum mache ich es«, lachte Otto. »Es macht mir sogar sehr viel Spaß!«

Uphoff nickte. Ein bisschen sonderbar war das schon, auch wenn er verstanden hatte, wie Leege es meinte.

»Nun weiß ich wenigstens, was Sie in den Dünen so treiben. Ich muss nun wieder an die Arbeit. Entschuldigen Sie, aber ich wollte schon immer einmal fragen, ob Sie irgendetwas Bestimmtes suchen, wenn Sie nach der Schule in den Dünen verschwinden.«

»Dorum bün ick Schoolmeester, um Antworten zu geben«, Leege lachte ihn an. »Und, ja, ich suche tatsächlich, wobei ich mich über jedes neue Pflänzchen, das ich finde, freue.«

»Jo, so mag das wohl sein. Ist ja sicher schön, wenn man sich über so etwas freuen kann. Wiedersehen dann«, entgegnete Uphoff, grüßte noch einmal kurz und wandte sich zum Gehen.

# 12

»Eine Sandbank, sonst nichts«, sagte Pastor Oepke, während Otto durch ein Fernglas Richtung Südwest lugte.

»Memmertsand«, entgegnete er leise, um dann lauter zu sagen: »Dorthin würde ich gerne mal übersetzen.«

»Viel zu sehen gibt es da nicht.«

»Man kann hier und da kleine Dünen erkennen.«

»Hier und da. Die sind im nächsten Herbst wieder weg. Memmertsand ist seit Jahrhunderten eine Sandbank und wird eine bleiben. Weshalb sollte sich das ändern?«

»Juist war auch nicht immer das, was es jetzt ist.«

»Das ist etwas anderes. Auf Memmertsand haben nur die Robben einen schönen Platz zum Ausruhen, der Herrgott denkt an all seine Schäfchen.« Oepke lächelte.

»Man geht auf Memmertsand der Robbenjagd nach. Ob der Herrgott das auch so gewollt hat?«

»Sicherlich, schließlich müssen auch die Robbenjäger von irgendetwas leben.«

»Wenn wir alle Gottes Schäfchen sind, so bringen die einen Schäfchen die anderen um.« Otto mochte diese Gespräche mit Oepke.

»Der Mensch ist schon oftmals ein Schaf.« Der Pastor schmunzelte. »Dennoch hat Gott gesagt, macht euch die Erde untertan.«

»Wenn ich mir das, was der Mensch so tut, anschaue, bin ich mir nicht sicher, ob es gut ist, dass Gott das so uneingeschränkt gesagt hat.«

Oepke schwieg. Er wusste um Ottos Bangen um die Natur, die Pflanzen und Tiere. Alle mussten eben schließlich zusammenleben.

Otto Leege hatte aufgehorcht, als Oepke von den kleinen Dünen auf Memmertsand berichtet hatte. Eine Fahrt mit den Robbenjägern hatte den Pastor einen Eindruck von der Sandbank gewinnen lassen. Die Plate habe sich in den vergangenen Jahren aufgehöht, wies seit einigen Jahrzehnten bei mittlerem Hochwasser größere trockene Flächen auf. Das interessierte Otto, weil es Anzeichen einer entstehenden Insel sein konnten.

Eines Nachmittags traf Otto den alten Robbenjäger Hermann Schiffer aus dem Loog.

Schiffer war ein Inseloriginal. Wenn er nicht auf Robbenjagd ging, was nur noch selten vorkam, lief er fast jeden Tag den Strand ab und hatte schon ein ganzes Dünental in der Nähe seines Hauses voller gestrandeter Holzpfähle, -bretter und anderen mehr oder minder wertvollen Kostbarkeiten gefüllt, die die Nordsee an den Juister Strand gespült hatte.

Otto fragte Schiffer nach Memmertsand. Der zuckte die Schultern und bemerkte, dort seien zwar Robben, sie würden bei Ebbe gern am Nordstrand in der Sonne dösen, »aber sonst ist da nichts.«

»Ich habe gehört, man könne dort auch Eier sammeln.«

»Eier, ja, mag wohl sein. Möwen sind da genug.«

Otto hatte bei seinen Strandgängen auf Juist Austernfischer beobachtet, die ihre Eier einfach in den Sand legten. Möwen bauten Nester. Dazu brauchte es Material – und ein wenig mehr Schutz als nur den Strand. Den mussten sie ja auf Memmertsand finden.

»Wenn man dort Eier sammeln kann, müssen die Möwen Nester bauen.«

»So ist das wohl.« Schiffer schloss die Augen bis auf einen Spalt. Er schien sich zu fragen, was Otto von ihm wollte.

»Möwen legen ihre Eier nicht einfach in den Sand.«

Schiffer überlegte. »Nee …«

»Sie brauchen Dünen, wenigstens kleine. Sie sagen, dort gäbe es keine Dünen. Unser Herr Pastor hat mir etwas anderes erzählt.«

»Na ja, kleine, vereinzelt. Die liegen beständig oberhalb des Wassers. Da können sie Nester bauen.«

Also konnten dort Vögel nisten und brüten.

»Ich würde gerne mal zum Memmertsand fahren«, nuschelte Otto und Schiffer wunderte sich.

»Sie wollen aber nicht auf Robbenjäger umsatteln?« Er lächelte.

»Nee, an der Robbenjagd bin ich nicht interessiert. Ich würde mir die Plate gerne einmal ansehen.«

»Die ist unbewohnt. Eben ein paar kleine Dünen, die sich nicht halten werden. Sonst ist da wirklich nichts.«

»Können Sie mich nicht einmal mitnehmen und dort absetzen?«

»Ick bün nu old«, antwortete Schiffer erst einmal auf Platt, setzte dann aber hochdeutsch fort: »Ich fahre nicht mehr oft hinaus.« Er schüttelte den Kopf und wollte damit wohl sagen, dass er die beschwerlichen Fahrten zu den Seehundbänken nur noch selten unternahm.

»Ich will keine Robben jagen, nur einmal schauen, wie es dort ist.«

Schiffer sah den Lehrer verständnislos an, es schien aus seiner Sicht keinen Grund zu geben, zum Memmert zu fahren, von der Erlegung von ein, zwei Robben oder dem Eiersammeln abgesehen.

Otto konnte Schiffer nicht überzeugen. So musste er seine Fahrt zum Memmertsand verschieben. Aber, sagte er sich, er hatte auch so genug zu tun.

Abends, in der kleinen Schulwohnung, dachte er, dass man es Schiffer anmerkte, dass er nicht mehr so konnte wie in den besten Jahren seines Jägerdaseins. Und die Robbenjagd brachte auch nicht mehr so viel ein, womöglich lohnte sich eine Fahrt für ihn deshalb nicht mehr. Otto sah die kleinen Häuschen im Loog vor sich. Schiffers Haus stach neben den drei Nachbarhäusern mit ihrem frischen Anstrich heraus. Seines war schon halb zerfallen. Für die Reparaturen schien das Geld zu fehlen, zumal er nur noch selten hinausfuhr und somit auch weniger Tran und Fell der Robben verkaufte. Oder er war dafür inzwischen einfach zu alt.

Otto würde sich jemand anders suchen müssen, der ihn zum Memmertsand fuhr. Oder er besorgte sich selbst ein Boot. Er hatte schon öfter daran gedacht, segeln zu gehen, wenn ein Boot nur nicht so teuer wäre … Vielleicht konnte er Schiffers Boot erwerben, wenn der es nicht mehr brauchte.

# 13

Otto Leege war guter Dinge. Nach wie vor bereitete ihm das Lehrerdasein Freude. Er hatte die Flora und Fauna der Insel dokumentiert und überlegte, darüber etwas zu veröffentlichen. Er konnte nun Fehler in Droste-Hülshoffs Werk nachweisen. Aber ob man ihm, dem einfachen Insellehrer, Glauben schenken würde? Er musste seine Erkenntnisse anhand der gesammelten Daten belegen.

Dass er so guter Dinge war, lag jedoch an etwas anderem. Otto hatte sich verliebt. Neben all seinen Tätigkeiten, bei denen er viel unterwegs sein musste, war ihm ein ums andere Mal Martha John begegnet. Die Johns lebten seit einigen Jahren auf Juist und Martha war Otto sogleich aufgefallen. Er fand sie besonders hübsch. Zuerst hatte es nur verstohlene Blicke gegeben. Dann hatten sie erste Worte gewechselt und schließlich trafen sie sich heimlich. Otto und Martha liefen sich, scheinbar zufällig, an einer Stelle, wo ein Pfad von einer der Dorfstraßen zum Strand führte, über den Weg.

»Darf ich Ihnen ein paar Besonderheiten des Juister Strandes zeigen?«, fragte Otto Leege die junge Frau. Zwar hatten sie vereinbart, sich hier zu treffen, doch zeigte er sich dennoch überrascht, als Martha nickte und mit ihm ging. Eigentlich kannte er die Antwort auf die Frage, ob es schicklich war, wenn er als Insellehrer allein mit der jungen Juisterin am Strand entlangschlenderte. Nein, das war es wohl nicht und er hoffte, dass man die beiden nicht sähe.

Das war angesichts der Übersichtlichkeit der Insel aber kaum zu erwarten. Doch als sie neben ihm herschritt und sein Herz dabei heftig zu klopfen begann, wischte er die Bedenken beiseite. Er erzählte ihr alles Mögliche über die Pflanzen am Dünenrand, zeigte ihr Muscheln und nannte deren Namen. Er hatte keine Ahnung, ob sie sich tatsächlich für so etwas interessierte, doch hörte sie ihm die ganze Zeit intensiv zu, und so setzte er seine Erzählungen fort.

»Sieh da, eine Venusmuschel«, sagte er, bückte sich und hob die Muschelschale auf. »Venusmuscheln sind nicht besonders häufig am Juister Strand, eine zu finden, ist etwas Besonderes. Ich schenke sie Ihnen.«

Otto und Martha sahen einander tief in die Augen, und da wusste Otto, dass sie die Gefühle, die sich bei ihm entwickelten, erwiderte. Er hätte sie umarmen und küssen mögen. Doch das verbot sich hier am Strand. Irgendjemand könnte über den Dünenkamm lugen …

Doch die kleinen Spaziergänge häuften sich und schließlich verschwanden die beiden jungen Menschen in einem Dünental, sich sicher wähnend, keiner habe sie gesehen. Sie küssten sich heftig, landeten schließlich eng umschlungen im weichen Dünensand. Anschließend hatten sie alle Mühe, den Sand und damit die Spuren ihres heimlichen Treffens abzuklopfen.

Aber den Juistern blieb nichts verborgen. Die Beziehung war entdeckt worden und sprach sich schnell im Dorf herum.

»Hest al hört? De Schoolmeester weer an de Strand und in de Dünen, mit Martha, weetst doch, Martha John …« Der Lehrer war also mit Martha John in den Dünen gesehen worden. Irgendjemand hatte es doch mitbekommen.

»Nee, gifft ja neet. Is dat wahr?«

»Aber seker, Stientje Kleen hett mi dat vertellt.«

Nun, Stientje Kleen war dafür bekannt, über alles auf Juist Bescheid zu wissen. Unter dem Mantel der Verschwiegenheit erzählte sie jedem von Otto und Martha.

»Denn muss dat ja stimmen. Oh Mann, de Schoolmeester mit Martha?«

»In de Dünen!«

»Nee, nee, nee. Wo kann dat angoahn? Dat gehört sück doch neet!«

»Und ick docht, dat he da Planten söcht. Vun wegen …«

Nein, es gehörte sich nicht und schon war man sich nicht mehr sicher, ob der Insellehrer wirklich immer nur Pflanzen kartierte, wenn er durch die Dünen streifte.

»Hett he wat mit Martha?«

»Wat denkst du denn, wat de beiden in de Dünen maken?«

Zu schnell begegnete man auf der kleinen Insel den Leuten, auch wenn man es nicht erwartete. Die Gerüchteküche begann zu brodeln. Und die Begegnungen hatten Folgen. Das Inselvolk begann schon, Mutmaßungen anzustellen, als Martha zu Ottos größter Überraschung eröffnete: »Ich bekomme ein Kind.«

Marthas Worte fuhren Otto zwischen die Glieder. Ein Kind? Er wurde Vater? Und … er war der Insellehrer, das Vorbild, eine kluge und überlegt handelnde Respektsperson. Und nun bekam Martha ein Kind, obwohl sie weder verlobt, geschweige denn verheiratet waren? Ein Skandal, hätte er gedacht, wenn es ihm nicht selbst widerfahren wäre. Himmel, das durfte nicht sein! Also gab es keine Wahl. Es musste so schnell wie möglich geheiratet werden, alles andere hätte bedeutet, dass er womöglich seine Lehrerstelle verlor. Vorehelicher Geschlechtsverkehr war schlichtweg unmöglich, unzüchtig, verboten und … Ach herrje!

Kurzerhand akzeptierte er seine Vaterschaft. Er entschloss sich, Marthas Eltern zu bitten, die Tochter zur Frau nehmen zu dürfen.

So wurde bald Hochzeit gefeiert. Otto wollte nicht viel Aufhebens darum machen. Seine Eltern hatten es nicht geschafft, die beschwerliche Reise von Uelsen im Bentheimer Land nach Juist anzutreten, so waren nur Vater und Mutter John zugegen. Zwei Trauzeugen hatte Otto unter den Juistern schnell gefunden: den Nachbarn Uphoff, mit dem er sich gut verstand, seitdem Otto ihm den Nutzen des Strandhafers und der Möwen erklärt hatte, und Gemeindevorsteher Frerichs. Über den Gemeindevorsteher war Otto besonders froh, er würde der Hochzeit einen gewissen offiziellen Anstrich verleihen. Mit der Eheschließung, die Pastor Oepke freudig vornahm, verlief alles wieder in den richtigen Bahnen.

Natürlich hatten die Schülerinnen und Schüler ein Lied eingeübt und sich, wie die meisten Eltern, im Sonntagsstaat vor der Kirche eingefunden, um es vorzutragen, als Otto und Martha, geborene John, das Gemäuer nach der Trauung als Ehepaar Leege verließen.

Nur wenige Monate später wurde ein kleiner Junge geboren und Karl-Friedrich genannt. Da es keinen Arzt und keine Krankenschwester auf Juist gab, hatte Trientje Janssen geholfen. Sie war zwar keine Hebamme, hatte aber von ihrer Mutter gelernt, die schon vielen Juisterinnen bei der Geburt geholfen hatte. Trientje Janssen holten sie fast immer, wenn Kinder auf Juist geboren wurden. Es war eine schwere Geburt, Martha hatte große Anstrengungen hinter sich bringen müssen, bevor der Kleine das Licht der Welt erblickte.

# 14

Karl-Friedrich schlief in seinem Bettchen, das Otto für wenig Geld vom Juister Zimmermann Ole Kamphuus hatte anfertigen lassen. Als Ehemann und Vater sah sein Leben nun anders aus, er hatte für eine Familie zu sorgen.

»Dass du auch immer nur am Schreibtisch sitzt«, beklagte sich Martha. Nach einigen Monaten hatte sie sich endlich von der Geburt erholt.

»Was soll ich machen? Ich muss den Unterricht vorbereiten und fasse meine Beobachtungen am Westende von Juist zusammen. Ich bin gebeten worden, die Ergebnisse zu publizieren. Das ist ja nicht meine Idee gewesen.«

»Jaja«, Martha zuckte mit den Schultern, »ich weiß … Aber unser Sohn braucht uns, vergiss das bitte nicht. Und …«

Otto wandte sich von dem vor ihm liegenden Papier ab und seiner Frau zu.

»Nein, das vergesse ich nicht. Und, was gibt es noch?«

»Ich glaube …« Sie stockte.

»Was glaubst du?«

Sie zögerte.

»Nun sag schon.«

Martha eröffnete ihm, dass alle Anzeichen dafürsprächen, dass sie wieder schwanger war. Ottos besorgter Blick und das lapidare »Schon?« schienen sie nicht gerade zu beglücken. Er bemühte sich um Schadenbegrenzung, setzte eine freundliche Miene auf und sagte mit gehobener Stimme:

»Ein zweites Kind … was für eine Freude.« Martha sah ihn mit Erstaunen an. Sie schien nicht ganz überzeugt von seinem Stimmungsumschwung.

»Ja, ein zweites Kind, wir werden weiter zusammenrücken müssen, unsere Wohnung ist viel zu klein«, sagte sie mutlos.

»Bist du denn ganz sicher?«

»Sehr sicher.«

»Zusammenrücken, jaja … natürlich.« Otto wirkte plötzlich geistesabwesend.

»Wir werden dann mehr mit den Kindern zu tun haben, auch du. Zwei sind es dann!«

»Martha, ich muss an die Familie, aber auch an meinen Beruf und an meine Studien denken.«

»Solange du die Familie dabei nicht vergisst.«

Otto sah sie ernst an. »Ich weiß ja, wie viel du zu tun hast.« Otto ahnte, worauf Martha hinauswollte. Sie war der Meinung, er könne mehr zu den tagtäglichen Arbeiten im und um das Haus herum beitragen. »Aber die Anfrage von Professor Buchenau, ich habe dir doch davon erzählt … Es gibt so viel zu tun … Und ich habe ihm versprochen, einen Aufsatz zu meinen Beobachtungen an der Bill im vorigen und in diesem Sommer zu liefern.« Otto wurde jäh unterbrochen.

»Du und deine Pflanzen und Vögel!« Seine Frau drehte sich um und verließ das Zimmer. Wenn sie doch nur mehr Verständnis für seine Interessen hätte, dachte Otto, schüttelte den Kopf und wandte sich wieder seinem Schreibtisch zu.

*

Martha und Otto betrachteten ihr Neugeborenes. Die zweite Geburt war leichter gewesen als die zuvor.

»Fritz-Rudolf soll er heißen«, sagte Martha.

»Fritz-Rudolf? Warum nicht, dein Großvater, hieß der nicht Fritz? Das ist ein schöner Name.«

Otto dachte darüber nach, eine Haushaltshilfe anzustellen, was sein Gehalt kaum zuließ. Viel sorgenvoller betrachteten er und seine Frau jedoch die Tatsache, dass Fritz-Rudolf anscheinend nicht ganz gesund war. Der Arzt hatte schon bei seinem ersten Besuch nach der Geburt gesagt, irgendetwas stimme mit dem Rücken des Säuglings nicht. Vielleicht eine Fehlstellung der Wirbelsäule. Man müsse das beobachten, oft wüchse sich so etwas aus. Martha und Otto bemühten sich, ihn mit Kuhmilch und gemüsereicher Nahrung aufzupäppeln. Aber das Gemüse aus dem Schulgarten hielt nicht ewig. Otto verabreichte selbst gepressten Sanddornsaft.

»Vitamin C in reinster Form«, lächelte er Martha zu, »und du solltest auch davon trinken.«

»Wir mögen ihn beide nicht«, sagte Martha, »er ist so schrecklich sauer.«

»Schrecklich sauer, aber auch schrecklich gesund«, scherzte Otto und nippte am Saftglas, ohne die Miene zu verziehen.

Im Sommer konnte Otto einen Arzt aus Oldenburg, der auf Juist Urlaub machte, überreden, sich den Sohn einmal genauer anzusehen. Der stellte einen Fehlwuchs der Wirbelsäule fest. Der sei seiner Ansicht nach kaum zu beheben, man könne die Beschwerden allenfalls lindern. Der Junge solle an die frische Luft und sich bewegen, so gut es gehe.

»Hier hat er Platz genug, sich zu bewegen!«, meinte Otto.

Martha zweifelte. Fritz entwickelte sich auch in den Folgejahren nicht so, wie sie es sich wünschten. Während der Erstgeborene in Fritz' Alter schon wacker durch den kleinen Schulgarten gelaufen, am Strand begeistert an der Wasserkante entlanggerannt war, lag Fritz oft auf dem Boden oder in seinem Bettchen, das sein Bruder ihm überließ. Der schlief nun in einem von Otto selbst gebauten Bett aus Holzlatten vom Strand.

»Vielleicht nehme ich Fritz einfach mal mit zur Bill, da kann er durch die Dünen laufen, so viel er will. Er muss ja nicht rennen … Und es entlastet dich ein wenig«, schlug Otto vor.

Martha schüttelte verständnislos den Kopf. »Kannst du mir erklären, wie du Karl und Fritz mit zur Bill nehmen willst? Laufen können beide den Weg nicht. Es ist zu weit.«

»Das stimmt. Dann gehen wir jetzt öfter an den Strand. Das ist nicht weit, die zwei-, dreihundert Meter. Dort können wir immer noch schauen, ob wir ein Stück gehen oder nicht, je nachdem, wie Fritz sich fühlt. Dann hast du ein wenig Zeit für dich.«

Martha warf ihm einen beinahe verächtlichen Blick zu. Zeit für sich? Wer wusch denn die Wäsche, wer kaufte ein? Wer bereitete das Essen vor? Wer brachte die Kinder zu Bett? Wer pflegte sie, wenn sie krank waren? Sicher, Otto erzählte ihnen Geschichten und ging mit ihnen in den Schulgarten. Aber die Male, die Otto die beiden Söhne bisher mit an den Strand genommen hatte, konnte Martha an einer Hand abzählen.

»Ich weiß, du hast mit den Kleinen viel zu tun, aber ich sitze gerade an meiner ersten wissenschaftlichen Arbeit. Auch wenn du das mit Skepsis siehst, mir bedeutet es viel. Ich werde meine Erfassung der Schmetterlinge des Juister Westens komplettieren und dies erstmals in einem Artikel darstellen. Professor Buchenau hat mich an den Herausgeber einer faunistischen Zeitschrift vermittelt, in der ich den Artikel veröffentlichen darf.«

Martha verdrehte die Augen. Doch das sah Otto nicht.

»Schmetterlinge?«

»Die Lepidopteren, weißt du, sie …«

»Otto … später vielleicht, im Moment habe ich noch zu viel um die Ohren.«

Otto wandte sich beschämt dem vor ihm liegenden Papier zu und schwieg.

Sie hatte viel Arbeit mit dem Haushalt, dem Garten, der Beschaffung und Zubereitung der Mahlzeiten, dem kranken Sohn. Und schließlich war der Erstgeborene auch noch da. Es war alles andere als einfach, alles unter einen Hut zu bekommen. Die Schmerzen, die sie von Zeit zu Zeit seit der ersten und jetzt vermehrt nach der zweiten Geburt hatte, erwähnte sie gar nicht. Mal war Tage oder auch Wochen alles gut, dann flammten sie wieder auf. Und so, wie sie gekommen waren, flauten sie auch wieder ab.

»Schmetterlinge«, murmelte sie vor sich hin, als sie kurz darauf im Garten harkte, »er schreibt über Schmetterlinge!« Ja, die hatte sie im Bauch gehabt, damals mit Otto, in den Dünen … Aber ihr schien, als flatterten diese Art Schmetterlinge längst nicht mehr so heftig.

# 15

Das nächste Jahr begann frostig. Familie Leege wünschte den Frühling sehnlichst herbei. Martha Leege war noch immer unzufrieden mit Otto, denn sie schaffte die Hausarbeit kaum, zumal sie auch in der Poststation und am Morsegerät immer wieder einspringen musste, wenn Otto unterwegs war.

»Du beherrschst das Morsen mittlerweile viel besser als ich«, meinte Otto, als sie wieder einmal darüber stritten, doch er überzeugte sie nicht.

»Mit den Kindern ... und meine Beschwerden, weißt du ...«

»Ja, das weiß ich doch!«, unterbrach er sie mit einer Barschheit, die er wenig später bereute. »Ich kümmere mich doch auch und nehme sie ab jetzt öfter mit auf meinen Beobachtungsgängen. Mit Fritz' Rücken ist es besser geworden in letzter Zeit. Ich versuche, Trientje Janssen für den Haushalt zu gewinnen. Sie hilft gerne mal aus, nicht nur als Geburtshelferin. Wenn ich ihr ein wenig zahle, wird sie kommen.«

»So viel Geld haben wir nicht!«

»Es muss eben reichen. Du brauchst Unterstützung, das könnte sie leisten, ein wenig, zumindest. Ich habe, wie du weißt, sehr viel zu tun.«

»Ich will dich doch gar nicht von deinen Arbeiten abhalten«, besänftigte Martha ihren Mann. »Aber vormittags unterrichtest du, nachmittags machst du dich allzu oft auf und davon. Abends sitzt du dann auch noch am Schreibtisch.«

»Besser als im Wirtshaus, oder? Da gibt es Juister, die ihr Leben anders zubringen als ich.«

»Ich schaffe es eben nicht mehr alles. Und gestern hatte ich wieder Schmerzen.«

»Was kann man da nur tun?«

»Ich muss einen Arzt am Festland aufsuchen.«

»Die letzte Arznei, dieses ... Du weißt schon. Das hat doch geholfen.«

»Ja, aber im Moment bekomme ich das Mittel auf Juist nicht.«

»Ich werde dafür sorgen, dass neues kommt. Der Apotheker muss das doch beschaffen können.«

»Tu das.«

Monate später geschah etwas, was Otto an alte Pläne erinnerte.

An einem Spätsommermorgen traf Otto Johann Siefkens, einen alteingesessenen Juister, der von Beruf Schiffer war. Otto wusste, dass er ein kleines Segelboot besaß. Beim letzten Gang Richtung Westen hatte Otto sich mit seinen Söhnen an den südlichen Dünenfuß gesetzt, die Butterbrote ausgepackt, die Martha ihnen mitgegeben hatte, und sie hatten zur Sandbank im Südwesten geschaut. Während sie eifrig kauten, hatte er Karl und Fritz berichtet, was man sich über den Memmertsand erzählte. Hätte er ein Boot, so schloss er, könnte er dort einmal hinsegeln und sie mitnehmen. Karl und Fritz waren begeistert von der Idee. Otto wusste, dass Martha etwas gegen die Anschaffung eines Bootes haben würde, aber wenn er ihr versprach, die Söhne zukünftig mit zum Segeln zu nehmen, würde sie vielleicht zustimmen. Sie hätte dann mehr Ruhe. Aber noch waren die beiden ja auch zu jung für so etwas.

»Moin, Herr Siefkens. Würden Sie mich mit zum Memmertsand nehmen?«, fragte er den Juister.

»Memmertsand? Jetzt, wo das Wetter wieder besser wird, wann Sie wollen«, antwortete der Schiffer schmunzelnd.

»Ich würde natürlich auch etwas zahlen.«

»Von mir aus, aber ich warne Sie, Herr Leege. Was wollen Sie auf Memmertsand? Dor gifft dat heel nix«, entgegnete der Juister.

»Ich möchte die Sandbank einfach einmal sehen.« Otto zögerte. »Sie wissen doch, ich interessiere mich für die Dünen, die Pflanzen und Tiere, die dort leben.«

»Dünen, wie hier auf Juist, gibt's da aber nicht«, unterbrach ihn Siefkens.

»Doch, doch. Kleine Dünen, kaum sichtbar von Weitem. Dort nisten auch Vögel, sagte man mir.«

»Pflanzen sammeln, Vögel begucken. Dafür sind Sie ja bekannt.«

Der Lehrer hatte sich mit seinen Interessen einen Namen gemacht, auch wenn etliche Insulaner sie eher für eine Marotte hielten.

»Sie würden mich mitnehmen und dort absetzen? Und später auch meine beiden Söhne?«

»Also, nu … Das würde schon gehen. Sie sollten aber schwimmen können. Und …«, stammelte Siefkens.

»Und?«

»Also … ich muss ja auch irgendetwas davon haben. Ich bin ja kein Robbenjäger wie Jan Dirks oder Hermann Schiffer. Die haben Grund genug, dorthin zu fahren. Sie können dort Robben schießen. Die bringen Geld.«

Leege fühlte sich an den Fischer Lengen am Großen Meer erinnert. Der konnte seine Bedenken ähnlich umschreiben und dabei doch ein Ziel im Auge haben.

»Ich zahle dafür, sagte ich doch schon.«

Johann Siefkens blieb kritisch. »Dor gifft heel nix!«

Dass er das »nichts« mit einem »heel«, also »gar nichts« noch steigerte, sollte Leege wohl davon überzeugen, dass es sich nun wirklich nicht lohnte, nach Memmertsand überzusetzen.

»Sie müssen mich hinbringen und wieder abholen, das ist alles.«

Siefkens sagte nichts.

»Nu mal Butter bei de Fische, Herr Siefkens, mir ist erzählt worden, dass Sie schon auf Memmertsand waren. Was haben Sie denn dort gemacht, wenn't dor nix gifft?«

»Na ja …«, begann Siefkens zögerlich, »Möweneier suchen. Die kann ich hier verkaufen. Und ein paar natürlich selbst essen. Das ist alles, wozu es sich lohnt, da mal anzulanden.«

»Wo Eier sind, sind Nester. Wo Nester sind, sind Vögel, die dort brüten.«

»Sonst würden sie wohl kaum Eier legen.« Der Schiffer lachte.

»So ist das. Gibt es noch andere Vögel als Möwen?«

»Ich kenn mich da nicht so aus wie Sie. Tütjevögels, die sind da auch.«

Tütjevogel, Austernfischer, die schmucken schwarz-weißen Vögel mit dem langen roten Schnabel, die am Himmel mit schnell schlagenden Flügeln Radau machen konnten.

»Wollen Sie die Vögel jagen? Also Möwen kann man ja wohl essen, aber Tütjevögels …« Siefkens zweifelte.

»Um Gottes willen, nein!«, rief Leege. »Ich will sie beobachten!«

Johann Siefkens wunderte sich einmal mehr über den Insellehrer. Tickte der wirklich richtig? Und hatte der hier auf

Juist nicht seinen Beruf und zu Hause eine Frau und zwei Söhne? Fuhr man da auf eine Sandbank, um sich Möwen anzusehen? Das marode Schulgebäude, in dem die Lehrerwohnung untergebracht war, lieferte aus Johann Siefkens' Sicht genug Arbeit. Und der wollte auf eine Sandbank segeln und in die Luft gucken?

»Dieselben Vögel fliegen doch hier auf Juist auch herum, Herr Leege. Da muss man nicht nach Memmertsand«, gab Siefkens zu bedenken.

»Sind Sie sicher? Vielleicht gibt es dort noch andere Arten.«

Siefkens zuckte mit den Schultern. Er wollte es mal von einer anderen Seite sehen. Leege hatte angedeutet, dass er ihm etwas zahlen würde.

»Was ist nun?«, drängte Leege. »Können Sie mich mitnehmen? Ich kann Ihnen leider nur eine kleine Summe dafür bieten, sagen wir zwei Mark? Eine für die Hin- und eine für die Rückfahrt.«

»Vier.« Johann Siefkens ratterten Zahlen durch den Kopf. So ein Lehrer mochte wohl genug verdienen, der konnte sich das leisten. Eigentlich war es doch purer Luxus, mit einem Boot über die Juister Balje nach Memmertsand zu segeln, einfach mal eben so, dachte Siefkens.

»Zwei.«

Otto sah Johann Siefkens tief in die Augen. »Hören Sie, so viel verdiene ich nicht …«

»Och, so als Lehrer und dann noch die Telegrafenstation. Da kommt doch immer Geld rein bei Ihnen.«

»Sie haben sicher falsche Vorstellungen davon, wie viel es ist.«

»Ich habe nur das, was ich mir jeden Tag verdiene, mit etwas Glück. Es gibt Tage, da bekomme ich nichts«, ereiferte sich der Schiffer. Ein reguläres, staatliches Gehalt hatten auf Juist die allerwenigsten.

»Also, meinetwegen, zwei-fünfzig. Aber für Hin- und Rückfahrt. Das ist ein guter Verdienst für eine so kurze Fahrt.«

»Sie müssen die Tide bedenken, die Strömung! Das ist keine Spazierfahrt.«

»Sie sind ein Fuchs«, schmunzelte Leege, »für einen erfahrenen Schiffer wie Sie ist das doch ein Pappenstiel!«

»Seefahrt ist nie ein Pappenstiel«, sagte Siefkens mürrisch. Zwei-fünfzig war schon in Ordnung, dachte er. Vielleicht konnte er ein paar Möweneier suchen, dann lohnte sich die Fahrt doppelt.

»Es gibt Aussicht auf Wiederholung, wenn Memmertsand interessant sein sollte. Dann müssen wir aber noch einmal über den Preis reden. Für das erste Mal soll es so sein wie abgemacht.«

»Wann soll es losgehen?«

»Am besten morgen.«

»Nee, morgen wird das Wetter schlechter. Ich habe nur ein kleines Boot.« Siefkens holte Luft, »Ich sage Ihnen Bescheid, wann es gehen wird. Am besten, wenn die Möwen Eier gelegt haben, da kann ich welche mitnehmen.«

Otto überlegte einen Moment, Siefkens zu erklären, dass er die Eier lieber liegen lassen sollte. Da der Schiffer aber nun wegen der Überfahrt angebissen hatte, sparte er sich das. Sollte Siefkens ein paar Eier mitnehmen. Otto brachte ja selbst oft genug welche mit nach Hause, damit Martha etwas daraus zum Abendessen zubereiten konnte. Spiegeleier aus Möweneiern waren nicht nur lecker, sondern auch viel größer als diejenigen des Hühnerviehs.

Die beiden Männer verabschiedeten sich voneinander und Otto ging gut gelaunt nach Hause. Bald würde er endlich Memmertsand besuchen.

# 16

Doch der Segeltörn nach Memmertsand fiel aus. Schiffer Siefkens brach sich den Arm, als er am Haus ein paar Dachpfannen auswechselte, die beim Sturm heruntergefallen waren. Die Leiter war weggerutscht und er fiel unglücklich auf die Seite. Mit einem Arm wollte und konnte er nicht segeln.

»Dann eben, wenn Ihr Arm wieder in Ordnung ist«, hatte Otto gesagt und Siefkens hatte geantwortet: »Ich hoffe, dass es nicht so lange dauert.«

Otto hatte indes viel zu tun. Jetzt, im Jahr 1888, musste er endlich einen weiteren Artikel über die Schmetterlinge und einen über die Entwicklung der Möwenbestände in Juists Westen bei der Ornithologischen Jahresschrift einreichen. Im September des Jahres gab es eine längere Schönwetterperiode. Doch Siefkens fühlte sich nach wie vor nicht kräftig genug. Also fragte Otto Leege den Seehundjäger Jan Dirks, ob er ihn bei einer seiner Fahrten einmal mitnehmen, auf Memmert absetzen und auf der Rückfahrt wieder zurück nach Juist fahren könnte.

»Wenn dat Weer good is und de Tide ook, kann ick dat maken«, meinte Jan Dirks zustimmend. Er kannte Otto von manchem kleinen Plausch und schätzte den Lehrer, der gebildet war, aber sich nicht für etwas Besseres hielt. Er sprach mit ihm genauso wie mit dem Ortsvorsteher oder dem Pastor. Mit Lehrer Buss war er nie so ins Gespräch gekommen, der hatte sich immer in seine Schule zurückgezogen, war wohl mal im Dorf zu sehen, aber reden, nee, da konnte Dirks sich an mehr als ein »Moin« nicht erinnern.

Dirks hatte sein Boot im Watt liegen. Er lebte im Loog, von dort startete er regelmäßig zu den Seehundbänken im Südwesten Juists. Er hatte oft einen zweiten Jäger dabei, Hermann Schiffer, den Loogster, der in einer der kleinen Katen wohnte, von denen man meinen konnte, sie versteckten sich hinter den Dünen, um Schutz vor Wind und Wetter zu suchen. Und so war es ja auch.

Mitte September stieg Otto zu den beiden Robbenjägern ins Boot. Er hatte Martha gesagt, er wolle sich dort umsehen und, wer weiß, das nächste Mal könnte er die Jungen sicher mitnehmen. Wenn er selbst einmal ein Boot hätte …

»Das können wir uns kaum leisten«, warf Martha ein.

»Vielleicht kann ich das kleine Segelboot von Siefkens erwerben. Das wird nicht teuer sein.«

»Mit so einer Nussschale willst du auf der Nordsee herumfahren?«

»Er hat es ja auch jahrelang gemacht. Und es ist die Wattseite, an der Nordseite werde ich sicher nicht segeln gehen.«

Dabei war es erst einmal wieder geblieben.

»Ja, Möwen nisten dort wohl auf Memmertsand«, sagte Jan Dirks, nachdem er Otto an Bord genommen und seine Jolle auf Kurs gebracht hatte.

»Ich will schauen, ob dort noch andere Vögel außer Möwen nisten«, entgegnete Leege und hoffte, das Gespräch mit Schiffer schnell zu beenden. Er wollte die Fahrt nach Memmertsand genießen. Sein großer Wunsch, sich ein Boot anzuschaffen, ging ihm nicht aus dem Kopf. Aber Martha hatte keinerlei Verständnis dafür. Immerhin würde er nun erleben, ob es sich überhaupt lohnen würde, nach Memmertsand zu segeln. Womöglich hatte Johann Siefkens ja recht.

Wenn es dort nix gab, dann würde er die Sandbank besichtigen und alles Weitere würde ihn nicht mehr interessieren.

»Viel zu erleben, gibt es da sonst auch nicht«, nuschelte Robbenjäger Schiffer und Ottos Hoffnung, dass es sich bei beiden Insulanern um den Typ in sich gekehrter, wenig auf allzu umfangreiche Konversation ausgerichteter Zeitgenossen handelte, erfüllte sich. Schiffer hielt die Großschot, Dirks die Pinne. So saßen sie schweigend im hinteren Teil des Bootes und schauten intensiv Richtung Westen, nach Robben Ausschau haltend.

Otto saß auf der Mittelbank und wandte Dirks und Schiffer den Rücken zu und hatte freie Sicht nach vorn.

Sie mussten wegen des Südwestwindes oft kreuzen. Doch schon bald hatten sie die Bill passiert und im Norden breitete sich die weite Strandplate am Westende von Juist aus, während im Süden der Nordstrand Memmerts lag. Otto genoss die überwältigende, weite Meerlandschaft. Die beiden Robbenjäger schienen sich, was ihn wunderte, über die große Politik zu unterhalten. Er hatte nur Gesprächsbrocken mitbekommen, aber die führten dazu, dass er abschweifte, die Inseln und das Wattenmeer kurz vergaß. Immerhin ereigneten sich am Festland überraschende Dinge. Während auf Juist das Leben seinen Lauf nahm, schlief der Rest der Welt keinesfalls. In Berlin überschlugen sich die Ereignisse. Innerhalb eines Jahres hatte es drei neue Staatsoberhäupter gegeben. Wilhelm dem Ersten war sein Sohn gefolgt, der als Kaiser Friedrich der Dritte nur knapp einhundert Tage regierte und dann, sehr krank, verstarb. Noch am selben Tage wurde Wilhelm der Zweite neuer Kaiser. Otto Leege hatte ein kleines Bild Wilhelms erworben, es schmückte seinen Schreibtisch. Er sah im Kaiserreich eine kluge Staatsform, obwohl er über den Adel, wichtiges Rückgrat der deutschen Monarchie, nicht ausschließlich Gutes zu sagen hatte. Er konnte mit den Eitelkeiten und Befindlichkeiten, die Angehörige des Adels an den Tag legten, nichts anfangen. Immer mehr Blaublütige kamen nach Juist in die Sommerfrische. Otto schüttelte den Kopf über sie, wenn sie über den Strand stolzierten und sich dann über den vielen Sand in Kleidung und Schuhen erregten oder wenn sie sich vor einer Qualle ekelten … Oder wenn sie die Schönheiten der rauen Natur auf der Insel nicht sahen, sondern überlegten, was sie zum Abendbrot anziehen und welchen Cognac sie zum Digestif probieren wollten … Wenn es sonst keine Probleme gibt, dachte er. Da waren ihm Leute wie Johann Siefkens oder die Seehundjäger Jan Dirks und Hermann Schiffer lieber. Die standen im rauen Leben der Insel ihren Mann. Die mussten sich durch Wind und Wetter und oft eine leere Haushaltskasse kämpfen, während die sich hochgestochen ausdrückenden Damen und Herren, die nicht selten Furcht hatten, barfuß an den Strand zu gehen, und meinten, sie hätten gebadet, wenn die Füße bis zum Knöchel in der Nordsee landeten, über Lappalien unterhielten. Andererseits war der Adel mit Deutschlands Politik eng verflochten. Und er hatte zu seinem Erstaunen von einem gewissen Freiherrn Hans von Berlepsch interessante Studien über den Vogelschutz gelesen. Dass sich so einer dafür interessierte! Von Berlepsch durfte man wohl als Vogelexperten bezeichnen, er hatte diverse Artikel in der Ornithologischen Zeitschrift veröffentlicht.

Als könnte der Robbenjäger Gedanken lesen, sagte Dirks plötzlich: »Hebben se dat hört, Herr Meester, wi hebben een neejen Kaiser. All wedder! Mol kieken, wo lang de nächste Kaiser in't Amt is …« Sieh an, sagte sich Otto, er hatte die Gesprächsbrocken der beiden Robbenjäger richtig aufgeschnappt.

»Ja, in einem Jahr drei Staatsoberhäupter kommen und zwei davon gehen sehen, das passiert nicht alle Tage«, sagte der Lehrer und war immer noch erstaunt darüber, dass Wilhelm der Zweite kurzerhand Otto von Bismarck entlassen hatte, um sich umgehend mit wohlgesonnenen Beamten, Militärs und Wirtschaftsvertretern zu umgeben.

»De neeje Kaiser will vööl Geld in dat Militär geben«, sagte Dirks.

»Wir werden sehen, was nun wird«, sagte Otto und war sich der Bedeutungslosigkeit seiner Antwort bewusst.

*

*Am 19. September 1888 fuhr Otto Leege mit einem kleinen Segelboot und den Robbenjägern Jan Dirks und Hermann Schiffer über die Juister Balje Richtung Westen.*
*In demselben Jahr, in dem Wilhelm der Zweite Deutscher Kaiser und König von Preußen wurde, betrat er erstmals den Memmertsand. Wilhelm der Zweite würde in den folgenden Jahren Deutschland verändern. Der Welt würden er und seine Minister und Offiziere noch Krieg, Leid und Not bringen, um, vor einem Trümmerhaufen stehend, schließlich abtreten zu müssen. Im Jahr des Amtsantritts des Kaisers erkannte Otto Leege, dass er auf einer werdenden Insel stand, und fragte sich, ob man hier einen vor den Menschen geschützten, friedlichen Lebensraum für Seevögel schaffen könnte.*

*

»So, Herr Leege, wir sind am Nordstrand. Hier lasse ich Sie raus«, sagte Dirks, als er sein kleines Boot sanft auf den Sand hatte auflaufen lassen.

»Na denn man to«, sagte Otto, der sich Schuhe und Socken aus- und die Hose bis zu den Knien hochgezogen hatte. Er stieg über die Bordwand, um die wenigen Schritte vom Boot durch das flache Wasser an den Strand zu gehen. Dirks zwinkerte seinem Jagdgenossen zu, ohne dass Leege es sah. Der gebildete Insellehrer watete barfuß durchs Wasser. Wenn ihn so seine Schüler sehen würden! Wieso wollte der Lehrer auf diese gottverlassene Sandbank, wenn er nicht einmal Möweneier mitnehmen würde?

# 17

Dirks legte ab und das kleine Boot entfernte sich in Richtung der Seehundbänke, die weiter im Westen lagen.

»Vergessen Sie nicht, mich wieder mitzunehmen«, rief Otto ihm nach. Er beschloss, weiterhin barfuß zu gehen, blieb aber nach wenigen Schritten stehen und sah sich um. Auf alten Karten hatte er »de Meem« schon vor Längerem entdeckt. In der Schule hatte er von der Meuterei auf der Braganza erzählt, die vor dem Memmertsand ihr letztes Ziel gefunden hatte, und damit die Schülerinnen und Schüler begeistert. Geschichten erzählen konnte er.

Nun stand er zum ersten Mal auf dem einsamen Stück Land im ostfriesischen Wattenmeer. In diesem Moment waren ihm der Kaiser, Bismarck, die Juister Schule, die in der Kirche lagernden Heringsfässer, die zweistöckigen Häuser im Dorf, die neuen Gebäude im Loog und die achtlos durch die Dünen trampelnden Kurgäste egal. Auch an Martha und seine Söhne dachte er in diesem Moment nicht. Er war allein auf diesem besonderen Fleckchen Erde.

»Dor is nix«, fielen ihm die Worte von Johann Siefkens und Jan Dirks ein. Und auf den ersten Blick war es so. Eine weite Sandfläche, egal, wohin man schaute, am Horizont nichts als Wasser. Doch im Süden sah Otto die kleinen, begrünten Hügel.

»Primärdünen«, sagte er zu sich. »Mal gucken, ob es hier nicht doch mehr als nix gibt.« Er marschierte los.

Auf dem Weg zur Mitte der Sandbank fiel ihm ein nicht

ganz harmonisches Gespräch mit Martha am Vorabend ein. Es war immer dasselbe: Martha fehlte das Verständnis für seine Passion, die er, das gab er zu, regelmäßig der Unterstützung seiner Frau vorzog.

Otto besann sich wieder auf das Hier und Jetzt.

»Mamertus«, murmelte er vor sich hin. So hieß die Plate im 17. Jahrhundert. Ein altes Dokument beschrieb den Memmertsand als ein lästiges, ja gefährliches Hindernis für Segler, Fischer und Frachtschiffe. Wenn sie versuchten, durch die gefährlichen Gewässer zwischen den ostfriesischen Inseln ihre Ziele zu erreichen, lagen Memmertsand und das nach Osten weit vorgelagerte Nordland sowie die Sandbänke im Nordwesten der Insel im Weg. Nur die Robbenjäger fanden hier oft reiche Beute. Die kannten aber auch jeden Priel zwischen den Bänken und wussten genau, wie die Strömungen verliefen.

Er wischte die Gedanken weg, wollte sich voll und ganz darauf konzentrieren, dass er nun auf Memmertsand war. Alles andere konnte warten.

Otto schritt forsch voran und erreichte die höher gelegene Strandfläche, wo er typische Anzeichen der Dünenbildung entdeckte. Grüne Hügelchen, manche schon gut einen Meter hoch. Ansonsten Sand, nichts als Sand, und im Westen die Osterems, im Norden die Juister Balje. Borkum war zu sehen und Juist, die ostfriesische Küste im Osten und weit im Süden die niederländische. Vorsichtig zog er ein Pflänzchen aus dem Sand.

»Die Dünenquecke«, flüsterte er, »ohne dich würden hier niemals Dünen entstehen.«

Wo die Quecke war, konnten sich höhere Dünen bilden. Wo Dünen wuchsen, wurde eine Insel geboren. War dies werdendes Land in der Nordsee?

Otto setzte sich auf eine der kleinen Erhebungen, schloss die Augen und sog die Nordseeluft ein. Es war nicht still. Völlige Stille gab es auf einer ostfriesischen Insel nicht. Das Meer rauschte. Rhythmisch rollten die Wellen gegen den Strand, brachen und Wasserlachen schwappten über die Sandflächen. Der Wind strich Otto um die Nase, heulte, wenn es Böen gab, und hauchte leise, wenn nur ein laues Lüftchen über die Weiten des Sandes strich. Die Möwen gackerten, ein paar Tütjevögels lärmten mit ihren schrillen Tönen. Keine Stille und doch Ruhe. Was für eine Szenerie!

Memmertsand …

Er öffnete die Augen und sah die in der Sonne funkelnde Nordsee vor sich. Er trennte sich von allen Gedanken. Am Horizont, dort, an der Bill, hatte er die bislang schönsten und artenreichsten Dünentäler entdeckt. Eine einzigartige biologische Vielfalt, die hier auf Memmertsand nicht existierte. Noch nicht?

*

Nachdem Jan Dirks ihn wieder abgeholt und wohlbehalten am Heller auf Juist abgesetzt hatte, war Otto schnellen Schrittes nach Hause gelaufen. Begeistert berichtete er von dem Besuch auf Memmertsand. Martha hatte einen mühevollen Tag hinter sich gebracht. Sie bemerkte, ohne auf Ottos Erlebnisse auf der Sandbank einzugehen, dass der oldenburgische Arzt noch einmal nach Fritz sehen müsse, sie mache sich Sorgen.

»Juist soll bald einen Inselarzt bekommen«, entgegnete Otto. »Den können wir dann jederzeit um Rat fragen.«

»Das wäre gut, ja.«

»Der Gemeinderat hat es beschlossen. Wegen der steigenden Gästezahlen, nicht etwa, weil ein Arzt auf unserer Insel so oder so sinnvoll wäre.«

»Egal, Hauptsache, wir bekommen einen!«

Obwohl er nach seinem ersten Besuch auf Memmertsand und dem Gespräch mit Martha erschöpft war, machte er noch einen Eintrag in sein Tagebuch:

»Ein Stückchen neues Land, umgeben vom Meer, das sich anschickt, dem blanken Hans die Stirn zu bieten, und sich nicht mehr alle sechs Stunden hemmungslos der Flut unterwirft. Ich bin sicher, aus Memmertsand könnte eine neue Insel entstehen. Werdendes Land in der Nordsee. Und neben den Möwen scheinen sich weitere Arten dieses paradiesische Fleckchen Erde bereits zum Ausruhen, vielleicht sogar zum Brüten auserkoren zu haben.

Ich werde Memmertsand im Auge behalten, es scheint sich, außer Robbenjägern und Eiersammlern, ansonsten niemand dafür zu interessieren.«

## 18

1891 wurde Leo geboren. Otto und Martha waren nun Eltern dreier Söhne. Eines Tages auf dem Weg zur Kirche, leise vor sich hin pfeifend, traf Otto Johanna Itzen, die Tochter Ehle Itzens. Der besaß seit 1870 ein Hotel auf Juist, eines der ersten auf der Insel. Itzen war ein großer Verfechter der Idee, aus Juist ein blühendes Seebad zu machen, den Kurbetrieb zu entwickeln.

»Sie werden sehen, Herr Leege, am Ende werden wir Norderney übertrumpfen«, konnte sich Itzen für all seine Ideen, Juist wirtschaftlich nach vorne zu bringen, begeistern. Und er war sehr erfolgreich. Schon lange bevor Otto nach Juist gekommen war, hatte Itzen 1859 die Bäckerei und die Gastwirtschaft erfolgreich übernommen und vergrößert. Er war ein geachteter Mann auf Juist. Ja, er hatte gegenüber seinem Gasthaus bald ein weiteres Logierhaus errichtet, erhielt seine Häuser in gutem Zustand, baute sie aus. Ein geschickter Geschäftsmann. Und, das musste man ihm lassen, er dachte nicht nur an sich. Itzen hatte Gemeindevorsteher Frerichs davon überzeugen können, rund um einen zentralen Platz des Dorfes Hotels zu bauen. Der Platz könnte den Gästen zum Ausharren mit Bänken bestückt und mit Blumen bepflanzt werden. Ein Kurort wie Juist brauche schließlich einen zentralen Platz, an dem man auch kleine Belustigungen für die Gäste oder gar ab und zu ein Konzert veranstalten könnte. Die Idee war wohlwollend aufgenommen worden. Wenn Itzen etwas vorschlug, hatte es Hand und Fuß. Und obwohl Otto manches kritische Wort zu Itzens Bau- und Entwicklungsprojekten äußerte, verstanden sich die beiden. Otto hatte dabei nicht seine Meinung zurückgehalten, man dürfe dem Fremdenverkehr nicht ohne jegliche Regeln Tür und Tor öffnen, man müsse vielmehr mit Bedacht vorgehen und der Natur ausreichend Raum gewähren. Itzen hatte Leege aber überzeugen können, dass auch zweistöckige Häuser, die auf Juister Sand gebaut wurden, stabil sein könnten. Dass man es sogar mit drei Stockwerken versuchen könne. Schließlich brauche das ja auch weniger Grundfläche. Das war ein gutes Argument, es würde Dünenbereiche vor der Bebauung schützen, fand Otto.

»Sie sollten wissen, Herr Itzen«, hatte er sich gegenüber dem Hotelier ein wenig zu sehr lehrerhaft geäußert, »dass ein intensiver Kurbetrieb sicherlich erstrebenswert ist für die Insulaner, dass die Insel jedoch von ihrer Natur lebt. Die Gäste kommen ihretwegen. Und man darf die Dünen nicht beeinträchtigen. Sie sind Lebensraum für die Pflanzen und Vögel und die wiederum sind lebenswichtig für die Insel.«

»Ach, Herr Leege«, hatte Itzen erwidert, »wir haben hier so viele Dünen, voller Pflanzen und Möwen – da werden die paar Gäste schon nicht stören!«

»Aber von Jahr zu Jahr nehmen die Bautätigkeiten zu. Selbst im Loog gibt es schon eine Ausflugsgaststätte. Der Badestrand wird noch mehr Hausbauer dorthin locken«, entgegnete Leege mit sorgenvollem Blick. Er hatte beobachtet, wie Gäste im Frühjahr oder Sommer rücksichtslos Blütenpflanzen mitsamt der Wurzel aus dem Boden rupften, nur um sie für ein, zwei Tage in eine Vase zu stellen. Wütend wurde er, wenn er sah, wie Kinder Eier aus Nestern nahmen und am Strand damit herumwarfen, sodass sie kaputt gingen.

Ihm war längst klar geworden, dass es schwierig werden würde, diejenigen von der Bedeutung des Erhalts der Tier- und Pflanzenwelt zu überzeugen, die die Chancen des zunehmenden Kurbetriebes sahen, vor allem in Form von klingender Münze. Sicher, ein Auskommen musste jeder haben, aber man durfte es nicht übertreiben. So argumentierte Otto. Ehle Itzen sah das gelassen.

»Unsere Insel ist fünfzehn Kilometer lang, Herr Leege. Fünfzehn Kilometer Strand und Dünen. Da werden unser kleines Dorf und das Loog nicht stören.«

Otto schloss den gedanklichen Schnelldurchgang zu seinem Gespräch mit Itzen ab und wandte sich Johanna zu. Ihm fiel ihr trauriger Blick auf.

»Moin, Fräulein Itzen«, grüßte er, doch Johanna nickte ihm nur kurz zu.

»Fühlen Sie sich nicht wohl?«, fragte er. »So niedergeschlagen kenne ich Sie gar nicht!«

»Ach …« Mehr brachte Johanna nicht heraus, Tränen liefen ihr über die Wangen.

»Nun, mir können Sie doch sagen, wo der Schuh drückt«, meinte Otto Leege wohlwollend.

»Vater ist gestorben«, murmelte sie, dann liefen die Tränen.

Das verschlug Otto die Sprache.

»Ihr Vater? Ehle?« Er schluckte. »Er ist tot?«

»Ja, heute … heute Morgen, ganz früh, ist er verstorben!«, schluchzte die junge Frau.

Otto traf diese Nachricht. Dieser tatkräftige, zielbewusste Mann … mit einem Mal tot?

»Mein Beileid, mein aufrichtiges Beileid.« Mehr fiel ihm

im Augenblick nicht ein. Das war ein harter Schlag für die Familie Itzen. Und für die Insel Juist.

Johanna Itzen seufzte laut, wollte ihre Tränen unterdrücken, konnte es aber nicht und begann erneut zu weinen.

»Ich werde schon morgen mit meiner Frau kondolieren. Wenn Sie Hilfe brauchen …«

»Danke, Herr Leege, danke. Sie haben doch viel weniger als wir. Vater hat gut gewirtschaftet. Es fehlt uns an nichts… Allein er … er fehlt jetzt!«

»Ja, ich habe so gern mit ihm gesprochen. Ein kluger, tatkräftiger Mann, Ihr Herr Vater«, versuchte Otto, der jungen Frau Itzen etwas Nettes zu sagen. Und im Falle von Ehle Itzen meinte er es so, wie er es sagte.

Der Lehrer sah der jungen Frau in die Augen, ein überaus hübsches Mädchen, ging es ihm durch den Kopf. Ehle Itzen hatte als einer der Gründerväter der Juister Hoteliers das Fundament für das Nordseebad und so sich selbst ein Denkmal geschaffen.

Sie nickte ihm zu. Er sah ihr nach und setzte dann den Weg zur Kirche fort. Es war nie vorauszusagen, welche Tasten des Harmoniums ihm heute den Dienst versagen würden. Der plötzliche Tod Ehle Itzens ging ihm nicht aus dem Kopf.

Nach einem lustlosen und kurzen Proben in der Kirche kehrte er nach Hause zurück. Martha erwartete ihn.

»Hast du schon gehört?«, fragte seine Frau, die in den Flur trat.

»Itzen?«

»Ja, er ist gestorben«, sagte sie.

»Ich habe Johanna getroffen und ihr gesagt, dass wir morgen kondolieren …«, nuschelte er.

»Er war doch noch nicht so alt«, murmelte Martha.

»Es gibt keine Garantie, für niemanden von uns«, sagte Leege leise. Martha verließ die Wohnstube. Als er kurze Zeit später die Küche betrat, sah er Martha den Boden wienern.

»Der große hat die Milch verschüttet, nun ist keine mehr da«, bemerkte sie nicht eben begeistert.

»Wie ungeschickt!«, ärgerte sich Otto.

Martha hatte sich aufgerichtet, strich sich ein paar Haare aus dem Gesicht.

»Nun mach doch mal Pause«, sagte Otto.

»Ja, gleich«, sagte sie, »nur noch der Flur.«

Otto nahm den Eimer mit dem schmutzigen Wischwasser und brachte ihn nach draußen, um ihn hinter dem Haus auszuschütten. Kurz verharrte er hier. Während er am gestrigen Tag ein irdisches Paradies auf Erden gesehen hatte, Memmertsand, war hier auf Juist Ehle Itzen gestorben. Nun war der Juister Geschäftsmann auf dem Weg ins himmlische Paradies. Das sei ihm gegönnt, dachte Otto, auch wenn er mit den biblischen Geschichten vom Leben nach dem Tod durchaus haderte. Aber das musste man ja nicht laut herausposaunen – allenfalls mit Pastor Oepke wollte er darüber sprechen.

## 19

Mehrmals war Otto inzwischen auf Norderney gewesen, wo er sich immer wieder an seinen ersten Besuch mit den Seminaristen 1877 erinnerte. Er hatte Borkum besucht und Baltrum und Langeoog erwandert. Bald würde er womöglich nach Wangerooge kommen. Der Wilhelmshavener Bauinspektor Wilhelm Krüger hatte ihn eingeladen. Er hatte Leege geschrieben. Der leitende Wasserbauingenieur war verantwortlich für die Hafeneinfahrt Wilhelmshavens, eine seit jeher komplizierte Sache. Ständig drohte die Versandung des Hafenfahrwassers, was die Durchfahrt tiefergehender Schiffe nach Wilhelmshaven erschwerte oder unmöglich machen würde. Es war also eine überaus wichtige Aufgabe, genau dies zu verhindern, denn Kaiser Wilhelm hatte beschlossen, den Hafen zum bedeutendsten Kriegshafen Deutschlands auszubauen. Um den großen Kriegsschiffen, auf die die deutsche Marine bereits verweisen konnte, und denjenigen, die noch größer gebaut werden sollten, problemlose Ein- und Ausfahrt durch die Jademündung zu ermöglichen, wurden verschiedene Bauwerke geplant. Östlich von Wangerooge war die Situation besonders schwierig. Hier, am Ausgang der Jade in die Nordsee, wobei östlich noch die austretende Weser mitmischte, trugen starke Strömungen zu ständigen Sandverlagerungen bei. Krüger sollte Konzepte entwickeln, wie die Zufahrt nach Wilhelmshaven vor den stets beweglichen Sandmassen geschützt werden könnte. Er war ein Mann, der sich sehr gut mit den Unbilden der Nordsee auskannte. Otto war sich sicher, dass er einiges von ihm lernen konnte. Hoffentlich würde eine Reise nach Wangerooge, vielleicht auch nach Wilhelmshaven, gelingen.

Doch er war erst kürzlich wieder unterwegs gewesen. In Groningen hatte er einen Vortrag über die Juister Vogelwelt gehalten. Und kurze Zeit später setzte er zu einer Versammlung nach Helgoland über.

»Wir laden Sie herzlich ein, einen Vortrag über ihre ornithologischen Studien auf der Insel Juist zu halten«, so stand es in dem Einladungsbrief, den Marten Hansen, der Juister Postbote, gebracht hatte.

»Nach Helgoland, stell dir vor, dorthin wollte ich schon immer einmal. Eine ganz eigene Vogelwelt dort, die Basstölpel, die Lummen …«

»Die Lummen … die springen die Klippen hinunter. Das sind sie doch, oder?«, Martha hörte nur mit halbem Ohr zu, aber die Lummen kannte sie aus Erzählungen.

»So zwingen die Elterntiere ihre Kinder, die Gefahr des Sprungs zu meistern und dabei erste Flügelschläge zu machen, bis sie fliegen lernen.«

»Seltsam, dass Vögel fliegen lernen müssen.«

Otto war froh, dass Martha lächelte, als sie dies sagte. Sie tat es seltener, vor allem, so schien es ihm, seitdem der dritte Sohn geboren war. »Sieh dir die Jungmöwen an. Da dauert es auch, bis das Muttertier es schafft, dass ihr Junges sich endlich einmal erhebt.«

»Ja … Helgoland ist sicher interessant.«

»Heinrich Gätke wird dort sein«, bemerkte Otto.

»Gätke?«

»Er hat mehrfach über die Vogelwarte Helgoland geschrieben – unter anderem über die Lummen, die von den Klippen springen.« Der Rest des Abends verlief eher schweigsam.

Am Tag des Vortrages fuhr Otto auf dem Kutter eines Juisters nach Norderney mit, von dort brachte ihn ein Dampfer nach Helgoland. Martha hatte er auf Juist zurücklassen müssen. Sie musste ja bei den Kindern bleiben. Außerdem war der jüngste der Söhne krank geworden. Otto hatte gestöhnt: »Ach, es ist auch immer irgendetwas …«

»Ja, so ist es wohl.«

Otto hatte sich um eine Haushaltshilfe bemüht, aber bisher niemanden gefunden. Im aufkeimenden Gastgewerbe verdiente man einfach besser. Immerhin hatte Trientje Janssen von nebenan zugesagt, nach Martha zu schauen und ihr unter die Arme zu greifen, wenn es nötig war. Trientje war Gold wert und hielt stets Wort, das beruhigte Otto. Er hatte Martha sogar gefragt, ob er die Fahrt nach Helgoland nicht antreten solle, doch Martha hatte ihn bestärkt, die Reise zu machen. Schließlich sei er eingeladen worden und man zahle ihm die Fahrt und eine Unterkunft.

Nach zwei Tagen kehrte er zurück und freute sich, dass Martha sich anscheinend trotz der täglichen Arbeit erholt hatte. Sie sah frischer aus als sonst, fand er, zeigte eine fröhliche Miene. Karl wuchs kräftig, Fritz war außerordentlich guter Laune und der kleine Leo schien auch sein junges Leben zu genießen. Die gute Stimmung zu Hause beflügelte Otto und er erzählte ausschweifend von seinen Erlebnissen auf der Felseninsel in der Nordsee. Ob er sie auch eines Tages dorthin mitnehmen würde, fragte Karl.

»Sicher doch«, antwortete Otto, »aber vorher nehme ich euch mit zum Memmertsand.«

»Helgoland stelle ich mir interessanter vor«, gab Martha zu bedenken.

»Das kommt ganz darauf an, was einem wichtig ist und was man sehen möchte«, meinte Otto. Dann scheuchten die Leeges die Kinder in die Betten und auch für sie war es Zeit zum Schlafengehen. Bevor Martha müde das Licht auspustete, das auf ihrem Nachttisch glomm, fragte sie ihren Mann, ob er noch eine Neuigkeit verkraften könne.

»Aber sicher, was ist es denn?«, fragte Otto.

»Ich bekomme wieder ein Kind.«

Enno-August erblickte 1892 das Licht der Welt. In vier Jahren hatten die Leeges vier Söhne bekommen. Sie waren jetzt eine sechsköpfige Familie. Doch Martha bereitete Otto nach der Geburt des vierten Sohnes Sorgen, sie wirkte matt und abgeschlagen.

*

Otto war mit Jan Dirks nun schon wiederholt zum Memmert gesegelt. Der Herbst nahte und bis zum nächsten Frühjahr würden kaum Fahrten möglich sein. Otto hatte, ohne darüber mit Martha zu sprechen, mit einem Verwandten von Dirks wegen des Verkaufs eines Bootes verhandelt, doch sie waren sich nicht einig geworden. Jan Dirks hatte ihm bereits manches über das Segeln und das richtige Manövrieren sowie die tückischen Flut- und Ebbströmungen im Wattenmeer erklärt, aber bei der Verkaufssache hielt er sich lieber raus. Wobei das nicht ganz stimmte, denn er verteidigte den Preis, den sein Bruder für das Boot verlangte und den Otto für eindeutig zu hoch hielt.

»So ein Boot, Herr Leege, zu dem Preis. Das ist schon fast geschenkt«, redete er auf Otto ein.

»Mag sein, mir ist er dennoch zu happig. Ich habe meine Frau und drei Söhne zu ernähren!«

»Über kurz oder lang werden Sie ein Boot brauchen, wenn Sie ständig zum Memmertsand übersetzen wollen …«

»Ich würde auch nach Borkum und Norderney, vielleicht sogar zum Festland segeln.«

»Mit diesem Boot können Sie das machen. Gutes Holz, mehrfach kalfatert und geklinkert. Und das hervorragende Segeltuch«, unterstützte Dirks das Angebot des Bruders. Otto war überzeugt, wenn er beharrlich blieb, würde er den Preis noch drücken können.

*

Zwischenzeitlich war eine Petition von Otto an den Gemeinderat auch von der Bezirksregierung in Aurich behandelt worden. Er hatte Pläne gezeichnet, Anträge geschrieben und viele Gespräche geführt. Und schließlich gab es eine positive Antwort.

»Juist, so wie es sich entwickelt, braucht doch eine ordentliche Poststation. Wir haben hier mehr und mehr Gäste, darunter auch hochgestellte Persönlichkeiten! Und die sollen ihre Post in meiner kümmerlichen Lehrerwohnung abholen? Damit macht sich Juist allenfalls lächerlich«, hatte Otto Frerichs vorgeworfen. Zwar gefiel ihm sein eigenes Argument der zunehmenden Gästezahlen nicht so sehr, da er mit der weiteren Entwicklung des Seebades mehr und mehr um die Natur der Insel fürchtete. Aber in diesem Falle half es. Außerdem hatte er im gleichen Zug eine größere Wohnung für den Insellehrer in die Planung eingearbeitet, der ja offiziell nach wie vor Poststellenleiter war, wobei viel Arbeit für die Telegrafenstation nebenbei von Martha erledigt wurde. Aber das würde mit den vier Kindern auch bald nicht mehr möglich sein. Nach seinem

Plan waren neben der Lehrer- und Poststellenleiterwohnung auch ein Postschalter und zwei Räume für das Morsegerät und die Postabfertigung notwendig.

So entstand ein neues beachtliches Gebäude auf Juist und Otto Leege nannte es schon bald die »Villa Postala«. Der Name war schnell allerorts bekannt.

»Die Einrichtung hat unsere Ersparnisse aufgebraucht«, stellte Martha eines Abends fest.

»Für ein Boot bleibt da wohl nichts mehr«, bedauerte Otto.

»Ein Boot ist sicher nicht das Allerwichtigste, was wir jetzt brauchen.«

Otto erwiderte nichts, seine Frau hatte sicherlich recht. Aber, ach, ein Boot hätte er liebend gern gehabt.

# 20

Otto Leege nutzte mit Beginn der 1890er-Jahre jede Gelegenheit, nach Memmertsand zu reisen. Er führte in den folgenden Jahren systematische Experimente auf Memmertsand durch. Er hatte nur bescheidene Mittel zur Verfügung und doch fand er heraus, wo der Strand zu- und wo er abnahm, wie Dünen wuchsen, wenn ausreichende Sandzufuhr durch den Strand gegeben war. So erkannte er schon mit bloßem Auge, dass es im Sommer viel Nachschub vom von Süd nach Nord verlaufenden Weststrand gegeben hatte. Die kleinen Dünen, gerade im Süden, aber auch im Norden der Plate, mauserten sich. Würde man die Dünengruppen verbinden, ergäbe das im günstigsten Fall eine Dünenkette, die das langsam ergrünende flache Gelände Richtung Osten gegen die anrollenden Wellen der Osterems verteidigte.

»Wenn diese Dünen so weiterwachsen, dann entsteht dahinter ein Paradies für Vögel, die hier rasten oder brüten können«, hatte er Jan Dirks erklärt, dem nicht verborgen blieb, dass nun Dünen auf Memmertsand entstanden, die man schon von Weitem sehen konnte.

Bei einem erneuten Besuch fertigte Otto aus Strandholz ein paar Messlatten an. Er schnitzte Kerben in die Latten, grub eine etwa drei Meter von der Randdüne entfernt in den Sand. Eine weitere setzte er an den Fuß der Randdüne. Dann entfernte er sich zehn Meter von der am Strand stehenden Planke, begab sich in die Hocke und schaute, ob die beiden Kerben, aus dieser Perspektive anvisiert, in einer Linie mit der Höhe der Düne lagen. Vorausgesetzt, beide Latten würden auch im Herbst noch stehen, konnte er dann abschätzen, ob die Randdüne an Höhe gewonnen hatte.

Da ihm Messinstrumente aller Art fehlten, musste er sich anders behelfen. Die Höhenwerte wollte er einsetzen, um bei den Behörden darzulegen, dass es sich lohnte, in den Memmertsand zu investieren, schließlich entstand dort eine neue Insel. Davon war er überzeugt. Im Moment wollte ihm jedoch keiner so recht glauben. Dennoch entwickelte er langsam, aber sicher eine Vision. Memmertsand könnte eine einzigartige Vogelfreistätte werden, wenn sich die ehemalige Sandplate so weiterentwickelte wie in den vergangenen Jahren. Man müsste den Menschen fernhalten, doch das würde nicht so schwerfallen, denn die Insel war den Gebärden der rauen Nordsee ausgesetzt – wer würde hier auch nur ein Haus bauen? Und doch wäre das unumgänglich, denn eine Vogelfreistätte würde jemand schützen müssen … Aber das alles war Zukunftsmusik, womöglich nur ein Wunschtraum, eine fixe Idee.

Von wegen, dat gifft nix up Memmert, zitierte er den Robbenjäger Schiffer gedanklich. Mit jedem Besuch wuchs Otto das kleine Eiland mehr ans Herz.

Er blickte nach Süden.

Wenn, ging es ihm durch den Kopf, wenn man nun die Dünengruppe – er sah in Richtung der Niederlande – und die nördlich davon – er schaute Richtung Juist – verbinden würde, durch einen Deich … dann könnten sie zusammenwachsen. Die neue Randdüne schlösse sich an. Eine zusammenhängende Dünenkette würde entstehen. Dahinter würden weite Grünlandflächen entstehen, Salzwiesen. Sie böten im Sommer Schutz für nistende Vögel, vielleicht auch für solche, die die Insel bislang mieden. Dort könnte sich außerdem bei ordentlich Wind mehr Sand aufhäufen, das Gelände würde sich erhöhen. Leege schritt die Entfernung zwischen den beiden neu entstandenen Dünengruppen ab. Dreihundertfünfzig Schritte zählte er. Das war viel. Zu viel für einen einzelnen Mann. Aber wenn seine Familie half, die Söhne mit anpackten, dazu noch ein, zwei Männer von Juist, die er eventuell überzeugen könnte? Die würde man doch finden, auch wenn er ihnen nichts zahlen konnte. Und schon wischte er die Gedanken beiseite. Wer, bitte schön, würde sich jemals freiwillig auf diese Sandbank begeben, um dort auch noch den ganzen Tag zu schuften? Und das ohne Bezahlung?

Niemeyer! Den Norddeicher Ingenieur und Hafenbaumeister hatte er schon öfter gesprochen und er hatte großes Interesse am Memmertsand geäußert. Er musste mit Niemeyer darüber sprechen. Der könnte bei der Wasserbauverwaltung etwas erreichen und ein paar Männer nach Memmertsand entsenden. Niemeyer musste die Beamten überzeugen, dass der Memmertsand ein erstes Bollwerk gegen Sturmfluten darstellte, die weiter östlich liegende Küste schützte. Dann würden die Herren der Verwaltung vielleicht ein paar Reichsmark lockermachen.

Auf dem Rückweg zum Nordstrand spann er weiter. Wenn die Dünen nur zwei, drei Meter hoch würden, könnte man eine Schutzhütte errichten, in der er mehrere Tage auf Memmertsand verbringen konnte, sogar mit der Familie! Das würde auch Marthas Vorwürfe, er sei zu oft auf Memmertsand und zu wenig zu Hause, entkräften.

Ach ja ... Otto zwang sich, zur Realität zurückzukehren.

Am Horizont sah er, dass Jan Dirks sein Boot gewendet hatte. Das war ein Zeichen, dass er bald Kurs auf Memmertsand nehmen würde, um Otto am Nordstrand aufzunehmen. Er legte einen Schritt zu. Als er an einigen Holzbohlen vorbeikam, die die See auf den Strand gespült hatte, verharrte er. Dann sammelte er alles ein, was er vorfand. Bretter, eine Holzkiste, zwei alte Baumäste. Sogar ein löchriges Fischernetz lag nicht weit entfernt. Er baute daraus eine Barriere, stellte das Zeug an einem erhöhten Punkt einfach zusammen und nutzte das Fischernetz, das er mit Stöcken befestigte, um dem Ganzen ein wenig Stabilität zu verleihen. Er versprach sich von diesem quer zur vorherrschenden Windrichtung gebauten Hindernis für den beständigen Westwind, dass der anwehende Sand festgehalten würde. Wäre die Barriere somit ein Entstehungspunkt für eine neue Düne? Das würde er bei seinem nächsten Besuch sehen. Er musste schon bald noch einmal zum Memmertsand kommen, denn den Herbst und den Winter würde dieses schnell errichtete Bauwerk nicht überdauern.

Nun musste er sich sputen. Dirks lag mit seinem Boot bereits am Nordstrand und winkte.

»Wat mokt de Kerl denn dor? Warum stapelt he de heele Schiet und Strund up? He sall kamen, wi mutten los!«, regte sich Dirks auf, obwohl ihn weit und breit niemand verstehen konnte. Im Gegensatz zu Leege, der offenbar gerne noch auf seiner Sandbank geblieben wäre, wollte Jan Dirks schnell nach Hause, um sich vor den warmen Ofen zu setzen. Die Gezeiten erlaubten es nicht, zu lange zu warten. Die Juister Balje und ihre enormen Strömungen, die sowohl beim Ablaufen als auch beim Auflaufen des Wassers entstanden, waren ihm nur zu gut bekannt. Mit ihnen war nicht zu spaßen.

Dirks gab Leege ein Zeichen, dass er sich beeilen solle. Er hatte keinerlei Idee, weshalb Otto Leege dort hinten am etwas höher gelegenen Strand das ganze nutzlose Zeug, de Schiet und Strund, aufgeschichtet hatte. Der Insellehrer war ja ein netter Mann, konnte viel Interessantes erzählen. Aber manchmal verhielt er sich sehr sonderbar.

# 21

1892 hatte sich endlich ein Inselarzt für Juist gefunden. Mit Dr. Enno Arends kam ein Mann, der erstmals ganzjährig auf der Insel medizinisch tätig sein würde, um die einheimische Bevölkerung zu versorgen, aber natürlich auch die Gäste, die Juist in zunehmender Zahl besuchten. Arends lebte in einem Haus unweit der Stelle, an der die neue Schule errichtet werden sollte. Nach langem Bitten hatte der Ortsvorsteher Frerichs eine Genehmigung für den Neubau erhalten.

In Arends' Haus wurde ein Raum als Behandlungszimmer ausgebaut. Darüber hinaus hatte der Doktor schon bald einige weitere Tätigkeiten innerhalb der Gemeinde übernommen. Otto Leege lernte ihn kennen, als er ihn bat, nach Ottos Sohn Fritz zu sehen. Arends sprach den Lehrer sogleich auf seine Aktivitäten im Naturschutz an und gab zu verstehen, dass er dafür ebenfalls Interessen hegte. So waren sie schnell ins Gespräch gekommen. Otto fragte Arends außerdem, ob er nicht auch einen Blick auf Martha werfen könne, ihre Gesundheit mache ihm, neben der des Sohnes, Sorgen. Sie fieberte seit einigen Tagen.

Dr. Arends untersuchte Fritz und Martha. Die Rückenbeschwerden des Jungen, sagte er, müsse sich mal ein Experte ansehen, er könne da nicht weiterhelfen. Und Martha empfahl er, dringend mehr Ruhe zu suchen und auch einmal an den Strand zu gehen, die frische Seeluft würde ihr guttun. Am Strand, bemerkte sie, war sie wirklich nur selten gewesen, obwohl er nicht einmal einen halben Kilometer vom Schulhaus entfernt lag.

Otto und Arends hatten sich indes verabredet, um gemeinsam zur Bill zu wandern. Der Lehrer wollte Arends die Dünentäler zeigen, von denen er so begeistert war.

»Ich bin sehr froh, in Ihnen einen Gleichgesinnten gefunden zu haben«, sagte Otto Leege, als er mit Enno Arends durch die Dünen am Westende Juists schritt. Sie verstanden sich, fachsimpelten und beschlossen, nach Wegen zu suchen, wie die einzigartige Vegetation einschließlich der Vogelwelt mehr Schutz erhalten könnte. Arends wollte im Gemeinderat dafür werben. Die beiden Männer fassten Vertrauen zueinander. Arends wies darauf hin, dass Martha überarbeitet war. Er würde versuchen, Wissen bei einem Spezialisten in Bremen einzuholen, den er aus Studienzeiten kannte. Auch die Beschwerden des Sohnes würde er vorbringen in der Hoffnung, dass es womöglich neue Therapiemöglichkeiten gab. Einige Zeit später schlug Arends eine Kur im Teutoburger Wald bei einem ihm bekannten Facharzt für Orthopädie vor. Das würde Fritz helfen. Doch eine solche Kur würde viel Geld verschlingen, und das war schlichtweg nicht vorhanden, bedauerte Otto.

Eines Nachmittags, als sich Otto und Arends wieder einmal zum Spaziergang trafen, entwickelte sich ein angeregtes Gespräch zwischen ihnen.

»Mir liegt an der Natur genauso viel wie Ihnen, lieber Leege. Ich hatte übrigens bereits einen Artikel von Ihnen gelesen, bevor ich auf diese schöne Insel kam.«

»Das freut mich, es ist immer schön zu erfahren, dass das, was man schreibt, auch gelesen wird.« Otto fühlte sich geschmeichelt.

»Sie sind jetzt mehr als zehn Jahre auf der Insel und haben sie, wie es in einer kleinen Rezension zu diesem Artikel hieß, bald vollständig durchforscht. Und das gilt für die Pflanzen ebenso wie für die Vögel.«

»Einige Insektenarten, wie die Schmetterlinge oder Lepidopteren, nicht zu vergessen, wenn ich daran erinnern darf, lieber Arends. Aber wie so oft wird auch hier wieder einmal maßlos übertrieben. Was heißt schon vollständig durchforscht? Hier gibt es noch so viel zu untersuchen. Und ich habe vieles nur notiert, was ich noch auswerten muss.«

»Ach, nun untertreiben Sie. Wo Sie waren, gibt es nichts mehr zu erforschen. Alles ist bekannt! Juist ist nicht der afrikanische Kontinent!«

»Nein, nein, so ist es keinesfalls. Immer wieder entdecke ich neue Arten. Manche sind so klein und unscheinbar! Denken Sie an die Flechten, die Pilze, die Moose und Farne ... Und die Natur verändert sich fortwährend. Es verschwinden Pflanzen, wenn sich die Bedingungen ändern, dafür treten neue auf den Plan. Außerdem habe ich festgestellt, dass es sich lohnen würde, ein Lehrheft über das Geschehen am Strand bei Ebbe und Flut anzufertigen. Die morphologische Dynamik ist enorm. Ich kann jedem nur empfehlen, bei einem Spaziergang bei Ebbe aufmerksam zu beobachten, was dort geschieht. All die Formen, die am Strand im Kleinen während nur einer Tide entstehen, sie zeigen uns, wie es auch im Großen seit Jahrmillionen vor sich geht. Ich selbst kann mich immer von Neuem begeistern, wenn bei Ebbe die Priele mäandrieren, dabei Prall- und Gleithänge ausbildend. Man kann der Erosion und der Akkumulation von Sand durch die Arbeit des Wassers zusehen. Denn das, was sich am Festland in Jahrtausenden vollzog, läuft hier, am Strand von Juist, in ein paar

Stunden ab. Sei es die Elbe, der Rhein oder der Amazonas, wie ich aus einem Brief von dem Freiherrn von Berlepsch weiß, der selbst dort war, all die morphologischen Vorgänge, der Abtrag hier, die Anhäufung dort – es sind dieselben Geschehnisse! Nur dass sie sich hier am Strand in wenigen Stunden vollziehen. Wenn man sich das einmal angesehen hat, braucht man im Grunde kein Buch mehr darüber zu lesen, deshalb gehe ich mit den Schülern oft an den Strand …«

Arends unterbrach die Ausführungen Ottos, der sich bei diesen Themen geradezu in einen Rausch reden konnte.

»Nun, man sagt Ihnen ja nach, mit den Büchern hätten Sie es nicht so, was mich verwundert, schließlich sind Sie Lehrer!«, die beiden Männer waren auf dem Süddeich des Hammers stehen geblieben, den die Insulaner errichtet hatten, um die beiden durch die Petriflut 1651 getrennten Teile Juists wieder zu vereinen. Den Hammer nannte man eine große, mit Muscheln übersäte Sandfläche, von der westlich und östlich jeweils dünenbestandene Teile Juists lagen. Er wurde jedoch bei höheren Fluten überspült, sodass man meinen konnte, es wären zwei Inseln. Er lag friedlich in der Abenddämmerung. Dass hier einstmals die Weihnachtsflut die Insel Juist entzweit hatte, dabei viel Schaden und menschliches Leid verursacht hatte, mochte man beim Anblick der an diesem Tag friedlich vor sich hin dümpelnden Nordsee nicht glauben. Arends blinzelte Otto von der Seite an und war gespannt auf dessen Antwort auf seine kleine Provokation.

Otto Leege schwieg zunächst. Dann meinte er: »Unter uns gesagt, es ist schon so, dass ich die praktische Tätigkeit im Gelände dem Studium am Schreibtisch vorziehe. Aber was nutzt es? Ich muss so oder so am Schreibtisch sitzen.

Ich muss mich ja mit den Veröffentlichungen der anderen beschäftigen, weil ich meine Ergebnisse gerne selbst veröffentlichen möchte. Wenn ich die bestehende Forschung dabei nicht berücksichtige, bin ich unglaubwürdig. Allerdings ist es nicht ganz einfach, hier auf Juist immer an die wichtigen Quellen zu kommen. Und manches Buch ist allzu teuer. Immerhin habe ich mehrere Mäuler zu stopfen, wie Sie wissen. Auch wenn ich lieber am Strand unterwegs bin, gibt es manches Buch und manchen Beitrag, den ich gerne gelesen, ja verschlungen habe. Denken Sie nur an das Werk von Droste-Hülshoff oder die Artikel von Carl Hennicke, Freiherr von Berlepsch, Herrn Gätke, Professor Buchenau aus Bremen ... Ich könnte noch viele nennen. Einer interessanter als der andere. Glücklicherweise habe ich Freunde und Bekannte, die meine Interessen teilen und mir die Literatur zuschicken, wenn ich sie darum bitte. Und ein ebensolches Glück ist es, dass viele von ihnen verzichten, wenn ich anbiete, die Schriften zu bezahlen.«

»Sehen Sie mal!«, rief Arends plötzlich, als einige Brandseeschwalben nicht weit vor ihnen vorbeiflogen. Die Männer starrten himmelwärts.

»Ja, ein wundervolles Flugbild!«, bemerkte Otto. »Es gibt ein paar Brutpaare an der Bill. Die Nester habe ich allerdings noch nicht gefunden.«

Die Bill war der Westteil der Insel, wo sich die aus Ottos Sicht bedeutenden Dünentäler befanden, in der Seevögel brüteten. Das Ende bildete das Billriff, wo für tiefergehende Schiffe größte Gefahren lauerten.

Arends senkte den Kopf wieder und wechselte das Thema. »Was machen Ihre Versuche mit der Ansiedlung von Bäumen? Sie hatten mir davon erzählt und wollten Setzlinge bestellen.«

»Habe ich gemacht. Sie müssten spätestens nächste Woche mit dem Schiff aus Norddeich kommen. Niemeyer hilft mir wie immer bei der Bestellung und der Verschiffung.«

»Niemeyer?«

»Der Hafenbaumeister in Norddeich. Ein genialer Ingenieur. Er hat so viel Wissen über den Küstenschutz und die Besonderheiten des Wattenmeers und konnte mir bereits einiges davon mitgeben. Gleichzeitig ist er ein Praktiker. Er unterstützt meine Arbeiten hier auf Juist – und hat großes Interesse am Memmertsand. Wenn die Dünen dort hoch genug seien, so sagte er einmal, wohl eher scherzhaft, würde er uns auf Memmertsand eine Schutzhütte bauen.«

»Das wäre doch etwas!«

»Ach, bisher gibt es keinen Platz, der so geschützt wäre, dass nicht die nächste Herbstflut jede Hütte mit sich reißen würde.«

»Zurück zu den Bäumen. Wenn die Setzlinge da sind, helfe ich gerne beim Pflanzen.«

»Danke, dass Sie helfen wollen. Ich habe bei Pflanzversuchen die Erfahrung gemacht, dass manche Art, von manchen Botanikern als nicht standortgerecht bezeichnet, doch recht gut gedeiht. Ich führe das darauf zurück, dass uns vielfach noch das Wissen fehlt, welche Bedürfnisse die verschiedenen Pflanzen haben, gerade bei derart extremen Bedingungen, wie sie hier auf Juist herrschen. Sehen Sie sich die Kiefern an, die ich vor wenigen Jahren hier in einem Dünental gepflanzt habe.«

Arends und Otto blickten Richtung Westen, wo ein paar Kiefern vorsichtig ihre Kronen über die Dünen reckten.

»Die Kiefern tragen ihr Schicksal mit beeindruckendem Durchhaltevermögen. Mir wurde vorhergesagt, dass Kiefern hier keinerlei Überlebenschancen haben würden. Zu viel Wind, zu viel Salz in der Luft, der Boden, sandig, wie er ist, kann das Wasser nicht halten … Aber ich meine: Solange sie im Schutz der Düne aufwachsen, solange können hier auch Kiefern grünen. Sie haben jetzt die Höhe der Dünen erreicht und der salzhaltige Wind erwischt sie mit seiner Wucht. Sie werden versuchen weiterzuwachsen. Aber die Krone wird sich nicht gut entwickeln, vermute ich, wird zerzaust und krumm werden. Nun, dann bleiben sie eben klein … Und dennoch. Wenn erst einige eine Höhe von zwei, drei Metern erreicht haben, schützen sie jüngere Artgenossen, sie profitieren von dem Windschutz, den die Älteren bieten. Ich habe fest vor, weitere Kiefernpflanzungen vorzunehmen, auch westlich des Hammers. Und wenn sie blühen und Zapfen entwickeln, vermehren sie sich von allein.«

»Aber manche sehen schon jetzt recht gerupft aus«, merkte Arends an.

»Das heißt nichts«, wandte Leege sogleich ein. »Es ist hier immer so. Nicht alle Äste halten dem permanenten Sand- und Salzwind stand. Einzelne sterben ab. An anderer Stelle wachsen neue. Manchmal höre ich Kurgäste, die sagen, wie hässlich einige der Kiefern aussehen. Man solle sie zu Brennholz verarbeiten. Das kann man machen. Aber wenn ich ihnen erzähle, dass sie mit Wind und Wetter und dem kargen Sandboden kämpfen und deshalb nicht so vital aussehen wie die im Kurpark von Bad Pyrmont, dann wundern sie sich. Ob die Bäume eine Krankheit hätten, wurde ich schon gefragt. Nein, sage ich, sie sind kerngesund. Sie sind nur der Natur auf der Insel ausgesetzt, das ist alles.«

»Es ist wie im Harz. Ich war auf dem Brocken. Dort herrschen ja, so sagt man, subarktische Bedingungen im Winter. Das sieht man den Pflanzen und Bäumen dort oben an.«

»Dort muss ich auch noch einmal hin, ja«, antwortete Otto, »falls mir die Höhenluft guttut. Mehr als eintausendeinhundert Meter, bislang habe ich nicht mehr geschafft als die höchste Düne auf Norderney.« Er schmunzelte. Arends tat es ihm gleich.

»Die Setzlinge ...«

»Zurück zu den Setzlingen, Sie haben recht«, kam Otto Leege auf Arends' Frage zurück, »ich kann dabei jede Hand gebrauchen. Und wenn wir zu zweit darauf pochen, dass hier ein Naturschutzgebiet entsteht, dann hat das Wort des Insellehrers und des Inselarztes sicherlich mehr Gewicht bei den ...«, Otto überlegte kurz, »Großkopferten in der Verwaltung«, schloss er.

Arends grinste. »Vielleicht können Sie noch weitere Helfer im Dorf finden«, bemerkte der Mediziner, »wenn die Setzlinge zu lange herumliegen, ist das sicher nicht zu ihrem Besten.«

»Ich kann meine Schüler mitnehmen. Sie mögen es, wenn sie nicht immer im muffigen Klassenzimmer sitzen müssen. Die neue Schule soll ja nun gebaut werden, aber noch steht sie nicht.«

»Immerhin ist sie genehmigt, auch von höherer Stelle in Aurich.«

»Gott sei Dank! Aber wer weiß, wann der Bau in die Tat umgesetzt wird?«

»Ich bin zuversichtlich, dass es bald geschieht.«

»Hoffen wir es. Wie es auch kommt, ich halte viel davon, die Schüler mit praktischen Tätigkeiten zu beschäftigen. Dabei kann man viel und besser lernen. Wenn wir ihnen zeigen, wie man die Setzlinge richtig pflanzt, wird es schon gelingen. Gleichzeitig erfahren sie etwas von der Bedeutung der Vegetation für die Tierwelt und dass beide, die

Pflanzen und insbesondere die Vögel, zum Inselschutz beitragen.«

»Passen Sie auf, dass der Schulrat nichts davon mitbekommt«, lachte Arends.

Es war eine Anspielung auf den wiederholten Rüffel des Schulrates, weil Otto Leege schon des Öfteren seine Schülerinnen und Schüler mit in die Dünen oder an den Strand genommen hatte, um ihnen naturkundlichen Unterricht zu erteilen. Die allzu intensive Bearbeitung des Schulgartens hatte dem Schulrat auch nicht gefallen. Er könne ja verstehen, dass das Gemüse für die Familie Leege wichtig sei, aber zu diesem Zweck sei ein Schulgarten eigentlich nicht gedacht.

Ottos Gegenargumente überzeugten den Schulrat nicht. War es nicht am besten, den Kindern nicht nur graue Theorie aus Schulbüchern, sondern vielmehr die reale Welt mit ihren Schönheiten, aber auch ihren Gefahren unmittelbar zu zeigen? Hatten ihn nicht die Wanderungen in der Bentheimer Heide mit seiner Mutter und die Bootsfahrten mit Fischer Lengen auf dem Großen Meer, ja, nicht zuletzt der Besuch auf Norderney zu dem gemacht, der er heute war? Durfte man den Schulkindern solche Erfahrungen vorenthalten? Und war pures Wissen nicht nutzlos, wenn man nicht wusste, wozu man es benutzen konnte?

»Seien Sie mit derartigen neo-pädagogischen Weisheiten vorsichtig«, war der Rat gewesen. Otto ignorierte ihn. Das hatte wenig mit Neo-Pädagogik zu tun als vielmehr mit der Einsicht, dass junge Menschen lernen mussten, ihren Lebensraum zu schützen, damit sie und ihre Kinder darin leben konnten.

»Wie steht es mit Ihrem Plan, an der Bill ein Vogelschutzgebiet einzurichten und dies offiziell zu beantragen? Kann ich Sie da unterstützen?«, wollte Arends wissen, der voller Tatendrang schien.

»Plan, da sagen Sie etwas! Es ist bisher nur eine Idee. Ich habe begonnen, einen Antrag zu schreiben. Er bedarf aber der Ergänzung und Überarbeitung. Vielleicht lesen Sie ihn einmal, man selbst vergisst ja oft manches Detail. Ich bin auch nicht der Fachmann darin. Lieber schreibe ich über die Entwicklung der Vogelpopulationen als so einen faden Antrag. Sie haben mehr Erfahrung mit den Räten und den Gremien. Die wollen oft ganz bestimmte Dinge hören. Da wäre ich Ihnen dankbar, wenn Sie mein Geschreibsel verbessern könnten.«

»Ein Geschreibsel kann ich mir bei Ihnen beim besten Willen nicht vorstellen«, warf Arends ein.

»Ich werde den Entwurf in den nächsten Tagen fertigbekommen. Dann korrigieren Sie gerne noch einmal und darauf reichen wir ihn in Aurich in der Landdrostei ein.«

»Die Landdrostei … Sie meinen die Bezirksregierung«, sagte Arends.

»Ja, ich nenne sie immer noch so, wie sie früher einmal hieß. Nur …« Otto Leege zögerte.

»Was ist noch?«, fragte Arends.

»Ach, ich weiß nicht, ob wir ein wenig übertreiben, wenn wir auch einen Wärter nebst Wärterhaus als notwendig beantragen. Wir beide sind uns da sicher einig, wenn ich an das Vandalentum einiger Badegäste hier auf Juist denke. Aber die Herren in Aurich sehen in zunehmenden Gästezahlen ja geradezu den Heiland. Sie wollen nichts vom Naturschutz wissen. Und ein Wärter macht den Antrag sehr viel teurer!«

»Aber ein Wärter muss sein«, meinte der Inselarzt.

Otto dachte kurz nach. »Sie haben sicherlich Fontane gelesen? Er sagt, dass das Massenreisen zunimmt, heute reise jeder und jede, alle Welt reise. Er vermutet, dass der moderne Mensch, angestrengter, wie er wird, auch größerer Erholung bedarf.«

»Das kann ich bestätigen. Die Arbeitswelt wird intensiver, verdichtet sich. Die Arbeitgeber verlangen ihren Angestellten immer mehr ab. Hier auf Juist können sich die Menschen erholen. Fontane hat nicht unrecht. Leider können es sich nur diejenigen leisten, die das Geld dazu haben.«

»Es dürfen nur nicht zu viele werden. Und sie können nicht einfach alles tun, was sie wollen. Es muss Regeln geben.« Otto Leege zeigte in Richtung Borkum. »Wenn ich mir Memmertsand anschaue, müsste man es schon bald schützen. Jan Dirks, der Robbenjäger aus dem Loog, erzählte mir von Borkumer Seglern, die nach Memmertsand fuhren, nur um dort Eier einzusammeln und dann wieder zu entschwinden. Einer habe ein Gewehr dabeigehabt und Möwen abgeschossen. Er hat die Vögel liegen lassen. Ich frage mich, was der Sinn dabei ist. So kann natürlich kein Nachwuchs in der Vogelwelt gedeihen!«

»Natürlich nicht. Lassen Sie uns hier beginnen. Wenn es gelingt, an der Juister Bill eine Vogelkolonie zu schaffen«, führte Arends aus, »dann ist dies ein gutes Argument, auf Memmertsand mit der Naturschutzarbeit fortzufahren.«

»Dort müsste eine ganze Insel von der Außenwelt abgeschottet werden!«, zweifelte Otto.

»Erst einmal müsste der Memmertsand ja zu einer Insel werden«, gab Arends zu bedenken.

»Ich bin überzeugt, dass sich die Plate positiv entwickeln wird. Es liegt an den Strömungen der Osterems, aber man kann auch nachhelfen. Ich habe kleine Versuche angestellt, die meine Theorie bestätigen, dass es sich um werdendes Land handelt.«

»Eins nach dem anderen, wäre mein Rat«, gab sich Dr. Arends bescheidener als sein Gesprächspartner. »Zögern wir nicht mit unserem Anliegen, die Bill zur Vogelkolonie zu machen und damit unter einen wirksamen Schutzstatus zu stellen. Nachkommende Generationen werden es uns danken. Ich denke, ich kann im Gemeinderat ein gutes Wort einlegen.«

Leege und Arends wandten sich wieder in Richtung Osten und gingen den Weg zurück ins Dorf, immerhin würden es einige Kilometer sein, bis sie wieder zu Hause waren.

»Was für eine große Sandfläche der Hammer darstellt«, bemerkte Arends.

»Man sollte überlegen, ob man nicht auch am Nordrand des Hammers einen Deich errichtet«, erwiderte Leege. »Die Sandfläche ist groß, auch nordwärts wäre noch ein beachtlicher Strand vorhanden, der Sand liefern würde. Man könnte es machen, wie ich es auf Memmertsand versucht habe, natürlich in wesentlich größeren Dimensionen. Wenn man hier im Norden einen Deich anlegte, könnte Juist wieder zusammenwachsen.«

»Eine begeisternde Vorstellung!«

# 22

Otto hatte viel zu tun und bedauerte, dass er nicht öfter nach Memmertsand übersetzen konnte. So gingen die Jahre dahin, bis Ende 1895 ein Ereignis drohte, ihn aus der Bahn zu werfen. Er war auf dem Weg in die Kirche, um auf dem altersschwachen Harmonium zu üben. Doch bevor er das tat, bestieg der nach wie vor nur kommissarische Juister Organist den Dachboden der Kirche. Hier lagerten Ketten und Trossen, Taue und eine Menge anderes Zeug. Strandportionen. Oder Beute? Unter mehreren leeren Säcken standen einige Flaschen mit gutem, altem Rum. Ob die vergessen worden waren? Oder hatte man sie extra hier versteckt und nur ab und zu holte man eine Flasche hervor, zu besonderen Anlässen? Wusste gar nur Pastor Oepke davon? Otto schmunzelte, als er sich vorstellte, wie der Pastor, wenn er die Kirche für den Gottesdienst vorbereitet und die nächste Predigt formuliert hatte, auf den Dachboden stieg und sich hier ein gutes Gläschen Rum genehmigte.

Dass die Juister Kirche nicht nur Gottes- sondern auch Lagerhaus war, daran hatte er sich längst gewöhnt. Viele Kirchen auf dem ostfriesischen Festland waren mehr als nur ein Haus zur Verkündigung der Worte des Herrn. Gern brachte Otto seinen Schülern die Kirche in Marienhafe nahe, die dem Seeräuber Klaus Störtebeker als Zufluchtsort gedient und in der er die Beute seiner Piraterie gelagert hatte. Ob er die älteren Schüler einmal fragen sollte, ob sie einen Unterschied zwischen den Strandportionen und der

Beute Störtebekers sahen? Aber vielleicht sollte er davon absehen. Womöglich hätte er nicht den Schulrat, jedoch die Juister Bevölkerung gegen sich.

Pastor Oepke hatte ihm schon oftmals aus der Juister Kirchengeschichte erzählt. Es war erstaunlich, mit welchem Durchhaltevermögen Generationen von Insulanern immer wieder von Neuem ihr Dorf und ihre Kirchen aufgebaut hatten, waren sie doch diverse Male von fürchterlichen Sturmfluten heimgesucht worden. Immer wieder musste eine neue Kirche errichtet werden, wenn die alte von der heranstürmenden Nordsee dem Erdboden gleichgemacht worden war. Dabei wurde viel des Baumaterials genutzt, das von den alten Gebäuden am Strand liegen geblieben war. Otto Leege plante seit Längerem, diesen Teil der Inselgeschichte in einem Zeitungsartikel zu beschreiben. Er sollte den Artikel erweitern um Kirchen des Festlandes. Fast alle Dörfer in der Marsch und auf der Geest verfügten über teils große, das Dorfbild beherrschende Kirchen, die oft höher waren als der Turm, der in nicht wenigen Fällen kein Teil des Kirchenschiffes war.

Otto Leege kletterte die Stiege vom Dachboden herunter und setzte sich an das Harmonium. Er spielte ein paar Lieder, doch schon bald verging ihm die Lust daran. Das Harmonium war einfach nicht das richtige Instrument, zumal ja die Akkorde falsch klangen, obwohl er sie richtig spielte. Er deckte das alte Instrument ab und begab sich auf den Heimweg. Es war nicht weit bis zur Villa Postala. Als er die Wohnungstür öffnete, kamen ihm drei seiner vier Söhne entgegen, Enno schlief.

»Wo ist Mutter?«, fragte er.

»Im Wohnzimmer«, antwortete Karl. Der Neunjährige machte ein sehr besorgtes Gesicht.

»Was guckt ihr so bekümmert?« Sie blickten ihn ernst, ja, ängstlich an.

»Mutter ist krank«, antwortete Fritz.

»Sie hustet ja schon lang. Aber diesmal hat sie gehustet, dass es uns Angst machte«, ergänzte Karl. »Wir dachten, sie erstickt.«

Leo begann zu weinen.

»Und dann ist sie im Flur zusammengebrochen, plötzlich lag sie da und konnte nicht aufstehen. Wir haben Trientje Janssen geholt und Mutter gemeinsam zurück ins Bett gebracht.«

»Zusammengebrochen? Oh mein Gott!«, rief Otto und eilte in das Schlafzimmer.

# 23

Marthas Zustand verschlechterte sich von Tag zu Tag.

»Es ist die Schwindsucht, Herr Leege«, flüsterte Dr. Arends bei einem seiner Besuche.

»Sie hustet so schrecklich. Wie steht es um sie?«, fragte Otto leise.

Arends sah ihn mit ernstem Blick an. Leege verstand. Er vergrub sein Gesicht in beiden Händen, rieb sich die Augen. Dann schaute er wieder zu dem Arzt auf.

»Man muss doch etwas tun können. Ohne Martha … Himmel, wer soll sich um die Jungs kümmern? Ich allein schaffe das nicht! Bei all dem, was sonst noch zu tun ist. Haben Sie denn kein Medikament?«

»Eine Kur könnte helfen. Luftveränderung, vielleicht die Berge …«

»Die Leute kommen doch hierher nach Juist, um ihre Lungen zu heilen!«, rief Leege.

»Ja, aber Ihre Frau hat in den vergangenen Monaten so sehr abgebaut – es scheint nichts zu helfen. Und nun, so vermute ich, kommt eine Infektion hinzu. Womöglich ein Virus. Aber welches … Ich habe kein Labor, bin nicht die Charité! Ich kann ihre Leiden lindern, aber ich fürchte, ich kann sie nicht beheben.«

Martha Leege entwickelte sich in wenigen Tagen zu einem Schatten ihrer selbst. Otto hatte ihr immer wieder Möweneier von seinen Wanderungen mitgebracht, sie auf alle erdenkliche Weise zubereitet, Kräuter, die er in den

Dünen fand, hinzugefügt. Er hatte Sanddornbeeren gesammelt. Er war mit ihr nach Norden gereist, um dort einen Arzt aufzusuchen, den Arends empfohlen hatte. »Holen Sie eine zweite Meinung ein«, hatte ihm der Juister Mediziner geraten. Der Norder Arzt hatte sich ähnlich besorgt gezeigt wie Arends. Beide Ärzte teilten schließlich die Diagnose, dass Martha an Tuberkulose erkrankt war. Man müsse sehr vorsichtig sein, wegen der Ansteckungsgefahr. Die Jungs sollten ihr nicht zu nahekommen und Otto am besten auch nicht.

Auf der Rückfahrt nach Juist hatten sie kaum gesprochen. Die Reise hatte Martha zugesetzt. Ein Pferdewagen hatte sie abgeholt, und als sie Juist erreichten, hatte der Kutscher Otto noch geholfen, Martha in das Schlafzimmer zu bringen. Otto hatte das Bett frisch bezogen, doch sie schien es gar nicht zu bemerken. Sie lag zwei Tage da und starrte überwiegend an die Decke.

»Schwindsucht«, flüsterte Otto die erschütternde Diagnose vor sich hin. »Warum denn nur Schwindsucht?«

»Das Mycobacterium tuberculosis wurde vor einigen Jahren von Robert Koch entdeckt«, erklärte Arends am nächsten Tag.

»Schon gut, Arends. Keine Einzelheiten jetzt«, warf Otto mürrisch ein.

»Längst eine Volkskrankheit. Wo und wann sich Ihre Frau infiziert hat, kann wohl kaum jemand feststellen. Das Teuflische daran ist, dass Tuberkulose manchmal erst bis zu zwei Jahre nach der Infektion ausbricht. Niemand weiß, wo sich Ihre Frau den Erreger eingefangen hat. Vielleicht von irgendeinem Badegast, der ihr in einem Laden im Dorf begegnet ist. Aber die Lymphknoten, Herr Leege, zeigen deutlich eine Vergrößerung. Alle Beschwerden Ihrer Frau sind allzu typisch. Die nächtlichen Fieberanfälle, der Husten, die Appetitlosigkeit …«

»Herrgott, ich habe alles versucht, sie zum Essen zu bewegen!«

»Ja, ich weiß, auch Frau Janssen hat mir erzählt, dass sie es versucht hat. Aber wenn es nicht gelingt, gelingt es eben nicht. Und so nimmt die Erschöpfung zu und der Körper verliert die Kraft, sich gegen die Krankheit zu wehren.«

»Sie schwächelte schon öfter, schon im vorigen Jahr«, erinnerte sich Otto.

»Vielleicht war die Infektion schon vorhanden. Aber dann gibt es Phasen, in denen es wieder besser geht.«

»Arends, sagen Sie mir ehrlich, wie es um sie steht.«

Der Doktor zögerte.

»Es tut mir leid, Herr Leege, aber Sie müssen sich darauf vorbereiten …«

»Danke, das reicht«, entgegnete Leege mit gleichermaßen Sorge und Zorn in der Stimme. Was, Herrgott, denkst du dir bei dem, was du tust, ging es ihm durch den Kopf. Wozu spielte er Lieder in der Kirche, die ihm huldigten, wenn er so viel Leid über die Menschen brachte? Ach ja … Was nutzte es? Er wischte seine Gedanken beiseite.

»Ihr muss geholfen werden!«

Dr. Arends sah Otto verständnisvoll an. Wenn seine Frau starb, war er allein. Allein mit vier Söhnen und seinem Lehramt, der Poststelle, dem Morsegerät, dem Harmonium in der Kirche, seinen Forschungen.

»Gönnen Sie sich ein wenig Ruhe. Frau Janssen wird sich um Ihre Frau kümmern, so gut es geht. Ich habe ihr erklärt, was zu tun ist.«

Otto Leege rieb sich erneut mit den Händen durch das

Gesicht, die Augen tränten, die Sorge stand ihm ins Gesicht geschrieben.

»Nun wollten wir doch bald das neue Haus beziehen. Ich dachte, mit mehr Platz und den neuen Räumen, teilweise neuen Möbeln … Das täte ihr sicher gut. Und nun will die Schwindsucht sie mir nehmen?«

»Wie es weitergeht, weiß allein der liebe Gott. Aber ich darf und will Ihnen keine falschen Versprechungen machen …« Arends kam nicht weiter.

Otto schwieg. Aus dem Zimmer im oberen Stockwerk hörte er ein schwaches Husten. Lag Martha im Sterben? Er würde es den Jungs sagen müssen. Vier Kinder, der Jüngste noch nicht einmal in der Schule … Wie sollte das gehen, wenn Martha nicht mehr da war? Hatte sie nicht alles für Kinder, Haus und Hof getan? Was sollte nun werden? Er seufzte, schwieg und sah zu Boden.

»Ich gehe jetzt, komme morgen früh wieder«, sagte Enno Arends leise.

»Jaja … natürlich … danke«, nuschelte Otto.

»Rufen Sie mich, wann immer Sie es für nötig halten.«

»Ja, ich schicke einen meiner Söhne.«

Die Tage zogen bleiern dahin und Marthas Zustand verschlechterte sich weiter. Schließlich rief Otto die vier Söhne zusammen und berichtete ihnen das, was Inselarzt Arends ihm erklärt hatte. Es war einer der traurigsten Abende, die Otto bislang auf seiner Wunschinsel Juist, ja, in seinem Leben, verbracht hatte. Zu viert standen sie im Schlafzimmer, Otto hatte die vier Jungs angewiesen, sich an der Wand in einiger Entfernung des Krankenbettes aufzuhalten.

Der kleine Enno fragte: »Was ist mit Mama?«

»Sie hat die Schwindsucht, Dummkopf«, belehrte ihn sein größerer Bruder Karl.

»Er weiß doch nicht, was das bedeutet«, sagte Otto leise, »und nun schweigt, Kinder, und betet für Mutter.« Es gehörte sich schließlich so. Er faltete die Hände und sprach ein Gebet und die Söhne taten es mit ihm.

Bis Martha starb, sollte noch einige Zeit vergehen. An ihrem letzten Lebenstag fantasierte sie im Fieber. Arends hatte ihr Morphium gegen die Schmerzen gegeben. Er hatte gemahnt, sie keinesfalls anzufassen. Otto vermied es, seine Hand auf die ihre zu legen. Er hätte es gerne getan, vielleicht hätte sie es gespürt. Martha lag ruhig und schwer atmend da, als Otto meinte, ein Lächeln zu erkennen. Ein kurzes, schwaches Lächeln, als nehme sie die Familie an ihrer Seite wahr. Die letzten, schwachen Atemzüge verebbten, ein Röcheln noch, dann hatte der Tod gesiegt.

Ein mühsames, arbeitsreiches Leben lag hinter Martha Leege, als sie 1897 für immer ihre Augen schloss. Fritz, Leo und Enno weinten, während Karl versuchte, seine Tränen zu unterdrücken. Doch es gelang ihm nicht. Auch Otto liefen Tränen die Wangen hinunter. Seine Söhne wurden älter, Martha hätte es bald leichter haben können, und nun starb sie? Beinahe glaubte er, ihre Gesichtszüge hätten sich entspannt. Sie sah aus, als genieße sie die ewige Ruhe, die nun eingetreten war. Hätte er sie mehr unterstützen sollen? Mehr Hilfe anbieten? Erneut traten Tränen in seine Augen.

Otto war nun allein mit seinen vier Söhnen. Er starrte auf den Leichnam seiner Frau und hatte nicht den Hauch einer Ahnung, wie es weitergehen sollte.

# 24

Otto haderte mit Marthas Tod und die Arbeit wuchs ihm über den Kopf. Er schien erst jetzt, wo seine Frau nicht mehr da war, zu bemerken, was sie bewerkstelligt hatte, um allen in der Familie gerecht zu werden. Schon bald hatte er Trientje Janssen, die ja schon zu Marthas Lebzeiten ausgeholfen hatte, gebeten, häufiger zu kommen, um beim Putzen, Waschen und der Zubereitung von Mahlzeiten für ihn und die Söhne zu helfen. Trientje Janssen hatte erst gezögert, denn sie konnte es sich eigentlich nicht leisten, mehr für den Insellehrer zu arbeiten, aber wenn er mehr Lohn zahlte ... Letzteres war wiederum für Otto nicht einfach. Sein Verdienst als Insellehrer hielt sich in Grenzen.

Die Kinder taten sich indes schwer, sich an das Leben ohne ihre Mutter zu gewöhnen.

Das erste Jahr nach Marthas Tod verging schnell. Es gab viel zu tun und Otto wunderte sich, wie er es durchgestanden hatte. Allerdings war er trotz Unterstützung durch Trientje Janssen unsicher, ob er allein mit den Kindern auf Dauer so weiter wirtschaften konnte.

Otto hatte sich geradezu in seine verschiedenen Tätigkeiten gestürzt und Ortsvorsteher Frerichs die Hölle heißgemacht, dass Juist nun eine ordentliche Poststelle brauche. So, wie sich das Seebad entwickelte, war die kleine Morsestation in der alten Schule einfach nicht mehr zeitgemäß. Endlich war dann ein Angestellter für die Poststelle angeworben worden, so konnte er dieses Amt abgeben. Dadurch fehlte zwar Geld in der Kasse, aber sein Lehrergehalt war ein wenig angehoben worden, da die Zahl der Schüler auf Juist anstieg. Trientje Janssen konnte er bezahlen und es blieb sogar etwas Geld übrig. Damit ging er sofort zu Fischer Jan Dirks und die beiden Männer einigten sich: Otto erstand ein kleines, altes, aber robustes Segelboot. Dirks hatte sich in den Herbst- und Wintermonaten darangemacht, das Boot zu reparieren, zu tünchen, kurz, es wieder seefest zu machen. Ottos ältere Söhne hatten ihm geholfen, so gut es ging. Dann war das stabile, geklinkerte Holzboot einsatzbereit.

»Klinkerboote sind das Beste«, erklärte Dirks, »selbst wenn sie einen harten Gegenstand rammen, schlagen sie kaum leck. Damit können Sie sich überall im Watt trockenfallen lassen. Und die Lackierung muss nur alle zwei Jahre erneuert werden.«

»Das ist viel Arbeit, wann soll ich das tun?«

»Och, ich gehe ja nicht mehr so oft auf die Robbenjagd … Ich will das wohl gegen ein kleines Entgelt machen«, sagte Dirks nicht uneigennützig.

»Da werden wir uns schon einig«, stimmte Otto zu.

Nun konnte er zum Memmertsand segeln, wann immer er wollte. Er war überzeugt, dass das Segeln eine willkommene Freizeitbeschäftigung für seine Söhne wäre, zumindest die beiden älteren, und so hatte das Boot doppelten Nutzen. Alle vier Jungs waren jedoch begeistert und wollten am liebsten sofort lossegeln.

Dann brach bei der ersten Tour der Vordersteven.

»Das war noch der alte – dem hätte ich mehr zugetraut«, räumte Dirks ein.

Als Jan Dirks Otto Leege half, den kleinen Vordersteven

des Segelbootes zu ersetzen, besah er sich die neue Baustelle im Watt.

»Da wird ja etwas ganz Großes gebaut!«

»Ich bin mir nicht sicher, ob das eine gute Idee ist«, erwiderte Otto, richtete sich auf und blickte ebenfalls in Richtung der umfangreichen Arbeiten, die dort durchgeführt wurden. Schon im Spätsommer 1896 hatte man begonnen, Pfähle in den Schlickboden zu rammen, die anzeigten, wo Juists erste Landungsbrücke für Personen- und Frachtschiffe entstehen sollte.

»Das ist der Fortschritt, Herr Leege, Juist will ein Seebad werden, da müssen hier auch größere Dampfer anlegen können. Auf Reede machen sich die Gäste die Füße nass, wenn sie vom Pferdekarren abgeholt werden. Das wollen die nicht und der Gemeinderat will es auch nicht mehr«, bemerkte Dirks und Otto entging nicht dessen etwas verächtliches Lächeln.

»Ja, Juist hinkt Norderney hinterher. Die Kurgäste fordern mehr Luxus«, sagte Otto, »so hat Doktor Arends es mir aus dem Rat berichtet. Na und? Wenn man auf Reisen ist, kann es doch auch mal anstrengender sein. Sonst soll man halt zu Hause bleiben!«

»Und die Städter, die mehr und mehr hierherkommen, sind doch oft schräge Vögel, Herr Leege. Finde ich jedenfalls. Komisches Volk mit seltsamem Benehmen. Sicher, sie tragen beste Kleider, aber vieles kommt mir … aufgesetzt vor, so …«

»Ich weiß, was Sie meinen«, unterbrach Otto ihn, »sehen Sie, in den sogenannten höheren Kreisen spricht und verhält man sich anders. Aber die Herrschaften bringen Geld nach Juist, und das will man sich nicht entgehen lassen. Und damit noch mehr kommen, baut man nun eine Landungsbrücke mitten ins Watt!«

»Wenn wir schon keinen Hafen haben.«

»Eine Landungsbrücke am tiefen Fahrwasser, weit vor der Insel, was für eine Idee! Und dann muss man natürlich eine Pferdebahn über ein Pfahlwerk bis zu einem Bahnhof bauen, den es auch noch nicht gibt. Ist das nicht zu viel des Guten?«, dachte Leege laut nach.

»Das wird teuer werden«, urteilte Dirks, »so vööl Geld! Uns geht es hier wohl zu gut.«

»Die Bezirksregierung hat Lunte gerochen. Man konnte Aurich wohl davon überzeugen, dass Juist ebenso viel Potenzial zum Seebad hat wie Norderney«, meinte Otto.

»Aber für die Renovierung der Kirche und der Schule ist kein Geld da …«

»Man muss Prioritäten setzen.«

»Prio… wat?«

»Man findet die Landungsbrücke und Hotels wichtiger als die Kirche.«

»Hauptsache, unser Herrgott bekommt das nicht mit«, murmelte Dirks. Er war, das wusste Otto vom Harmoniumspielen, tatsächlich oft am Sonntag in der Kirche, ein gottesfürchtiger Mann.

»Mir macht Sorgen, dass das alles mitten im Watt gebaut wird«, überlegte Otto, »welche Auswirkungen wird es auf die Tierwelt haben?«

»Die Tiere werden sich dran gewöhnen«, erwiderte Dirks, dabei den Vordersteven in die dafür vorgesehene Halterung am Bug ruckelnd. Er hatte sich wieder den Reparaturarbeiten zugewandt.

»So«, sagte er schließlich, »das hält. Gutes Buchenholz, Herr Leege, den Vordersteven kriegen Sie so schnell nicht wieder kaputt.«

»Danke, Herr Dirks«, antwortete Otto, »das Geld

bekommen Sie im nächsten Monat, so haben wir es abgemacht. Die Haushaltshilfe kostet so manche Mark, ich brauche ja jetzt mehr Unterstützung.«

»Ja, wenn die Frau im Haus fehlt, merkt man erst, was sie geleistet hat, was?«

»Das ist wohl so.«

## 25

Nützt ja nichts, dachte Otto, als er sich entschloss, Trientje Janssen zur Bewältigung der Kinderbetreuung und des Haushaltes noch ein wenig mehr zu zahlen, um sich wieder seiner wissenschaftlichen Arbeit zuwenden zu können. Zu viel war liegen geblieben, seitdem Martha verstorben war. Er hatte so viele Briefe von Ornithologen, Botanikern, Geologen und Presseleuten erhalten. Sie wollten Neues über die Vogel- und Pflanzenwelt, seine Arbeiten auf Juist erfahren. Beschreibungen des Memmertsandes und seine Erlebnisse dort schienen viele Leute ebenfalls zu interessieren.

Trientje Janssen hatte immer wieder gezaudert, als Otto fragte, ob sie nicht mehr im Haushalt tun könne. Sie hatte ein Einsehen und stockte auf. Sie sah ja, wie Otto Leege morgens in die Schule ging, nachmittags allerhand weitere Dinge regelte und tagein, tagaus die vier Jungs um sich hatte, die essen und trinken wollten und manch anderen Einsatz forderten. Manchmal stellte Trientje fertige Butterbrote auf den Küchentisch, sodass er sie den Söhnen nur noch vor die Nase setzen musste. Allein das machte vieles einfacher, sparte Zeit, ließ ihn trotz Erschöpfung abends das eine oder andere Schreiben aufsetzen oder eine Auswertung von Vogelbeobachtungen fortsetzen, an der er aus seiner Sicht schon viel zu lang arbeitete. Trientje war Gold wert, aber Gold konnte er ihr nicht zahlen.

Nach der öden Zeit der Trauer und des Missmuts genoss er es, wieder mit Dr. Arends unterwegs sein zu können und neue Pläne zu schmieden. Es wäre möglich, zum Memmert zu segeln, und die Söhne würde er mitnehmen, aus dem Altbestand im Rettungsbootschuppen hatte er Schwimmwesten für sie ergattert. Zumindest die großen Jungs könnten ihm helfen, zwei Dünengruppen mit einer Sandaufschüttung, die sie mit Helm bepflanzen würden, zu verbinden. Er träumte von dem Deich, von dem er hoffte, dass er sich schließlich halten, und von selbst aufhöhen würde. So sollte eine höhere Randdüne entstehen, die das Binnenland des Memmert schützen würde. »De lange Diek«, so würde er das Bauwerk nennen.

Würden hohe Fluten das Bauwerk nicht zerstören, wäre es für den Memmert ein ordentlicher Schutzwall gegen die von Westen heranrollenden Wellen der Nordsee und gleichzeitig der Beweis, dass man die Inselwerdung unterstützen konnte, wenn man dabei bedachte, wie die Natur wirkte. Der Gedanke reifte, seine Erkenntnisse in einer großen Zusammenfassung beschreiben zu wollen und so eine Lücke in der Insel- und Küstenforschung zu schließen, die nicht nur die Professoren Buchenau und Hennicke beklagten. Hennicke lehrte in Gera, fand jedoch immer wieder den Weg nach Juist. Er hatte Otto Leege schon einige Male besucht und ihn aufgefordert, seine Forschungsergebnisse zu ergänzen. Worauf der bescheiden entgegnet hatte, dafür seien andere wohl besser geeignet. Doch der Traum blieb … »Das Werden einer Nordseeinsel unter besonderer Berücksichtigung der Pflanzen- und Tierwelt«, so oder so ähnlich, könnte sein Werk betitelt werden. Aber, ach, er war noch so weit davon entfernt, musste noch so viel Material zusammentragen. Das allein würde viele Monate, wenn nicht Jahre, in Anspruch nehmen. Bis er es bei einem Verlag einreichen konnte, wäre noch sehr viel zu tun. Da fielen ihm die flott wachsenden Schülerzahlen der Juister Inselschule ein. Mit dem Zuzug von neuen Inselbewohnern gab es auch zunehmend Kinder auf Juist. Mehr Schüler hieß mehr Arbeit in der Schule! Und dann noch die Söhne! Trientje Janssen war eine große Hilfe, ja, aber eine Mutter konnte sie ihnen nicht ersetzen.

# 26

»Vööl Brimborium«, kommentierte Otto die Einweihung der neuen Juister Landungsbrücke. Mit lauter Sirene und großen Qualmwolken hatte der Dampfer »Ostfriesland« angelegt, an Deck Fähnchen schwingende Passagiere. Ab jetzt war Juist trockenen Fußes erreichbar. Das Ankern auf Reede und das mühsame Abholen der Reisenden per Pferdewagen im mehr als knietiefen Wasser war Geschichte. Zwar erreichten Schiffe Juist nur bei auflaufendem Wasser, aber nun konnten sie an der Landungsbrücke anlegen und von hier mit einer Pferdebahn, die auf Stelzen durch das Watt führte, zur Insel gelangen. Man feierte den Fortschritt.

»Die Landungsbrücke ist eine große Erleichterung für die Gäste. Den Behörden, die dies veranlasst haben, und den Bauarbeitern, die mit schwerer Arbeit die Landungsbrücke errichtet haben, gebührt großes Lob«, erzählte Otto den Schülern, obwohl er das immense Bauwerk mitten im Watt eigentlich für entbehrlich hielt. Es würde doch vor allem dazu führen, dass noch mehr Gäste nach Juist kamen. Mehr Menschen, die bleiben wollten, um mit Hotels, Pensionen, Einkaufsmöglichkeiten oder sonstigen Geschäften Geld zu verdienen. Mehr Menschen würden als Kurgäste anreisen, würden den Strand bevölkern, durch die Dünen wandern, Pflanzen aus dem Boden reißen, Möweneier sammeln …

Aber was sollte man gegen etwas tun, was allgemein als großer Fortschritt gefeiert wurde? Und auf der anderen Seite war es ja auch eindrucksvoll, was sich auf der Insel tat, wie sie sich verändert hatte, seitdem er 1882 hierhergekommen war.

»Ihr müsst wissen«, erklärte er weiter, »dass es unser Kaiser Wilhelm ist, der die Gelder für all diese Bauwerke zur Verfügung stellt. Er will, dass unser Deutsches Reich zu einem starken und modernen Land wird.« Dem Kaiser gebührte Lob, obwohl Otto vermutete, dass Wilhelm der Zweite von der Landungsbrücke wohl kaum etwas wusste. Aber hin und wieder die preußische Monarchie zu loben, war Pflicht eines Lehrers, meinte der Kaiser, immerhin ernährte er Otto als Staatsdiener und damit seine Söhne. Wilhelm der Zweite machte doch etwas aus dem Land und das Bild des Kaisers schmückte nach wie vor Ottos Schreibtisch.

So schnell die Pferdebahn gekommen war, so schnell wurde sie durch ein neues Zugfahrzeug ersetzt.

»Zwölf PS, mit Benzol betrieben!«, feierte Ortsvorsteher Frerichs zum Anlass ihrer ersten Fahrt die motorgetriebene Lokomotive, die schon im Jahr nach der Einweihung des neuen Anlegers drei Waggons zwischen Landungsbrücke und dem neu errichteten Bahnhof bewegte. Man munkelte seit Neuestem, dass Frerichs' Ambitionen auf das Bürgermeisteramt habe. Zwar sah die preußische Gemeindeordnung ein Bürgermeisteramt für Orte mit weniger als eintausendfünfhundert Menschen nicht vor, aber irgendwo hatte er gehört, dass das kommen solle. Und wenn nicht, bliebe er eben Gemeindevorsteher. Wie hatte sich die Insel in den vergangenen fünfzehn Jahren verändert, seitdem er in diesem Amt war. Logierhäuser, Hotels, die neue Post, der Schulneubau, der Bahnhof nebst der Bahn selbst, die Landungsbrücke. Geschäfte, Cafés … für Frerichs die reinste Freude.

»Damit ist Juist die erste deutsche Insel, die über eine eigene Bahnlinie mit einer selbstfahrenden Lokomotive verfügt! Und die fährt bei Flut sogar übers Wasser«, verkündete Frerichs, lächelte und labte sich am Beifall.

»Ein Hoch auf die Inselbahn!«, rief jemand aus der feiernden Menge.

Otto Leege erhob das Wort: »Ja, das ist ein Fortschritt und die Entwicklung ist gut für die Wirtschaft und die Juister. Aber bedenken wir auch immer, dass der Fortschritt vor nichts haltmacht und uns auch auf Juist nicht nur Segen bringen wird! Dass die Bahnstrecke von Norden bis nach Norddeich weitergebaut wurde, schön und gut. Aber jetzt donnern schon Lokomotiven durch das Watt! Ich frage mich, was das für Auswirkungen auf unsere Natur haben wird. Gerade die einzigartigen Seevögel, die bei Ebbe im Watt der Futtersuche nachgehen wollen.«

Leege nun wieder, schien Frerichs seinem Blick nach zu denken. »Ja, wir hören die Stimme unseres verehrten Lehrers und Gelehrten Otto Leege«, antwortete er auf Ottos Einwurf, »gut, dass jemand die Dinge auch von einer anderen Seite betrachtet. Und doch wird den Fortschritt nichts aufhalten, lieber Herr Leege. Für unsere Gäste ist die Bahn ein Segen. Und, ich darf Sie beruhigen, wir haben ja nicht vor, das Gleisnetz auf Juist auszubauen, denn es mangelt schlichtweg an Platz«, erwiderte er schmunzelnd, begleitet von vereinzelten Lachern.

»Herr Leege«, ließ sich nun auch Hotelier Harms hören, »erzählen Sie mir doch bitte einmal, wie die Juister ihr Geld verdienen sollen. Die Zeiten, in denen es hier nur Fischer und ein paar Schiffer gab, sind vorbei. Die Menschen aus den Großstädten mit ihrer schlechten Luft und den beengten Lebensverhältnissen wollen nach Juist. Und hier brauchen sie Unterkünfte, Verpflegung und auch Freizeitvergnügungen. Kureinrichtungen sind wichtig. All das erfordert den Ausbau von Straßen, Häusern und eben auch einen ordentlichen Anleger und die Inselbahn, damit die ankommenden Gäste trockenen Fußes auf die Insel gelangen können. Also lassen Sie doch mal einmal Ihre Natur und die Vögel aus dem Spiel. Mit denen können wir kein Geld verdienen. Und überhaupt gibt es wohl auch so genug davon.« Harms hatte ein neues Logierhaus im Bau, gar nicht weit von der Villa Postala entfernt. Also mussten Gäste her, auf möglichst komfortable Weise. Schließlich investierte er viel Geld – das musste wieder reinkommen. Und so ging es beileibe nicht nur ihm.

»Die Gäste zieht es hierher, um die Natur zu genießen«, reagierte Otto Leege säuerlich, »also müssen wir sie erhalten und schützen!«

»Ach Gott, Herr Leege! Wir haben hier so viel Natur! Die neue, kleine Lokomotive, die immer den gleichen Weg über die Stelzen im Watt nimmt, wird schon keinen Schaden anrichten!«, sagte Harms und erntete Zustimmung.

»Jo, so is dat!«, rief Meent Bruhns, der Malermeister.

»Recht hett he!«, bestätigte der Straßenkehrer Johann Iken in der Reihe hinter ihm.

»Wir werden sehen.«

»Heute feiern wir den Fortschritt. Juists Fortschritt!«, rief Frerichs, stieg von seinem Sockel und begab sich an einen Stand, an dem Bier ausgeschenkt wurde.

»Und, Herr Leege«, er klopfte dem Lehrer auf die Schulter, als er an Otto vorbeikam, »wie wäre es mit dem weiteren Ausbau des Schulgebäudes? Das können wir uns sicher bald leisten, wenn es so weitergeht.«

»Einen schönen Tag noch«, sagte Otto und verließ das

Einweihungsfest. Als er an der Witwe Itzen, nach wie vor in Schwarz gekleidet, vorbeikam, lächelte sie ihm zu und sagte: »Wir brauchen die neuen Häuser, Herr Leege, so hätte es Ehle auch gesagt. Aber er hätte auch Ihnen recht gegeben. Ein paar Gebiete auf der Insel sollte man schützen.«

Otto Leege setzte ein mildes Lächeln auf. »Danke, Frau Itzen. Ihr Mann war streitbar, aber er hat erkannt, dass die Insel nicht nur Platz für den Fremdenverkehr hergeben muss, sondern dass es genug Raum gibt, um die Natur zu erhalten. Wenn das nur alle begreifen würden!«

# 27

Ortsvorsteher Frerichs hatte in einer Bürgerversammlung neue, hochfliegende Pläne vorgestellt. Die Wilhelmstraße müsse man pflastern, die Pferdekutschen kämen ja manchmal nicht weiter, gerade nach üppigen Regenfällen. Außerdem gäbe es zahlreiche neue Interessenten, die Pensionen bauen wollten, die könne man wohl kaum mit holprigen Sandwegen locken. In der Mitte des Dorfes müsse man einen zentralen Platz haben, schön gestaltet, mit Bänken zum Verweilen. Vielleicht könnte dort tatsächlich einmal ein kleines Orchester aufspielen, man müsse den Gästen schließlich etwas bieten.

Otto Leege sah die Entwicklung, hatte aber auch viele andere Gedanken im Kopf. Seitdem Martha gestorben war, merkte er jeden Tag, dass er Hilfe benötigte. Die Erziehung seiner Söhne nahm Schaden, die Unterrichtsvorbereitungen litten und er kam mit seinen Studien nicht voran. Fast täglich erreichten ihn Briefe. Aber wenn er abends noch Klassenarbeiten korrigieren musste, war es ihm kaum möglich, sie zu beantworten. Im Sommer versuchte er, an der Bill zuzubringen oder zum Memmert zu segeln. Dort musste an vielen Stellen Helm gepflanzt werden, um die spärlichen Dünen für die nächste höhere Flut zu wappnen. Sein Deichprojekt hatte er erneut verschoben und war froh, wenn er mit der Hilfe seiner Söhne das Vorhandene schützen konnte.

Betrübt nahm er zur Kenntnis, wie viel Arbeit Martha

ihm abgenommen hatte. Er brauchte neben Trientje Janssen weitere Unterstützung.

# 28

Mit der Familie Theesfeld waren Martha, als sie noch lebte, und Otto in der Vergangenheit ein ums andere Mal ins Gespräch gekommen. Theesfelds hatten mir ihren Töchtern Urlaub auf Juist verbracht und der alte Theesfeld zeigte sich an den Unternehmungen Otto Leeges interessiert. Es war eine oberflächliche Bekanntschaft, aber Otto und Theesfeld konnten ganz gut miteinander, wie man so sagte. Theesfeld wusste über die Geschehnisse am Festland Bescheid, konnte aus der Politik erzählen. Das wiederum interessierte Leege sehr. So erfuhr er auch, dass der Naturschutz, wie Leege ihn verteidigte, bei der Auricher Regierung kaum eine Rolle spielte. Theesfeld beeindruckte, wie Otto sich einsetzte, wenn er kritisierte, dass die Ausflüge der Kurgäste am Strand, aber vor allem in den Dünen, die Vogelwelt immer wieder in Aufruhr brachten und den Brutbetrieb störten. Aber wer machte sich schon darum Gedanken, zumal brütende Vögel in den Dünen kein Geld einbrachten, im Gegensatz zu zahlenden Inselurlaubern. Theesfeld und Leege besprachen auch die sogenannten Lustfahrten, die seit einiger Zeit zum Memmertsand unternommen wurden. Otto war entsetzt über diese Ausflüge. An Bord wurden Gewehre verteilt, mit denen die Gäste an Land gingen. Aus purer Lust am Schießen wurde dann auf Seevögel gezielt. Man zog über den Strand und die gerade entstehenden Dünen und schoss Vögel ab, in der Luft, im seichten Wasser stehend oder man fegte sie mit Salven von ihren Nestern. Dann ging die Reise zurück nach Juist. Die Vögel indes blieben liegen und verwesten, angeschossene erlitten einen qualvollen Tod. Küken suchten vergeblich nach den Muttertieren.

»Wozu?«, fragte er Ortsvorsteher Frerichs. »Es ergibt doch keinen Sinn, Tiere zu erschießen, nur um des Schießens willen!«

»Ich kann da nichts tun, Herr Leege. Diese Fahrten werden von den Hotels angeboten, den Privatiers.«

»Das muss unterbunden werden!«, erregte sich Otto. »Es ist doch ein Skandal!«

»Nun übertreiben Sie nicht«, wiegelte Frerichs ab, »von den Möwen haben wir hier doch genug.«

Aber es gab andere, erfreulichere Dinge. Theesfelds hatten zwei Töchter. Engeline, die Jüngere, war ihm schon aufgefallen, als sie sich das erste Mal gesehen hatten. Ihre Schönheit und ihr umwerfendes Lächeln waren ihm nicht aus dem Kopf gegangen.

Als Otto eines Sonntagabends Theesfelds auf der Wilhelmstraße getroffen hatte, waren sie wieder einmal ins Gespräch gekommen.

»Herr Leege, was Sie so schaffen, beeindruckt mich«, erkannte der alte Theesfeld die Arbeit des Insellehrers an und seine Frau Margarethe nickte zustimmend. Engeline und ihre Schwester standen ein wenig verdeckt hinter ihren Eltern, beide in ausnehmend hübschen Kleidern. Bildete sich Otto nur ein, dass Engeline manchmal verstohlen zu ihm hinsah? Sobald er versuchte, ihren Blick zu entgegnen, sah sie jedenfalls rasch nach unten oder zur Seite. Wahrscheinlich irrte er sich.

»Ach ja, es ist dennoch nicht genug«, sagte Leege. »Mir fehlt die Zeit, meine vielen Notizen zu ordnen und aufzuarbeiten. Und meine Jungs machen auch Arbeit«, er lächelte.

»Die Söhne«, bemerkte Margarethe Theesfeld, »wie machen Sie das nur? Die Erziehung, die Wäsche, die Mahlzeiten …«

»Ich habe ja eine Haushaltshilfe, werte Frau Theesfeld. Frau Janssen kommt alle zwei Tage und hilft. Ich bin ihr sehr dankbar und kann ihr doch nur einen geringen Lohn zahlen. Aber es ist dennoch nicht leicht. Juist wächst und wächst! In der Schule sind jetzt fast siebzig Schülerinnen und Schüler! Glücklicherweise ist nun ein zweiklassiges Schulgebäude errichtet worden, sonst wäre das alles gar nicht möglich.«

»Es ist kaum zu schaffen, das kann ich mir vorstellen«, meinte Theesfeld.

»Es ist geplant, eine Hilfslehrerin einzustellen. Ich kann nur sagen, es ist bitter nötig, sonst geht es bald drunter und drüber in der Schule!«

»Siebzig Schüler, wie soll man die auch bändigen?«, warf Frau Theesfeld ein.

»Ich bin froh, wenn sie mir zuhören. Und ich nehme sie mit in die Natur, da gebe ich ihnen Aufgaben. Das tut ihnen gut und sie lernen etwas dabei.«

»So etwas gab es in meiner Schulzeit nicht. Da herrschte strenge Disziplin. Aber Respekt vor Ihren neuen Lehrmethoden.«

»Disziplin und neue Lehrmethoden müssen sich ja nicht ausschließen. Und man darf nicht übertreiben, ich sehe nur tagtäglich, dass man gerade die Jüngeren nicht gut stundenlang auf harten Schulbänken sitzen lassen kann, um dann noch geistige Leistungen von ihnen zu verlangen. Ab und zu nach draußen zu gehen, um dort das anzuwenden, was man drinnen gelernt hat, scheint mir durchaus sinnvoll.«

»Sie werden wissen, was Sie tun«, meinte Theesfeld. Er war schon davon überzeugt, dass die Schüler in erster Linie lernten, sich unterzuordnen und strikt die Aufgaben auszuführen, die der Lehrer ihnen gab. Wanderungen in den Dünen und am Strand widersprachen doch wohl diesem Konzept.

»Nun ist eine neue Schule da, aber Sie haben auch für die neue Post gesorgt! Und das neben all dem, was Sie tagtäglich tun.«

»Die alte Post war doch nur die Hälfte meines Schreibtisches in der alten Schule«, lachte Leege, »so kann sich ein Nordseebad nicht den Gästen präsentieren. Da habe ich offene Türen eingerannt. Aber, was mir wichtiger ist, die Gemeinde hat einen Postangestellten eingestellt, der den Dienst übernommen hat. Diese Zeit kann ich nun anderweitig nutzen.«

»Die Gemeinde könnte durchaus auch eine Hilfslehrerin bezahlen, wenn die nun auch hinzukäme, das würde Ihnen doch sehr helfen, alles besser in den Griff zu bekommen«, sagte Theesfeld.

»Und in der Kirche müssen Sie ja auch nicht mehr spielen«, pflichtete dessen Frau bei, »seitdem sich endlich ein neuer Küster gefunden hat. Aber, wie ich hörte, bedauern manche gar, dass nun nicht mehr Sie, sondern der neue Küster in der Kirche die Orgel spielt.«

»Er spielt viel besser als ich. Und er hat eine richtige Kirchenorgel, die hätte ich gar nicht spielen können.«

»Ja, ich staune über die Qualität der Orgel, ist sie doch gebraucht von der Gemeinde Loga bei Leer gekauft worden. Wunderbare neue Töne in unserer Kirche.«

»Ein guter Kauf. Es kommen mehr Menschen und viele Gäste wollen sonntags den Gottesdienst besuchen. Da konnte ich nun wirklich nicht mehr mit dem alten Harmonium aufspielen!«

»Sie haben es immer gut gemacht.«

Otto winkte ab. »Der neue Organist ist viel begabter.«

»Jedenfalls wünschen wir Ihnen weiterhin gutes Gelingen, Herr Leege«, sagte Theesfeld und er und seine Frau wandten sich zum Weitergehen. Otto gab Ihnen und den Töchtern die Hand. Engeline lächelte ihn freundlich an. Leege wurde warm ums Herz. Die Frau imponierte ihm mächtig. Aber sie war ja doch sehr viel jünger als er.

# 29

»Insekten, die ich hier vorher nie gesehen habe. Und letztlich nur, weil wir hier und da ein paar neue Büsche und Bäume gepflanzt haben. Rosa rugosa scheint mir die ideale Inselpflanze zu sein, sie wächst rasch, breitet sich aus, ist widerstandsfähig und blüht weiß oder rosarot und wunderschön. Und der Duft der Blüten!«, flüsterte Otto Leege, obwohl er allein im Zimmer war, als er an einem Artikel über die Insekten Juists und Memmert schrieb. Er legte den Stift zur Seite und schaute auf das Blatt Papier vor ihm. Daneben lag sein Notizbuch. In winzig kleiner Schrift standen dort engzeilig unzählige Stichworte, Zahlen und Anmerkungen. Oft war etwas durchgestrichen, ersetzt durch Hinzufügungen. Auch an diesem Septembermorgen hatte er viele Eintragungen gemacht und festgestellt, dass das Büchlein schon wieder fast vollgeschrieben war. Er würde ein neues benötigen und hoffte, dass der örtliche Einzelhändler noch eines auf Lager hatte.

»Ein paar Bäume und Büsche ist gut«, wiederholte Engeline, die lautlos ins Zimmer getreten war. Ihr Mann war derart in Gedanken versunken gewesen, dass er nichts bemerkt hatte. Engeline hatte im Moment auch keine Zeit, sich mit neuen Insekten- oder Pflanzenarten auseinanderzusetzen, obwohl sie durchaus Interesse daran zeigte. Sie war dabei, die Wäsche der Kinder mittels Waschbretts und -zubers zu säubern.

»Ihr habt gepflanzt wie die Teufel!«, ergänzte sie und

verließ geschäftig das Zimmer, ohne eine Reaktion Ottos abzuwarten. Dr. Arends und er hatten mithilfe von zwei Gemeindearbeitern und einigen der älteren Schüler im Westen Juists unterschiedliche Baum- und Straucharten gesetzt.

Er sah Engeline hinterher, als sie den Raum verließ.

Otto war eine zweite Ehe eingegangen. Engeline Theesfelds Lächeln hatte ihn einfach nicht mehr losgelassen. Es war ja unmöglich gewesen, sich im Dorf aus dem Weg zu gehen.

Er war bald überzeugt gewesen, dass die junge Frau die Richtige für ihn wäre. Es hatte also gegolten, auch sie davon zu überzeugen. Allein wegen ihres jugendlichen Alters hatte Otto gezögert, doch beim nächsten Besuch bei den Theesfelds hatte es zwischen ihnen gefunkt. Er fasste einen Entschluss und hatte schließlich ohne große Umschweife bei ihren Eltern um Engelines Hand angehalten. Während der alte Theesfeld sich gleich begeistert gezeigt hatte, war Mutter Theesfeld zurückhaltend gewesen. Sie hätte es lieber gesehen, was Otto jedoch erst später erfuhr, wäre er mit Marie zusammengekommen. Frau Theesfeld hatte die ältere Tochter immer wieder in den Vordergrund gerückt. Marie war zweifelsohne ein nettes, hübsches Mädchen. Aber Otto hatte sich in Engeline verguckt, da war nichts zu machen.

Engelines Vater hatte Otto zur Seite genommen und ihn an den großen Altersunterschied zwischen seiner Tochter und dem Lehrer erinnert.

»Sie ist doch wohl im heiratsfähigen Alter«, hatte Otto ein wenig vorlaut geantwortet, »und ich weiß, dass sie die Richtige für mich ist.«

»Nun, wenn er derart überzeugt ist«, hatte Theesfeld entgegnet, die dritte Person möglicherweise nutzend, um ihm, dem Lehrer und Gelehrten, zu zeigen, dass dem Schwiegervater Respekt zu zollen war.

»Ich danke Ihnen.« Otto war froh, dass der Vater seine Tochter für die Ehe freigab. Dass er sich schon einige Male heimlich mit Engeline getroffen hatte, brauchte ja niemand wissen. Wobei es auf einer Insel wie Juist schwierig war, so etwas über längere Zeit geheim zu halten. Otto hatte sie gefragt, ob sie ihn heiraten wolle.

Sie hatte große Augen gemacht, ein wenig gezögert. »Was werden Vater und Mutter sagen?«

»Sie werden ihre Tochter doch wohl mit dem Insellehrer verheiraten wollen«, hatte Otto entgegnet, der zunächst ein wenig enttäuscht gewesen war, ihre Reaktion sprühte nicht eben vor Begeisterung. Ein kurzes Schweigen, dann seine Frage: »Und?«

»Ja!« Das überzeugte ihn.

An diesem Tag war er abends an den Strand gegangen, hatte Martha, in den Himmel blickend, gesagt, dass er sicher sei, dass sie ihn verstehen würde. Und nach einem kleinen Freudentanz, den niemand gesehen hatte, hatte er sich in die Villa Postala begeben.

Erstmals nach Marthas Tod fühlte er sich rundherum wohl. Der alte Theesfeld hatte zugestimmt, ebenso wie Margarethe, die sogar ein Tränchen verdrückt hatte bei dem Gedanken, dass die Tochter nun heiraten würde.

Die Hochzeit erfolgte recht bald. Sie wurde, ähnlich der mit Martha, schnell und recht schmucklos geplant und Otto und Engeline hatten sich darauf eingelassen, dass die Hochzeit in Roggenstede stattfand, einem Dorf unweit von Dornum auf dem ostfriesischen Festland, woher die Theesfelds stammten. Weder Otto noch Engeline wollten eine große Feier, allein wegen der Kosten. Der Roggensteder Pastor hatte den Lebensbund besiegelt und Engeline Theesfeld wurde Otto Leeges zweite Ehefrau. Sie zog nach Juist, zu ihm, in die Villa Postala.

»Du heiratest nicht nur mich. Du heiratest auch meine Söhne«, hatte er warnend vor der Hochzeit gesagt.

»Und die brauchen eine Mutter«, war ihre Antwort gewesen. Otto hatte gestaunt. Sie ließ sich auf einiges ein.

Manche Juister redeten.

»So een jungen Deern, und de Leege is doch woll twintig Johren oller.«

»Nee, so old is he noch nich.«

»Man de Fro, so een jungen Ding. Mit so een ollen Mann, ick weet ja nich …«

Otto und Engeline gaben nichts darauf. Sie waren glücklich und beide gingen die viele Arbeit mit neuem Schwung an. Zur großen Freude Ottos nahm Engeline seine Jungs ohne Zögern an, als seien es ihre eigenen. Sie zeigte Interesse an seinen Studien, sollte eine kritische Begleiterin werden. Und sie wollte gerne mit ihm zum Memmertsand hinüberfahren. Wie wunderbar! Ein neuer Lebensabschnitt begann.

# 30

Otto saß wieder einmal an seinem Schreibtisch, als Engeline zu ihm trat. »Sitzt du über der Veröffentlichung für die Ornithologische Monatszeitschrift?«

Er schaute auf, sah nicht zufrieden aus. »Ich komme nicht gut voran damit.« Er strich über Engelines Bauch. Wenige Tage vorher hatte sie ihm eröffnet, dass sie schwanger war.

»Dein erstes Kind, meine Liebe«, hatte Otto gesagt.

»Ja …« Und nach kurzer Überlegung hatte sie hinzugefügt: »Wir werden dann fünf Kinder haben.«

Das hatte ihm imponiert.

Engeline war vermutlich die Einzige, die bei ihm Kritik anmelden konnte, ohne dass er zu Gegenargumenten ausholte oder sich gar erregte. Sie unterstützte Otto, wo sie konnte, aber sie wusste auch, ihn an andere Dinge als seine Schule und seine Naturschutzarbeit zu erinnern. Eines Abends ärgerte sich Otto über das schlechte Gedeihen einer seiner älteren Anpflanzungen in den Dünen westlich des Hammers. Beständiger Wind, angereichert mit dem Salz des Meeres, dabei auf purem Sand stockend bedeutete für Inselpflanzen permanenten Stress. Das wusste er zwar, aber wenn das Wachstum nicht seinen Erwartungen entsprach, war er kurzzeitig entmutigt.

»Viele der neuen Pflanzen sind gleich wieder eingegangen«, grummelte er.

»Der Sandboden, der Wind, das Salz … das alles ist anders

als am Festland. Wer wüsste das besser als du selbst?«, entgegnete Engeline.

»Du willst doch wohl nicht sagen, dein Mann handele unüberlegt?« Mit zusammengekniffenen Augen versuchte er, ein ernstes Gesicht zu machen.

»Oh nein, niemals«, scherzte sie, »schließlich ist mein Mann ein großer Gelehrter, der so gut wie alles weiß«, und fügte gleich hinzu: »Kennt dieser Mann eigentlich nur Pflanzen, Tiere, seltene Insekten und deren lateinische Namen, oder kann er auch Wäsche legen, in den Schränken verstauen und die Söhne an ihre Aufgaben erinnern?«

Leege sah sie verdutzt an und meinte: »Wenn ich nicht gerade jetzt einen Termin mit Buchenau hätte – es geht um eine Veröffentlichung zur geomorphologischen Entwicklung der ostfriesischen Inseln –, dann würde ich dir selbstverständlich helfen. Auch wenn diese Arbeiten doch eher ... ach, sei's drum. Aber du weißt, Buchenau kann ich weder warten noch sitzen lassen. Er ist ja nicht mehr der Jüngste und ...«

»... einer der bedeutendsten Botaniker Deutschlands«, vollendete Engeline den Satz, den sie schon mehrfach von ihrem Mann gehört hatte.

»Ich werde dich zukünftig mehr unterstützen«, begann Leege wieder, doch Engeline schüttelte den Kopf.

»Das würde ich gerne glauben. Aber Trientje ist ja auch noch ab und zu da. Sie hat dir doch sehr geholfen, nachdem Martha gestorben ist. Ich merke, wie viel Arbeit zu tun ist. Und das Kleine hier«, sie strich sich über den Bauch, »scheint auch gut zu gedeihen.«

Dass Engeline den Namen Martha ohne jegliche Befindlichkeiten in den Mund nahm, fand er außergewöhnlich.

»Ich verstehe dich, Engeline«, sagte Leege ernst, »aber du musst wissen, dass ich ...« Er kam nicht weiter.

Engeline sagte nur etwas angespannt: »Schon gut, schon gut. Es ist manchmal schwer, für die Kinder da zu sein, das Haus in Ordnung zu halten, und dann möchtest du ja auch noch, dass ich deine Manuskripte lese.«

»Du bist eine hervorragende Korrektorin«, lobte er.

»Außerdem haben wir jetzt bald ein ganz Kleines«, ging sie nicht auf den Zuspruch ein.

»Ja, natürlich.« Otto war etwas verlegen. »Das ist wohl so. Aber von wem sollte ich Kritik annehmen? Wer weiß denn schon Genaueres über Juist und Memmert? Wenn ich mal von Buchenau und ein paar anderen absehe. Du hast meistens recht.«

»Meistens?«

»Wahrscheinlich immer. Aber andere – die müssen achtgeben, wenn sie mich kritisieren!« Otto blinzelte sie durch seine runde Brille an.

»Schmeichler!«, sagte sie leise und setzte dann fort: »Geh endlich! Du kommst sonst zu spät zu Buchenau.« Sie holte schnell und für ihn gut sichtbar eine eben gewaschene Windel aus dem großen Wäschekorb, um sie zu falten. Leege verstand das Zeichen, doch hatte er nicht nach Marthas Tod eine längere Zeit Dinge tun müssen, die doch … Frauenarbeit waren? Aber natürlich hatte sie es schwer und nachdem 1898 Otto junior geboren wurde, gab es noch mehr zu tun.

# 31

Otto bemühte sich Jahr für Jahr, seinen Beruf, die wissenschaftliche Arbeit und die Familie unter einen Hut zu bringen. Nur ein Jahr nach Otto junior war die kleine Nora geboren worden, die nun auch schon wieder fröhlich durch Haus und Garten stapfte. Engeline hatte sich sehr gefreut, dass sich nun zu den fünf Jungen ein Mädchen gesellte.

Im Frühjahr 1902 wartete Professor Buchenau in der Lobby des neuen, 1901 erbauten, luxuriösen Hotels »Friesenhof« auf den Insellehrer. Der Verfasser des bedeutenden Werkes »Flora von Bremen und Flora der Ostfriesischen Inseln« war für Otto eine Koryphäe, die er nie zu treffen gedacht hätte. Und nun wollte der inzwischen 70-Jährige von Otto mehr über dessen Forschungen auf Memmertsand erfahren. Er erfreute sich guter Gesundheit, nicht ahnend, dass er gegen Ende des Jahres erkranken und seinen Dienst in der Lehre aufgeben müsste. Der »Friesenhof« war modern angelegt und edel ausgestattet. Das großzügige Treppenhaus hinter der Eingangstür war eindrucksvoll, und im unteren Bereich gab es neben dem weitläufigen Frühstücksraum einen Gastraum, in dem man nachmittags einen Kaffee trinken konnte und abends ein Glas Wein bekam. Der Friesenhof, war Otto überzeugt, würde dem Kurhaus auf der Randdüne vor dem Strand, erst zwei Jahre vorher vollendet, Konkurrenz machen können.

Otto verehrte Buchenau sehr. Er hatte nach dem Studium in Marburg und Göttingen Lehrerstellen in Hanau, im Taunus und schließlich in Bremen angenommen. Dann promovierte er und hatte schließlich aufgrund seiner umfangreichen Forschungen einen Professorentitel erhalten. Bereits in Leeges Geburtsjahr war Buchenau mit dem Buch »Die Freie Hansestadt Bremen und ihr Gebiet« in der Fachwelt bekannt geworden. Dann folgte die »Flora«.

Was für ein Unterschied zu ihm, der nie studiert, nur, wie er es oft bescheiden ausdrückte, an einem Lehrerseminar seinen Abschluss gemacht hatte. Aber Buchenau sah das anders. Er hatte um das Treffen mit Leege gebeten. Er wollte unbedingt die Ergebnisse der Studien Leeges sehen und hören, was er an Neuem über die Inseln Juist und Memmertsand zu berichten hatte. Das schmeichelte Otto, schließlich kannte man Buchenau doch weit über die Grenzen Bremens und Niedersachsens hinaus.

»Kommen Sie nach Bremen, Herr Leege. Ich besuche mit Ihnen die Ochtumniederung. Wundervolle Wasserpflanzen finden sich dort. Vielleicht können Sie ein paar mitnehmen, nach Juist, und dort ansiedeln«, begann der Bremer Gelehrte das Gespräch.

»Es bräuchte Süßwassertümpel dazu. Es gibt Planungen, einen Teich östlich des Dorfes anzulegen, da könnte man es versuchen. Der Juister Verschönerungsverein hat mir angetragen, für die Gestaltung Vorschläge zu unterbreiten. Es soll ein grünes Areal mit Süßwasserteichen sein. Ich habe vor, dort Fische auszusetzen, Goldfische würden mir gefallen. Und Wasserpflanzen sollte man vorsehen, Seerosen wären doch schön anzusehen.«

»Kommen wir gleich zu meinem Hauptanliegen. Sie haben derart viele neue Erkenntnisse über Flora und Fauna der ostfriesischen Inseln, das müssen Sie unbedingt veröffentlichen. Ich fürchte beinahe, meine Bücher sind schon nicht mehr auf dem neuesten Stand.«

»Ich bitte Sie, man kann eine neue Auflage herausbringen.«

»Soso, Sie bestätigen es also«, Buchenau schmunzelte, »ja, ich denke darüber nach. Aber es fällt mir zunehmend schwer, Tag für Tag über den Studien zu sitzen und sie umzuschreiben. Und ich müsste all das hinzufügen, was Sie erarbeitet haben, lieber Herr Leege. Da können Sie es am besten selbst niederschreiben. Sie sind noch jung!«

»Habe aber auch meine Schule ... und vieles mehr, die Familie ...«

»Ich weiß, ich weiß. Dennoch – Sie müssen Ihre Ergebnisse herausbringen. Ich empfehle wirklich ein Buch; die Artikel sind alle gut und wichtig. Aber eine zusammenfassende Übersicht in Buchform, das muss sein. Sie sind dazu berufen!«

»Sie übertreiben, werter Herr Buchenau.«

»Keinesfalls. Ich betone nochmals: Sie müssen eine zusammenfassende Übersicht herausbringen!«

Dann wechselte Buchenau das Thema.

»Bringen Sie mich nach Memmertsand.«

Die Dünentäler im Westen Juists, der Bill, wolle er sehen, von denen Otto so unvergleichlich schwärmen konnte. An einem, er nannte es das Kräutertal, lag ihm besonders. Dort durfte der Mensch nichts verändern, so einzigartig war die Vegetation.

Nun, dachte Otto, wenn das Wetter mitspielte, würden sie sogar nach Memmertsand hinübersegeln können. Er hatte zwar Bedenken, dass der betagte, dreißig Jahre ältere Mann eine Segeltour in einem kleinen Boot allzu beschwerlich finden könnte, aber Buchenau brannte darauf, das kleine Eiland kennenzulernen.

Edda Ulrichs aus dem Ostdorf, die als Bedienung im Friesenhof arbeitete und die Otto schon in der Schule unterrichtet hatte, brachte den beiden Männern eine Tasse Tee. Freundlich bedankten sich Buchenau und Leege.

»Ich wollte Sie noch zur Schaffung der Vogelkolonie an der Bill beglückwünschen.«

»Ich habe unserem Inselarzt Dr. Arends viel zu verdanken. Er hat mich nach Kräften unterstützt, auch bei den Schreiben an die Verwaltung in Aurich.«

»Aber doch geht das alles letztlich auf Sie zurück. Ich bin überzeugt, ein anderer hätte den Wert der Dünentäler der Bill gar nicht erkannt.«

»Seit knapp zwei Jahren wird das Gebiet von einem Wärter bewacht«, ergänzte Leege, »das waren harte Verhandlungen. Ich hatte es ja schon lang beim Gemeindevorsteher versucht, dafür ein paar läppische Mark einzufordern. Erst nachdem es Arends und mir gelungen ist, den neuen Bürgermeister und letztlich die Bezirksregierung von einem Zuschuss zu überzeugen, war man hier auf Juist bereit, den Rest zu übernehmen, übrigens den kleineren Teil des ohnehin nicht üppigen Jahressalärs des Wärters. Aber gut, seien wir zufrieden, dass er nun da ist. Flora und Fauna entwickeln sich dort prächtig. Neben den Möwen kann ich Ihnen eine Liste der Vogelarten zeigen, die ich dort erstmals beobachten konnte. Es gibt Nistversuche. Falls sich bei diesen neuen Arten Bruterfolge einstellen, wäre das eine wunderbare Sache, falls nicht vorher Kurgäste das Gebiet für ihre Zwecke entfremden.«

»Neuer Bürgermeister?«, erkundigte sich Buchenau.

»Herr Moeger, ein ehemaliger Leutnant. Damit hat Juist

nun einen hauptamtlichen Bürgermeister und Kurdirektor. Frerichs mochte man anscheinend nicht weiterbeschäftigen, obwohl er auf dieses Amt lauerte.« Otto schmunzelte, aber Buchenau ging nicht weiter auf dessen Anmerkung ein.

»Dieser Dr. Arends scheint ein tüchtiger Mann zu sein. Schön, dass er sich für unsere Sache engagiert. Ohne Wärter geht es nicht. Wie steht es um den Memmertsand, dort wird man auch jemanden brauchen, oder?«, erkannte der Bremer Professor die Sachlage richtig. »Sehen Sie«, ergänzter er, »der Naturschutz in und um Bremen hängt ja auch nur davon ab, ob es uns gelingt, diejenigen aus der Landschaft herauszuhalten, die sich nicht vernünftig verhalten, die manchmal einfach nicht wissen, was sie zerstören, wenn sie kreuz und quer durch die Wiesen und Wälder schreiten und dabei junge Pflanzen zertreten, Gelege zerstören und Tiere verschrecken. Am Festland, rund um Bremen, beobachte ich auch immer und immer wieder derartige Frevler.«

»Es ist oft die große Unwissenheit, aus der die Nachlässigkeit und die Bedenkenlosigkeit erwachsen. Was schön blüht, nehme ich mit, was mir schmeckt ebenso, wie die vielen Eier, die gesammelt werden. Und wo ich bequem am Dünenhang in der Sonne liegen kann, da hole ich noch die ganze Familie dazu. Wie der Hang danach aussieht, können Sie sich vorstellen. Ich könnte vor Wut platzen, wenn ich sehe, dass eine im Herbst von der See angegriffene Düne sich über den Sommer wieder mit Helm begrünt hat und dann innerhalb eines Nachmittags alles dahin ist, weil ganze Familien mit ihren Kindern darauf herumgetollt sind. Am besten buddelt man noch eine Kuhle, damit es bequemer ist. Dabei ist jedes Hälmchen ein Beitrag zum Küstenschutz.«

»Und den Tierschutz – die Vögel würden ohne die Dünentäler und ihren Bewuchs ja nicht brüten«, warf Buchenau ein.

»Natürlich nicht«, bestätigte Otto, »doch muss ich sagen, wenn man mit den Menschen spricht, sehen einige ihr Fehlverhalten ein. Leider längst nicht alle.«

»Eben deswegen braucht es Wärter in diesen Gebieten. Aber ich höre heraus, dass es nicht um eine Art Gendarm geht, einen Polizisten, der mit Gesetz und Strafe droht.«

»Es gibt Menschen, die treiben es so arg, dass nur eine Festnahme und Strafe sie zur Besinnung bringen würde. Das trifft gerade für diejenigen zu, die zum Memmertsand fahren, um dort auf Vogeljagd zu gehen, ohne dass sie auch nur einen toten Vogel mitnehmen würden, um ihn weiter zu verwerten«, sagte Otto voller Grimm, holte Luft und fuhr fort: »Aber Sie haben schon recht, ein Wärter muss auch ein wenig Bescheid wissen, damit er erklären kann, warum es so bedeutsam ist, die Pflanzen und Tiere zu schützen! Es müsste ein Naturschutzwärter sein, der gewisse polizeiliche Vollmachten hat.«

Dann fachsimpelten die beiden Männer über eine Stunde lang. Schließlich wollte Leege sich nach Hause aufmachen.

»Nun will ich Ihre Zeit nicht länger beanspruchen.«

»Ich bitte Sie, Ihnen zuzuhören, ist ein Genuss.«

Leege sagte nichts dazu, aber es gefiel ihm insgeheim sehr. »Engeline hat so viel mit den Kindern zu tun. Ich will ihr vor dem Zubettgehen wenigstens einen Tee kochen.« Leege erhob sich und zog seine Jacke über.

»Welcher Tee ist besser – der mit dem Juister Wasser oder der mit dem Regenwasser auf dem Memmertsand?«, fragte der Bremer Professor. Er spielte auf einen Bericht Ottos in der Ornithologischen Monatszeitschrift an, in der Otto neben seinen naturwissenschaftlichen Untersuchungen auch immer Alltägliches des Memmertlebens erzählte. Es gab nur Regenwasser auf der kleinen Insel. War man auf Memmertsand, musste man Wasser mitnehmen oder Regenwasser sammeln, wollte man nicht verdursten. Otto hatte bei einem der Besuche ein altes Weinfass gefunden, das am Weststrand angeschwemmt worden war. Er schaffte das Fass in die höheren Dünen, grub es dort bis zur Hälfte ein und zimmerte einen etwa einen Meter breiten Holzkragen um den oberen Rand, damit sich Regenwasser in dem Fass sammeln konnte. Dann hoffte er, dass nicht eine hohe Flut sein Werk zerstören würde und dass das Wasser nicht versandete. So war jedenfalls für ein wenig Süßwasser gesorgt. Ob sich schon eine Süßwasserlinse unter dem jungen Eiland gebildet hatte, müsste man einmal erforschen. Vielleicht konnte er mal eine Bohrung vornehmen, ein einfacher Bohrstock würde wohl kaum ausreichend sein. Das musste er mit Niemeyer aus Norddeich besprechen.

Buchenau fiel auf, dass Otto gedanklich woanders war.

»Nun?«, weckte er den Lehrer aus seinen Gedanken.

»Der Tee mit dem Regenwasser vom Memmert«, Otto lachte, »aber das ist wohl mehr Einbildung, Regenwasser ist Regenwasser!«

Buchenau lachte ebenfalls. »Aber keinesfalls! Was meinen Sie, was der Regen alles aufnimmt, wenn er vom Himmel auf die Erde fällt? Im Ruhrgebiet regnet es manchmal schwarzen Regen, so viel Kohlenstaub ist in der Luft! Aus dem würde ich keinen Tee machen wollen, da sähe nur das Wasser schon aus wie Kaffee.«

»Da haben wir hier besseres Wasser. Nun muss ich aber gehen.«

»Ich bringe Sie noch bis zur Tür«, sagte Buchenau, als Otto sich erhob.

»Gute Nacht, schlafen Sie gut und viele Grüße an die Gattin«, der Professor schüttelte Otto die Hand, »ich hoffe, ihr und den Kindern geht es gut. Fünf Söhne und eine Tochter, und wie ich höre, ist Ihre Frau schwanger. Ich muss schon sagen, Leege, bin sehr beeindruckt.« Er zwinkerte ihm zu.

Die beiden Männer verabschiedeten sich voneinander und Otto wanderte nach Hause.

An der Villa Postala angelangt, sah er ein schwaches Licht aus der Küche und Engeline am Tisch stehend. Sie stopfte einen Pullover von einem der Jungen. Kurze Zeit blieb er stehen und schaute seiner Frau, ohne dass sie es bemerkte, durch das Fenster bei ihrer Arbeit zu.

»Ein Glück, dass ich sie gefunden habe«, sagte er sich, dachte an seine Kinder, setzte sich wieder in Bewegung und betrat die Wohnung.

»Ich bin wieder da«, rief er, als er im Flur seine Jacke an den Haken hängte.

»Wie war es?«, fragte Engeline.

»Es war ein gutes Gespräch, wir sind vorangekommen. Er will mit mir zusammen eine Publikation machen. Die Bill, der Hammer, darüber …«, berichtete er.

»Schön«, antwortete sie kurz.

»Und nun hörst du auf und ich mache dir einen Tee, und den trinken wir noch zusammen.« Otto war mittlerweile in die Küche eingetreten.

»Lass mich nur noch das Loch stopfen, dann setze ich mich. Ein Tee am Ofen wäre schön.«

»Ohne dich würde hier nichts mehr funktionieren«, sagte Leege, als sie an dem kleinen Tisch im Wohnzimmer saßen, einen dampfenden Tee vor sich. Engeline setzte ein warmes Lächeln auf.

»Da hast du recht«, bestätigte sie, erhob sich, näherte sich ihrem Mann und strich ihm über den Kopf. Er umarmte ihre Hüfte und zog sie auf seinen Schoß.

# 32

Die viel diskutierte Zweistöckigkeit wurde bei den auf Juist errichteten Häusern zunehmend zur Normalität. Selbst im Loog waren mittlerweile schmucke Gebäude wie das Logierhaus »Mamminga« und das Café »Zur freien Aussicht« anzutreffen. Letzteres verfügte über einen geräumigen, das Haupthaus an zwei Seiten umgebenden, voll verglasten Gastraum, von dem aus man einen herrlichen Blick in die Juister Dünenwelt hatte. Der Besitzer, Meinhard Saathoff, warb mit seiner Glasveranda und dem Teeausschank nach echt ostfriesischer Art.

»Und die Milch«, betonte er, »kommt ausschließlich von eigenen Kühen.«

Während viele Insulaner den Reichtum herbeisehnten, den der Auf- und Ausbau des Dorfes, der Hotellerie und der weiteren Annehmlichkeiten für Kurgäste in Form von Speisegaststätten und Ausflugslokalen bringen würde, murrte Otto Leege.

»Zu viele Leute im Sommer«, meinte er, »zu wenig Bestimmungen, was erlaubt ist und was nicht. Die Leute machen, was sie wollen. Im Heller pflücken sie ohne Rücksicht auf die dort nistenden Vögel den blühenden Strandflieder, in den Dünen jedes sich mühsam im Inselklima durchbeißende Blümchen und an der Randdüne liegt und spielt man, sonnt sich, sodass der wertvollste Teil unseres Inselschutzes immer wieder in Mitleidenschaft gezogen wird.«

»Sehen Sie nicht immer alles so schwarz, Herr Leege. Wenn wir all das verbieten würden, dann würden die Gäste wegbleiben. Damit müssen wir vorsichtig sein«, meinte der Bürgermeister.

»Da muss ich Herrn Moeger zustimmen«, sagte Meinhard Saathoff.

Jan Mamminga nickte. »Ich plane neben dem Ausbau meines Logierhauses den Neubau eines Speiselokals. ›Mammingas Restauration‹ wird es heißen. Mit Spezialitäten, die die Gäste aus dem Dorf ins Loog locken!«

»Ist im Loog nicht schon genug gebaut worden?«, fragte Leege.

»Das Loog entwickelt sich weiter, genau wie das Dorf. Daran können Sie nichts ändern«, warf Moeger ein.

»Es ist doch eine schöne Möglichkeit für die Gäste aus dem Dorf. Sie kommen mit Pferdegespannen, gehen im Loog etwas trinken oder essen, um dann wieder zurück ins Dorf zu fahren. Sie können auch ein Bad hier im Loog nehmen, wozu gibt es schließlich den Badestrand? Wir müssen den Gästen auch hier etwas bieten, nicht nur im Dorf«, rechtfertigte Mamminga alles, was aus seiner Sicht den Fremdenverkehr förderte.

»Da hat Herr Mamminga recht, Herr Leege, das müssen Sie doch einsehen«, sagte Saathoff.

»Jaja, sicher. Natürlich ist es gut. Einerseits …«, grummelte Leege, »andererseits sollte man sich auf das Dorf konzentrieren. Da, wo schon so viel los ist, kann man es ja belassen. Aber wir sollten Grenzen setzen, meine Herren! Ich kann nur wiederholen, dass die Gäste gerade wegen unserer unvergleichlichen Natur kommen. Wenn wir alles bebauen, werden sie ausbleiben. Dann sind die Dünen kaputt, die Vögel in die letzten Winkel geflohen, der …«

Ach ja, der Insellehrer mit seiner ewigen Furcht um die Juister Natur! Konnte Leege nicht mal Ruhe geben, schien sich Moeger zu fragen.

»Schauen Sie auch einmal die andere Seite der Medaille an, lieber Herr Moeger. Man weiß doch, wie es in den Großstädten zugeht. Die Arbeiterinnen und Arbeiter, einschließlich ihrer Kinder, sind den Fabrikanten ausgeliefert. Sie arbeiten für Hungerlöhne, und das oft mehr als vierzehn Stunden pro Tag. Zumal sie in teils winzigen Wohnungen leben, mit schlechten hygienischen Bedingungen, von der mangelnden Ernährung ganz abgesehen. So können sich auch Krankheiten ausbreiten ...«

»Das sind doch nicht diejenigen, die zu uns auf die Insel kommen!«

»Nein, denn sie haben nicht einen Pfennig über, um auch nur einmal aus ihren Städten herauszufahren und auf dem Land frische Luft zu schnappen.«

»Ach, nun reden Sie über Dinge, die hier nicht zur Debatte stehen.«

»Dennoch muss man diese Missstände doch beheben, da bleibt viel zu tun. Aber, worauf ich hinauswill«, Otto hatte sich in Rage geredet, »ist, dass die Menschen, die hierherkommen, um die Sommerfrische zu genießen, ganz sicher wohlhabend sind.«

»Sicher ...«

»Und sagt man ihnen nicht nach, meist gebildeter zu sein? Denen kann man doch erklären, warum man das, weswegen sie kommen, erhalten muss: die Natur, die gute Luft, die Pflanzen- und Tierwelt.«

»Jaja, aber man muss auch dafür sorgen, dass sie gut logieren können und außerdem etwas geboten bekommen.«

»Von mir aus. Aber man kann den Gästen freundlich

erklären, weshalb sie nicht überall flanieren oder sonnenbaden dürfen. Ich bin sicher, dass es die meisten verstehen würden. Purer Fortschrittsglaube hilft nicht weiter, wir müssen die Sache klüger angehen, glauben Sie mir. Dann ist allen geholfen.«

»Wollen Sie die Gäste am Anleger einfangen und ihnen einen Vortrag über den Pflanzen- und Tierschutz auf Juist halten?«, fragte Mamminga nicht ohne ein spöttisches Lächeln im Gesicht.

»Das wird aufwendig«, fügte Saathoff hinzu, »da bleibt Ihnen womöglich keine Zeit mehr, in der Schule zu unterrichten.« Er zwinkerte Mamminga zu.

»Bleiben wir doch bitte sachlich«, blaffte Otto. Eigentlich verstand er sich mit Mamminga. Der war an diesem Tag allem Anschein nach auf Krawall gebürstet.

»Der Rat entscheidet, was wo gebaut wird. Wir haben schon Gebiete ausgemacht, auf denen bald neue Häuser errichtet werden sollen. So wird es sein, so muss es sein«, gab sich Moeger überzeugt.

»Ich komme gerne in die nächste Ratssitzung und lege meinen Standpunkt dar«, bot Leege an.

Das hat mir gerade noch gefehlt, schien Bürgermeister Moeger zu denken. Der vormalige Ortsvorsteher Frerichs hatte ihm ja einiges von diesem Leege berichtet. Und Dr. Arends hatte schon ähnliche Gedanken im Rat geäußert – das reichte ihm.

»Sehen Sie, ich bin ja nicht gegen das alles. Ihr Hausbau, zum Beispiel, geht ja gut voran«, wandte sich Leege Mamminga zu.

»Jo, wir wollen so bald wie möglich das Restaurant einrichten«, antwortete der mit sichtlichem Stolz.

»Aber das hat Folgen! Wir haben jetzt schon über viertausend Gäste auf Juist – es werden mehr Leute eingestellt werden müssen, die sich um all die Gäste kümmern.«

»Das ist doch was. Juist, Dorf und Loog, bieten immer mehr Arbeitsplätze. Für unser neues Restaurant wird es so sein: Meine Frau Risete wird kochen. Und das kann sie, sage ich Ihnen! Aber die Bedienungen fehlen jetzt schon, es muss saubergemacht und gewaschen werden! Es ist nicht leicht, gutes Personal zu finden. Wir werden uns im Dorf umsehen müssen.«

»Da werden auch viele neue Kräfte benötigt werden«, gab Otto zu bedenken, »die wollen bestimmt nicht ins Loog. Man wird am Festland werben müssen. Und wieder kommen mehr Menschen nach Juist!«

»Das ist doch wunderbar, Herr Leege. Juist ist aus dem ewigen Dornröschenschlaf erwacht! Juist wird immer bekannter – sehen Sie sich die wohlbetuchten und teils adeligen Gäste an. Die helfen, den Wohlstand auf unserer Insel zu erhöhen«, unterbrach Moeger Otto.

»Das Dorf wird weiter wachsen … und das Loog«, überlegte Otto.

»Das ist das Ziel! Mehr Menschen, mehr Entwicklung, mehr Geschäfte, mehr Geld, mehr …« Doch Moeger kam nicht weiter.

»Genau das meine ich! Mehr, mehr, mehr! Ich denke nicht, dass das der einzig richtige Weg ist!«, seufzte Otto. Bei diesen Männern mit ihrem unumstößlichen Fortschrittsglauben biss er auf Granit, wenn es um den Naturschutz ging. Aber er würde sich nicht den Mund verbieten lassen, würde weiterhin laut und deutlich sagen, was er für gut und richtig und was er für falsch und schädlich hielt.

# 33

Oberstleutnant Freiherr von Berlepsch hatte sich längst einen Namen als Vogelschützer gemacht. Schon fünf Jahre bevor Otto Leege auf die Insel Juist zog, hatte er 1877 als einer der Ersten Vogelschutzgehölze angelegt und seine Beobachtungen und Erkenntnisse zum Vogelschutz in verschiedenen Schriften veröffentlicht. Otto hatte von ihm mehrere Beiträge in der Ornithologischen Monatszeitschrift gelesen und nun erfahren, dass der Freiherr Juist besuchen wollte. In einem Brief hatte er um ein Gespräch mit Otto Leege gebeten, »dem Kenner der Vogelwelt der ostfriesischen Inseln«, wie von Berlepsch geschrieben hatte. Das schmeichelte Otto und er hatte sich im Gegenzug darangemacht, weitere Artikel des adeligen Militärs zu lesen, der einst menschlichen Feinden entgegengetreten war, um sie im Zweifelsfall zu töten, und sich nun dafür einsetzte, den Vögeln einen friedlichen Lebensraum zu schaffen.

Wie es der Zufall wollte, würde Kommerzienrat Girardet aus Düsseldorf zur gleichen Zeit anreisen. Er besuchte Juist schon seit einigen Jahren und pries es gerne als »die schönste Insel« an. Girardet plante, die Anlage eines Parks, möglichst mit Teich, im Osten des Dorfes anzuregen und finanziell zu unterstützen. Eine solche Idee schwirrte seit Längerem durch einige Juister Köpfe. Auch der Juister Verschönerungsverein verfolgte dieses Ansinnen mit großem Eifer. Dass Girardet Otto gefragt hatte, ob er sich beteiligen könne, empfand der Lehrer als große Chance. Ein Süßwasserteich auf der Insel wäre interessant. Er böte Lebensraum für neue Tier- und Pflanzenarten. Wenn Otto selbst einen solchen Plan vorbrachte, würde der Gemeinderat sicherlich nicht aus freien Stücken Geld dafür bereitstellen. Gegen Girardets Unterstützung würde man jedoch kaum etwas einwenden. Aus Sicht des Düsseldorfers sollte der Park mitsamt Teich den Gästen als Spaziermöglichkeit dienen, Bänke sollten zum Verharren einladen. So konnten die Gäste die Natur genießen, fernab jeglicher Hektik ihrer Heimatstädte und etwas abseits des Dorfes, in dem von Jahr zu Jahr mehr Trubel herrschte. Girardet hatte bereits für andere Projekte zur Verschönerung der Insel Geld gespendet, er war vermögend.

»Dem alten adeligen Geschlecht der von Berlepschs sagt man ja nun nicht gerade nach, am Hungertuch zu nagen«, bemerkte Otto abends, als er und Engeline die Reste einer Kartoffelsuppe löffelten.

»Wenn beide, Girardet und von Berlepsch, Geld für den Vogelschutz spenden, wäre das gut für Juist«, entgegnete Ottos Frau.

»Ich habe Berichte von Berlepschs Reise nach Südamerika in den 1880er-Jahren gelesen, von der er Wissenswertes über die dortige Tierwelt mitgebracht hatte. Nun will sich der Freiherr offenbar ein Bild der Vogelwelt an der Küste und auf den Inseln des deutschen Reiches machen.«

Bei dem abendlichen Gespräch mit seiner Frau hatte Otto schon zu schwärmen begonnen.

Zusammen mit Dr. Arends und den Professores Buchenau und Hennicke, ergänzt durch von Berlepsch und Girardet, könnte er eine Truppe – so sagte er – zusammenstellen, die sich für seine Ideen der Ausweitung von geschützten Gebieten an der Bill einsetzen würde. Auf solche Leute würde man hören, im Gegensatz zu dem kleinen Insellehrer.

»Sei nicht zu bescheiden«, meinte Engeline, »kleiner Insellehrer …«

»Was bin ich mehr?«

»Ein mittlerweile recht bekannter Naturforscher.«

»Nun übertreib mal nicht. An die eben genannten Namen komme ich doch bei Weitem nicht heran.«

»Es wird nicht mehr lange dauern«, gab sich Engeline überzeugt.

»Danke, du Schmeichlerin«, sagte er leise und drückte ihr einen Kuss auf die Stirn. »Wie schön«, ergänzte er, als er eine blühende Pirola in einer kleinen Vase auf dem Küchentisch sah.

»Die habe ich heute im Dünental vor dem Strandabgang gefunden«, sagte Engeline.

»Man soll keine Blütenpflanzen in den Dünen pflücken.« Otto versuchte, sie erbost anzusehen, aber es gelang nur für einen Moment, schon lächelte er wieder.

»Ich konnte nicht widerstehen, zu schön ist die Blüte. Aber ich werde es nicht wieder tun!«

Eine Zeitlang schwiegen sie und starrten die anmutige Blume an, dann nahm Engeline das vorherige Gespräch wieder auf.

»Von Berlepsch und Girardet haben sich an dich gewandt, nicht umgekehrt. Das musst du bedenken, Otto. Aber wenn du den Freiherrn triffst«, bemerkte Engeline, »wirst du dich benehmen müssen.« Sie lachte und ergänzte: »Er entstammt einem alten Adelsgeschlecht, ist hochrangiger Offizier. Der kommt mit entsprechenden Manieren!«

»Ja, Manieren habe ich natürlich nicht«, lachte Otto, »aber ich werde ihn ja nun kennenlernen. Ich bin gespannt.«

»Und was den Kommerzienrat Girardet angeht, er ist sehr vornehm. Wenn man ihn so durch das Dorf stolzieren sieht.«

»Stolzieren?«

»Na ja, wenn man nicht wüsste, dass er ein zuvorkommender Herr ist, dann könnte man es so nennen.«

»Vielleicht schon. Er ist wahrhaftig ein Gönner. Auch die Glocke für die Inselkirche hat er bezahlt. Wenn er nun noch die Teiche im Osten unterstützt, wäre das sehr gut.«

»Er ist nun einmal ein klein wenig wohlhabender als wir.«

»So ist es«, stellte Otto fest, »er hat Einfluss und er hat Geld. Oder muss man sagen, er hat Geld, und deshalb hat er Einfluss?«

»So stimmt es wohl.«

»Ich schätze Girardet.«

»Ich möchte nur, dass du mit deinen Plänen auf dem Boden der Tatsachen bleibst. Viele akzeptieren dich als den Insellehrer. Aber sie werden deine Naturschutzbestrebungen nicht unterstützen. Sie sehen Juist voller neuer und großer Hotels. Buchenau, von Berlepsch, Girardet, das sind diejenigen, die etwas bewirken können, wenn es um Schutzgebiete geht.«

»Bei unserem neuen Bürgermeister Moeger, der Frerichs abgelöst hat, weiß ich nicht so recht, was er von all dem hält.«

»Gegen eine Teichanlage wird er schon nichts haben.«

»Magst wohl recht haben«, grummelte er.

Sie lächelte.

Er blinzelte sie aus dem Augenwinkel an, und seine Züge wurden freundlicher. Otto sah seine Frau liebevoll an. Sie war nicht nur patent und fleißig, sorgte für die Kinder. Sie war mehr und mehr in seine wissenschaftlichen Arbeiten integriert, teilte seine Interessen, las seine Manuskripte. Und manchmal war sie gedanklich schneller als er. Aber das gab er nicht zu.

Und dass sie wieder ein Kind erwartete, wusste Otto noch gar nicht, da Engeline ganz sicher sein wollte, bevor sie es ihm sagte.

Otto dachte an die vier Herren. Zwar hatte Girardet nochmals bestätigt, einige Goldfische für den Teich im Osten zu spendieren, aber noch war der Teich ja gar nicht vorhanden. Allerdings hatte der Juister Verschönerungsverein der Idee kürzlich zugestimmt. Ottos Bedenken, dass die Goldfische den Silbermöwen oder auch der einen oder anderen Seeschwalbe zum Opfer fallen würden, zumindest solange noch keine höheren Büsche und Bäume die Ufer säumten, hatte man ignoriert. Eine Teichanlage mit Goldfischen wäre eine erstrebenswerte Erweiterung des Angebotes für die Gäste. Otto begann, einen Plan zu zeichnen, wie man die Teiche anlegen konnte.

# 34

Freiherr van Berlepsch, der Geologe Otto Schütte, Kommerzienrat Girardet aus Düsseldorf und der alte Professor Buchenau aus Bremen standen am Bahnhof und wurden von Bürgermeister Moeger und Otto Leege begrüßt. Otto war einerseits froh, dass er sich nicht mehr mit Frerichs auseinandersetzen musste, aber Moeger hatte auch seinen eigenen Kopf. Professor Hennicke hatte indes absagen müssen, »zu seinem größten Bedauern!«

»Allerhöchste Anerkennung nochmals für Ihr erstes großes Werk, Herr Leege«, lobte Otto Schütte, »zwar bin ich Geologe, aber Ihr Buch ›Die Vögel der Ostfriesischen Inseln nebst vergleichender Übersicht der im südlichen Nordseegebiet vorkommenden Arten‹ habe ich dennoch verschlungen und unglaublich viel gelernt.«

»Eine wunderbare, systematische Zusammenstellung«, bestätigte Buchenau.

»Danke, ich bin froh, dass es veröffentlicht wurde«, reagierte Otto bescheiden auf die anerkennenden Worte zu dem 1905 erschienenen Werk, das bereits positive Rezensionen nach sich gezogen hatte.

Die Männer hatten sich darauf geeinigt, am nächsten Tag eine Wanderung Richtung Westen zu unternehmen.

»Die Herren werden sicher allein den Weg finden – mit Herrn Leege werden Sie sich kaum verirren. Mich rufen wichtige Geschäfte«, sagte Moeger die Wanderung ab, was Otto nicht störte. Man wollte den Hammer besichtigen und, wenn das Wetter es zuließ, bis zur Bill vordringen, um die von Otto so ausgiebig beschriebenen Dünentäler zu sehen.

*

Am darauffolgenden Tag wanderten die Männer Richtung Westen.

»Zunächst herzliche Glückwünsche zur Geburt Ihres Sohnes«, erhob Freiherr von Berlepsch als Erster das Wort.

»Vielen Dank«, antwortete Otto, »es ist ja schon wieder ein paar Tage her. Nach der kleinen Nora nun noch ein gesunder, kleiner Bursche. Meine Frau Engeline hat die Geburt gut überstanden.«

»Wie heißt Ihr Junge?«

»Hans haben wir ihn genannt.«

Sie erreichten den Süddeich des Hammers. Der Insellehrer erklärte, wie man mittels eines Deiches im Norden die Lücke schließen und versuchen könnte, die Insel wieder zusammenzufügen, so wie sie sich vor der schrecklichen Weihnachtsflut gezeigt hatte, bei der sie in zwei Teile zerfallen war. Dann forderte er die Herren auf, sich einmal in Blickrichtung Südwesten zu wenden. Leege schwärmte von der entstehenden Insel Memmertsand und erzählte von seiner Vision, dort eine Vogelfreistätte zu errichten.

»Somit, meine Herren, gilt es vornehmlich, jeglichen Schaden von Memmertsand abzuwenden. Und der droht durch den zunehmenden Besuch von Kurgästen, die Lustfahrten dorthin unternehmen. Sie räubern, schießen, wüten herum.«

»Sie müssen uns bald einmal zum Memmertsand bringen«, regte Schütte an.

»Warum nicht? Ich habe ein Boot«, antwortete Otto, »ein kleines, aber robustes Segelboot.«

»Ich würde zu gern Memmertsand aus nächster Nähe betrachten.«

»Wenn das Wetter mitspielt. Bei Memmertsand handelt es sich um werdendes Land in der Nordsee!«

»Selbstverständlich möchte ich nicht in Seenot geraten«, flachste Girardet.

»Ich bin schon oft hinübergesegelt, auch weiter nach Lütjehörn und Borkum. Aber man darf das Wattenmeer nicht unterschätzen. In der Juister Balge entwickeln sich gewaltige Strömungen, die sich vor Kachelot verzweigen.«

»Leege wird uns sicher übersetzen«, meinte von Berlepsch, »davon bin ich überzeugt.«

»Na, da entsteht ja eine ganze Reisegesellschaft«, zeigte sich Otto erfreut. »Eigentlich soll das Eiland ja vor größeren Menschengruppen geschützt werden.« Er erntete diverse Lacher. »Vielleicht verstehen Sie mich besser, wenn ich von der Einzigartigkeit, der grenzenlosen Schönheit und der Eignung der Insel als Vogelfreistätte rede, wenn Sie mein Inselchen einmal selbst besucht haben.«

»Hören Sie sich den Leege an, er hat den Memmertsand anscheinend tief ins Herz geschlossen … mein Inselchen«, bemerkte von Berlepsch.

»Ich bin überzeugt, dass man die Entwicklung auf Memmert beeinflussen kann«, ging Otto nicht weiter auf diese Bemerkung ein, »jedenfalls solange die Strömungen der Osterems und der Juister Balge, auch im Haaks Gat, sich nicht ungünstig verändern. Ich habe den Eindruck, dass der Weststrand vom Memmert breiter wird. Das wäre die wichtigste Voraussetzung für Dünenwachstum. Sehen Sie«, er zeigte mit dem Finger von West nach Ost, »hier am Juister Hammer ist der Strand seit Jahren breiter geworden. Das bedeutet Sandzufuhr. Man müsste nur einen ein, zwei

Meter hohen Deich anlegen, der Rest würde sich von allein erledigen. An der Westseite des Memmert sehe ich dieselbe Entwicklung. Mit ein wenig Nachhilfe könnten größere Dünengruppen entstehen.«

»Wenn Sie da mal nicht doch zu optimistisch sind«, zweifelte Schütte.

»Ich habe auf Memmert kleine Versuche unternommen, Herr Doktor Schütte. Solange genug Sand von einem breiten Strand in Richtung sich bildender Dünen geweht wird, ist es lohnenswert, diese Arbeit des Windes zu unterstützen. Mitunter reicht eine Initialzündung. Ich habe vor einiger Zeit ein altes Fass in einem Dünental vergraben. Eigentlich sollte sich Regenwasser darin sammeln. Was soll ich Ihnen sagen? Nach wenigen Wochen war es zugesandet, jetzt ist dort eine gut anderthalb Meter hohe Düne, grün, mit Helm bewachsen. Ich denke, ich werde das Fass nicht wieder ausbuddeln. Wir werden Trinkwasser mit hinübernehmen müssen, wenn wir segeln sollten.«

Die Herren lachten.

»Kaum zu glauben, überall Wasser, aber wir müssen es auf einem kleinen Boot mitnehmen, als führen wir in die Sahara«, Freiherr von Berlepsch war an diesem Tag gut aufgelegt.

»Als ich erstmals auf Memmertsand war, sah es beinahe aus wie die Wüste«, meinte Leege, »jedenfalls stelle ich es mir so vor – ich habe bisher noch keine Wüste sehen dürfen.«

»Jaja, lieber Leege«, wandte Buchenau ein, »aber für so einen Deich hier am Hammer, dazu braucht man Material und Leute, die helfen. Woher nehmen? Und dasselbe gilt sicher noch mehr für den Memmert, der ja für den Fremdenverkehr uninteressant ist.«

»Sagen Sie das nicht! Meine Befürchtung ist, dass die Lustfahrten dorthin zunehmen werden. Das macht alle Pläne zum Vogelschutz zunichte! Man muss die Verantwortlichen überzeugen, dass es sich lohnt, den Sand zu schützen und auch ein wenig zu investieren!«, entgegnete Leege, der allerdings wusste, dass Buchenau nicht unrecht hatte. Er hatte schon mehrfach auf Granit gebissen, wenn er bei den Behörden angefragt hatte, ob es Unterstützung für seine Dünen- und Deichbauarbeiten auf Juist und auf Memmertsand geben könnte. Auf Juist wurde man durchaus aufmerksam, Memmertsand spielte jedoch keine Rolle bei den Verantwortlichen in Aurich. Niemand gab etwas auf die Sandbank, wertlos schien sie zu sein, die nächste große Sturmflut, so hatte ihm ein Regierungsbeamter ins Gesicht gesagt, würde die Insel, die diese Bezeichnung doch gar nicht verdiene, wieder einebnen und Memmertsand bleibe das, was es schon immer war: eine öde Sandbank, allenfalls eine Gefahr für die Schifffahrt. Sein Begehren sei somit vergebene Liebesmüh. Und Leege musste ihm sogar ein wenig recht geben, auch wenn er dies nicht laut sagte. Seine Erfolge beim Dünenzuwachs waren zwar vorhanden, aber sie hingen am seidenen Faden. Zwei, drei heftige Stürme im Herbst oder Winter könnten viel von seinem Werk unwiederbringlich zerstören.

»Hier am Hammer hat man vielleicht Erfolg«, mutmaßte Professor Schütte, nach Norden blickend. »Es hat sich hier alles dermaßen aufgehöht – ein Deich an der Strandseite, ja, warum nicht, die Insel wäre gesichert!«, grübelte er.

»Ich habe das neulich mit Wasserbauingenieuren aus Norden erörtert«, Leege klang zweifelnd, »aber manchmal habe ich den Eindruck, dass einige Herren etwas dagegen haben, wenn sich einer wie ich aufmacht, um ihnen zu sagen, wie man Küstenschutz richtig macht.«

»Das glaube ich, Herr Leege«, sagte Schütte, »bei den Praktikern haben wir Wissenschaftler manchmal den Ruf, zu verkopft an die Sache ranzugehen. Und doch sehe ich es genauso wie Sie. Über einen Sommer hinweg kann man durch kluges Anlegen von Buschwerk, das Bepflanzen von Primärdünen und das Verbinden von Dünengruppen erstaunlich viel erreichen …« Schütte wurde von Leege unterbrochen.

»So wie ich es auf Memmertsand versuche. Natürlich macht man auch Fehler und dann zerstört der blanke Hans das Erbaute in einer einzigen Nacht. Wenn man sich aber die Strömungen, die Dünenbildungen, die erste Vegetation genau ansieht und das über Wochen und Monate und Jahre verfolgt, dann erkennt man, wie es angepackt werden muss. Aber…«, er zögerte, »erzählen Sie das mal einem Bürohengst in Norden oder Aurich!«

»Na, es gibt ja auch Leute, die das durchaus verstehen. Denken Sie an Niemeyer!«, entgegnete Buchenau.

»Niemeyer ist eine Ausnahme. Er verbindet Theorie und Praxis. Von Leuten wie Niemeyer müsste es mehr geben! Anderen reicht es leider allzu oft, wenn sie viel reden«, stellte Leege fest.

»Niemeyers Kartenentwürfe sind genial, ohne diese Karten wären wir arm dran. Ich weiß gar nicht, wie oft ich mir schon seine Skizzen angesehen habe. Die Karten zeigen jedem Esel, welchen Fortschritt die von Ihnen vorangebrachte Verbindung von Stern-, Kobbe- und schließlich Warfdünen auf Memmertsand gebracht hat. Nur so konnten die Lücken am Kobbe Glopp geschlossen und endlich auch die Osterbollen in den Dünenkern eingebunden werden«, meinte Schütte.

»Man könnte meinen, mittlerweile würden Sie auf Memmertsand leben«, lachte Leege, »so gut kennen Sie sich dort aus.«

»Warum nicht? Aber daran sehen Sie, wie gerne ich mir Niemeyers Karte ansehe.«

»Woher stammen die Namen all dieser Dünen?«, fragte von Berlepsch. »Ich meine, es ist eine Sandbank, die doch bisher kaum jemanden interessiert hat?«

»Leege hat sie sich überlegt«, sagte Schütte, »er hat Niemeyer all die Dünengruppen gezeigt, damit er sie kartieren kann. Also brauchte man Namen für sie. Das geht auf Leege zurück.«

»Ja, Sie haben sich die geografischen Bezeichnungen erdacht«, warf Buchenau ein, »das unterscheidet Ihre Arbeit kaum von der Alexander von Humboldts, der ebenso oft Namen und Bezeichnungen erdenken musste, damit er sie beschreiben kann. Oder denken Sie an den berühmten Briten John Franklin, der mit seinem Segelschiff Erebus die Arktis erforschte, um die Nordwestpassage zu finden. Er hat diverse Inseln, Sunde und Meerengen nach seinem Gutdünken benannt.«

»Um Gottes willen«, rief Leege dazwischen, »vergleichen Sie mich nicht mit derartigen historischen Persönlichkeiten! Sie übertreiben maßlos!«

»Man kann nur hoffen, dass es bei Leeges Arbeiten nicht so kläglich endet wie bei Franklin«, warf Girardet ein.

»Das hoffe ich doch sehr«, antwortete Leege, der die Geschichte vom spurlosen Verschwinden der Expeditionsschiffe Erebus und Terror während der mehrjährigen Expedition in arktische Gewässer kannte. Eine Geschichte, die noch viel tragischer, aber doch ebenso erzählenswert war wie die von der Strandung der Braganza auf Memmertsand, fand er. Das wäre doch mal wieder etwas für eine Erzählstunde bei den Schülern.

Die fünf Männer stapften mit hochgeschlagenen Mantelkrägen an der Wattseite der Insel Richtung Dorf. Für Leege war das viele Laufen kein Problem, von Berlepsch und Schütte mahnten aber zu mehr Langsamkeit, auch in Hinsicht auf den Kollegen Buchenau. Doch trotz seines fortgeschrittenen Alters hielt der Bremer Hochschullehrer gut mit.

Nach der langen Wanderung, in der viel über die Juister Vogelwelt und Möglichkeiten, wie sie besser geschützt werden könnte, gefachsimpelt worden war, näherte sich die Gruppe dem Loog. Der Tag ging zur Neige.

»Wollen wir uns morgen im Logierhaus Mamminga im Loog treffen? Ich nehme an, dort sind Sie noch nicht gewesen? Dort gibt es Bier, Wein, frische Milch und hervorragende Pellkartoffeln mit Hering, falls Sie etwas essen möchten. Kann ich nur empfehlen. Wir könnten die Fahrt nach Memmertsand planen«, schlug Otto vor.

»Das Café im Loog habe ich bereits getestet, nicht bei Mamminga, das andere, das … von wem betrieben wird?«, fragte von Berlepsch.

»Gerd Poppen Schmidt«, antwortete Leege, »er betreibt auch den hiesigen Kolonialwarenhandel. Ein tüchtiger Geschäftsmann, das muss man sagen. Es gibt sogar eine Kegelbahn.«

»Kegeln werden wir wohl eher nicht«, scherzte von Berlepsch, »Sie bestimmen, Leege, wie wir es machen.«

»Ich kann das einrichten«, bejahte Leege, dabei bedenkend, dass er Engeline versprochen hatte, nach der schlecht schließenden Haustüre zu schauen. Nun, das musste warten, die hohen Herren waren schließlich nicht alle Tage auf Juist.

An der Pension angekommen, sagte Buchenau, dass er am nächsten Tag eine Pferdekutsche ins Loog nehmen wolle.

»Meine Füße schmerzen schon jetzt«, räumte er ein.

»Was für ein Wunder«, sagte Girardet, »es ist bemerkenswert, wie sie uns hier all die Kilometer begleitet haben.«

»Herrn Leeges Ausführungen waren derart interessant, dass ich die Füße zwischenzeitlich vergaß«, lachte Buchenau und verabschiedete sich.

# 35

Weiße Kumuluswolken zogen am blauen Himmel von West nach Ost, der Wind stand günstig. Otto Leege saß stolz am Ruder seines kleinen Bootes, zusammen mit den prominenten Gästen, die ihn auch zur Bill begleitet hatten. Sie wollten es sich keinesfalls nehmen lassen, Memmertsand zu besuchen. Von Berlepsch, Schütte und Girardet hielten eifrig Ausschau und genossen die frische Brise. Ein weiterer bemerkenswerter Gast war unangekündigt am Vortag auf Juist eingetroffen. Von Berlepsch hatte es geahnt, aber ob Graf Wilamowitz-Moellendorff tatsächlich Juist besuchen würde, war bis zum Schluss unklar gewesen. Von Berlepsch und Wilamowitz-Moellendorff kannten sich vom Militär. Und beide hatten großes Interesse am Natur- und Vogelschutz entwickelt. Sie hatten einige Weltreisen unternommen und dabei viel über die Vogelwelt der jeweiligen Regionen erfahren. Erst am Vortag angekommen, war Graf Wilamowitz kurzerhand mit in Leeges Schaluppe gestiegen.

Als sich das Boot Memmertsand näherte, blickte Otto Leege besorgt zur Insel hinüber.

»Ich ahne Schlimmes«, bemerkte er und die mitreisenden Herren sahen ihn erstaunt an.

»Was meinen Sie?«, fragte von Berlepsch.

»Die Ruhe … sonst sieht man viel mehr Vögel über der Insel …«

Tatsächlich fehlten die Vogelschwärme, eine geradezu gespenstische Stille lag über der Insel.

»Möglicherweise werden Sie jetzt Zeugen eines widerlichen Vorganges. Es ist schade, dass es so ist, aber ich kann Ihnen das nicht ersparen.«

»Sie reden in Rätseln, lieber Leege.«

»Nein, ich habe Ihnen doch von den sogenannten Lustfahrten erzählt, die von Juist und Borkum zum Memmertsand unternommen werden ...« Er kam nicht weiter.

»Um Gottes willen. Hat eine solche stattgefunden?«

»Ich fürchte, ja. Man spürt es geradezu ... Lassen Sie uns sehen, was geschehen ist.«

Das Boot schob sich sachte auf den Nordstrand und die Männer betraten barfuß den Memmertsand. Das Gegacker der Möwen, das unvergleichliche Tönen der Austernfischer ... es fehlte. Nur vereinzelt flogen ein paar Vögel herum.

Langsam bewegten sie sich auf die ersten Dünen zu. Die Katastrophe war größer, als selbst Otto sie erwartet hatte, der schon bei der Anfahrt nach Memmert geahnt hatte, dass *es* wieder passiert war.

»Sehen Sie sich das an, meine Herren, sehen Sie sich dieses widerwärtige Schlachtfest an. Es tut mir leid, dass ich Ihnen keinen schöneren Anblick bieten kann. Aber nun sehen Sie es mit eigenen Augen«, forderte er die Vogelkundigen auf, genau hinzuschauen. Die gestandenen Offiziere von Berlepsch und Wilamowitz-Moellendorff zeigten sich zutiefst erschüttert, Schütte schien es die Sprache zu verschlagen. Überall tote oder schwer verletzte Vögel. Küken lagen leblos in Nestern. Blutspuren, wohin man blickte, und Verwesungsgeruch.

Viele Nester waren verwüstet. Die verendeten Tiere, vom Schrot zerfetzt, boten ein klägliches Bild. Einige quälten sich immer noch im Todeskampf, unfähig zu fliegen, weil

Gewehrkugeln die Flügel durchlöchert hatten. Einsame Küken suchten vergebens nach den Muttertieren. Zertretene Eier, traurige Reste sorgsam angelegter Brutstätten.

Und überall menschliche Fußspuren im Sand.

»Was, um Gottes willen, ist hier geschehen?«, fragte von Berlepsch fassungslos.

»Ein Massaker!«, befand Schütte.

»Es ist fürchterlich«, stimmte Wilamowitz-Moellendorff zu.

»Ja, so etwas kommt immer öfter vor«, brummte Otto grimmig. »Die Leute haben ihr Vergnügen daran.«

»Es ist also genauso, wie Sie es erzählt haben«, stellte von Berlepsch fest.

»Schlimmer«, ergänzte Schütte.

»Die Leute machen Lustfahrten, landen auf Memmertsand an, schießen alles kurz und klein und fahren wieder ab.« Leege sah angewidert auf das blutige Schlachtfeld. »Ein großer Ferienspaß.«

»Abscheulich!«, rief Wilamowitz-Moellendorff. »Widerwärtig!«

Der Weg führte sie weiter zwischen leeren Patronenhülsen und Hunderten von Vogelkadavern und an leeren Flaschen vorbei. Wein, Bier, Doppelkorn.

»Das war sicher ein lustiger Ausflug«, bemerkte Leege voller Ekel.

»Wer erlaubt denn so etwas?«, fragte Hennicke.

»Das muss niemand erlauben«, erwiderte Leege. »Das können die Anbieter von Ausflugsfahrten einfach machen. Memmertsand ist Niemandsland. Keine Regeln, keine Gesetze … Hier kann jeder machen, was er will!«

»Und damit werben die Hoteliers?«, wollte der Graf wissen.

»Nicht alle, aber einige. ›Ausflugsfahrt zum Memmertsand (mit Möwenjagd)‹, heißt es auf Plakaten, um Reisende zu gewinnen. Gewehre kann man gegen Gebühr ausleihen, organisiert durch den Veranstalter. Auf nach Memmertsand und nach Herzenslust auf alles schießen, was sich bewegt – hier wohnt ja niemand! Es ist Urlaub, man will Spaß und Ablenkung und Memmertsand ist doch nichts mehr als eine Sandbank mit vielen Vögeln, von denen es hier an der Küste nun wirklich genug gibt. Die Robben können sich rechtzeitig ins Meer zurückziehen, um nicht Opfer der Meute zu werden. Die Vögel aber bleiben, sie brüten hier, sie werden ihr Gelege oder die geschlüpften Küken nicht verlassen. So fliegen sie in ihren Untergang, wenn sie nicht vorher schon vom Nest geballert wurden«, ereiferte sich Otto.

»Es ist nicht zu fassen«, murmelte von Berlepsch.

»Einige wenige der Hotel- und Pensionsbesitzer auf Juist konnte ich überzeugen, sich nicht an diesen sogenannten Jagdausflügen zu beteiligen ... Der leider verstorbene Ehle Itzen gehörte zu ihnen.«

»Jagd? Das hat nichts mit Jagd zu tun«, widersprach Wilamowitz-Moellendorff, der selbst Jäger war. »Das sind keine Jäger, die hier unterwegs sind. Niemals würde ein Jäger so herumwüten.«

»Leider gibt es nicht wenige, die meinen, es sei kein Schaden, wenn man weiterhin solche Lustfahrten anbietet.«

Die Wanderung über den Memmertsand ging weiter, doch der Frevel hatte die ganze Insel überzogen. Es musste eine größere Gruppe gewesen sein, die von Borkum oder Juist kommend über Memmertsand hergefallen war.

Es sah überall gleich aus. Ein beispielloses Vögelmorden hatte stattgefunden.

»Und dann fahren sie zurück in ihre Hotels? Als wäre nichts gewesen?«, fragte sich Schütte.

»Doch, doch«, bemerkte Leege, »es war etwas. Ein Heidenspaß. Sie wüten zwei, drei Stunden herum, begeben sich wieder in die Boote, die sie zurück nach Borkum, Juist oder Norderney bringen. Abends gibt es dann ein teures Mahl in guter Garderobe mit Spitzenweinen und Konversation mit wichtigen Persönlichkeiten über Politik, Gesundheit und – wenn diese Themen nichts mehr hergeben – irgendwelche nichtssagenden Unwichtigkeiten. Bei besten Manieren selbstverständlich. Entschuldigen Sie, werte Herren, aber ich muss das mal so sagen. Ich kann und will es nicht begreifen! Dass man wenige Stunden vorher in einem Naturraum erster Güte wild um sich geschossen und dabei noch Spaß gehabt hat, wird wohl spätestens nach dem dritten Glas Wein vergessen sein.«

»Ich sprach neulich mit einem Kollegen im Naturhistorischen Museum zu Hamburg«, merkte Schütte an, »der im Verein Jordsand tätig ist. Er berichtete von ähnlichen Dingen auf anderen kaum oder gar nicht bewohnten Inseln. Er nahm die Kurgäste ein wenig in Schutz. Die Jagden werden ja von Insulanern angeboten, die würden schon wissen, wie man sich verhält.«

»So ist es eben nicht«, widersprach Otto Leege mit Nachdruck. »Es geht um den Verdienst, der mit diesen Fahrten gemacht wird. Niemand denkt darüber nach, dass auf diese Weise ganzen Vogelpopulationen der Garaus gemacht werden kann.«

»Es ist ein Skandal. Was können wir tun?« Von Berlepsch bekam rote Wangen, so sehr erregte er sich.

»Wir müssen versuchen, diese Insel zu schützen. Und zwar, man muss es so sagen, vor den Menschen! Meine

Herren, die Dramatik, die wir hier sehen, muss gegenüber der Landdrostei oder der Bezirksregierung, wie man heute sagt, zum Ausdruck gebracht werden. Erklärungen werden nicht helfen, gute Worte auch nicht. Sie werden's nicht glauben, aber es gibt unter den Inselgästen durchaus solche, die sich heute einen Vortrag von mir über die natürlichen Besonderheiten der Nordseeinseln und die Schönheit der Vogelwelt an der Küste anhören und morgen an einer solchen Wüterei teilnehmen. Es ist eben erlaubt. Niemand hat eine Handhabe dagegen.«

»Sie haben recht. Dass so etwas erlaubt ist, das ist der Skandal!«, rief der Freiherr. »Leege, ich werde alles tun, um Sie zu unterstützen – hier muss nicht erst morgen, hier muss jetzt und heute gehandelt werden. So etwas darf sich nicht wiederholen!«

»Ich will nicht darum herumreden. Ohne Ihre Unterstützung wird das nichts. Sie verfügen über Kontakte, die ich nicht habe. Ich weiß, dass Sie, lieber von Berlepsch, und Sie, werter Graf Wilamowitz-Moellendorff, gar den Minister für Landwirtschaft und Forsten persönlich kennen, der ja auch eine bedeutende militärische Vergangenheit hat. Wenn Sie ihn auf die Notwendigkeit des Inselschutzes und ein Verbot dieser sinn- und wertfreien Möwenjagden aufmerksam machen würden, wäre ich Ihnen sehr dankbar.«

»Das geht aber weit über die Landdrostei hinaus«, bemerkte Wilamowitz-Moellendorff.

»Ach was«, watschte von Berlepsch ihn ab, »es ist, wie Leege sagt. Es sind ja nicht nur Möwen – haben Sie die toten Seeschwalben gesehen? Regenpfeifer? Ich sah einen Säbelschnäbler, der schwer verletzt am Strand hockte! Selbst die Enten, die sie erwischt haben, haben sie einfach liegen gelassen … wo sie doch, zugegebenermaßen, gut schmecken!« Er machte eine Pause und mochte sich fragen, ob diese Bemerkung passend gewesen war. Dann fuhr er fort: »Aber der Weg zum Minister … ist weit und nicht eben einfach. Preußens Landesregierung hat eine Menge anderer Dinge im Kopf. Es lauern Gefahren von innen und außen …« Von Berlepsch hielt inne.

Erst jetzt fiel Otto auf, dass von Berlepsch das Landwirtschaftsministerium in Berlin ins Spiel gebracht hatte – bislang hatten Ottos Gedanken nur bis Aurich gereicht. Schließlich konnte auch die Landdrostei Betretungsverbote aussprechen, oder irrte er da?

»Leege hat recht«, sagte Professor Schütte, »nicht kleckern, klotzen! Der Minister ist die richtige Adresse. Denken Sie an das, was Sie heute erlebt haben, etwas Bestürzenderes dürfte Ihnen als Beiratsmitglied der Gesellschaft für Vogelschutz kaum je einmal begegnet sein, Herr von Berlepsch. Ich bitte Sie: Setzen Sie all Ihre Kraft ein, um einen Termin beim Minister zu bekommen.«

»Na, na, ich gehe dort durchaus nicht ein und aus und bin auch nicht so oft in Berlin. Es ist lange her, dass ich ihn persönlich traf.«

»Es geht um so viel, lieber von Berlepsch«, unterbrach ihn der Professor, »Sie müssen es aus meiner Sicht tun, weil Sie derjenige sind, der einen … einen Draht zum Minister hat. Und lieber Graf, Sie kennen sich doch auch in Berlin aus! Wir werden Ihnen helfen, alles, was möglich ist, nicht wahr?«, wandte er sich an Wilamowitz-Moellendorff.

»Nun, ich denke, ich kann als Vorsitzender des Allgemeinen Deutschen Jagdschutzvereins und des Deutschen Vereins zum Schutze der Vogelwelt sicher das Wort erheben«, erwiderte der Graf, »und in diesen beiden Funktionen kann ich glaubhaft bestätigen, dass das, was hier geschehen ist, weder mit der regelgerechten Jagd noch mit dem Vogelschutz zu tun hat. Es ist einfach nur ein widerliches Morden wehrloser Kreaturen.«

»Wir sollten noch heute beginnen, eine Beschreibung des Tatbestands und daraus zu ziehende Konsequenzen zu notieren, und dies im Vorfeld dem Minister zukommen lassen.« Schütte war voller Tatendrang. »Ich werde den Kollegen Hennicke mit ins Boot holen. Wenn ich ihm von den ungeheuerlichen Dingen erzähle, die sich hier auf Memmertsand abspielen, wird er sofort mitziehen. Er ist keine unbekannte Person in Norddeutschland!«

»Das ist der einzige Weg, verehrter Freiherr, was sagen Sie? Wollen Sie persönlich nach Berlin fahren? Memmertsand muss offiziellen Schutz haben. Die preußische Regierung ist in der Verantwortung – doch ich weiß, dass der zuständige Minister für Landwirtschaft ein offenes Ohr für den Vogelschutz hat!«

»Er pflegt, soweit ich weiß, selbst sehr gern die Entenjagd«, murmelte von Berlepsch, wurde aber von Wilamowitz-Moellendorff unterbrochen.

»Einen wirksamen Schutz kann es nur geben, wenn ihn jemand hier vor Ort gewährleistet.«

»So ist es! Aber … denjenigen, der diese Funktion wahrnehmen kann, den haben wir ja schon«, meinte von Berlepsch, »da kommen nur Sie in Frage, lieber Leege. Wir sollten eine Petition entwerfen und ich wäre Ihnen allen dankbar, wenn Sie mich dabei unterstützen. Vielleicht sollten wir, lieber Graf, tatsächlich persönlich in Berlin vorsprechen. Zu zweit ist man stärker, und uns Offizieren wird man so schnell nicht die Türe vor der Nase zuschlagen, auch wenn unsere Mission friedvoller Natur ist.«

»Herr Leege, die besten Argumente für unser Vorhaben haben Sie!« Schütte schien entschlossen.

»Wir müssen beachten«, dachte Otto laut nach, »dass ich dem Beruf des Lehrers auf Juist verpflichtet bin. Ich kann nicht ständig auf Memmertsand bleiben. Und das müsste gewährleistet sein, vor allem im Frühjahr und Sommer. Ich fürchte, da muss man jemanden anstellen, was wiederum Geld kostet.«

»Das muss vom Minister kommen, das Geld.«

»Wenn es ums Geld geht, wird der Minister die Nase rümpfen. Aber wenn wir Geld für Zehntausende Soldaten und deren Gerät haben, sollte auch etwas für einen Wärter auf Memmertsand übrig sein.«

»Das aus Ihrem Munde«, rutschte es Schütte heraus, aber Wilamowitz-Moellendorff überhörte es. »Ich sehe ein, dass Sie die Wache nicht übernehmen können.« Er warf Otto einen zustimmenden Blick zu.

»Zumal ...« Otto machte plötzlich ein ernstes Gesicht, sprach nicht weiter.

»Lieber Herr Leege, Sie wollen doch noch etwas loswerden?« Professor Schütte sah den Juister Insellehrer fragend an.

»Nun ...« Leege druckste herum, das war sonst nicht seine Art. »Es ist so, dass ... also, dass die Gefahr, so will ich es nennen, besteht, dass ich demnächst ... vielleicht nicht mehr Lehrer auf Juist sein werde.« Er hatte zu Boden geblickt und hob nun den Kopf, um den Männern offen in die Augen zu sehen.

»Wie meinen Sie das?«, fragte der Freiherr.

»Kurz und gut: Ich werde versetzt. Der Schulrat hat es mir mitgeteilt«, verkündete Otto, was ihn und seine Frau schon längere Zeit bedrückte.

»Aber, mein Gott, wieso denn nur?« Schütte war ernsthaft bestürzt. Juist ohne Otto Leege? Wie sollte das gehen?

»Nun … ach, ein … sagen wir, Zusammentreffen unglücklicher Zufälle. Es sind schulamtliche Entscheidungen.«

»Was kann ein Schulamt gegen Ihre Arbeit haben?«, wollte Schütte wissen und setzte nach: »Wenn einer auf einer Insel wie Juist Lehrer sein kann, dann Sie, lieber Leege.«

»Danke, lieber Herr Schütte. Aber im Schulamt versteht man aus meiner Sicht dreierlei nicht. Zum einen ist man anscheinend der Meinung, dass ich meinem Dienst angesichts meiner vielfältigen anderen Arbeiten und Verpflichtungen nicht mit ausreichendem Einsatz nachkomme …«

»So ein Unsinn«, unterbrach Wilamowitz, »Sie sind doch einer, der den Kindern endlich einmal etwas Sinnvolles beibringt.«

Leege lächelte. »Das sagen Sie, Herr Graf, im Schulamt ist man nicht dieser Meinung.«

»Und der zweite Punkt?«, bohrte von Berlepsch nach.

»Hängt damit zusammen. Meine Arbeiten im Naturschutz verbinde ich natürlich mit dem Unterricht. Sehen Sie sich die Fischteiche östlich des Dorfes an. Hier habe ich mit meinen Schülern und den Unterstützern vom Verschönerungsverein eifrig gebuddelt. Aber warum? Um später das Wachsen und Gedeihen der Natur zu beobachten. Neue Arten will ich hier ansiedeln. Die Schüler können das erleben …«

»Was doch besser ist, als es aus Büchern zu lernen«, meinte Schütte.

»Sagt ein Professor und Wissenschaftler«, entgegnete Graf Wilamowitz-Moellendorff mit einem Augenzwinkern.

»Nun, natürlich müssen wir Bücher lesen und haben nur diese, um Wissen hinaus in die Welt zu tragen. Aber Kinder, ich bitte Sie, lesen keine wissenschaftlichen Bücher. Sie anhand der lebenden Natur in die Wunder des Lebens und die Notwendigkeit des Schutzes der Umwelt einzuführen, was sollte man dagegen haben?«, erwiderte Schütte.

»Das ist es ja.« Leege wollte eigentlich gar nicht so viel darüber reden, es wurmte ihn doch fürchterlich, dass seine Versetzung anstand. »Die Herren in Aurich denken, mir käme es weniger auf den Schulunterricht als auf meine Forschungen und die Arbeiten auf Memmertsand an und im Zweifel würde ich die Schüler dazu anhalten, meine Privatangelegenheiten – und als solche bezeichnet man sie dort – zu unterstützen, wenn nicht gar möglich zu machen.«

»Wirklich ein ausgemachter Blödsinn!«, erregte sich Schütte.

»Ich habe auch nicht vor, es jemals anders zu machen. Ich werde, wohin man mich auch schicken mag, die Schüler weiterhin mit nach draußen in die Natur nehmen, ihnen die Pflanzen, die Tiere erklären und die Gefahren, die vom Menschen ausgehen.«

»Das sollten Sie tun«, bestätigte der Graf.

»Sie sprachen von dreierlei Dingen«, mischte sich von Berlepsch wieder ein.

Leege schwieg kurz, sah zunächst nach unten, dann in die Ferne.

»Wenn Sie erlauben, möchte ich den dritten Punkt für mich behalten.«

Die Herren sahen einander vieldeutig an.

»Erlauben wir es?«, fragte Schütte schnippisch.

»Ehrensache«, bemerkte Wilamowitz-Moellendorff und damit war der Punkt erledigt.

»Kann man Ihre Versetzung verhindern?« Der Professor ahnte, was es für Juist und Memmertsand bedeuten konnte, wenn Leege nicht mehr der Garant für den Naturschutz der beiden einzigartigen Inseln war.

»Ich könnte …«, begann von Berlepsch, doch er wurde beinahe grob von Otto unterbrochen.

»Meine Herren, ich danke Ihnen von ganzem Herzen für die Unterstützung bei meinen Naturschutzbestrebungen. Wenn wir es schaffen, Memmertsand zu einer Vogelfreistätte zu machen, dann ist mein Ziel erreicht, und ich sollte ab jetzt sagen: dann ist unser Ziel erreicht, denn ohne Sie alle werde ich das nicht schaffen. Aber Sie brauchen sich nun wirklich keine weiteren Sorgen um mich und mein Lehramt zu machen. Damit muss ich schon allein fertigwerden, und das werde ich! Im Übrigen habe ich die Versetzung noch nicht schwarz auf weiß, aber sie wird demnächst geschehen, die letzten Worte des Schulrates ließen da gar keinen Zweifel. Ich habe allerdings gebeten, eben nicht wer-weiß-wohin versetzt zu werden, sondern an eine Schule, von der aus ich meine Arbeiten fortsetzen und Juist und Memmertsand weiterhin regelmäßig besuchen kann. Das hat mir der Schulrat zugesichert. Vielleicht Norden, Hage, die Westermarsch … Wir werden sehen. Also, zerbrechen Sie sich darüber nicht den Kopf. Und dass wir jemanden brauchen, der als Wärter auf Memmertsand weilt, während die Vögel brüten, das wäre ja auch der Fall, wenn ich auf Juist bliebe.« Otto hatte anscheinend überzeugend gesprochen. Seine Zuhörer versuchten nicht weiter, ihn umzustimmen. Doch warum die Schulbehörde einen Mann wie Leege versetzte, schienen sie sich weiter zu fragen. Die Gründe hielten sie offenbar für nicht wirklich stichhaltig. Einige Zeit schritten die Männer schweigend nebeneinanderher.

»Sei es, wie es ist«, brach Schütte die Stille, »lassen Sie

uns baldigst beginnen, ein Schreiben an den Minister aufzusetzen.«

»Setzen wir uns doch gleich morgen zusammen. In der Eingangshalle unseres Hotels steht ein etwas abgelegener Tisch, an dem können wir uns ohne Weiteres vertraulich unterhalten«, schlug von Berlepsch vor. Alle stimmten zu.

»Sehr gut, ich danke Ihnen von ganzem Herzen«, sagte Otto. »Und nun lassen Sie uns schleunigst zum Boot zurückkehren, die Flut naht und wir müssen sehen, dass wir wieder nach Juist hinüberkommen.«

# 36

»Ich entdecke in jedem Jahr eine Vielzahl neuer Arten auf Memmert«, erklärte Otto Leege, als er mit Dr. Arends wieder einmal auf dem Weg zur Bill war.

»Memmert oder Memmertsand?«, warf Arends ein.

»Ach, der Einfachheit halber sprechen Engeline und ich mittlerweile meistens nur noch vom Memmert«, sagte Otto.

»Es ist ja tatsächlich kürzer«, bemerkte der Inselarzt nur. »Welche Arten sind es?«

»Allein bei den Pflanzen finde ich *Glaux maritima, Armeria maritima, Erythraea linariifolia* und *Euphrasia odontites*. Es ist erstaunlich, wie die Vielfalt der Pflanzenwelt auf Memmert in den Jahren seit meinem ersten Besuch 1888 zugenommen hat.« Wieder einmal ließ er den Blick über die Insel schweifen.

»Leege, Sie nutzen fast nur noch die lateinischen Namen. Mir müssen Sie die deutschen Namen schon noch nennen. Ich bin nun mal kein Botaniker«, erwiderte Arends lachend.

»Es ist ja nun schon einige Jahre her seit diesem ersten Besuch«, ging Otto nicht auf die Bemerkung seines Freundes ein, »etwa einhundert Arten müsste ich mittlerweile für Memmert nachgewiesen haben. Ich muss das aber noch einmal genau prüfen …« Er machte eine Pause, um dann zu schließen: »Aber man kommt ja zu nichts!«

Arends schüttelte den Kopf. »Zu nichts? Sie, lieber Leege? Was Sie mittlerweile erforscht haben, ist unglaublich! Es ist wahrscheinlich das Umfassendste, was man zu Flora und Fauna der Inseln bisher überhaupt gesammelt hat.«

»Ja, mag sein«, unterbrach Otto, nicht ohne Stolz, denn er selbst war mittlerweile überzeugt, dass Arends Einschätzung stimmte, »aber es muss aufgeschrieben werden ... und da reicht mein kleines Tagebuch nicht, das ich immer bei mir trage. Es muss veröffentlicht werden. Das macht viel Arbeit.«

»Sie haben genug zu tun, ja. Sieben Kinder, das macht Ihnen und Ihrer Frau sicher auch viel Arbeit und bald schon ein achtes ...«

Dr. Arends hatte eine erneute Schwangerschaft bei Engeline bestätigt, nachdem sie des Öfteren wegen Unwohlseins bei ihm gewesen war.

»Dann noch Ihr Lehramt ... Was wollen Sie noch alles leisten?«

»Ich habe so viele Aufzeichnungen, so viele lose Zettel! Es fehlt mir die Zeit, das Material zu systematisieren. Zum Glück hilft mir Engeline, wo sie kann. Aber sie hat mit den Kindern und dem Haushalt zu tun. Und nun ist sie ja erneut in den Umständen. Und doch liest sie meine Entwürfe, prüft die Zahlen.«

»Ihre Frau ist ein Glücksfall.«

»Das kann man so sagen«, versonnen blickte Otto auf die scheinbar endlose Nordsee.

Die beiden Männer schwiegen eine Weile und standen schließlich auf der höchsten Düne am Westende Juists und sahen zum Memmertsand.

»Die Kugelbake, die Sie am Horizont auf Memmert sehen«, wechselte Otto das Thema, »wurde ganz am Südende der Insel aufgestellt. Dort habe ich bei meinem ersten Besuch an vielen Stellen *Triticum junceum* – die Dünenquecke – gefunden, ein wichtiger Erstbesiedler bei der Bildung von Primärdünen. Jetzt sind dort die höchsten Dünen auf Memmert, wenn man von einer Dünengruppe im Norden der Insel absieht, die im Schutze des breiten Strandes viel Sand und wenig Wucht der See abbekommt. Schnell hat sich überall Kalisalzkraut hinzugesellt. Ein weiteres Anzeichen der Dünen- und Inselbildung!«

»Kalisalzkraut? *Salsola kali*«, warf Arends ein.

Leege lachte. »Na, es geht doch«, sagte er schelmisch.

»Was macht Ihr Herbarium?«, fragte der Doktor. »Wächst es auch wie die Dünen des Memmert?«

»Aber sicher, es soll ja vollständig sein«, antwortete Leege kurz. »Ich kann es gut für den Unterricht verwenden. *Triglochin … Triglochin maritima*«, murmelte er in sich hinein, als er im Vorbeigehen ein Pflänzchen entdeckte.

»Warten Sie … Das ist …« Arends dachte nach.

»Der Meerstranddreizack«, beendete Otto kurzerhand die Überlegungen des Arztes.

»Ja, richtig. Ach, ich muss noch viel lernen.«

»Sie sind Arzt und können die Knochen und Organe mit ihren lateinischen Namen benennen. Davon habe ich nicht die geringste Ahnung! Ich kenne die wichtigsten Pflanzen und Tiere hier im Nordwesten des Reiches, mehr nicht. Und ich beschäftige mich, wie Sie sich mit Ihren Patienten, ständig damit. Und ich erhielt diverse Briefe von Professor Buchenau aus Bremen. Das hilft mir, meine Beobachtungen richtig einzuordnen. Wir sind nicht immer einer Meinung. Das ist nicht immer einfach. Ich bin, na ja, gegenüber Buchenau allenfalls ein ganz kleines Licht.«

»Hören Sie auf zu untertreiben, es glaubt Ihnen eh keiner mehr«, scherzte Arends.

»Er will, Gesundheit vorausgesetzt, im kommenden Jahr wieder den Memmertsand besuchen.«

In diesem Jahr war Buchenau sehr beschäftigt gewesen, und sein gesundheitlicher Zustand verschlechterte sich zusehends. Aber es waren auch so genug Gäste nach Juist gekommen, was Otto große Freude bereitete, während Engeline es manchmal schon zu viel wurde. Gäste wollten ja auch bewirtet werden. Mit verschiedenen Menschen war Leege auch zum Memmert hinübergefahren. Zwar hatten sie nicht nochmals ein so großes Desaster erlebt wie beim Besuch mit von Berlepsch, Wilamowitz-Moellendorff und Schütte, aber alle Besucher bestätigten den Nutzen seiner Arbeiten und die besondere Chance, die sich mit der werdenden Insel bot, wenn sie einst eine Vogelfreistätte würde.

»Wissen Sie«, begann Otto jetzt mit leiser Stimme, »was Buchenau mir geschrieben hat?«

»Noch nicht«, antwortete Arends schmunzelnd.

»Er sei zu dem Schluss gekommen, dass es allein mir zusteht, wissenschaftlich umfassend über das neue Land in der Nordsee zu berichten. Er meint damit Memmertsand.« Otto dachte an den vom Bremer Professor wunderbar formulierten Satz: »Ich habe Ihr früher eingesandtes Material für das Zentralherbarium wiederholt durchgenommen und mehrere Dispositionen zu einem Aufsatz über den Memmert gemacht. Je tiefer ich aber in die Materie eindrang, umso mehr verfestigte sich bei mir die Überzeugung, dass ich sie zu wenig beherrschte, dass Sie dagegen der einzig Lebende sind, welcher uns diesen schönen Gegenstand bearbeiten kann.«

Otto Leege hatte diese Worte Buchenaus mehrfach gelesen. Hieß es doch, dass er in dem erlauchten Kreis der Wissenschaftler angekommen, dass er als ebenbürtiger Gesprächspartner akzeptiert war. Das geschah ihm, der nie ein Hochschulexamen abgelegt hatte.

»Dann zögern Sie nicht«, ermunterte Arends ihn, »Buchenau hat recht!«

Otto ging nicht darauf ein, darüber musste er erst nachdenken.

»An der Nordwestecke gab es beachtliche Abbrüche.« Tatsächlich hatte der letzte Winter einige höhere Fluten gebracht und die Juister Dünen am westlichen Ende der Insel waren ordentlich angeknabbert worden.

»Ja, es ist bedauerlich, wenn Dünen in einer Nacht weggerissen werden«, meinte Arends.

»So ist es nun einmal. Was der blanke Hans haben will, das nimmt er sich. Schon die Sturmflut am 27. und 28. Januar 1901, Sie erinnern sich sicher, hat auch am Südwestende Memmerts alles, was bis dahin gewachsen war, in kürzester Zeit weggerissen. Einige Dünen wurden vollständig vernichtet und viele der Helmpflanzungen, die ich vorgenommen hatte, wurden zerstört. Aber jetzt entwickelt es sich wieder. Man muss es akzeptieren und sagen: Auf ein Neues!«

Helm nannte man den Strandhafer, den man in den ungefährdeten Dünen stach, um ihn dann zur Seeseite hin wieder einzupflanzen, damit er hier den Sand festhielt und die Dünenbildung förderte.

»Wenn alle so denken würden!«

»Wie soll es sonst gehen? Resignieren? Die Ziele aufgeben? Das wäre doch nicht das Richtige. Und für mich ist es schon gar nichts.«

Arends nickte und die beiden Männer machten sich auf den Weg zurück nach Hause.

# 37

»Ich lasse die Insel ungern allein – und dich, mit den Kindern und all der Arbeit«, sagte Otto, während er Kleidungsstücke und zwei Handtücher in eine kleine Tasche packte, »aber von Berlepsch wird persönlich kommen. Und nicht nur der!«

»Das lass mal meine Sorge sein, Memmert wird in den paar Tagen nicht untergehen«, antwortete Engeline und reichte ihm ein kleines Stück Seife, sorgsam in ein Tuch gewickelt.

»Triff du die Vogelexperten in Wilhelmshaven! Ich habe hier genug zu tun. Und unser Jüngster, der Hans, braucht viel Zuwendung.«

»Ja, du hast wahrlich viel zu tun. Und nun kündigt sich doch noch einmal Nachwuchs an.« Otto machte ein ernstes Gesicht.

»Freust du dich nicht?«

»Doch, doch! Natürlich«, bemühte sich Otto, nicht etwa den Eindruck zu erwecken, dass er dieser Tatsache kritisch gegenüberstand. Doch er wechselte schnell das Thema. »Weißt du, wer zu dieser Tagung kommt, ist schon von anderem Kaliber! Ich weiß nicht, ob ich dort überhaupt ein Wort über die Lippen bekomme«, meinte Otto, dachte an die Teilnehmer der Konferenz, zu der er reisen würde, und suchte gleichzeitig ein geeignetes Plätzchen für die Seife in seiner Tasche.

»Sie haben dich eingeladen. Du bist es, der ihnen berichten soll! Aber pass nur auf, wenn du große Persönlichkeiten wie von Droste-Hülshoff und Buchenau kritisierst.«

»Ich werde sagen, dass ich deren Werk ergänzen möchte. Die großen Meister zu widerlegen, fällt mir nicht ein … obwohl … nein, nein, ergänzen …«

»Du hast die Nachweise in der Hand, sauber dokumentiert. Dagegen kann niemand etwas sagen.«

»Wenn meine Beobachtungen nicht zu dem passen, was sie in ihren Büchern geschrieben haben, dann heißt es ja noch lange nicht, dass ich sie widerlege. Die Verhältnisse ändern sich ständig, hier an der Küste ohnehin. Dann kann sich auch das Verhalten von Tieren oder das Gedeihen von Pflanzen verändern.«

»Was ist mit den Kormoranen?«

»Die Kormorane …«, ging Otto nachdenklich auf die Anmerkung seiner Frau ein, »dass ich dort nachweislich zwei Kormoran-Paare habe nisten sehen … das ist schon eine kleine Sensation. Kormorane sind in Ostfriesland nichts Besonderes. Aber auf Memmert? Das sind Baumbrüter …«

»Eben. Du solltest sagen, dass es auf Memmert keine Bäume gibt.«

»Das wird möglicherweise nicht allen klar sein, da hast du recht«, sagte Otto.

»Dass sie sich stattdessen Hochnester bauen, das musst du erzählen!«

»Das würde in Wilhelmshaven für Aufsehen sorgen.«

»Aber werde nicht größenwahnsinnig!«

»Keine Angst.«

»Untertreiben solltest du auch nicht. Du musst den richtigen Weg finden.«

»Einfacher gesagt als getan. Im Übrigen geht es erst einmal nur darum, meine Studien darzulegen. Die Kormorane hoch oben auf ihren Nesttürmen habe ich mit eigenen Augen gesehen. Wer's nicht glaubt, den lade ich nach Memmert ein.«

Leege machte sich auf den Weg zum Juister Bahnhof und fuhr von dort mit der Inselbahn zur Landungsbrücke, wo das Schiff nach Norddeich lag. Von dort würde die Reise mit Zügen der oldenburgischen und der preußischen Staatsbahnen weitergehen. Der Einladung zum Ornithologenkongress in Wilhelmshaven wollte er unbedingt folgen, die beschwerliche Reise war da noch der einfachste Teil. Den Vortrag über seine Studien auf Juist und Memmert hatte er sorgsam vorbereitet, daran hatte er schon lange gesessen.

Glücklicherweise hatte er Niemeyer in Norddeich erreicht und der hatte zugestimmt, dass er nach Ankunft von Juist bei ihm übernachten könne. Am darauffolgenden Tag würde er frühmorgens nach Norden wandern und den Zug nach Esens nehmen. Dort wollte er erneut Halt machen und Superintendent Wiard Lüpkes einen Besuch abstatten. Zwar hatte Leege mit der Kirche auf Juist als Organist zu tun gehabt, wobei er sich nie an die ausdünstenden Heringsfässer aus den Strandportionen gewöhnte, deren Geruch ihm in die Nase stieg. Lüpkes wollte er nicht aus religiösen Gründen treffen. Der Geistliche hatte die »Ostfriesische Volkskunde« verfasst und Otto hatte in den vergangenen Jahren mehr und mehr Gefallen an der plattdeutschen Sprache, den Pflanzen- und Tiernamen gefunden und wollte mit Lüpkes über eine Art Wörterbuch nachdenken, damit die teils alten Bezeichnungen nicht in Vergessenheit gerieten.

Der Insellehrer erreichte die neue Landungsbrücke und bestieg den Dampfer. Das Wetter war gut und Otto ergatterte einen Platz an Deck, blickte auf die weite Wasserfläche, während sich das Schiff, schwarze Rauchschwaden ausspeiend, durch das Wattfahrwasser schlängelte. Im vergangenen Jahr war Lüpkes auf Juist gewesen, und sie hatten sich über die plattdeutsche Sprache unterhalten. Lüpkes war gutem Essen nicht abgeneigt und Nordseekrabben waren ihm besonders lieb. So hatte sich ein Gespräch über Krabben entwickelt.

»Es ist einfach falsch, wenn die Garnelen Krabben genannt werden«, war Ottos Ansicht. »Die Garnelen gehören zweifelsohne zur Familie der Krebse, aber unter Krabben versteht man die ganz anders geformten Taschenkrebse.«

»Ja, der Granat …«, warf Lüpkes ein. »Aber die kleinen Tierchen heißen nicht überall Granat. Neben der Bezeichnung ›Granat‹ gibt es auch noch den ›G'naat‹ oder ›Gernaat‹, ebenfalls Namen für die Garnele. Sie werden allesamt in Ostfriesland benutzt, und es sind noch nicht alle.«

»Und wissen Sie, wie der Granat auf Helgoland genannt wird?« Leege schmunzelte.

»Mein lieber Leege – aber natürlich, Porren. Aber Helgoland ist die westlichste Grenze für diese Bezeichnung, Sie werden auch auf den roten Felsen manchen treffen, der von Garnelen, vielleicht sogar Granat spricht. Weiter ostwärts werden die kleinen Krebse aber immer mehr zu Porren.«

»Erstaunlich, wie sich die Namen und Bezeichnungen oft auf engem Raum verändern«, erwiderte Leege.

»Bei den Vornehmeren unter uns heißen sie ›Crevetten‹ – oder man gibt sich englisch und sagt ›shrimps‹.«

»Mir ist Granat recht, egal wie sie heißen, sie schmecken immer«, lachte Otto und Lüpkes nickte zustimmend.

»Vom Englischen verstehe ich kaum etwas, leider.« Leege machte eine Pause und fuhr fort: »Es gibt derart viel zu lernen und zu entdecken, ein Menschenleben reicht da einfach nicht aus, das hat der Herrgott zu kurz geplant.« Lüpkes lachte und bemerkte: »Was der Herrgott geschaffen hat, müssen wir akzeptieren, Herr Leege. Und wie lange ein jeder von uns hier auf der Erde weilen darf, hat nur er in der Hand.«

»So ist es wohl«, entgegnete Leege nachdenklich.

»Was wichtig ist, lieber Freund: fassen Sie Ihre volkskundlichen Erkenntnisse zusammen! Sie kümmern sich um so viele Dinge, zusätzlich zu den vielen ornithologischen Sachverhalten. Jetzt sollten Sie erst einmal das Volkskundliche verfolgen, die anderen Studien ein wenig ruhen lassen.«

»Nein«, unterbrach Leege, »ich bin froh, dass ich meine Erkenntnisse beim Ornithologenkongress präsentieren darf. Aber da etwas liegen lassen ... nein, das kann ich nicht. Die Botanik, voran aber die Ornithologie, sie bedeuten mir so viel!«

»Ganz ehrlich, ich halte Sie für einen wichtigen Vertreter der ostfriesischen, ach, was sage ich, der norddeutschen Volkskunde!«

»Das ist zu viel der Ehre, nur weil ich hier und dort etwas aufschnappe ...«

»Sie haben dazu sogar schon veröffentlicht. Ihre kleinen, aber feinen Artikel sind so lesenswert! Ich freue mich jedes Mal, wenn ich von Ihnen etwas lesen darf. Aber Tageszeitungsartikel entbehren, entschuldigen Sie, der Wissenschaftlichkeit. Ich meine, Ihre Forschungen auf dem Gebiet der Sprach- und Volkskunde sollten ebenso aufbereitet werden und in wissenschaftlichen Zeitschriften erscheinen wie Ihre ornithologischen Resultate.«

»Vielleicht haben Sie recht«, murmelte Leege und dachte für einen Moment an das Zuhause auf Juist, wo Engeline schuftete, damit Haus und Hof und sieben Kinder versorgt waren. Hoffentlich machte ihr gerade jetzt nicht ihre vierte Schwangerschaft zu schaffen. Gerade erst hatte sie ihm diese eröffnet. Ja, Kinder waren ein Geschenk, aber es würde das achte sein. Und nun forderte der Pastor von ihm, auch noch volkskundliche Studien zu publizieren? Wann sollte er die Zeit finden, um das zu tun?

»Ich will sehen, was sich machen lässt. Aber Sie, lieber Freund Lüpkes, haben eine wahrhaftig erstaunliche Sammlung friesischer Sprichwörter, Rätsel, Seemannssprüche, Redensarten. Es ist eine Freude, darüber zu lesen! Plattdeutsch ist eine derart lebhafte Sprache.«

»Da fällt mir ein«, lächelte Lüpkes, »kennen Sie den hier, wo wir doch gerade vom Granat sprachen:

Een Viss, een Viss
und doch geen Viss,
de in de Dullert fangen is,
tien Beenen un een Start,
doch is't een Viss van gooder Art.«

»Und jetzt wollen Sie wissen, was das ist? Nun, wir sprachen eben davon.« Leege lachte.

Der Vers von der Garnele, von der man nicht recht wusste, ob sie Fisch war oder doch irgendetwas anderes, kannte er bereits.

»Noch ein Gläschen Wein?«

»Gerne!«

»Wo ich mir noch mehr Arbeiten von Ihnen wünsche«, wechselte Lüpkes das Thema, »sind Ihre vergleichenden Studien des Plattdeutschen und des Niederländischen, oder besser, des Friesischen.«

»Ich habe das bei meinen letzten Besuchen in den Niederlanden lernen können«, sprang Otto Leege sogleich auf dieses Thema an. »Ein wunderbares Land. Ich war auf Ameland, Vlieland und Schiermonnikoog und konnte mich mit den Vogelschützern dort teils auf Plattdeutsch unterhalten. Ich habe einen Spruch in West-Friesland gefunden, der Ihnen sicherlich bekannt ist. Im ostfriesischen Plattdeutsch lautete er: ›Botter, Bray und groen Kees, well dat nich seggen kann, de is geen rechte Frees.‹«

»Ja, den kenne ich«, bemerkte Lüpkes.

»Dachte ich mir. Den gibt es genauso im West-Friesischen: ›Boeytter, Brea en greie Czys, wa dat nate sizze kin, dy iz nin rjechte Fries …‹ Wobei …«, überlegte Leege, »meine Aussprache des West-Friesischen sicherlich fürchterlich ist, auch wenn ein Kollege aus Leeuwarden das nicht bestätigen wollte. Reine Freundlichkeit, vermute ich. Aber noch erstaunlicher fand ich eine Geschichte zu diesem Spruch.«

»Die da wäre?«

»Alle gefangenen Plünderer holländischer Schiffe, welche meistens Fremdlinge waren, die sich wohl als Holländer ausgaben, mussten diese Worte nachsprechen. Gelang es ihnen nicht einwandfrei, so wurden sie als Fremde gehenkt!«

Bei dem Geplauder wurden die Gläser schnell leer.

»Ein Weinchen noch?«

»Ein letztes, dann muss ich schlafen, morgen wird wieder ein anstrengender Tag.«

Der Abend ging zu Ende und Otto Leege betrat die kleine Kammer, die Lüpkes als Gästezimmer nutzte. Er freute sich auf ein paar Stunden Schlaf in dem schmalen Holzbett, auf dem eine mit Stroh gefüllte Matratze lag. Am nächsten Morgen würde früh der Zug nach Wilhelmshaven abfahren. Auf dem Kongress wollte er frisch und ausgeschlafen sein. Die Koryphäen der Vogel- und Pflanzenkunde wurden erwartet und Leege empfand Stolz, dass er mit seinen Ergebnissen fleißiger Beobachtungs- und Sammeltätigkeit als Vortragender zugegen sein durfte. Nach wunderbaren Abenden mit Niemeyer in Norddeich und mit dem Superintendenten in Esens dämmerte er weg und fiel in einen tiefen Schlaf.

# 38

Der Zug nach Wilhelmshaven ratterte laut und Otto saß auf der harten Holzbank nicht eben bequem. Nach einem kurzen Frühstück bei Lüpkes, bei dem sie noch eifrig ostfriesische Sprichwörter ausgetauscht hatten, war er zum Bahnhof gelaufen und hatte den Zug gerade rechtzeitig erwischt. Er dachte daran, wen er bei der Tagung treffen würde. Wilhelm Krüger sollte auch dort sein. Krüger, der Wasserbauingenieur, der gleichzeitig als Förderer des Seevogelschutzes galt. Krüger war seit 1899 Regierungsbaumeister in Wilhelmshaven und 1901 als Bauingenieur an die kaiserliche Werft berufen worden. Mit dem Ausbau des Hafens zum wichtigsten deutschen Kriegshafen arbeitete Krüger schon früh an Überlegungen, wie die ständig drohende Versandung der Hafenzufahrt verhindert werden konnte. Otto hatte einiges über die Entwicklung Wilhelmshavens zum ersten Marinestützpunkt gelesen. Jetzt, auf der Fahrt in die Stadt an der Jademündung, dachte er daran, dass hier seitens des Deutschen Reiches massiv investiert wurde. Hier wurde nicht gespart, wie bei Schulen oder für den Naturschutz. Wenig später, im Jahr 1907, wurde Krüger zum Baurat befördert, und der Schutz der Hafeneinfahrt zu seiner zentralen Aufgabe.

Krüger war auch mit Heinrich Schütte, dem Marschenforscher, zusammengekommen. Schütte hatte Krüger von dem Vogelmassaker erzählt, von dem ihm Otto berichtet hatte. Schütte hatte über 1.200 Bohrungen mit dem Marschenlöffel durchgeführt, einem Handbohrgerät, mit dem Bohrkerne bis neun Meter Tiefe gezogen werden konnten. Er wollte mit den daraus gewonnenen Erkenntnissen den Tatbestand der Küstensenkung erklären. Auch auf Memmert hatte Schütte bei weiteren Besuchen Bohrungen niedergebracht und Otto hatte darauf gebrannt zu sehen, welche Ergebnisse daraus erwuchsen.

»Krüger plant«, hatte Otto Engeline noch am Vorabend seiner Abreise erzählt, »lange Buhnen zu bauen, zwischen denen sich Sand sammeln und im Grunde eine neue Insel entstehen könnte. Reines Menschenwerk und sehr ungewöhnlich. Das Bauwerk soll die Fahrrinne nach Wilhelmshaven schützen. Ich kann mir vorstellen, dass sich dort einmal Vögel ansiedeln werden, wie auf Memmert.«

Die Marinebaudirektion Wilhelmshaven plante unter Krügers Leitung auf Olde Oog Buhnen und Dämme zu bauen, um das Fahrwasser nach Wilhelmshaven vom von West nach Ost driftenden Sand freizuhalten. Krügers Beobachtungen und Messungen hatten zu der Überzeugung geführt, dass die West-Ost-Drift nicht nur für das Wandern der Inseln, sondern auch für die ungeheuren Sandmassen verantwortlich war, die die Zufahrt nach Wilhelmshaven gefährdeten. Das würde die Zufahrt von Handels- und Kriegsschiffen erschweren, ja womöglich ganz unmöglich machen. Da Kaiser Wilhelm und die Marineleitung des Reiches der festen Überzeugung waren, dass Wilhelmshaven das Zentrum der deutschen Kriegsmarine sein sollte, schließlich war es schon 1869 als erster Kriegshafen an der Jade gegründet worden, hatte sich die Marine hier längst den wichtigsten Stützpunkt geschaffen. Das Anlegen der Buhnen würde sehr wahrscheinlich zur Entstehung von Strandflächen und daraufhin Dünen auf den Sandbänken

Olde Oog und Minsener Oog führen. Sie würden mittels weiterer langer Buhnen verbunden, sodass der Sand zurückgehalten wurde und nicht in die Fahrrinne strömte. Permanente Sandzufuhr bedeutete stetiges Dünenwachstum. Diese Dünen würden schnell von Seevögeln angenommen, mutmaßte Otto, und er sollte Recht behalten.

»So zwingen wir beide die Natur in unseren Dienst, Sie auf Memmertsand, ich hier an der Jademündung und auf Minsener Oldoog«, hatte Krüger in einem Brief an Otto geschrieben. Doch Otto sah das anders und er hatte kein Problem damit, dies auszusprechen:

»Ich glaube nicht, dass wir die Natur in unseren Dienst zwingen können, verehrter Herr Krüger. Ich denke, man muss es eher so sagen: Da wir erkannt haben, wie die Natur hier funktioniert, wie die Strömungen, der vorherrschende Westwind und viele andere Komponenten zusammenspielen, konnten wir unsere Pläne in Einvernehmen mit der Natur umsetzen. Mit ihr, nicht gegen sie.« Und er hatte nachgelegt: »Meine Bemühungen auf dem Memmert belegen, dass, wann immer etwas zerstört wird, was ich mühsam errichtet habe, dies nur zeigt: Du hast es gegen die Natur errichtet, du hast nicht verstanden, wie sie hier, an dieser Stelle, funktioniert. Und deshalb nimmt sie alles wieder weg, holt sich, was ihr gehört. Gegen den blanken Hans, Krüger, ist kein Kraut gewachsen. Wir können seine Kraft eindämmen, ja, aber nur, wenn wir seine Kräfte verstehen und sie bei unseren Bauwerken berücksichtigen. Alles, was gemacht wird, ohne die Kraft des Wassers einzurechnen, wird am Ende wieder zerstört – und sei es eine noch so feste Betonmauer. Ganz abgesehen davon denke ich, dass wir viel Geld sparen können, wenn wir mit der Natur bauen und nicht gegen sie. Schauen Sie doch, wie teuer es ist, Inseln und

Küsten mit Steinen, Beton und Eisen zu schützen. Unsere kleinen Inseln, werter Krüger, überleben nur, wenn wir die natürlichen Gesetze, denen sie unterliegen, verstehen und bei der Landgewinnung berücksichtigen. Und selbst dann können sie ganz schnell wieder verschwinden – das muss ich Ihnen nicht sagen. Ihr beginnendes Werk mit Minsener Olde Oog zeigt im Übrigen genau dies: Sie haben intensiv geforscht und erst dann Buhnen angelegt.« So hatte er es beschrieben und nach dem Abschicken des Briefes oft daran gedacht, ob es vermessen war, dem obersten Wasserbauingenieur der Reichsmarine derartige Worte zu senden.

Plötzlich ruckelte es durch den ganzen Zug und mit markerschütterndem Quietschen hielt er.

Die unvorhergesehene Bremsung riss Otto aus den Gedanken an den Briefaustausch mit Krüger. Leege schaute aus dem Fenster, um zu sehen, was den abrupten Halt erklären würde. Ein Schaffner kam vorbei.

»Was ist denn los? Warum hält der Zug?«, fragte Otto den Bahnbediensteten.

»Eine Störung im Betriebsablauf«, antwortete dieser muffelig, »Kühe im Gleis. Dauert nicht lang. Aber wir werden mit Verspätung in Wilhelmshaven ankommen.«

Wie ärgerlich, dachte Otto. Die Verbindung war knapp genug, er hatte Bedenken, auch bei pünktlicher Ankunft des Zuges zu spät zum Auftaktvortrag zu kommen. Dann setzte er sich wieder und versuchte, den Gedankengang, den er begonnen hatte, fortzusetzen. Was hatte er Krüger noch geschrieben?

»Ich baue auch Dämme, allerdings um ein Vielfaches kleiner. Außerdem haben Sie ja schon mit den ersten Maßnahmen Erfolge erzielt – das Hafenfahrwasser sandet kaum noch zu. Sie erledigen den Auftrag unserer deutschen Marineführung vorbildlich. Letzteres will ich auch, aber mir ist daran gelegen, große Flächen zu gewinnen, die als Rast-, Nist- und Brutplatz für viele verschiedene Arten und eine erkleckliche Quantität jeder Art ausreichend sind. Dazu bedarf es größerer zusammenhängender Dünen- und Grünlandbereiche, die zumindest während der Brutzeit sicher wasserfrei sind. Wenn das geschafft ist, muss der Erhalt gesichert werden. Weitere Expansion muss dann nicht sein. Es ist nicht dieser Gedanke vieler Leute, dass man alles immer weiter und größer schaffen muss. Es sollte ausreichend groß sein, dann ist es genug. Außerdem ist die Fläche des Memmert endlich – er könnte sich allenfalls zu einer gewissen Maximalgröße entwickeln, dann würde er an die natürlichen Grenzen der Priele und Strömungen gelangen, die weiteres Wachstum verhindern. Es wird also niemals ein großes Reich werden. Das ist auch nicht notwendig. Da gleichen sich Memmertsand und Minsener Oog.«

In einem weiteren Briefwechsel waren sie auch auf andere Themen gekommen, schließlich saß Krüger an einer wichtigen Quelle der deutschen Verteidigungspolitik.

»Man spricht beim Ausbau des Wilhelmshavener Hafens von mehr Flexibilität, die man gewinnen wolle. Was soll das heißen?«, hatte Otto gefragt.

Krüger antwortete, dass der Kaiser und viele seiner Marineoffiziere der Meinung waren, dass man Friedenszeiten nutzen müsse, um sich auf den Fall der Fälle vorzubereiten. Und er erläuterte, dass ja niemand an Krieg denke, wenn auch die politischen Spannungen des deutschen Reiches mit Frankreich und England immer wieder hochkochten. Aber wer wisse schon, was die nächsten Jahre bringen würden. Das Misstrauen sei jedenfalls sehr groß. Krüger fügte hinzu, dass er sich fast tagtäglich mit Offizieren unterhalte.

Manche würden gerne den gesamten Haushalt in den Ausbau der Armee und der Marine stecken. Und man müsse auch einmal sagen, dass England, Frankreich, Russland und die Vereinigten Staaten von Amerika mit Nachdruck dabei seien, in ihre Armeen und die Seestreitkräfte zu investieren. Da dürfe man keinesfalls in Rückstand geraten.

Als Otto Leege diese Zeilen las, schoss es ihm durch den Kopf, dass es andererseits sehr schwierig war, einen Vogelwärter auf Memmertsand zu bezahlen. Und um den Wärter an der Bill auf Juist wurde ein Riesentheater veranstaltet, bis ihm endlich ein paar Taler gewährt wurden.

»Aber, ja, die Verteidigung des Landes durfte man nicht vernachlässigen.« So dachte auch Otto.

Der Zug hielt qualmend und quietschend.

»Wilhelmshaven, Hauptbahnhof«, rief ein älterer Reichsbahner, der langsam den Bahnsteig entlanglief, »Endstation, alle aussteigen! Endstation!« Gleichzeitig schwang er wild eine Glocke, als kündige er eine Katastrophe und nicht nur die Ankunft des Zuges an.

Otto nahm seinen Koffer und kletterte die hohen Stufen auf den Bahnsteig hinunter, der gerade in den dichten Qualm der Lok eingehüllt war. Die Menschen schwirrten hin und her und er versuchte, sich zu orientieren. Was für ein Unterschied zu Juist und der unendlichen Ruhe und Einsamkeit auf Memmertsand!

Er durchschritt das Bahnhofsgebäude und verließ es in Richtung der Hauptstraße, um schnellstens den Veranstaltungsort zu erreichen. Er musste sich sputen. Er hatte kaum eine Viertelstunde, um den Zielort zu erreichen.

# 39

Prustend erreichte der Juister Lehrer die Wilhelmshavener Ornithologentagung gerade noch rechtzeitig, da der einführende Vortrag mit ein wenig Verspätung beginnen würde. Eigentlich hätte er sich vorher gerne ein wenig frisch machen wollen, so sehr schwitzte er. Er würde jedoch erst abends das kleine, bescheidene Hotel aufsuchen können, das er für drei Nächte gebucht hatte. Die Veranstalter hatten ihm zugesagt, die Kosten für drei Nächte und Halbpension zu übernehmen, wofür er dankbar war. Aus eigener Tasche hätte er sich den Aufenthalt und damit den Besuch der Tagung nicht leisten können.

Als wären die Gedanken, denen er im Zug nachgegangen war, kurzum zur Realität geworden, traf Otto, kaum dass er das Tagungsgebäude betreten hatte, den Ingenieur Wilhelm Krüger. Während Otto noch überlegte, ob er es tatsächlich war, kannte er ihn bislang doch nur von einem Foto in der Tageszeitung, erkannte Krüger sein Gegenüber sofort.

»Herr Leege, welche Freude, Sie zu sehen«, rief Krüger.

»Ganz meinerseits«, befand Otto Leege und wollte gerade etwas sagen, als sich Professor Buchenau zu den Männern gesellte.

»Herr Professor«, begrüßte Krüger den älteren Herrn.

»Lieber Professor Buchenau, dass wir uns hier sehen können«, begeisterte sich Otto. Innerhalb von wenigen Minuten diese Männer zu treffen, das allein war schon die Reise nach Wilhelmshaven wert gewesen.

»Ich möchte Sie nicht stören, zwei derart bedeutende Männer! Wissenschaft und Technik treffen aufeinander«, sagte Buchenau voller Bescheidenheit.

»Ich bitte Sie, Professor Buchenau, was sind wir verglichen mit Ihnen!«, entgegnete Leege und Krüger nickte bestätigend.

»Bevor wir uns rasch wieder verlieren bei all den Menschen hier«, sagte Buchenau, »will ich gleich einmal betonen: Was Sie seit 1885 bis heute zusammengetragen haben, ist von größtem wissenschaftlichen Wert, lieber Leege.« Der Angesprochene hatte keine Zeit zu antworten und Buchenau ergänzte: »Ich darf Ihnen deshalb die herzlichen Grüße des Naturwissenschaftlichen Vereins Bremen überbringen und biete Ihnen an, Ihre Ergebnisse in unserer Zeitschrift zu veröffentlichen. Den Druck zahlen wir selbstverständlich.«

»Danke, danke«, beeilte sich Leege zu sagen, »das freut mich überaus. Ich werde mich bemühen, meine Studien zusammenzufassen. Und ich freue mich so sehr, hier bei dieser bedeutenden Tagung über meine Forschungen berichten zu dürfen.«

»Darauf sind wir sehr gespannt«, warf nun Ludwig Holtz ein, der an die Gruppe herangetreten war. »Ihre Beiträge zum Steppenhuhn sind äußerst interessant«, fügte er hinzu.

Otto wusste, dass Holtz im Journal für Ornithologie manche Abhandlung über diese Vogelart verfasst hatte.

Holtz legte nach: »Vielen Dank nochmals, dass Sie mir immerzu bereitwillig Auskünfte erteilt haben.«

»Das geschieht in beiderseitigem Interesse«, entgegnete Otto, »nachdem ich bei Altum über die erste Steppenhuhn-Invasion gelesen hatte und ich – ebenso wie Sie, werter Kollege – schon 1888 auf Juist Exemplare erblickte, wusste ich, dass ich diese Tatsache veröffentlichen muss. Immerhin hieß das ja, dass das Steppenhuhn schon sehr weit nach Westen vorgedrungen war, aber derart weit …«

»Leege hat mir ein männliches Belegstück für unser Museum überlassen!«, warf Buchenau unvermittelt ein.

»Es bot sich an, ich fand das Tier am Strande, tot, aber noch sehr frisch. Wahrscheinlich an Überanstrengung verendet – was nicht erstaunt angesichts des Weges, den es zurückgelegt hatte. Professor Buchenau hat mich sogleich aufgefordert, im Weser-Kurier etwas über das Steppenhuhn zu schreiben.«

»Ich habe den Artikel gelesen. Ich wundere mich, Leege, wie Sie neben all der anderen Arbeit noch so viele Briefe schreiben können«, sagte Holtz, »aber ich vermute *Syrrhaptes paradoxus* hatte es Ihnen, genauso wie mir, besonders angetan!«

»Man könnte meinen, das Paradoxon liegt darin, dass das Steppenhuhn sich auf die Inseln verirrte«, lachte Otto und die Kollegen fielen in das Lachen ein.

»Auf Minsener Olde Oog habe ich jedenfalls noch keines gesehen«, warf Krüger ein.

»Ich möchte anmerken, dass Leverkühns Ausführungen dazu unübertroffen sind«, bemerkte Professor Hennicke, der zu der Gruppe fachsimpelnder Männer hinzugestoßen war.

»Sehr bemerkenswerte Arbeit«, pflichtete Leege bei und Holtz ergänzte: »Leverkühn hat die umfassendste Zusammenstellung von Steppenhuhn-Invasionen in Norddeutschland vorgelegt.«

»Sie sagen es«, stimmte Leege zu, »die Zeit ist ein großes Problem. Allein die Fahrt zum Memmert und die Wanderungen an Juists Westende nehmen unglaublich viel Aufwand in Anspruch. Ich hätte gerne noch mehr über *Syrrhaptes* geschrieben, allein, ich komme nicht dazu!«

»Schade, Leege, schade. Sobald ich von Ihnen etwas in die Finger kriege, ist es schon gelesen«, meinte Holtz.

»Und nebenbei haben Sie ja auch noch eine große Familie«, bemerkte Hennicke.

»Nicht zu vergessen Ihr Lehrerberuf«, warf Krüger ein.

»Ja, es gibt ständig viel zu tun«, sagte Leege, »aber die älteren Söhne kommen inzwischen regelmäßig mit zum Memmert und helfen mir bei den Arbeiten auf der Insel.«

»Glücklicherweise gibt es Ihren Verein«, sagte Holtz, sich Buchenau zuwendend und nicht weiter auf Ottos Bemerkung eingehend, »mit Ihren Abhandlungen ermöglichen Sie eine Diskussion über die Grenzen Deutschlands hinaus!«

»Es sind nicht meine Abhandlungen«, erwiderte Buchenau, der seit Längerem Vorsitzender des Naturwissenschaftlichen Vereins zu Bremen war, »die Abhandlungen, die wir regelmäßig veröffentlichen, leben von Ihnen, meine Herren, allein von Ihren Beiträgen!«

»Und doch braucht es Leute wie Sie, die alles zusammenführen! Und – mit Verlaub – Ihre eigenen Beiträge sind mehr als beachtenswert. Also keine falsche Bescheidenheit, Kollege Buchenau. Und das in Ihrem Alter, bewundernswert.« Holtz klopfte dem Professor auf die Schulter.

»Auch das Lesen kostet Zeit«, dachte Otto laut über die fehlende Zeit nach, »aber es fesselt einen geradezu. Als ich Poppes Arbeit über die zoologische Literatur über das nordwestdeutsche Tiefland las, konnte ich kaum davon ablassen.«

»Das ging mir genauso«, meinte Buchenau und die anderen Herren nickten zustimmend.

»Was sagen Sie zu Herrn Pfannenschmid, Herr Leege?«, fragte Hennicke unvermittelt.

Otto wurde ernst. Edmund Pfannenschmid war ein Thema für sich. Gewiss, er war ein hervorragender Kenner der Vogelwelt, hatte detaillierte Analysen und neue Erkenntnisse zur Ornithologie des Küstenraumes veröffentlicht. Doch alles, was Otto publiziert hatte, hatte Pfannenschmid ignoriert. Als gäbe es Otto Leege gar nicht. Er würde es nicht aussprechen, aber es wurmte ihn schon seit einiger Zeit. Und zwar gewaltig.

»Pfannenschmid ... Ja, sicherlich ein bemerkenswerter Ornithologe.« Otto bemühte sich, gleichgültig zu klingen.

»Bemerkenswert kann viel heißen«, stichelte Hennicke.

»Pfannenschmid ist der Altmeister, das wird niemand bezweifeln«, erwiderte Otto und dachte, damit das Gespräch beenden zu können.

»Viele Meister profitieren von Schülern, wenn diese gut sind«, setzte Hennicke fort, »was ich meine, Herr Leege, ist, dass Pfannenschmid Ihre Arbeiten berücksichtigen sollte! Warum tut er das nicht?«

»Das müssen Sie Pfannenschmid fragen, nicht mich«, antwortete Otto mit Groll in der Stimme. »Ich hätte gedacht, ihn hier anzutreffen. Man hätte sicherlich viel Neues von ihm erfahren können«, fügte er noch hinzu.

»Bescheiden wie immer!«, rief Buchenau. »Leege, Sie sind, obgleich noch recht jung, schon ein ganz Großer unter den Naturwissenschaftlern Deutschlands.«

»Deutschlands ... ich bitte Sie«, flüsterte Otto, sodass es nur die unmittelbar Umherstehenden hörten.

»Sie haben Pfannenschmid mehrfach zitiert – er Sie nie«, hörte Holtz nicht auf, den Namen Pfannenschmid immer wieder in die Runde zu werfen.

»Ich achte nicht so sehr auf so etwas ... Mir geht es um die Fakten«, entgegnete Otto, doch Buchenau fiel ihm ins Wort.

»Das zeichnet Sie aus, Zitate zu zählen, hilft ja niemandem weiter.«

»Darf ich fragen, was es mit Herrn Pfannenschmid auf sich hat?«, fragte Wilhelm Krüger.

»Pfannenschmid hat Leege nur ein einziges Mal in seinen Schriften erwähnt und sprach von ›Leeges Steppenhuhnriecherei‹. Dass da ein junger Mann behauptete, das Steppenhuhn könnte bald regelmäßiger Gast hier oben werden, sich sozusagen einem neuen Lebensraum anpassen, das hatte er aus seiner Sicht längst widerlegt ... aber anscheinend nur aus seiner Sicht. Unser Leege hier«, Buchenau klopfte dem Lehrer auf die Schulter, »hat andere Erkenntnisse.«

»So habe ich es nicht gesagt ...«, widersprach Otto, doch er kam nicht weiter.

»Na, aber so ähnlich. Das hat Pfannenschmid nicht geschmeckt. Schließlich haben Sie recht behalten. Es stand im Widerspruch zu seinen Arbeiten«, meinte Buchenau.

Holtz wiegelte ab: »Ich wollte Sie, Herr Leege, mit Pfannenschmid ein wenig provozieren, lieber Freund. Doch der nächste Vortrag beginnt. Lassen Sie uns gehen. Ein interessanter Beitrag aus den Niederlanden.«

Die Männer machten sich auf, einen Vortrag von Baron Snouckart von Schauburg anzuhören, der aus den niederländischen küstennahen Naturschutzgebieten und deren Vogelwelt berichten wollte. Otto freute sich darauf. Er hatte auf Vlieland erstmals drei Eiderentenpaare nachgewiesen. Die daraus resultierende Arbeit »Ein Besuch bei den Brutvögeln der holländischen Nordseeinseln« hatte den Niederländer von Schauburg aus Groningen, der mit Otto in regem brieflichem Austausch stand, beeindruckt.

Otto ließ den Herren den Vortritt in den Sitzungssaal und freute sich innerlich wie ein Schneekönig. Dass seine Worte inmitten dieser hochbetitelten Männer Anerkennung fanden, beflügelte ihn sehr.

# 40

»Das Problem sind die zunehmenden Massen der Kurgäste. Sie machen organisierte Fahrten nach Memmertsand und schießen auf Vögel. Eine nutzlose und grauenvolle Art, die Urlaubszeit totzuschlagen«, sagte Otto Leege, als sich einige der Konferenzteilnehmer in einer Pause trafen.

»Ja, ich hörte davon«, antwortete der alte Professor Liebe, den Otto hier erstmals persönlich traf, »erschütternd!«

»Man müsste …«, mutmaßte Otto, »man müsste aus Memmert eine geschützte Vogelfreistätte machen. Mit einem Vogelwart, der darauf achtet, dass die Leute während des Sommers nicht ihre sinnlosen Vogeljagden durchführen. Es ist zum Heulen, wenn man nach solchen sogenannten Lustfahrten auf den Memmert kommt. Sie reisen von Juist oder Borkum, manchmal sogar vom Festland an, zerstören, töten, und fahren wieder ab.«

Für einen Moment herrschte Stille. Bis Freiherr von Berlepsch das Wort ergriff und laut und deutlich in die Runde sagte: »Ich habe das mit eigenen Augen gesehen. Leege hat doch recht! Es liegt auch an uns, dieser Forderung Nachdruck zu verleihen, meine Herren!«

»Eine Vogelfreistätte auf Memmertsand … Ja, so müsste man es machen. Sie haben uns in ihrem Vortrag voll und ganz überzeugt«, dachte Liebe laut nach.

»Aber das bedeutet viel Überzeugungsarbeit bei den Behörden«, gab Wilhelm Krüger zu bedenken, »ich kenne das von Mellum und Minsener Oog. Vogelfreistätten können meines Wissens zudem nur durch den Minister für Landwirtschaft und Domänen in Berlin bewilligt werden.«

»Dann muss er das tun«, mischte sich Graf Wilamowitz-Moellendorff in das Gespräch ein. Er war erst spät zur Tagung gelangt, da die Reichsbahn auch bei ihm arge Verspätung an den Tag gelegt hatte. Eine Weiche hatte ihren Dienst versagt und der Zug hatte über zwei Stunden stillgestanden.

»Ja, allein der Weg, wie man es anpacken muss, ist mir noch nicht klar. Andererseits scheut man sich nicht, mehr und mehr dieser Belustigungsfahrten für Kurgäste durchzuführen, der Kurgastbetrieb auf Juist wächst von Jahr zu Jahr und auf Borkum ist es nicht anders«, gab Otto zu bedenken.

»Wer hat es denn geschafft, dass das erste Naturschutzgebiet Juists an der Bill geschaffen wurde? Sie, allein Sie!«, warf Wilamowitz-Moellendorff ein.

»Die Bill auf Juist, das ist noch etwas anderes. Ich hatte Unterstützung. Der Inselarzt Dr. Arends, der Herr Kommerzienrat Girardet, Sie, Herr Professor Buchenau, haben gute Worte eingelegt. Andere auch ... Sie kennen die Leute, die mich anfeinden. Ingenieure, die sich lustig machen, weil ich mir anmaße, besser als sie zu wissen, wie man Inselschutz am besten macht. Und Hoteliers und Politiker, die meinen, ich wolle die wirtschaftliche Entwicklung der Insel behindern. Aber das ist Unsinn. Die Inseln sollen, ja, sie müssen sich wirtschaftlich entwickeln. Aber man darf der sogenannten Zivilisation nicht das ganze Feld überlassen! Ich sehe doch, wie das Brutgeschehen gestört wird, wenn zu viele Leute durch die Dünen irren und sich überall breitmachen.«

»Mir läge es fern, Ihre Bemühungen nicht ausreichend wertzuschätzen«, warf Krüger ein.

»Ich meine Sie nicht, ganz und gar nicht«, erschrak Leege, fürchtend, er könne dem Ingenieur mit seiner Äußerung vor den Kopf gestoßen haben.

»Sehen Sie, Herr Leege«, machte sich Wilamowitz-Moellendorff wieder bemerkbar, »der Tüchtige hat immer auch Kritiker. Lassen Sie sich von denen nicht beeindrucken. Memmert als geschützte Vogelfreistätte! Jawohl – das muss unser aller Ziel sein, die wir den Erhalt der Natur und der Artenvielfalt anstreben. Sie sind nicht allein«, dozierte er.

»Ich bin bereit, ein Wort für eine Vogelfreistätte auf Memmertsand einzulegen, das habe ich schon nach meinem Besuch auf Memmertsand erklärt«, versicherte von Berlepsch.

»Ich unterstütze Sie. Sie kennen doch den Minister?«, fügte Wilamowitz-Moellendorff hinzu, der wohl vermutete, dass es im Moment arg in von Berlepschs Kopf arbeitete. Alle sahen ihn an.

»Kennen ist zu viel gesagt ... Wir haben uns beim Militär gesehen. Ich bin mir gar nicht sicher, ob der Minister von Podbielski sich daran noch erinnert.«

»Dann erinnern Sie ihn daran«, schmunzelte Wilamowitz-Moellendorff, »jedenfalls sollten wir überlegen, wie wir Herrn Leege bei seinen Bestrebungen unterstützen können.«

»Mit Ihrer Unterstützung, meine Herren, könnte es gelingen«, griff Otto das Wort wieder auf und fügte leise, aber doch so, dass alle es verstanden, hinzu: »Ich habe schon so viele Worte eingelegt. Was mir dabei klar geworden ist, allein schaffe ich das nicht.«

# 41

»Erstaunlich, wie viele Blaublüter sich ausgerechnet für Vögel interessieren«, sagte Otto Leege ein paar Tage nach seiner Rückkehr aus Wilhelmshaven, als er lesend in seinem hölzernen Lehnstuhl saß.

Engeline saß ihm gegenüber und flickte ein Bettlaken.

»Nun kenne ich schon viele Vogelschützer und, als hätten sie sonst nichts zu schaffen, gerade in Adelshäusern findet sich mancher, der aus der Ornithologie ein Betätigungsfeld gemacht hat«, fuhr Otto fort. »Oft lese ich die Namen von Grafen, Freiherrn und Königen, ja Zaren, die sich der Vogelkunde verschrieben haben. Selbst der König von Sachsen soll sich für die Vogelwelt interessieren.«

»Weilt er nicht auch bald auf Juist?«, fragte Engeline.

»Man sagt, er wolle die Insel besuchen.«

»Was für eine Ehre, König Friedrich August von Sachsen auf Juist«, bemerkte sie.

»Wenn die Leute, die ich in Wilhelmshaven getroffen habe, eine Art Petition schreiben würden …«

»Von Berlepsch und Wilamowitz-Moellendorff sind diejenigen, die du brauchst, Otto«, unterbrach ihn seine Frau, »wenn du außerdem den sächsischen König mit ins Boot bekommst, dann kann kein Minister mehr Nein sagen.«

»Engeline, wenn es so einfach wäre. Ich bin schon froh, mit von Berlepsch und Wilamowitz-Moellendorff auf Augenhöhe sprechen zu dürfen. Und nun soll ich noch bei einem König anfragen?«

»Warum nicht? Er möchte dich sprechen.«

»Er will, so habe ich es mir sagen lassen, tatsächlich Memmert besuchen! Einsame Inseln scheinen ihm ein kleines Abenteuer zu bedeuten.«

»Selbst wenn – er ist Vogelliebhaber! Dein Plan, Memmert zur Vogelfreistätte zu machen, sollte für ihn ein einzigartiges Engagement für ihre eigene Sache sein.«

Engeline verblüffte ihn immer wieder. War sie naiv – oder traute sie ihm das wirklich zu? Er überlegte einen Moment und murmelte dann: »Der sächsische König wird im Kurhaus residieren. Mit Gefolge ... Aber wenn ich ihn für die Sache gewinnen könnte ...«

»Noch einmal, Otto. Der König hat dich um ein Treffen gebeten, nicht umgekehrt, bedenke das!«

»Ja, eigentlich müsste es umgekehrt sein, nicht wahr? Ich bitte um eine Audienz beim König.« Otto lächelte. »Dass er überhaupt etwas davon mitbekommt, was hier stattfindet, auf einer kleinen Insel irgendwo im Wattenmeer.«

»Du wirst immer bekannter in der Welt der Natur- und Vogelschützer, er wird Veröffentlichungen von dir gelesen haben.«

Otto dachte an all die Herren, die er mittlerweile auf Juist getroffen und die er mit zum Memmertsand genommen hatte. Von Berlepsch, Wilamowitz-Moellendorff, Hennicke, Schütte, Wildvang, van Scholten und Schauburg aus den Niederlanden ... Er würde auch den Sachsenkönig zum Memmert hinüberfahren! Na, der würde sicher ein anderes Schiff wollen, nicht seine kleine Schaluppe. Er musste Hennicke Bescheid geben, damit er darüber berichtete, falls der König tatsächlich mit ihm zusammentraf. Wozu war Hennicke Herausgeber der Monatszeitschrift?

»Wenn der König wirklich kommt und ich ihn treffe, so wäre das eine Sensation und …« Otto kam nicht weiter. In diesem Moment ließ sich das Wimmern eines Babys hören.

Engeline erhob sich und begab sich zu der Wiege, in der die letzten drei Kinder schon gelegen hatten, und hob den kleinen Willi heraus. »Na, mein Schatz, hast du Hunger?«, flüsterte Engeline zärtlich zu dem winzigen Wurm.

Otto hatte sich zu den beiden gesellt und stupste Willi auf die Nase. Der sah seine Eltern mit großen Augen an. Ja, er hatte Hunger.

»Holst du bitte das Fläschchen aus der Küche?«, bat Engeline Otto und der setzte sich sofort in Bewegung.

Willi saugte gierig und gluckste dabei. Die Eheleute schauten lächelnd und froh auf ihr achtes Kind.

Es war Engeline, die das Gespräch wiederaufnahm.

»Du solltest ihnen auch von deinen Pflanzungen im Westen berichten. Oder ihr geht gemeinsam dorthin. Vielleicht ist er auch an dem neuen Deich am Hammer interessiert. Und nimm Hennicke mit, von Berlepsch …«

»Wenn sie dann auch gerade auf Juist sind«, gab Otto zu bedenken. »Aber, ja, du hast recht. Die Pflanzungen! Das wird den Zaren beeindrucken, wenn er sieht, wie aus öden Dünen langsam ein Wäldchen entsteht.«

In den vergangenen Sommermonaten hatte Hafenbaumeister Niemeyer, wie schon in früheren Jahren, erneut diverse Baumsorten nach Juist bringen lassen. Otto hatte sie zusammen mit Schülern und Helfern aus dem Dorf und dem Loog in einigen Dünentälern und -hängen an der Bill und zwischen Bill und Hammer gepflanzt. Die Wurzeln würden die Dünen festigen, den Sand stabilisieren, so sein Argument gegenüber der Ortsverwaltung. Und er wolle studieren, welche Arten hier gut gediehen. So manchen

Setzling hatte er auch mit nach Memmert genommen – doch die Dünen waren noch zu niedrig, wurden in den Herbst- und Winterstürmen oft wieder zerstört. Sie boten kaum Schutz, sodass sich Bäume nicht hielten. Ein paar armselige Weidengebüsche wuchsen an der Ostseite der Dünengruppen. Nur der anspruchslose, aber kräftige, bedornte Sanddorn schien sich gegen Wind und Wetter zu behaupten. Er bildete dichtes Buschwerk, ebenso wie die Apfel- oder Kartoffelrose, die Leege an verschiedenen Stellen gepflanzt hatte und die im kargen Sand sehr gut anwuchs. Hier auf Juist breitete sie sich schon über größere Flächen aus. Mit ihren Stacheln und dem dichten Zweigwerk hielt sie die Menschen davon ab, in die Dünentäler vorzustoßen, weshalb Otto sie mit Vorliebe an solchen Orten pflanzte.

»Ich setze die Apfelrose strategisch ein«, hatte er Niemeyer erklärt.

»Dazu eignet sie sich hervorragend«, hatte der bestätigt.

Im letzten Herbst hatte Leege die ersten orangegelben Beeren des Sanddorns auf Memmert entdeckt, ohne dass er den Busch selbst dort angepflanzt hätte. Die Seevögel hatten dafür gesorgt, dass er nun auf Memmert gedieh. Ihr Kot mochte einige Samenkörner enthalten haben, die sie sich vorher auf Juist einverleibt hatten. Wie hatte er sich gefreut, als er den kleinen Sanddornbusch entdeckte. Wie damals, in der Grafschaft bei Uelsen, an der Dinkel, wenn er ein neues Tier gefunden und es stolz nach Hause gebracht hatte. Kurz dachte er an seine Mutter. Ohne sie wäre er wohl gar nicht hier. Wer weiß, was sich für sein Leben ergeben hätte …

# 42

»Es ist spät, willst du nicht schlafen?«, fragte Engeline, während Otto an seinem kleinen Schreibtisch saß und schrieb. Die Petroleumlampe lieferte Licht, das gerade ausreichte, um das Geschriebene zu lesen.

»Ich bin gleich so weit«, murmelte er geistesabwesend.

»Deine Jahresstatistik zu Zugvögeln auf Memmert?«, fragte sie, flüchtig über seine Schultern linsend.

»Nein, nein. Die Depesche an den Minister, dass Memmertsand unter Schutz gestellt werden muss. Den Augenblick muss ich nutzen, sonst wird das nichts. Ich formuliere hin und her und dann denke ich wieder, es muss ganz anders geschrieben werden.«

»... an den Landwirtschaftsminister in Berlin?«

»Ja, den Landwirtschaftsminister. Überbringen müssen das von Berlepsch und Wilamowitz-Moellendorff. Ich hoffe, sie stehen zu ihrem Wort, nach Berlin zu reisen. Sie haben den Minister beide schon einmal bei der Armee getroffen«, antwortete Otto ungehalten, er wollte zu Ende schreiben.

Engeline kannte Otto mittlerweile gut genug, um zu wissen, dass sie ihn in Ruhe lassen sollte.

»Ich gehe schlafen«, flüsterte sie ihm ins Ohr.

»Jaja, ist gut. Ich gehe auch bald. Ich muss nur ...«

»... den Brief zu Ende schreiben, ich weiß.«

Otto kritzelte noch zwei Zeilen auf das vor ihm liegende Papier und las sich seinen Brief dann noch einmal leise selbst vor. Detailliert beschrieb er die Entwicklung des Memmertsandes, die aus seiner Sicht hervorragende Eignung als Vogelfreistätte und den Frevel des Vogelschießens, der dort immer wieder stattfand. Das Schreiben endete mit den Worten:

> *Somit bitten die Unterzeichneten, Eure Exzellenz möge die Güte haben, die Errichtung einer Vogelkolonie auf der Insel Memmert genehmigen und hierfür eine Beihilfe von jährlich 500 M geneigtest bewilligen zu wollen.*

Das Schreiben würde seitens des Vorstandes des Vereins zum Schutze der Vogelwelt unterzeichnet werden, also von Jacobi von Wangelin, Dr. Carl Hennicke und Freiherr von Berlepsch, nicht von Otto selbst.

Müde legte Otto den Stift beiseite, nahm die Brille ab und rieb sich die Augen. Es war Zeit, schlafen zu gehen. Morgen würde er den Brief Engeline geben. Sie würde ihn noch einmal kritisch lesen. War er zu lang geraten? Musste er sich anders ausdrücken? Sie war nicht nur die gute Seele in ihrem zehnköpfigen Haushalt, sie war auch ein Korrektiv für ihn. Das schätzte er. Was wäre er ohne diese Frau, die nie nach Martha gefragt, seine ersten vier Söhne wortlos akzeptiert, drei weitere und eine Tochter geboren hatte und die bei all den Anstrengungen gern mit ihm zum Memmertsand fuhr, beim Helmpflanzen half, seine Manuskripte las und manchen wertvollen Hinweis dazu gab. Otto erhob sich, warf noch einen kritischen Blick auf sein Schreiben und begab sich auf leisen Füßen in die kleine Schlafkammer, wo Engeline nach langem Tagwerk bereits tief und fest schlummerte.

# 43

Engeline hatte noch kleine Änderungen im Schreiben ihres Mannes vorgenommen. Otto hatte sich indes auf den Weg in den Gasthof gemacht, wo ihn die Kollegen erwarteten. Sie beschlossen, das Schreiben für den Landwirtschaftsminister in Berlin zu verwenden und eine Kurzform davon für die Bezirksregierung in Aurich. Die Regierung in Aurich reagierte erstaunlich schnell. Nach wenigen Wochen wurde verfügt, dass der Memmertsand in den Sommermonaten nicht mehr betreten werden dürfe.

Die Tagespresse kündigte das Verbot an. Doch Otto war enttäuscht. Nichts weiter als eine kleine, unscheinbare Anzeige im hinteren Teil der Zeitung. Kaum jemand würde sie entdecken. Bürgermeister Moeger unterrichtete ihn, als sie sich auf der Wilhelmstraße trafen, dass er einen Brief zum Sachverhalt Memmertsand von der Auricher Regierung erhalten habe, und er wisse von seinem Kollegen auf Borkum, dass dieser ebenfalls angeschrieben worden war. Natürlich hatte man auch in Aurich Kenntnis von den Schießereien auf Memmertsand, und man hatte die Kurverwaltungen der Nachbarinseln darauf aufmerksam machen wollen, dass diese Fahrten im Sommer nunmehr zu unterbleiben hätten.

»Da haben Sie es nun geschafft, Herr Leege, Respekt«, sagte Bürgermeister Moeger, »aber nun frage ich Sie: Eine Anordnung erlassen, das ist das eine. Die Anordnung umsetzen, das ist das andere. Und Letzteres liegt nun auf meinen Schultern? Soll ich mich an den Strand von Memmertsand stellen und ankommende Kurgäste vertreiben?«

»Das ist es ja eben«, antwortete Leege mit Bedauern in der Stimme, »es muss dort jemand vor Ort sein, ein Wärter. Sonst nützt es doch alles nichts!«

»Den können wir aus unseren Geldern aber nicht bezahlen, das müsste die Regierung in Aurich übernehmen.«

»Ich weiß. Es ist ein Lippenbekenntnis aus Aurich, mehr nicht. Vielleicht will man mich und meine Unterstützer nur beruhigen.«

»Wir sind nicht immer einer Meinung, Herr Leege. Aber natürlich kann ich das Schreiben nicht ignorieren. Nur, umsetzen kann ich es nicht. Ich habe keine Leute, kein Geld – mal ganz abgesehen davon, dass es auf Memmertsand keinerlei Behausung gibt, in der ein Wärter leben könnte. Im Sommer mag es nicht so kalt werden, aber ein Dach über dem Kopf bräuchte er ja doch. Von fehlendem Trinkwasser einmal ganz abgesehen.«

»Sie brauchen mir das nicht zu erzählen, werter Herr Bürgermeister. Ich glaube kaum, dass jemand den Memmert besser kennt als ich. In dieser Form ist das Verbot das Papier nicht wert, auf dem es steht.«

»Kurz und gut, ich sehe keine Möglichkeiten. Wollen Sie das überwachen? Dann müssten Sie allerdings Ihre Lehrerstelle kündigen, vermute ich.«

»Ihre Ironie berührt mich nicht, Herr Moeger. Natürlich kann ich es nicht leisten. Ich werde mich weiter für einen Wärter auf Memmert verwenden.«

»Wo soll der denn wohnen?«

»Man könnte eine Unterkunft bauen. Die Warf- und die Kobbedünen haben mittlerweile Höhen erreicht, die das wohl zulassen würden.«

»Ein Haus? Auf Memmertsand? Wie wollen Sie das Baumaterial hinschaffen? Und selbst wenn man es auf ein Schiff packt und am Nordstrand ablädt – man müsste es bei auflaufender Flut in Windeseile auf die höheren Sande bringen. Dazu braucht man Arbeiter. Vom Bau dann mal ganz abgesehen.« Moeger lächelte, er war sich wohl sicher, dass auch ein Otto Leege einsehen musste, dass ein Wärterhaus auf Memmert Utopie war.

Dem wurde es langsam zu viel. »Himmel, es wird sich schon eine Lösung finden!«, rief er. »Das geht nicht von heute auf morgen, nein. Aber wenn man will, wird es gehen!« Er war sich alles andere als sicher, ob er jemals Erfolg haben würde, sowohl, was einen Wärter anging, als auch die Sache mit der Unterkunft. Er fügte hinzu: »Sie kennen mich, Herr Bürgermeister … Ich gebe so leicht nicht auf.«

Der Amtsleiter sah ihn ernst an. »Das ist mir schon öfter zu Ohren gekommen, werter Herr Leege!«

»Man muss den Memmertsand vollständig unter Schutz stellen. Ganzjährig. Mit Wärter.«

Moeger machte eine wegwerfende Handbewegung. »Ach hören Sie doch auf, Herr Leege. So schlimm ist es doch nun auch nicht mit den paar Fahrten nach Memmert … Es gibt Gäste, die diese Art Zeitvertreib mögen. Wenn es die Fahrten nicht mehr gibt, kommen sie vielleicht gar nicht mehr nach Juist. Das würde unsere Insel schädigen, und Sie wären verantwortlich.«

»Ich frage Sie: sinnlos auf Vögel schießen? Nester und Gelege zerstören? Wie kann man sich daran ergötzen?« In Ottos Stimme lag echter Ärger.

»Jeder hat halt so seine Marotten … man will ja für alle etwas parat haben«, stammelte Moeger.

»Sie kennen meine Beweggründe. Es braucht Rückzugsräume für die Vogelwelt. Man muss dieses Treiben verbieten!«

»Wie auch immer. Wir können keinen Wärter anstellen, die Borkumer können es nicht. Es gibt niemanden, der diesen Erlass aus Aurich umsetzen kann. Wenn Sie einen Einfall haben, sagen Sie es mir.«

»Damit bleibt alles beim Alten. Aber, noch einmal, ich werde nicht aufgeben«, gab sich Leege standhaft, »und wie Sie wissen, habe ich namhafte Unterstützer. Die sind übrigens ebenso Kurgäste unserer Insel und lehnen das Zerstören einzigartigen Lebensraumes ab!«

»Ich weiß, ich weiß …«, grummelte Moeger. Er wandte sich ab. Mit Leege war in bestimmten Dingen einfach nicht gut Kirschen essen. Er schaute auf seine Taschenuhr.

»Nun … ähm … muss ich auch gehen. Ich habe Ihnen gesagt, dass ich nichts machen kann. Einen schönen Abend noch.«

»Ebenso«, erwiderte Leege kurz und machte sich ebenfalls auf den Heimweg.

Er betrat die Villa Postala, zog seine Stiefel aus und begab sich in die Küche, wo Engeline mit dem kleinen Willi saß.

»Oha«, sagte sie, »Ärger gehabt?«, als sie ihren Mann hereinkommen sah.

»Nur ein Gespräch mit dem Bürgermeister und Kurdirektor Moeger – leider über das falsche Thema.«

»Was sagt er zu dem Erlass aus Aurich?«

»Ach, es ist doch nichts als ein zahnloser Papiertiger. Ohne Kontrolle, ohne einen Wärter, bleibt die Verfügung aus Aurich wirkungslos.«

»Vielleicht nutzt es doch etwas, immerhin ist es ein offizielles Verbot.«

»Ach was. Die Amüsements gehen weiter. Es ist ein zu lukratives Geschäft! Trotz des offiziellen Betretungsverbotes wird öffentlich für die Teilnahme an den Fahrten geworben, in Hotels und Pensionen werden dieselben Plakate aufgestellt, niemand nimmt sie weg, niemand hört damit auf, wenn es nicht ernsthaft verfolgt wird.«

»Willst du die Leute ins Gefängnis stecken?«

»Nein. Ich will, dass sie gar nicht erst nach Memmert fahren, um dort ihren Frevel zu begehen.«

»Was willst du tun?«

»Ich muss schwereres Geschütz auffahren! Alles kuscht vor dem geldbringenden Tourismus, die allermeisten sehen nur den schnöden Mammon. Fortschritt ... dass ich nicht lache! Mehr Gäste, mehr Restaurants, mehr Hotels, mehr Pensionen, mehr, mehr, mehr. Ach, das ewige Mehr führt doch nur zu mehr Naturzerstörung. Das ist doch nicht so schwer zu begreifen!« Otto regte sich auf.

»Für einige schon, wie du siehst. Außerdem hat Geld eine unglaublich große Wirkung.«

»Geld ist mir egal ...«

»Dir, ja. Aber vielen scheint es das Wichtigste zu sein. Und ganz ohne geht es ja nun auch nicht. Außerdem würde ein Wärter auch Geld kosten.«

»Na eben, das kann aber nur von der Regierung kommen!«

»Nun mal nicht gleich den Teufel an die Wand«, versuchte Engeline, ihn zu beruhigen.

»Von Berlepsch muss sich schleunigst auf den Weg machen, zusammen mit Wilamowitz-Moellendorff. Die wird man beim Minister in Berlin vorlassen. Einem Generalleutnant und einem Oberst kann von Podbielski kaum ein Gespräch verwehren, er ist auch altgedienter Offizier.«

»Sag es ihnen.«

»Sag es ihnen, sag es ihnen ... Die haben auch Besseres

zu tun, als zu warten, bis Otto Leege ihnen sagt, sie sollen den Minister überzeugen und einen Wärter besorgen!« Otto stockte, überlegte. Dann sah er seine Frau an. »Entschuldigung …«

»Schon gut.«

Leege schaute auf den kleinen Willi, strich ihm über den Kopf.

»Sieh doch, ich reibe mich schon an einem Frerichs und manchmal auch einem Moeger auf! Soll ich nach Berlin fahren? Ein Insellehrer, der versucht, Juister Schülerinnen und Schülern ein bisschen Bildung mit auf ihren Lebensweg zu geben? Ach, das wird doch nichts!«

»Immerhin hat man in Aurich jetzt überhaupt einmal reagiert«, gab Engeline zu bedenken.

»Ja, aber woran liegt es? Insellehrer Leege kann ja viel erzählen. Nur weil ich nicht allein unterschrieben habe, bewegt sich etwas. Hohe Militärs, Adelige, Professores, hohe Staatsbeamte, die haben das Sagen. Wenn Leute mit großen Namen und Titeln kommen, dann kuschen alle! So ist die Welt gestrickt.«

»Dann sei einfach froh, dass sie auf deiner Seite sind und unterschrieben haben!«

Otto dachte einen Moment lang nach.

»Wir dürfen jetzt nicht stehen bleiben.«

Engeline sah ihren Mann an und konnte ihn verstehen. Auch sie hatte das kleine Eiland längst lieben gelernt. Aber ob der preußische Landwirtschafts- und Naturschutzminister von Podbielski sich wirklich für eine kleine Sandbank im ostfriesischen Wattenmeer interessieren würde? Doch für heute sparte sie es sich, neue Bedenken vorzubringen. Otto hatte sich schon genug über Moeger aufgeregt.

# 44

Hans Freiherr von Berlepsch hatte nach dem Ornithologenkongress in Wilhelmshaven nicht lang überlegt, ob er die Reise nach Berlin antreten sollte. Eine lange Zugfahrt stünde ihm bevor, die, zumal jetzt im Herbst, nicht immer gemütlich sein würde, gerade wenn er an die Umstiege dachte. Immerhin war es ihm als Offizier vergönnt, in der ersten Klasse zu reisen. So saß der Freiherr in einer neuen Mission, die nichts mit militärischen Angelegenheiten zu tun hatte, allein in einem Abteil der Bahn und ging gedanklich die Argumente durch, die er gegenüber dem Minister vorbringen wollte. Zwischendurch besah er sich die schönen Landschaften, die an ihm vorüberglitten, nur manchmal durch Rauchschwaden der Dampflokomotive übertüncht. Umstiege in Bremen und Hannover, dann ging es über Magdeburg, Brandenburg, Potsdam in die preußische Hauptstadt.

Ein anstrengendes und teures Unterfangen, nun, am Geld mangelte es ihm noch am wenigsten. Er dachte an Leege, der ihm noch mitgegeben hatte, er hätte sich eine solche Reise gar nicht leisten können. Ja, der Insellehrer hatte ein unglaubliches Wissen, er war der richtige Mann für die Naturschutzaufgaben auf Juist und Memmert. Aber mit Geld umgehen … das war nicht sein Fall. Wenn es ums Geld ging, dachte Leege zunächst an seine zehnköpfige Familie. Sie zu ernähren, beanspruchte sein Volksschullehrergehalt bestimmt fast vollständig, überlegte von Berlepsch. Vielleicht würde er als neuer Lehrer in der Ostermarscher Dorfschule, wohin er nun versetzt würde, etwas mehr verdienen. Dort betreute er größere Klassen. Für alles andere aber, was auf Memmertsand notwendig war, Reisiggeflechte, Holzbalken, Werkzeuge, anderes Material für den Inselschutz, eine Hütte gar mitsamt einem Wärter … Da mussten andere Quellen angezapft werden. Leege konnte nicht in Vorleistung gehen. Das musste von Berlepsch dem Minister ebenfalls deutlich vor Augen führen.

Er hätte gerne Wilamowitz-Moellendorff mitgenommen, doch der hatte ihn aufgrund anderer Verpflichtungen nicht nach Berlin begleiten können. Er befand sich auf einer Reise nach Bagdad. Als deutscher Bevollmächtigter für Persien hatte er dort außenpolitische Verpflichtungen. Aber er hatte Leege jegliche Unterstützung für den Memmertsand zugesagt und hinzugefügt, dass er, bis zu einem gewissen Grad, auch finanziell zu Leeges Anliegen beitragen könne.

Bagdad, Arabien waren für von Berlepsch unbekannte Welten. Allerdings hatte er nicht nur viele europäische Länder, sondern auch solche in Afrika und Südamerika bereist. Wilamowitz-Moellendorff war ein Kenner des Nahen Ostens, Arabiens, des Irans. Konsequenterweise hatte man ihm den Posten des Bevollmächtigten beschert. Zusammengenommen hatten sie sehr viel von der Welt gesehen. Und nun hatten sie sich entschlossen, die Bestrebungen eines Juister Lehrers zu unterstützen, der eine kleine Sandbank im ostfriesischen Wattenmeer für den Vogelschutz gewinnen wollte. Otto Leege hatte sie überzeugt. Beeindruckend, der Mann, dachte von Berlepsch. Weder eine akademische Ausbildung noch eine Militärkarriere, ganz zu schweigen von adeliger Herkunft. Und dennoch hielt er sich mittlerweile in Kreisen auf, die Volksschullehrern ansonsten verschlossen blieben.

Er war froh, dass Leege und er die Professoren Hennicke, Buchenau und Schütte sowie die Wasserbauingenieure Niemeyer und Krüger und den Kommerzienrat Girardet überzeugen konnten, den Antrag an den preußischen Landwirtschaftsminister zu unterzeichnen. Wilhelm Krüger war in Regierungskreisen in Berlin nicht unbekannt, sorgte er doch mit seinen Ideen und deren Umsetzung dafür, dass auch die neuen, tiefgehenden Schiffe der deutschen Kriegsmarine Wilhelmshaven ohne Schwierigkeiten erreichen konnten. Das machte Eindruck.

Endlich erreichte der Zug mit lautem Signal, das die Endstation ankündigte, den Hauptbahnhof der Reichshauptstadt Berlin. Von Berlepsch war längere Zeit nicht hier gewesen, kannte die Stadt aus früheren Jahren seiner Militärlaufbahn. Der Gegensatz konnte größer nicht sein – dort die Idylle Juists und Memmerts, des ländlichen Ostfrieslands, und hier das turbulente Treiben der größten und wichtigsten Stadt des Kaiserreichs. Er dachte an seine Heimat Thüringen, Schloss Seebach, und verglich sie mit der quirligen Urbanität, in der scheinbar alles durcheinanderlief. Neben wenigen knatternden Kraftfahrzeugen wuselten Fußgänger und Radfahrer, trabten Pferdegespanne und man musste aufpassen, um nicht mit den laut in den Gleisen quietschenden Straßenbahnen zu kollidieren.

Seine Zeit war knapp bemessen, es war ihm kaum möglich, innezuhalten und sich ein wenig umzusehen. Von Berlepsch eilte zum Hotel, machte sich frisch und hatte noch am selben Tag im Landwirtschaftsministerium zu erscheinen. Er kannte einen hohen Beamten im Ministerium, hatte aber auch schon einmal dem Landwirtschaftsminister von

Podbielski die Hand geschüttelt, bei einem Kongress, in dem es um Waldwirtschaft ging, vor einigen Jahren. Er selbst hatte dort einen kurzen Vortrag zur Bedeutung der Wälder für den Vogelschutz gehalten. Vorher hatte man sich bei militärischen Anlässen gesehen, aber von Podbielski würde sich sicher nicht erinnern. Der Jüngste war er ja auch nicht mehr. Von Berlepsch würde die Grüße von Graf Wilamowitz-Moellendorff überbringen, die beiden Männer kannten sich ebenfalls, teilten gemeinsame Erlebnisse bei der preußischen Armee.

Vom schnellen Gehen erhitzt, erreichte von Berlepsch den Eingang des Ministeriums.

»Sie wünschen?«, fragte ein älterer Herr in einem kleinen Häuschen am Eingang, streng überwachend, wer ein und aus ging.

»Ich habe einen Termin mit dem Herrn Landwirtschaftsminister«, erwiderte von Berlepsch.

»Name?«

»Von Berlepsch, Freiherr von Berlepsch, Hans. Oberstleutnant.«

Der Portier sah ihn über eine kleine, etwas schiefe Brille an.

»Jawohl, Herr Oberstleutnant«, sagte er laut, während er »hm, hm, Freiherr von Berlepsch« nuschelte und dabei einen Papierstapel durchsuchte. Der Freiherr bekam eher den Eindruck, der Mann wühle sich durch das Papier, ohne recht zu wissen, was er suchte. Doch dem war nicht so.

»Ja, hier habe ich es. Sie sind angemeldet, in der Tat«, sagte er und erhob sich. »Wenn der Herr Oberstleutnant bitte einen Moment warten möchte.« Der kleine Mann entfernte sich.

Es dauerte etwa fünf Minuten, bis der Wachmann zurückkam.

»Jaja, Sie werden erwartet, bitte schön.« Er zeigte zu dem nicht übersehbaren Eingang.

»Ich bedanke mich höflichst«, freute sich von Berlepsch, dass es keine weiteren Formalien gab.

Es war höchste Zeit, die fünf Minuten am Eingang erhöhten seine Verspätung auf knapp fünfzehn Minuten. Ihm fehlte es deutlich an preußischer Pünktlichkeit. Das ärgerte ihn.

Die langen grauen Flure, die der Freiherr durchschritt, waren außerordentlich öde. Keine Bilder, alte, verbrauchte Türen und ebenso die Fenster, die den nicht lohnenden Blick in leblose Hinterhöfe gewährten. Hier dürfte durchaus einmal investiert werden, um dem Ministerium ein freundlicheres Aussehen zu verleihen, dachte der Freiherr. Er erreichte die Büros des Landwirtschaftsministers und klopfte an die Tür des Vorzimmers. Eine Dame mittleren Alters sah ihn über ihre Brille hinweg an, als er nach einem mit hoher Stimme gepiepsten, aber dennoch energisch wirkenden »Herein« das Zimmer betreten hatte.

»Der Herr Freiherr von Berlepsch. Sie werden erwartet«, sagte die Vorzimmerdame, »der Minister ist bald für Sie da. Einen Moment noch. Wenn Sie die Güte hätten, auf dem Flur kurz zu warten. Natürlich können Sie schon ablegen, dort ist eine Garderobe.«

Er zog seinen Mantel aus, hängte ihn auf einen Kleiderbügel und den an einen Haken in der Wand. Dann kehrte er wieder auf den wenig verheißungsvollen grauen Flur zurück. Er dachte nach.

»Ich wünsche Ihnen alles Gute und allen Erfolg«, hatte Leege ihm mitgegeben, »während Sie in Berlin für Memmert kämpfen, werde ich dasselbe hier vor Ort tun.« Leege hatte ihm von dem Gespräch mit Bürgermeister Moeger erzählt. Dessen »ich kann da nichts machen« regte den Lehrer immer noch auf, das konnte von Berlepsch nachvollziehen.

Memmertsand war Staatseigentum, die Nutzung hoheitlich zu regeln. Aber stritt man in Offizierskreisen der Marine nicht schon lange über die Bedeutung der nordwestdeutschen Küstenlandschaft bezüglich militärisch-strategischer Fragen? Die ostfriesische Küste war nicht uninteressant, was militärische Konzepte anbelangte, die von anderen Offizieren wiederum als unbedeutend zurückgewiesen wurden. Schließlich könne man dort bei Ebbe allenfalls mit einem Schlickrutscher, aber keinesfalls mit einem Schlachtschiff vorankommen. Die Seeseite der Inselkette war jedoch anders zu bewerten. Da könnten englische Schiffe schon Unheil anrichten, wenn es um die Blockade von Wilhelmshaven, Bremen oder Hamburg oder noch schlimmere Pläne ging. Von Berlepsch wusste von allerhand Überlegungen in der deutschen Marine, die Einsatzbereitschaft und Reaktionszeit auf eventuelle Aggressionen anderer Staaten zu optimieren – da wurde keine Sandbank an der deutschen Nordseeküste aus den Gedankenspielen ausgelassen – bis hin zu geheim gehaltenen Erstschlagsplänen gegen sogenannte Erbfeinde wie England. Andererseits, ging es von Berlepsch durch den Kopf, spielte das Militär Preußens eine derart dominierende Rolle, dass eine Vogelschutzfreistätte als Argument gegen etwaige militärische Nutzungen den Offizieren allenfalls ein müdes Lächeln entlocken mochte.

Wie hatte sich der Landwirtschaftsminister wohl entwickelt, seitdem er die Armee verlassen hatte und in die Politik gegangen war? Die flüchtigen Begegnungen, die es seitdem zwischen von Berlepsch und dem Minister gegeben hatte, hatten nicht ausgereicht, um sich ein Bild von Podbielski zu machen. In den letzten Jahren hatte der Freiherr immer wieder von ihm in der Zeitung gelesen. Gerade in diesen Tagen ging es oft um von Podbielski. Angeblich hatte er Waffen- und Munitionsgeschäfte, welche die deutschen Truppen in Südwestafrika betrafen, nicht ordnungsgemäß durchgeführt. Das war natürlich ein gefundenes Fressen für die politische Opposition. Aber ihm ging es jetzt nur um den Memmertsand, alles andere spielte keine Rolle. Wilamowitz-Moellendorff hatte von Berlepsch zur Vorbereitung des Gesprächs noch einiges über den Landwirtschaftsminister mitgegeben. Victor Adolf Theophil von Podbielski war 1862, Otto Leeges Geburtsjahr, in das Ulanen-Regiment »Graf Haeseler« eingetreten. »Im Deutsch-Französischen Krieg 1870/71«, so hatte Wilamowitz-Moellendorff damals referiert, »hat er als Offizier im Generalstab des zehnten Armeekorps gedient. Zwischen 1885 und 1890 war er Kommandeur des Husaren-Regiments ›von Zieten‹, mittlerweile zum Generalmajor aufgestiegen, hatte er die 34. Kavallerie-Brigade der Festung Metz geleitet.«

Von Berlepsch hatte anerkennend genickt. Ein Haudegen.

»Werter Freund«, war Wilamowitz-Moellendorff fortgefahren, »Sie werden einen eingefleischten Offizier vor sich haben, wenn Sie ihm erklären, dass es notwendig ist, eine kleine unscheinbare Insel, wenn man sie überhaupt schon so bezeichnen möchte, im ostfriesischen Wattenmeer für den Vogelschutz freizustellen. Er ist immer noch erstaunlich schneidig, trotz seines Alters.«

»Und?«, so stellte sich von Berlepsch vor, wie das Gespräch mit dem Ex-Militär verlaufen würde. »Memmertsand? Eine Sandbank im ostfriesischen Wattenmeer? Wen schert das? Mich jedenfalls nicht. Sonst noch etwas?«

Das wäre eine Katastrophe! Interessierte der Minister sich am Ende überhaupt für den Naturschutz? Hatte er nicht ganz andere Sorgen? Wieder dachte von Berlepsch an die gegenwärtigen regierungsinternen Probleme, in die von Podbielski verwickelt sein sollte. Waren Gelder an die falschen Leute geflossen? Oder zu viel gezahlt worden, für zu wenig Material? Die Presse berichtete tagtäglich über den Fall. Dass es deswegen in der Regierung rumorte, war längst ein offenes Geheimnis. Wilamowitz-Moellendorff hatte es in einem Nebensatz erwähnt: »Da läuft nicht alles korrekt, und es gibt Leute, die wollen den Minister gerne dort weghaben.« Na, die gab es immer, sagte sich von Berlepsch, schließlich konnte man es nie allen recht machen. Und noch saß der Minister im Sattel, vielleicht nicht fest, aber er hatte das Sagen. Umso wichtiger war es, ihn von der Bedeutung einer Vogelfreistätte auf Memmertsand zu überzeugen.

»Mein Gott, wie lange dauert es denn noch?« Von Berlepsch wurde ungeduldig. Zum Glück hörte ihn niemand auf dem langen Flur. Da er ohnehin schon verspätet angekommen war, fürchtete er um die Audienz. Etwas rechts vom Vorzimmer des Landwirtschaftsministers hing das einzige Bild auf dem Flur. Kaiser Wilhelm II. Von Berlepsch sah sich das Bildnis des obersten Deutschen an, obwohl er schon so viele Bilder des Kaisers betrachtet hatte. Gerade erst hatte Wilhelm II. verkündet, die Haupt- und gleichzeitig edle Aufgabe der Landwirtschaftsverwaltung sei es, die Ernährung der Bevölkerung zu sichern und zu verbessern. Ein wohlgenährtes Volk war ein wehrhaftes Volk, und darauf legte der Kaiser Wert. »Himmel«, sagte sich von Berlepsch, »und ich will seinem Minister mit Strandläufern, Silber- und Mantelmöwen, Austernfischern, Regenpfeifern und Brachvögeln kommen.«

Was würde der Minister über Leege sagen, wenn von Berlepsch über den Juister Volksschullehrer erzählte, der offenbar nichts Besseres zu tun hatte, als in seiner Freizeit Pflanzen und Tiere zu zählen? Und nun wünschte man sich seitens der preußischen Regierung einen Bevollmächtigtenstatus für diesen Kauz? Damit er eine Sandbank schützte? Was für eine Idee! Ein Lacher, freundliches Schulterklopfen, während des Ministers Sekretär ihn schon wieder zum Büro hinausschob.

»Freiherr von Berlepsch«, die piepsige Stimme riss ihn aus seinen Gedanken, »würden Sie bitte kommen, der Herr Minister ist jetzt zu sprechen«, rief die junge, blonde Frau über den Flur.

»Natürlich, bin schon da.« Von Berlepsch hatte mit weiten, hallenden Schritten die Tür schnell erreicht.

»Hier entlang bitte.«

Donnerwetter, zwei Vorzimmer, beste Möbel und frischer Kaffeegeruch, ging es ihm durch den Kopf. Dann öffnete sich die Tür in das Büro des preußischen Landwirtschaftsministers von Podbielski, der viel Wert darauf legte, dass sein Offizierstatus als Generalleutnant der preußischen Armee gewürdigt wurde. Er konnte schließlich etwas vorweisen. Im Krieg als Offizier im Generalstab dienend hatte er gegen Dänemark, Österreich und Frankreich gekämpft. Erst 1891 war er in die Politik gewechselt und widmete sich als Abgeordneter der Deutschkonservativen Partei neuen Themen. Schließlich war er zum Ministeramt gekommen, nachdem er vorher knapp vier Jahre das Reichspostamt geleitet hatte.

Und dieser Mann empfing den Freiherrn von Berlepsch nun in Sachen »Memmertsand«.

Sein alter Freund aus Militärtagen, Wilamowitz-Moellendorff, hatte ihm ein Telegramm geschickt, er möge, bitte sehr, den Kameraden, Offizier und Kollegen von Berlepsch anhören und sich der Sache annehmen, sie sei bedeutender, als es auf den ersten Blick erscheinen mochte. Na, dann wollte er das auch tun und hatte zur Vorbereitung das Schreiben von Otto Leege am Vormittag noch gelesen. Er hatte auf die Karte geschaut, die fast die gesamte Wand an der rechten Seite seines Dienstzimmers bedeckte, und hatte schließlich den winzigen kleinen Punkt in der Nordwestecke Preußens entdeckt.

Soso, Memmertsand, war es ihm durch den Kopf gegangen, bevor er sich wieder seinen Unterlagen zuwandte.

# 45

»Freiherr von Berlepsch, seien Sie gegrüßt«, empfing von Podbielski seinen Gast, »wie war die Reise?«, und fügte gleich an, ohne eine Antwort abzuwarten: »Ich höre, dass Sie sich jetzt oft auf den Inseln aufhalten, die der nordwestdeutschen Küste vorgelagert sind. Bekommt Ihnen die Nordseeluft?«

»Auch ich grüße Sie, Herr Minister. Danke, die Reise war angenehm. Eine weite Reise, aber unsere Reichsbahn fährt schnell und sicher, aber leider nicht immer pünktlich. Und, ja, die Nordseeluft ist herrlich. Ich darf Ihnen jedoch zunächst herzlich danken, dass Sie mich empfangen.«

»Aber das ist doch selbstverständlich. Werter Freiherr, ich achte Ihre militärischen Leistungen. Und ich hege gleichermaßen viel Anerkennung für Ihre Mühen auf Schloss Seebach und den zugehörigen land- und forstwirtschaftlichen Flächen. Sehr beachtlich und ein bedeutender Beitrag zur Getreide- und Holzerzeugung gleichermaßen. All das brauchen wir für unser Land! Aber berühmt sind natürlich Ihre Nisthöhlen.«

»Ja, ich freue mich nach wie vor, dass sie längst maschinell gefertigt werden.«

»Ihre weltweiten Erfahrungen sind nicht minder bemerkenswert.«

»Ich bin dankbar, dass ich Afrika, Südamerika und viele Länder Europas besuchen durfte. Beeindruckende Reisen, auch was ich dort an generellen und insbesondere ornithologischen Erkenntnissen hatte, ist von unschätzbarem Wert!«

»Es ist bemerkenswert, dass sowohl Sie als auch unser Kamerad Wilamowitz-Moellendorff dem Vogelschutz verfallen sind.«

»Verfallen sicher nicht, aber der Vogelschutz ist uns sehr wichtig.«

»So kann man es doch wohl sagen. Und nachdem Sie nun die große, weite Welt bereist haben, Amerika, Afrika, Asien, geht es um diesen Memmertsand, eine unbedeutende Sandbank im ostfriesischen Wattenmeer? Das müssen Sie mir erklären.«

»Dort entsteht eine neue Insel, Herr Minister. Preußen wird größer, ein Stück neuer Lebensraum, wenn Sie so wollen.«

»Die Bedeutung dieser Insel scheint mir nicht so groß zu sein.«

»Aus Sicht des Vogelschutzes schon. Großer Dank gebührt dem Juister Insellehrer Otto Leege. Er hat meines und Wilamowitz-Moellendorffs Interesse für die Seevögel und ihren Schutz ganz besonders angefacht.«

»Sie erwähnten diesen Leege in Ihrem Brief. Sie und Wilamowitz-Moellendorff waren also auf der Sandbank?«

»Leege hat uns selbst hinübergesegelt. Und dort haben wir die verabscheuungswürdigen Freveltaten an der Vogelwelt gesehen, Herr Minister. Es wird dort gemetzelt, aus purer Lust am Schießen und Töten. Dahinter steckt keinerlei Jagdgedanke. Es geht um sinnloses Vogelmorden. Es könnte ein hervorragendes Schutzgebiet werden, aber nicht, wenn immer wieder Kurgäste von den Nachbarinseln hinüberfahren, um …«

»Jaja«, unterbrach ihn der Minister, »das ist mir ja aus der

Petition bekannt. Verlieren wir also keine Zeit«, er atmete einmal tief durch. Jetzt wird er etwas Entscheidendes sagen, schoss es von Berlepsch durch den Kopf.

»Ihre Petition ...«, er zögerte, »hat ... sagen wir ... mein Interesse gefunden.« Plötzlich erhob sich von Podbielski, eilte zur Bürotür und rief hinaus:

»Fräulein Tippelmann, wo bleibt der Kaffee?«

Er schloss die Tür, kehrte um und setzte sich wieder hinter den Schreibtisch.

Die Dame aus dem Vorzimmer kam kurze Zeit später fast ungehört herein, legte dem Minister einige Papiere auf den Schreibtisch und stellte gleichzeitig jedem der beiden Männer eine Tasse dampfenden Kaffee vor die Nase. Von Berlepsch atmete den Duft tief ein. Jetzt eine gute Tasse Kaffee, herrlich!

»Entschuldigen Sie, werter Herr von Berlepsch, Sie trinken doch sicher Kaffee? Fräulein Tippelmann macht den besten Kaffee, den man sich denken kann.«

Fräulein Tippelmann lächelte verlegen.

»Danke, ich liebe Kaffee. Allein sein Duft verrät, dass Sie recht haben.«

»Gut, gut. Nun weiter im Text, die Zeit drängt ein wenig. Es hat mich beeindruckt, dass Sie sich derart mit einer solchen Hingabe und Überzeugungskraft dem Natur- und Heimatschutz widmen. Aber dieser Memmertsand, lieber Freiherr ... wird da nicht ein wenig zu viel Tamtam gemacht? Ich sehe da keinerlei wirtschaftlichen, noch einen militärischen Wert.«

»Aber sind das nicht auch und gerade gute Gründe, dort eine Vogelfreistätte einzurichten? Sie müssen wissen, Herr Minister, beim Memmertsand handelt es sich mehr als um eine Sandbank. Er könnte sich zu einem der Küste vorgelagerten Bollwerk gegen die bei Stürmen heranrollende Nordsee erweisen. Und einen Wärter dort könnte man auch als Beobachtungsposten einsetzen … nur für den Fall der Fälle«, entgegnete von Berlepsch, doch der Minister fiel ihm erneut ins Wort.

»Schon gut, schon gut. Wir haben alle gedient oder tun es noch, doch jetzt kümmere ich mich um die Landwirtschaft. Ich habe, wie erwähnt, die Petition gelesen, das tue ich beileibe nicht bei jedem Antrag«, er schmunzelte, »es war allein Ihr Name, und, zugegeben, der meines Freundes Wilamowitz-Moellendorff, die fielen und die mich veranlassten, meinen Beamten dieses Schreiben sozusagen direkt aus der Hand zu nehmen. Auch wenn sie es mittlerweile wieder zurückhaben, es muss ja ein Aktenzeichen bekommen, alles muss schließlich seinen Gang gehen. Ja, Wilamowitz-Moellendorff … Was für ein Mann! Wie Sie sicherlich wissen, war er Offizier im Kürassierregiment in Münster, dann im Ulanenregiment Potsdam. Übrigens anerkenne ich auch Ihre militärische Erfahrung, lieber von Berlepsch, auf das Äußerste! Sagte ich das schon? Wir stammen doch alle aus dieser großen Familie der preußischen Armee …«

»Zu viel der Ehre, verehrter Minister«, lächelte von Berlepsch, »ich darf wohl sagen, dass diese freundlichen Worte auch meinerseits Ihnen gegenüber gelten. Ihre Offizierskarriere und Ihre großen militärischen Erfolge, da kann man nur Hochachtung haben, Herr Generalleutnant! Mein Freund Graf Wilamowitz-Moellendorff hat über Ihre Erfahrungen im militärischen Bereich überaus Beeindruckendes erzählt.«

»Ach, ach …«, von Podbielski winkte ab, »wie Wilamowitz-Moellendorff vor noch gar nicht langer Zeit im ostasiatischen Reiterregiment am Chinafeldzug teilnahm, das ist ein Husarenstück! China! Und nun ist er nach Bagdad unterwegs, in wichtiger, geheimer Mission ...«, ein paar Sekunden blickte der Minister versonnen aus dem Fenster, »und jetzt engagiert er sich mit einem Mal auf Memmertsand ... Zwei Männer wie Sie lassen sich von einer unbedeutenden, unbewohnten Insel vereinnahmen, fernab der Zivilisation, irgendwo in der Nordsee.«

»Ich darf Ihnen sagen, dass Herr Leege eine große Überzeugungskraft an den Tag gelegt hat, als er uns erklärte, dass Memmertsand ein hervorragendes Schutzgebiet für Vögel werden könne. Und Graf Wilamowitz-Moellendorff ist ein großer Kenner der Vogelwelt. Im zivilen Leben muss man sagen, dass sein Vorsitz im Deutschen Verein zum Schutz der Vogelwelt durch kaum jemanden ersetzt werden kann.«

»Wir sind alle ersetzbar, von Berlepsch, alle. Das wissen wir als Offiziere doch besser als jeder andere! Als Soldat muss man immer mit dem Schlimmsten rechnen. Aber was soll's, Wilamowitz-Moellendorff ist ein Teufelskerl«, schwärmte von Podbielski, »Offizier und mutiger Kämpfer, fürwahr! Und kämpft für den Erhalt unserer deutschen Heimat, seiner Wälder und seiner Tiere. Eine Kombination, die mir gefällt. Wie auch bei Ihnen.«

Es entstand eine kleine Pause, von Berlepsch wollte den wohlwollenden Worten des Ministers über den Grafen und sich selbst nichts hinzufügen.

»Was Ihre Bemerkung betrifft«, setzte von Podbielski wieder an, »dass es mit den schon vorhandenen Seebädern genug Kurmöglichkeiten und Feriengebiete an der deutschen Nordseeküste gibt und dass es auch Rückzugsgebiete für Pflanzen und Tiere geben muss, hat mich überzeugt, wenn auch dem Kurbetrieb auf den deutschen Nordseeinseln allerhöchste Bedeutung zukommt – wirtschaftlich und bezüglich der Volksgesundheit. Der Verteidigungsminister plant übrigens ein Kurheim für verdiente Offiziere auf einer der Inseln, eine schöne Idee, wie ich meine«, er lächelte. »Preußen ist schön, und diese Schönheit liegt auch im Naturreichtum begründet. Es ist unser aller Aufgabe, diese unsere schöne Heimat zu erhalten, was die Natur angeht, und zu verteidigen, was unsere mitunter etwas, sagen wir, frech daherkommenden Nachbarn angeht.« Er sah auf die Wanduhr gegenüber seinem Schreibtisch.

»Machen wir es kurz, Berlepsch: Ich habe vor, Ihrem Antrag zu entsprechen. Ich werde Maßnahmen, die einen Schutz des Memmertsandes empfehlen, anordnen. Ich habe das durch meine Beamten prüfen lassen. Ich stelle mir das so vor: Ich veranlasse, den Memmertsand gegen einen Pachtzins an den Deutschen Verein zum Schutz der Vogelwelt zu verpachten. Damit wäre er in der Obhut des Vereins. Der Pächter bestimmt, was auf dem Gelände geschehen darf und was nicht. Er kann die Jäger und Vogelschützen, die Memmertsand trotz des Verbotes betreten sollten, vertreiben. Er hat alle Rechte, dies zu tun.«

Von Berlepsch dachte kurz nach und warf ein: »Eine hervorragende Idee, Ihr Vorschlag zur Vorgehensweise ist überaus praktikabel. Herr Minister, nur ein Wort dazu, ein Pachtzins …«

»Jaja«, unterbrach von Podbielski, »natürlich, da will der Staat wieder Geld, denkt man gleich, nicht wahr? Aber Ihre Befürchtungen sind umsonst. Wir dachten an einen Betrag von drei Mark im Jahr. Ich denke, das ist es dem Verein wert?«

»Das sollte machbar sein«, antwortete von Berlepsch beruhigt, »absolut notwendig ist jedoch die Anstellung eines Wärters, zumindest in der Brutzeit.«

»Na, dann schauen Sie mal, ob es jemanden gibt, das sollte sich auch finanzieren lassen. Dieser Leege kommt ja kaum selbst infrage. Sagen Sie mal, wo der sich so oft auf der Sandbank herumtreibt … muss er nicht seinem Schuldienst nachkommen? Und er soll eine Menge Kinder haben …«

»Das tut er, Herr Minister, das tut er. Und, ja, acht Kinder hat er. Und dennoch ist er sehr gewissenhaft im Beruf. Er ist sogar außerordentlich beliebt bei den Schülern, weil er sein Amt mit besonderen Methoden ausübt. Er nimmt die Schüler beispielsweise mit in die Dünen, um ihnen am Objekt die Pflanzen- und Tierwelt zu erklären. Und er ist der unbestrittene Initiator der Naturschutzbestrebungen auf den Inseln Juist und Memmert. Er hat sich, ohne dahingehend geschult worden zu sein oder ein Studium belegt zu haben, ein ungemein großes Wissen über die Pflanzen- und Vogelwelt und den Küstenschutz im Allgemeinen angeeignet. Vor nicht langer Zeit ist er zum Ornithologenkongress nach Wilhelmshaven eingeladen worden, um dort vor all den Experten über seine Forschungen zu berichten.«

»Er ist Lehrer, von einem solchen sollte man Wissen verlangen dürfen. Aber anscheinend geht es darüber hinaus?«

»Man kann wohl behaupten, dass er den Professoren im Bereich der Botanik und der Ornithologie, ja auch der Geologie, ebenbürtig ist. Es ist eine Freude, ihn sprechen zu hören, und er hat mich, wie auch den Grafen, die Professoren Hennicke, Buchenau und Schütte und viele mehr, erst auf den Gedanken gebracht, welchen Wert der Memmertsand für den See- und Zugvogelschutz schon jetzt hat, und noch haben wird, wenn sich die Insel gut weiterentwickelt.«

»Woraus schließt er, dass sich die Insel gut entwickelt?«

»Das ist auf Leeges Aktivitäten zurückzuführen. Schon seit einiger Zeit, seitdem ein befreundeter Ingenieur ein Holzhaus auf Memmertsand errichtet hat, verbringt er, teils mit seiner Familie, die Ferien auf dem Memmert. Er legt mit seiner eigenen Hände Arbeit Deiche an, um entstehende Dünen zu verbinden. Seine Frau und die Söhne unterstützen ihn dabei. Nur manchmal kommen Arbeiter von Juist oder Norddeich hinzu. So haben sich die Dünen und das im Norden und Osten liegende Grünland sehr vergrößert. Diese Gebiete bieten immer mehr Vögeln Schutz zum Nisten und Brüten. Nur diese Schießereien, diese planlosen Vergnügungsfahrten, die zerstören so vieles in kürzester Zeit. Wie schon erwähnt, es gibt dabei nicht den Hauch von Waidmannsehre.«

»Ich weiß, ich weiß. Ein Wärter soll in Zukunft über den Memmert wachen, sagen Sie? Leege wird das ja nicht machen können. Gut, ich werde veranlassen, dass es eine Bezahlung für einen solchen Wärter geben wird. Es wird ja wohl im Sommer ausreichend sein.«

»Ab dem Frühjahr und über den gesamten Sommer hinweg, jawohl.«

»Das sollte zu machen sein.«

»Das ist großzügig. Ich bin übrigens überzeugt, Herr Leege würde Sie gerne einmal auf Juist begrüßen und Ihnen den Memmertsand persönlich vorführen. Ich kann nur sagen, es lohnt sich, ein Abenteuer so nah vor unserer Küste!«

»Eine reizvolle Idee. Aber ich bin nicht mehr der Jüngste, die Zipperlein stellen sich ein … Vielleicht ergibt es sich ja einmal.« Von Podbielski machte eine bedeutende Pause. Womöglich dachte er in diesem Augenblick daran, dass die

Afrika-Affäre um Deutsch-Südwest ihm große Probleme bereitete und er sein Amt bei ungünstiger politischer Entwicklung schon bald aufgeben müsse. Es gab politische Gegner, die nichts mehr wollten als genau dies.

»Richten Sie Leege meine Grüße aus, wenn Sie mal wieder an der Nordsee sind.«

Von Podbielski schaute auf seine Taschenuhr, stutzte.

»Nehmen Sie es mir nicht übel, aber die Zeit rennt mal wieder. Ich bin in Eile, eine Ausschusssitzung, Sie verstehen …«, machte der Landwirtschaftsminister Anstalten, das Gespräch zu beenden.

»Ich bin hocherfreut über ihre positive Antwort, Herr Minister. Es müsste nur, ich will nicht drängen, aber eine Verfügung an die Regierung in Aurich …«, doch wieder wurde Berlepsch unterbrochen.

»Selbstverständlich. Das Schreiben ist bereits in Arbeit und wird alsbald nach Aurich geschickt. Ich schlage vor, dass Sie diesem Leege die Aufsicht über die Ausführung übereignen. Den Wärter soll er aussuchen. Oder Sie machen es zusammen, wie Sie wollen. Er selbst wäre sicherlich geeignet, aber er muss ja dem Schuldienst nachgehen. Die Erziehung unserer Jugend ist wichtig.«

»Er erzieht sie im Sinne unseres Landes und ist der kaiserlichen Politik zugetan.«

»Na schön, so soll es auch sein. Ich muss nun gehen. Die Depesche an die Bezirksregierung in Aurich geht nächste Woche aus unserem Haus in Richtung Küste. Frau Tippelmann wird Ihnen noch ein vorläufiges Genehmigungsschreiben mitgeben, von mir unterschrieben und bestempelt. Wie gesagt, vorläufig. Für die formale Unterschutzstellung braucht es eine weitere Urkunde der Bezirksregierung, die sie auf meine Veranlassung ausstellen wird. Ich überlasse den Memmertsand damit dem zu gründenden Verein. Einzige Ausnahme wäre eine etwaige militärische Nutzung. Wer will schon wissen, was noch passiert. Aber das zeichnet sich nicht ab. Regeln Sie alles, damit die Wilderei aufhört und Leege sich dem Vogelschutz widmen kann. Ich weiß die Insel bei ihm, Ihnen und Wilamowitz-Moellendorff in guten Händen. Sie werden das Richtige tun.«

»Wir werden alles ordnungsgemäß regeln, selbstverständlich.«

»Oder … wollen Sie sich nur einen neuen ruhigen Urlaubsort an der Nordsee sichern?« Der Minister schmunzelte erneut, als er, hinter seinem Schreibtisch aufstand, diese Frage an von Berlepsch richtete.

»Sie wissen, Herr Minister, dass mir der Vogelschutz seit vielen Jahren sehr viel bedeutet. Memmertsand kann zu einem Paradies für Vögel werden, wenn …«

»Jaja, schon gut. Die Frage war nicht ernst gemeint, mein lieber Freiherr. Wir wollen keine Zeit mehr verlieren, ich muss mich jetzt wirklich empfehlen. Ein wichtiger Termin, es geht um die Ernteverluste durch die allzu feuchte Saison. Also letztlich die Ernährung des deutschen Volkes im kommenden Herbst und Winter. Sie wissen ja, hat das Volk Brot, ist es zufrieden mit dem Kaiser und der Regierung. Ich wünsche Ihnen alles Gute.«

»Herr Minister, ich danke Ihnen von ganzem Herzen und werde dieses Gespräch wohlwollend erwähnen. Ich versichere Ihnen, dass das preußische Landwirtschaftsministerium der Natur und der Schönheit des nordwestlichsten Teils der Provinz Hannover einen großen Gefallen getan hat, und hoffe, dass Sie einmal den Memmert besuchen werden.«

Von Berlepsch war angesichts des erfolgreich verlaufenen Gesprächs sehr erregt. Das große Ziel war erreicht!

Er würde es kaum erwarten können, Leege und Hennicke, Fritze und Buchenau, dem Grafen Wilamowitz-Moellendorff, Holtz, auch Niemeyer in Norddeich, Krüger in Wilhelmshaven und all den anderen zu berichten.

»Ich wünsche Ihnen viel Erfolg«, rief von Podbielski Berlepsch noch zu, der bereits in Richtung des Vorzimmers unterwegs war. Damit hatte der Minister endgültig das letzte Wort gehabt. Fräulein Tippelmann kam ihm indes mit zwei weiteren Tassen Kaffee entgegen.

»Ja, aber …«, sagte sie.

»Die vielen Staatsgeschäfte erfordern Effizienz, da reicht es mitunter kaum für eine zweite Tasse Kaffee«, sagte von Berlepsch und fügte, mit einem Auge zwinkernd, hinzu, »aber mit zwei Tassen wird der verehrte Minister nichts anfangen können«, nahm eine der Tassen und trank sie im Stehen.

»Sehr gut, der Kaffee, zweifelsohne. Allerherzlichsten Dank! Vielleicht schicke ich Ihnen demnächst ein schönes Bild von der Nordseeküste – ein wenig Farbe würde diesen Gemäuern guttun. Auf Wiedersehen.«

»Wiedersehen«, sagte Fräulein Tippelmann erstaunt und drehte sich, bevor der Kaffee der zweiten Tasse kalt wurde, wieder in Richtung des ministerialen Büros. Von Berlepsch verließ das Gebäude und überlegte, wie er das unerwartet schnelle und positive Ergebnis seiner Besprechung mit dem Landwirtschaftsminister an Otto Leege übermitteln könnte. Und vor der Bettruhe wollte er sich unbedingt ein Glas Wein in der kleinen Restauration an der Kurfürstenstraße genehmigen. Da hatte er früher mit anderen Offizieren schon einmal einen abendlichen Digestif zu sich genommen.

# 46

Noch auf dem Rückweg von Berlin nach Ostfriesland erfuhr Freiherr von Berlepsch, dass Minister von Podbielski über die Afrika-Angelegenheit stolperte. Die Bestechungsaffäre im Zusammenhang mit der Ausstattung der deutschen Schutztruppen in den afrikanischen Kolonien hatte ihn als unhaltbar erscheinen lassen. Zwar kam es so zu Verzögerungen im Betriebsablauf des Ministeriums, allerdings verließen alle Erlasse und Anordnungen, die der Minister noch bestätigt hatte, rechtzeitig das Haus. Von Berlepsch atmete auf, als er erfuhr, dass das Schreiben zum Schutz des Memmertsandes noch gerade bevor der Minister seinen Platz hatte räumen und die grauen Gemäuer des Berliner Ministeriums verlassen müssen, angekommen war. Der Nachfolger, Johann Friedrich Bernd von Arnim, konnte das Dokument nicht mehr ändern oder zurückhalten. Womöglich hätte ihn das aber auch gar nicht interessiert. Hinzu kam, dass von Arnim als Leutnant zur See beim Torpedoversuchsdetachement Kiel und späterer Korvettenkapitän seinem Vorgänger nicht im Wege stehen wollte. Bestechungsaffäre hin oder her, Militärs hielten zusammen. Außerdem hegte er erklärtermaßen Interesse für Natur und Landschaft, beschäftigte er sich doch als Mitglied des Ausschusses zur Untersuchung der Wasserverhältnisse mit der Überschwemmungsgefahr norddeutscher Flussgebiete. Insofern mochten ihm die Sturmflutgefahren an der Nordseeküste, und die Bedeutung der vorgelagerten Inseln als natürlicher Wellenbrecher, nicht ganz gleichgültig sein.

Somit verlagerte sich die Angelegenheit »Memmertsand« von Berlin zurück an die ostfriesische Küste. Auf Juist hatte indes ein Wechsel des Bürgermeisters und Kurdirektors stattgefunden. Der Leutnant a. D. Moeger war erneut durch einen Offizier ersetzt worden. Hugo Droste, ein ehemaliger Major, hatte das Amt übernommen und sollte es für die kommenden fünfzehn Jahre innehaben, in denen bedeutende politische und wirtschaftliche Veränderungen auf Juist stattfinden würden. Die Unterschutzstellung des Memmertsandes war dabei nur eine dieser Entwicklungen und es war der Sache wohl dienlich, dass sich Droste gleich drei hohen Offizieren als Fürsprecher Otto Leeges gegenübersah. So hatte er in dieser Sache keine Einwände.

Otto war hellauf begeistert, als er von von Berlepschs Erfolg in Berlin hörte. Wilamowitz-Moellendorff hatte ihm telegrafiert, und als die Depesche im Juister Postamt ankam, war der Angestellte sogleich in die Wohnung der Leeges gestürmt.

»Nun habe ich es schwarz auf weiß, Memmertsand wird Schutzgebiet. Einen Wärter wird es auch geben«, freute sich Otto und zeigte Engeline das Schriftstück. Schnell entwischte das Schreiben aber wieder den Blicken seiner Frau und er las mit getragener Stimme vor:

»Im Interesse des deutschen Vereins zum Schutze der Vogelwelt wird Memmertsand für zwölf Jahre an den Freiherrn von Berlepsch auf Schlossgut Seebach sowie Graf von Wilamowitz-Moellendorff verpachtet.«

»Wie wunderbar!«, kommentierte Engeline. »Gibt es Bedingungen?«

»Es ist ein jährlicher Pachtzins zu entrichten.«

Engeline erschrak. »Bei unserem Einkommen können wir doch nicht …«

»Nun hör doch erst einmal zu.« Otto machte eine Pause. »Die beiden Herren, von Berlepsch und Wilamowitz, wollen mein bescheidenes Salär natürlich nicht belasten. Sie übernehmen den Pachtzins im Namen des Vereins.«

»Wie nobel.«

»Na, es wird ihnen nicht wehtun.«

»Immerhin müssten sie es ja nicht tun.«

»Da hast du recht«, bestätigte Otto.

»Der Freiherr und der Graf sind die Pächter, aber sie wollen mich als Bevollmächtigten für den Memmert einsetzen.«

»Das heißt?«

»Ich bin beauftragt, alles Nötige zur Einrichtung einer Vogelfreistätte zu veranlassen.«

»Das ist es doch, was du wolltest.« Engeline drückte Otto ein Küsschen auf die Wange. Der lächelte und schmiegte sich an ihren Unterarm.

»Die Regierung in Aurich ist auch aufgewacht nach dem Erlass aus Berlin. Sie hat verfügt, dass Wilhelm Niemeyer, unser treuer Norddeicher Hafenbaumeister, Ingenieur und Freund, weiterer Bevollmächtigter ohne besondere Entschädigungsansprüche sein soll.«

»Na, dann streitet nur nicht!«, lachte Engeline.

»Mit Niemeyer? Wo kämen wir hin? Niemeyer und ich können nun gleichermaßen mit gewissen Rechten auftreten. Und ich brauche ihn für die Anpflanzungen und um bald eine neue, bessere Schutzhütte auf dem Memmert zu bauen.«

»Damit du gar nicht mehr nach Juist zurückkehrst?«, neckte Engeline.

»Vielleicht, aber ich nehme dich mit«, scherzte er.

»Wir haben hier auch noch einige Kinder«, gab sie zu bedenken.

»Die können mir weiterhin beim Deichbau, Helmpflanzen und beim Sandbuddeln helfen. Je älter sie werden, desto mehr können sie anpacken.«

»Wenn das mal kein Wunschtraum bleibt«, Engeline schmunzelte.

»Mien leeve Engeline«, begann er auf Plattdeutsch, »es ist nun fünfundzwanzig Jahre her, dass ich nach Juist kam. Und nun geht ein Wunschtraum in Erfüllung ... der Memmertsand wird eine Vogelfreistätte!«

Hatte Otto feuchte Augen?

Engeline machte indes ein ernstes Gesicht.

»Und gerade jetzt müssen wir Juist verlassen.«

Leege machte eine wegwerfende Handbewegung.

»Ach, musst du damit jetzt kommen? Angesichts des Erfolges in Berlin ist es mir in diesem Augenblick beinahe egal! Wir kommen auch von Norddeich nach Memmert, es dauert länger, aber es geht. Niemeyer ist unser größter Unterstützer. Er hat gute Beziehungen zu den Schiffern. Und er selbst kann uns auch hinüberfahren. Wir beide als Bevollmächtigte für Memmertsand, etwas Besseres konnte unserer Insel gar nicht passieren.«

# 47

Engeline und Otto Leege starrten auf die gepackten Koffer, ein paar Kisten und Möbelstücke, die vor der Villa Postala standen und auf einen Pferdewagen warteten, der sie zum Schiff bringen sollte.

»Es ist ein Jammer«, murrte Otto.

»Es ist so traurig«, bei dem Anblick des Gepäcks hätte Engeline heulen können, aber sie hatte sich im Griff.

»Weg von Juist …«, mehr bekam er nicht heraus.

Engeline sagte nichts. Dieser Tag würde schwer werden, der Tag, an dem sie Juist den Rücken kehren und ihr neues Heim in Ostermarsch bei Norden beziehen sollten. Es war früh am Morgen, das Schiff wäre am Vormittag in Norddeich, wo auch ein Wagen auf sie warten würde, um Möbel, Kisten und Koffer in den kleinen Ort zu bringen, in dessen Schule Otto Leege sehr bald schon seinen Dienst aufnehmen sollte.

Die jüngeren Kinder scharten sich um sie. Sie konnten sich beim besten Willen nicht vorstellen, an einem anderen Ort als Juist zu leben.

»Warum denn nur?«, hatten sie unisono gefragt, als ihre Eltern den Umzug angekündigt hatten.

»Das Schulamt will es so«, hatte Engeline geantwortet. Die Gründe mussten die Kinder nicht wissen. Wozu? Es wäre schwer genug für sie, die gewohnte Umgebung zu verlassen. Von der Insel aufs Festland, das war eine grundlegende Veränderung in ihrem Leben.

»Ich kann mir kaum mehr vorstellen, nicht auf Juist zu leben«, brummelte Otto.

»Und Memmert … so viel weiter ist der Weg dorthin!« Engeline dachte an das kleine Häuschen auf ihrer Insel, einfach, ja, primitiv, aber doch hatte sie es lieb gewonnen, weil es auf Memmertsand stand. Sie war betrübt.

»Es wird gehen müssen«, meinte Otto.

»Ja«, sagte sie leise, »wir werden uns daran gewöhnen.«

»Ich weiß nicht, ob ich mich daran gewöhnen will«, nörgelte er.

Dann sah er wieder auf den großen Haufen, der vor ihnen stand. Die Kinder saßen auf den Kisten oder lehnten sich an Tische und Stühle, von Weitem sah man den Pferdewagen kommen.

»Ibbo Baalmann kommt!«, rief Enno.

»Na und? Er fährt jeden Tag über die Insel«, murrte Karl schlecht gelaunt.

»Aber jetzt bringt er uns zur Brücke, von da geht's ans Festland«, sagte Leo und klang, als habe er einen Kloß im Hals.

»Er kommt mit den Haflingern«, fügte Nora hinzu und freute sich zumindest darüber. Die Haflinger, mit denen der Kutscher Ibbo Baalmann Transporte auf Juist tätigte, waren ihre Lieblinge.

»Es ist so viel, ich weiß nicht einmal mehr, wo ich die ganzen Sachen gelagert habe«, sagte Otto. »Und es fehlen Unterlagen. Es muss doch noch einiges auf dem Dachboden der alten Schule liegen. Fünfundzwanzig Jahre Lehrer auf Juist … und vom ersten Tag an habe ich alles gesammelt, was zu sammeln war … und verliehen habe ich auch das eine oder andere, wenn ich nur noch wüsste, an wen.«

»Auf dem Dachboden der alten Schule waren wir doch schon seit Jahren nicht mehr … Es scheint nicht so wichtig zu sein.«

Doch seine Frau kam nicht weiter, wurde barsch von Otto unterbrochen: »Nein, so ist es nicht! All meine Aufzeichnungen aus den ersten Jahren müssen dort liegen. Ich komme nur nicht dazu, sie auszuwerten – das ist es. Doch handelt es sich um viele wertvolle Beobachtungen, die ich bei meinen Gängen durch die Dünen und am Strand notiert habe, Material, das der Auswertung harrt. Für meine Statistiken in den geplanten Veröffentlichungen brauche ich das, unbedingt!«

»Willst du jetzt dorthin, es holen?«

»Natürlich nicht, aber später werde ich das nachholen.«

»Denke bitte daran, Otto, dass wir alles in Ostermarsch auch wieder unterbringen müssen. Und bitte bedenke außerdem, dass wir acht Kinder haben, denen der Wechsel nicht leichtfallen wird. Die beiden Großen brauchen eine Stelle auf dem Festland! Und alle wollen auch ihre Dinge mitnehmen. Und ich weiß doch, an wem das Ganze wieder hängen bleibt. Du musst sogleich mit dem Schuldienst beginnen …«

»Die Schule in Ostermarsch ist gleich neben unserem Wohnhaus. Das ist doch sehr praktisch«, warf Otto ein.

»Ja, aber der Umzug wird beschwerlich genug, und du denkst an Veröffentlichungen!«

Ottos Gesichtsausdruck verriet, dass er mit den Ausführungen seiner Frau nicht einverstanden war. Er wollte gerade loslegen, als Baalmann vor ihnen hielt. Nora streichelte die Pferde und die Jungs begannen, alles auf den Wagen zu packen.

»Halt, eben warten«, rief Baalmann, »wi mutten sehn, wo wi dat heel Tüüch am besten upladen!« Er besah zunächst einmal all die Dinge, um zu überlegen, wie er sie geordnet auf den Wagen bekommen würde.

»Ich habe noch Sachen oben«, sagte Enno. »Aber wir haben ja keine Koffer mehr!«

»Ich auch«, stimmte Otto junior ein, »all meine Sachen, die ich vom Strand mitgebracht habe.«

»Die müssen eben hierbleiben«, sagte sein Vater forsch.

Doch Engeline legte ihre Hand auf seinen Arm. »Otto – es muss alles mit. Wir haben es versprochen.«

»Aber meine Aufzeichnungen in der Schule ...«

Engeline warf ihm einen derart strengen Blick zu, dass er nicht weitersprach.

»Wir brauchen noch Kisten!«, sagte sie und verstand das als klare Aufforderung an ihren Mann, die Besorgung solcher Kisten in die Hand zu nehmen.

»Kisten! Koffer? Woher nehmen?«, fragte Otto, dem die ganze Situation überhaupt nicht gefiel. Er wollte doch gar nicht weg. Das Urteil der Schulverwaltung war aus seiner Sicht viel zu streng, du liebe Güte, was war denn schon passiert?

»Ist Ostermarsch weit weg, Mama?«, fragte Nora ihre Mutter. »Fahren wir dann nicht mehr nach Juist?«

»Und was ist mit Memmert«, schloss Fritz an, ich möchte doch sehen, ob der Helm an meiner Düne gut wächst.«

»Ostermarsch ist nicht aus der Welt, Kinder«, antwortete Engeline. »Von dort aus sind wir schnell in Norddeich und können nach Juist und Memmert fahren. Onkel Wilhelm wird uns dorthin bringen.« Onkel Wilhelm Niemeyer. Die Kinder nannten ihn so, der alten Tradition folgend, dass gute Bekannte seitens der Kinder oft »Tante« oder »Onkel« genannt wurden, obwohl keinerlei Verwandtschaftsbeziehung existierte.

Otto grummelte weiter vor sich hin. Was für ein fader Tag. Und Bürgermeister Hugo Droste würde noch vorbeikommen, um die Familie zu verabschieden. Otto wusste nicht, ob der sich insgeheim doch freute, dass der Störenfried Otto Leege die Insel Juist verließ.

Am Vorabend hatte Engeline versucht, ihren Mann aufzuheitern. »Der Memmert und die Bill sind von unserem neuen Zuhause zwar weiter entfernt, andererseits kommst du von Ostermarsch schneller zu den Orten, die du in der Vergangenheit auch gerne aufgesucht hast. Das ewige Meer, das Große Meer, Marsch, Geest. Die Hauener Hooge ist doch dem Memmert ähnlich, eine neue Insel im Wattenmeer …«

»Aber doch ganz anders als unser Inselchen«, unterbrach er sie.

»Der Memmertsand ist einzigartig.«

»Das ist er«, bestätigte Otto mit leiser Stimme, »und ich will ihn nicht verlieren.«

»Das wird nicht passieren, Otto, unter keinen Umständen«, antwortete Engeline. Auf den Gedanken, den Memmert aufzugeben, wäre sie gar nicht gekommen.

# 48

»Van Echten ist ein guter Mann. Er bringt alles mit, was ein Wärter auf Memmert braucht. Er ist kräftig und gesund, hat seinen eigenen Kopf, Durchsetzungsfähigkeit und, was wohl das Wichtigste ist, er liebt die Einsamkeit. Er wird die Stelle gut ausfüllen.«

»Gut, dass Niemeyer eine zweite Hütte auf Memmert gebaut hat, sonst würde es eng, wenn wir und van Echten gleichzeitig dort sind«, entgegnete Engeline. Enno und Otto junior saßen am kleinen Küchentisch und blätterten in einem Atlas, den ihr Vater von Juist mitgebracht hatte. Der Name des Sohnes führte immer wieder zu Missverständnissen, wenn Engeline zweimal ein »Ja?« hörte, wenn sie nach Otto rief.

Niemeyers zweite Hütte auf Memmert stand gleich neben dem Leegeschen Häuschen. Harm van Echten in den Frühjahr- und Sommermonaten als Wärter nach Memmert zu schicken, war ein Vorschlag Niemeyers gewesen. Die Bezahlung auf Geheiß des mittlerweile zurückgetretenen Landwirtschaftsministers von Podbielski war zwischenzeitlich geregelt. Von Berlepsch und Wilamowitz-Moellendorff hatten sofort zugestimmt und auch Otto war überzeugt, dass van Echten der richtige Mann war. Van Echtens Unterkunft auf Memmertsand umfasste einen kleinen Wohn- sowie einen winzigen Schlafraum. Ein Ofen wurde von Juist herübergeschafft, sodass er heizen und sich Tee und eine warme Mahlzeit zubereiten konnte. Der

Ingenieur hatte zusammen mit drei Norddeicher Arbeitern viel Strandholz verarbeitet. Die stabilen Holzstelzen, auf denen die Hütte stand, um sie gegen höhere Fluten zu sichern, waren auf einer Schute, einer Art Lastkahn, die hinter einen kleinen Dampfer gekettet worden war, vom Festland zum Memmert transportiert worden. Dabei hatten sie auch noch neue Planken für die Westseite des älteren Hauses mitgebracht, die die Wetterseite verstärken sollten, wenn der Wind stärker aus Nordwest wehte.

Van Echten war wortkarg, hatte jedoch schnell zugestimmt, als man ihm das neue Amt anbot. Den Sommer auf Memmert zu verbringen und dafür ein Gehalt zu beziehen, schien ihm keine schlechte Aussicht. Reich werden konnte er damit nicht, aber das wollte er auch nicht. Er war bescheiden. Und »für die Arbeit« wolle er es gerne tun, wobei er darauf anspielte, dass er sicher nicht von morgens bis abends aufpassen musste, dass keine Kurgäste die Insel betraten. Deshalb hatte Otto ihm bereits einige weitere Arbeiten aufgetragen, die er erledigen sollte. Dazu gehörten Helmpflanzungen an den niedrigen Deichen, die Otto mit Hilfe seiner Kinder oder mit Arbeitern angelegt hatte.

»Vor neunzehn Jahren habe ich den Memmertsand erstmals betreten«, hatte Otto zu van Echten gesagt, um zu betonen, wie wichtig ihm die werdende Insel war, »und jetzt stehen hier zwei kleine Holzhäuser. Sie sind der Wärter auf der Insel und sie ist als Schutzgebiet anerkannt! Das war ein schwieriger Weg und Sie haben eine große Verantwortung.«

»Dat weet ick, Herr Leege«, sagte van Echten und strengte sich an, als er auf Hochdeutsch hinzufügte: »Das ist Ihr Verdienst.«

»Vielleicht«, hatte Otto entgegnet, »aber allein hätte ich es nicht geschafft. Und Sie sind jetzt der Mann, der dafür sorgen soll, dass sich diese Vogelfreistätte gut weiterentwickelt. In der Brutzeit darf niemand die Insel betreten, es sei denn, die Gäste haben eine Genehmigung oder ich selbst, Ingenieur Niemeyer oder eine von uns befugte Person ist dabei.«

»Keine Sorge, Herr Leege, so machen wir es«, antwortete Harm van Echten, der ab jetzt darauf achtete, dass feuchtfröhliche Schießereien, unachtsames Eiersammeln und Störungen des Brutbetriebes auf Memmert der Geschichte angehörten.

# 49

Die Schießausflüge von Juist, Borkum und Norderney zum Memmertsand hatten ein Ende. Zwar gab es noch vereinzelte Fahrten ins Wattenmeer, wo von Booten aus geschossen wurde, aber auf Memmert verstand es van Echten, Leute, die dort anlanden wollten, von der Insel fernzuhalten, wenn eine offizielle Berechtigung fehlte.

»Die Möwenkolonie wächst von Jahr zu Jahr«, stellte er fest. »und da sind auch viele neue Vogelarten darunter.«

»Im Osten nehmen die grünen Hellerwiesen erstaunliche Größe an«, stellte Otto Leege begeistert fest, als er mal wieder mit Professor Hennicke über die Insel spazierte. »Dort gibt es sehr gute Rast- und Nistplätze. Sehen Sie nur, wie grün es dort ist, man kann kaum noch von Memmertsand sprechen.«

Die alten Weggefährten fanden immer wieder den Weg auf die kleine Schwesterinsel von Juist.

»Was Sie hier schaffen, ist prächtig«, bestätigte Hennicke bei diesem Frühjahrsbesuch. Und schon fachsimpelten er und Leege über Brutergebnisse und die Maßnahmen, die man erwägen sollte, um die Artenvielfalt zu steigern. Sie konnten nicht ahnen, dass in diesem Jahr, 1908, eine schwere Herbststurmflut große Zerstörungen anrichten würde. Otto war machtlos und es blieb ihm nur sein Tagebuch.

»So sind alle Hoffnungen, die wir auf unsere monatelangen, mühevollen Arbeiten gesetzt hatten, in wenigen Stunden vernichtet worden«, schrieb er.

»Lass den Kopf nicht hängen«, ermutigte ihn Engeline, »wenn einer weiß, dass man mit dem blanken Hans nicht spaßen kann, dann du. Wir müssen von Neuem beginnen!«

Leege schaute seine Frau an. Sie ließ sich nicht kleinkriegen. Weder durch die acht Kinder, den Umzug nach Ostermarsch, das primitive Leben auf Memmertsand noch durch die Gebärden der Natur. So endete sein Tagebucheintrag mit den Worten: »Aber das soll uns nicht entmutigen. Wir werden im nächsten Jahr von vorn beginnen.«

# 50

Es kamen einige für Memmertsand ruhige Jahre. Günstige Winde und ausbleibende schwere Sturmfluten bedingten viel Zuwachs an den Dünen, im Süden, im Westen und im Norden. Memmertsand hatte sich zu einer Düneninsel gemausert, die Bezeichnung »Sandbank« passte nicht mehr. Das achte Glied in der Kette der ostfriesischen Inseln, doch ganz anders als die Schwesterinseln. Hier gab es keinen Fremdenverkehr, keine gepflasterten Straßen, schon gar nicht zweistöckige Hotels, keine Logierhäuser und Restaurants. Der Strand wurde von Vogelschwärmen bevölkert, und die Dünen waren für die Seevögel reserviert. Memmert war Schutzgebiet. Mehr und mehr Arten besuchten die Insel, sie kamen für eine kurze Pause, sie kamen, um sich über ein paar Tage oder Wochen im unerschöpflich Nahrung anbietenden Wattenmeer für lange Flüge in den Norden oder den Süden zu rüsten. Oder sie kamen, um zu brüten. Und ein paar kamen für immer. Otto Leege, seine Familie und deren Besucher waren die einzigen, die die Insel betreten durften, und Otto achtete darauf, dass der natürlichen Entwicklung so wenig Schaden wie möglich zugefügt wurde, wenn er interessierten Leuten die Insel zeigte. Er beobachtete, dokumentierte, schrieb, wann immer er es schaffte, Memmert zu besuchen und sich ein paar Tage in Niemeyers Häuschen aufzuhalten. Engeline und die Kinder kamen mit, gerade in den Sommerferien, und sie halfen, die Westdüne mit neuen Helmpflanzungen zu festigen,

Holz am Strand zu suchen, damit im Herbst Heizmaterial da war, oder Sträucher und Bäumchen zu setzen, die Otto vom Festland mitgebracht hatte.

Dann kam der 9. April des Jahres 1912.

»Dieser Tag schien das Ende heraufzubeschwören«, schrieb Otto Leege später in sein Tagebuch, »die Nacht war die fürchterlichste, die ich je auf dem Memmert erlebt habe.«

Schon am Abend hatte der Wind stark zugenommen. Das Ehepaar Leege schaute sorgenvoll nach Nordwesten, wo dunkle Wolken heraufzogen. Windrichtung und Windstärke verhießen nichts Gutes und Otto schaute auf die Tidezeiten. Wenn der Wind weiterhin derart zunahm, würde er für eine hohe Flut sorgen. Er kannte die Vorboten schlechten Wetters und wusste um die Wucht der heranrollenden Wellen. Schon ein geringer Richtungswechsel des Windes bei einer Sturmwetterlage konnte darüber entscheiden, ob eine hohe Flut weniger oder mehr schlimme Folgen für die Westdünen haben würde, die Dünenkette, die dem Memmert Schutz gab – den Hütten und dem Grünland, in dem so viele Vögel ihre neue Heimat gefunden hatten.

»Da braut sich etwas zusammen«, sagte Engeline mit sorgenvoller Miene, als sie mit Otto, beide in dicke Mäntel eingepackt, auf der Westdüne stand und Richtung Borkum schaute. Sie hatten Mühe, sich bei dem starken Wind aufrecht zu halten.

»Wenn der Wind auf Südoost dreht«, er dehnte das »o«, weil es viele Seemänner so sagten, »dann fürchte ich sehr um den neuen Verbindungsdeich zwischen Warf- und Kobbedünen«, rief er Engeline zu, das Rauschen von Wind und Wasser übertönend. Die Nordsee vor ihnen war aufgewühlt, ja wild, und war viel näher, als sie es bei normalen Verhältnissen gewesen wäre.

»Ich habe kein gutes Gefühl«, sagte sie. Enno, Hans, Otto junior und Nora lauschten an der Tür und an den kleinen Fenstern, durch die der Wind pfiff. Willi, den Jüngsten, schien die bedrohliche Lage nicht weiter zu interessieren. Fünf ihrer Kinder waren mit ihnen auf Memmert, die anderen am Festland geblieben, Leo bei Onkel und Tante, Karl und Fritz bei einem Bekannten in Emden, sie hatten mittlerweile eine Lehre absolviert und Arbeitsstellen gefunden.

»Es wird ein böser Sturm«, urteilte Otto, »wenn es nur nicht zu arg wird.«

»Von der Insel kommen wir nicht mehr weg«, stellte Engeline fest. Kein Schiff würde mehr die Insel anlaufen, um sie vor einem drohenden Hochwasser aufzunehmen. Niemand würde sie nach Juist oder Norddeich in Sicherheit bringen, falls es brenzlig würde.

An Schlaf war abends nicht zu denken. Der Wind brauste um die Hütte, jede Bö schien Niemeyers Bauwerke in ihren Grundfesten zu erschüttern. Gut, dass sie im letzten Sommer verstärkt worden waren. Gott sei Dank brannte die Flamme der Petroleumlampe geschützt vom Glaskolben. Der Wind bahnte sich an einigen Stellen noch immer einen Weg durch die Fugen der Außenwand, trotz der zweiten Verschalung, die Niemeyer angebracht hatte.

»Das wird ernst, ich schätze, es wird Orkanböen geben.« Ottos Söhne und Nora wickelten sich in Decken. Es war kalt und feucht.

»Himmel, die viele Arbeit, die wir im Sommer in den langen Diek gesteckt haben, was wird nach diesem Sturm davon übrig sein?«, nuschelte Otto.

»Nun warte doch erst einmal ab«, erwiderte Engeline, »vielleicht dreht der Wind, oder er flaut ab.«

»Das wird er nicht«, war sich Otto sicher, »er bläst schon den ganzen Tag beständig aus derselben Richtung.«

Engeline legte ihren Zeigefinger auf die Lippen. Die Kinder sollten keine Angst bekommen. Sie waren abgeschnitten, die Nordsee toste um sie herum und sie konnten nur hoffen, dass ihr Holzhäuschen dem Sturm gewachsen war.

Otto hielt nichts mehr auf seiner Pritsche, auf der er gehofft hatte, wenigstens für kurze Zeit die Augen schließen und ein wenig Schlaf finden zu können. Er zog das dicke, wasserdichte Ölzeug an, schloss alle Knöpfe fest zu und stülpte sich eine alte Stoffmütze über den Kopf. Einen Südwester hätte er gebrauchen können, wie ihn die Seenotretter trugen, wenn sie am Bootsschuppen nahe der Bill in See stießen. Würden die noch nach Memmert kommen? Das hatte es noch nie gegeben. Und wie sollte er sie warnen? Wie sollte er Hilfesignale nach Juist schicken, die ihnen zeigten: die Leeges auf Memmertsand sind in akuter Gefahr? Ein Feuer entfachen wäre bei diesem Wetter nicht möglich, eine rote Flagge würde niemand sehen … Die Haustür lag an der Windschattenseite der Hütte, und dennoch wurde sie Otto aus der Hand gerissen, als er sie öffnete. Die Elemente tobten. Sieben bis acht Windstärken, in Böen zehn bis elf, vermutete er. Deutlich erkannte man die breiten Schaumstreifen auf den Wellenbergen.

»Wären wir nur eher ans Festland zurückgekehrt«, schoss es ihm durch den Kopf. Es war seine Idee gewesen, die Ferien auf Memmert zu verbringen, um die Zeit für all seine Vorhaben zu nutzen. Zwar machte der April bekanntermaßen, was er wollte, doch mit einem derartigen Sturm hatte er nicht mehr gerechnet.

Otto kletterte vorsichtig die Leiter zum Ausguck hoch. Der heftige Nordwestwind würde ihn herunterwehen, wenn er nicht aufpasste.

»Ich muss sehen, wie hoch das Wassers steht«, hatte er seiner Frau entgegnet, als sie ihn bat, nicht den Ausguck zu besteigen.

»Wenn das alles nur gut geht«, sagte sie und wie zur Bestätigung ging ein Blitz nieder, dem ein dumpfes Grollen folgte. Immer wieder zogen kurze Gewitter durch. Die rasenden Windböen trieben sie vor sich her, aber neue folgten bald. Als Otto oben auf dem Ausguck war, klammerte er sich an die kleine Reling und versuchte, trotz Regens und salziger Gischt, die ihm entgegenschlug, abzuschätzen, wie weit das Wasser noch steigen würde. Hochwasser war ja noch nicht erreicht! Die See stand bereits an der Randdüne, nagte Minute für Minute daran, als wolle sie die Düne genüsslich verschlingen. Schon am Nachmittag, als die Brise auffrischte, hatte er aufmerksam die Möwen und Austernfischer beobachtet. Sie waren unruhiger, aufgeregter als an normalen Tagen. Die Vögel ahnten, dass der Memmertsand in kurzer Zeit mehr und mehr schrumpfen würde und sie sich in die kleinen Dünentäler zurückziehen mussten, um Schutz zu suchen. Andere hatten sich früher auf den Weg gemacht, zur Bill auf Juist, wo die Dünen höher, die Vegetation üppiger war und somit mehr Schutz geboten wurde.

Die Wellen, die von der Osterems heranrollten, überlegte Otto kurz, würden den jungen Primärdünen im Südwesten des Memmertsandes zu schaffen machen. Doch wichtiger war jetzt der westliche Dünenrand, der von den ungestüm hereinbrechenden Wogen der Nordsee arg gebeutelt wurde. Eine Katastrophe! Es wären noch fast zwei Stunden bis zum Hochwasserstand. Er dachte an Engeline und die Kinder in dem kleinen Wohnraum unter ihm. Sie mochten vor Kälte zittern, immerhin hatten sie ein Dach über dem Kopf. Würde die Hütte dem Sturm trotzen? Was, wenn die Randdüne wegbrach?

»Oh Herr«, rief Otto, »lass das nicht zu!«

Allenfalls gegenüber Engeline hätte er zugegeben, dass er Angst um seine Familie hatte. Im Zweifelsfall war die Nordsee stärker, das hatte sie schon so oft bewiesen.

Das Wasser stand mittlerweile so hoch vor der Randdüne, dass er es mit wenigen Schritten erreichen könnte. Etwas besser sah es Richtung Nord aus. Dort war der Strand breiter, er hatte in den vergangenen Jahren viel Nahrung von der Kachelotplate erhalten. In den Norddünen, würde man später einmal ein Haus errichten, wenn es sich so weiterentwickelte. Doch im Moment schienen sie noch zu niedrig. Andererseits kamen die Wellen dort mit weniger Wucht an, konnten sich auslaufen … Otto ahnte, dass sein mühsam errichteter Deich, der »lange Diek«, der zu einer zusammenhängenden Dünenkette zwischen Warf- und Kobbedünen führen sollte, arg in Mitleidenschaft gezogen würde, falls überhaupt etwas davon übrig blieb.

»Jetzt zeigst du, wer der Herr im Hause ist«, flüsterte Otto, als könne ihn die aufgewühlte See verstehen. Er stieg vom Ausguck herunter und lehnte sich kurz an die Hauswand. Hier, im Schutz der stabilen Holzbohlen, verschnaufte er und versuchte, klare Gedanken zu fassen. Die Hütte war zu nah an der Randdüne gebaut. Der Wind stand so ungünstig, dass die Wellen ihre volle Kraft entwickelten und fortwährend den Sand mit sich rissen. Es bestand akute Gefahr. Sie müssten die Hütte verlassen, wenn die Wellen unmittelbar gegen sie schlagen würden. Das Wasser konnte die Stelzen unterspülen, die Hütte würde instabil werden und in die Nordsee stürzen.

Was tun? Flüchten? Wohin? Bleiben? Der Höchststand des Wassers war noch nicht erreicht, er könnte ihr Haus ernsthaft gefährden, wenn das Wasser weiter so stieg. Er war sich sehr sicher, dass weder die Randdüne noch die Hütte den Sturm unbeschadet überstehen würde. Noch war der Weg zu den südlichen Dünen frei. Aber das Wasser stieg schnell. Er vertraute der größeren Sandfläche vor den jungen Dünen. Selbst wenn die Kobbedünen nicht so hoch waren, würden sie mehr Schutz bieten. Sie würden Wind und Wetter ungeschützt ausgesetzt sein, das wäre jedenfalls besser, als in der tosenden See zu ertrinken.

Wie lange würden sie dorthin benötigen? Würden die Kinder das schaffen, bei dem Sturm? Es würde nicht mehr lange dauern, und die Sandflächen Richtung Süden würde unter Wasser stehen. Wenn sie die Kobbedünen rechtzeitig erreichen wollten, musste eine Entscheidung getroffen werden, jetzt. Wieder blitzte es, gefolgt von Donner. Ein Brecher rollte auf die kleine Insel zu, der Otto mit Furcht erfüllte. Nein, sie konnten, sie durften nicht bleiben. Enno, Otto junior und Nora würden den Weg in die Kobbedünen schaffen. Hans und Willi – er würde sie nicht tragen können. Sie müssten Decken und Trinkwasser mitnehmen …

Oder doch im Schutz der Hütte ausharren? Wenn sie aber in die Süddünen fliehen wollten, musste es jetzt geschehen, sonst wäre der Weg abgeschnitten.

Er betrat die Hütte, wieder wurde ihm fast die Türklinke aus der Hand gerissen, als der Wind hineinfuhr. Er wirbelte um das Häuschen herum, als führe er einen Hexentanz auf.

»Ich habe nach dem Wasser geschaut und den Holzdeckel mit einem Tau befestigt, damit er nicht wegfliegt.

Wenn die Wellen das Fass erreichen, ist es versalzen – dann haben wir kein Trinkwasser mehr«, sagte Engeline und Otto sah ein, dass er an das Trinkwasser gar nicht gedacht hatte.

»Was machen wir nun, Vater?«, fragte Otto junior. Ihm machte der heftige Sturm Angst.

»Na, abwarten und Tee trinken«, rief Enno, den Spruch hatte er irgendwo aufgeschnappt. Er spielte den Mutigen.

»Es ist ernst, wir müssen eine Entscheidung treffen«, sagte ihr Vater besorgt.

»Onkel Niemeyer hat doch eine sehr stabile Hütte gebaut, die wird doch halten?«, fragte Nora.

»Ja, sicher ...«, antwortete Otto der Ältere, doch die Kinder bemerkten die Unsicherheit in seiner Stimme.

Engeline flüsterte ihm zu: »Und wenn unsere gestern noch so prächtig dastehenden und bei dieser hohen See plötzlich so kümmerlich aussehenden Dünen nicht halten und die Schutzhütte erreichen?«

»Es könnte so kommen«, erwiderte Otto.

»Was nun?«

»Die Wellen können das Haus kurzerhand in Stücke schlagen und alles mitnehmen, was sich darin befindet. Lass uns in die Süddünen fliehen, jetzt sofort. Ich kenne im östlichen Bereich eine höhere Düne, die müssen wir erreichen. Lass uns Jacken anziehen und Decken zusammenpacken. Zieh die Kinder warm an. Wir gehen.«

»Schaffen wir das noch?«, fragte Enno.

»Ich will hier in der Hütte bleiben!«, wimmerte Nora, »hier ist es trocken.«

»Schluss jetzt!«, rief Otto, »ich weiß nicht, ob es hier gut gehen wird. Ich habe große Befürchtung, dass die See unsere Randdüne wegreißt. Dann sind wir verloren! In den

Süddünen greift die See nicht so hart an, wegen des breiteren Strandes.«

»Was machen wir jetzt?«, fragte Hans.

»Wir müssen hier raus, sofort!«, sagte Otto, ohne zu zögern. Die Kinder erschraken.

»Aber …«

»Ich will hierbleiben!«, Willi weinte.

»Onkel Niemeyers Hütte ist gut gebaut, draußen ist es doch gefährlich!«, sagte Otto junior.

»Wir müssen«, entgegnete sein Vater. »Es ist noch nicht Hochwasser. Ihr wisst, was das bedeutet. Die Wellen werden auf die Hütte schlagen, vielleicht hält sie das nicht aus, vor allem, wenn es Durchbrüche gibt und das Wasser von allen Seiten kommt. Wenn wir noch irgendwo Schutz finden, dann in den Dünen im Süden … Da müssen wir jetzt hin, sonst geht es nicht mehr, weil auch die höhere Fläche zwischen unseren und den Süddünen unter Wasser steht. Das Wasser steigt schnell.«

In diesem Moment schwappte ein Wasserschwall unter der Haustür hindurch in die Küche.

»Ich nehme die Decken mit«, bemerkte Engeline.

»Ich so viele Klamotten, wie ich tragen kann. Enno, Hans, Willi, Otto, Nora«, rief Otto. »Zieht euch an. Wir gehen in die Kobbedünen, ich gehe voraus, ihr folgt mir!«

»Aber …«, Hans schaute mit großen Augen auf das unter der Außentür hervorquellende Wasser. Nora und Willi standen Tränen in den Augen, Engeline redete ihnen gut zu.

»Aber es ist so schlechtes Wetter«, lamentierte Enno.

»Jetzt fängt der Älteste von euch auch noch an … Ja, das Wetter ist sehr schlecht. Und genau deshalb gehen wir. Ich kenne ein Tälchen, östlich unseres Sandwalls, den wir und die Arbeiter von Onkel Niemeyer errichtet haben. Wenn der hält, sind wir dort sicher. Hier sind wir es nicht.«

»Aber da ist keine Hütte«, sagte Willi.

Hans fiel in das Schluchzen von Nora und dem jüngsten Bruder ein.

»Jeder von euch nimmt seine Decke. Mutter muss noch Wasser mitnehmen. Schnell, schnell! Und Ruhe jetzt, keine Widerrede mehr!«, rief Otto und schon stand Engeline neben ihm, im linken Arm zwei Decken, in der rechten einen Fünf-Liter-Blechkanister mit Wasser. Auch Otto nahm einen Sack voll wild zusammengepackten Kleidungsstücken und ein paar Lebensmitteln.

»Ich nehme Willi an die Hand«, sagte er, »ihr Jungs und du, Nora, müsst jetzt alle Kraft zusammennehmen. Ich will kein Jammern hören!«

»Aber …«

»Kein Aber! Die Nordsee wartet nicht auf uns. Los jetzt!«, schrie Otto und sie traten vor die Hütte, wo sie der Wind mit voller Wucht empfing.

Otto ging voraus, er hielt Willi fest an der Hand. Dann folgten Hans, Nora und Otto junior. Engeline bildete mit Enno, der den Wasserkanister und einige Decken trug, das Ende der kleinen Menschengruppe, die sich in Richtung Süden des Memmertsandes auf den Weg machte.

»Nehmt euch alle an der Hand!«, rief Otto.

Die weißen Schaumkronen im Westen, der in Böen stark zunehmende Westnordwest und die letzten, schlingernden Möwen, die zu sehen waren, wenn der Mond durch spontan aufreißende Wolkenlöcher sein Licht warf, verhießen nichts Gutes.

»Schneller«, rief Otto, »das Wasser steigt rasend!«, dann ging seine Stimme im Lärm des Windes unter. Der Weg wurde überspült. Mühsam stapften sie durch das Wasser, zwanzig Zentimeter hoch mochte es schon stehen. Es begann zu hageln.

»Auch das noch«, dachte Engeline und daran, dass die Decken auf ihrem Rücken schon nass sein würden, bevor sie die rettenden Dünen erreichen würden – wenn sie denn überhaupt eine Rettung wären. So wütend hatte sie die Nordsee noch nicht erlebt.

»Schneller«, rief Otto. Nora und Hans stöhnten. Willi lief mit weit aufgerissenen Augen, so gut es ging an der Hand des Vaters. Manchmal stolperte er, verlor die Hand des Vaters oder des hinter ihm schreitenden Bruders, doch Otto Leege hob ihn hoch, stellte ihn wieder auf seine Beine und weiter ging es. Vom Ende der Kolonne trieb Engeline ihre Kinder an. Es wurde von Minute zu Minute beschwerlicher, durch das Wasser zu waten. Eine Sturmböe peitschte die andere.

»Noch zweihundert Meter, nun kommt.« Otto, sich umblickend, sah, dass er Vorsprung vor seinen Kindern gewonnen hatte, und hielt inne. Sie waren erschöpft. Das Wasser ging ihnen bis zu den Knien, es wuchs die Gefahr, dass eine ordentliche Welle den Kindern die Beine unter dem Leib wegriss und sie abtrieben. Als die Kinder ihren Vater wieder erreicht hatten, mahnte er: »Jetzt noch einmal alle Kraft zusammennehmen, dort, seht, ist das Nord-Klipp, die hohe Düne!« und schritt wieder voran. Engeline wäre beinahe gestürzt, konnte sich gerade noch halten. Sie zog den Rock über die Hüften, er bot einfach zu viel Widerstand und war mit Salzwasser vollgesogen.

Dann stürzte Willi in die Fluten.

»Hilfe, ich ertrinke«, schrie er lauthals, tauchte für einen Moment unter. Otto Leege warf die Kleidungsstücke, die er unter dem linken Arm hielt, weg und hechtete ins Wasser. Er packte den Sohn am Kragen, riss ihn hoch und zog ihn mit sich.

Währenddessen hatte Engeline Enno, Hans, Otto junior und Nora weitergetrieben. Plötzlich war es Hans, der alle überholte und als Erster die höhere Dünengruppe erreichte. Er schleppte sich den Dünenhang hoch. Dann rief er von der Kuppe: »Ich bin da!« Otto junior klaubte gleich nach ihm die Düne hinauf.

Engeline und Nora kletterten mit letzter Kraft den Hang nach oben. Enno, mittlerweile auch am Ziel, streckte ihnen die Hand aus. Otto und Willi kamen keine Minute später an, Willi mit vor Kälte klappernden Zähnen und schluchzend, Otto mit verbissenem Gesicht. Alle waren vollkommen durchnässt. Es stürmte mit ungebremster Kraft, der Wind brauste, es regnete und man sah die Wellen im Westen, wenn der Mond die Nacht erhellte. Doch hier rollten sie am flachen Strand aus, kamen nicht mit der Wucht an, die sie beim Holzhaus zeigten. Noch hielten die Kobbedünen stand. Die sieben Memmertbewohner lagen einige Meter weiter in dem kleinen Tälchen, umgeben von einem schützenden Dünenwall. Doch das Wasser stieg und umzüngelte die Dünen, als wollte es sagen: »Ich kriege euch noch!«

»Hüllt euch in die Decken, auch wenn sie nass sind«, rief Otto. Müsste jetzt nicht Hochwasser sein? Wie lange hatten sie gebraucht, um die Sachen zusammenzupacken und hierherzukommen? Er hatte keine zeitliche Orientierung mehr. Wenn doch nur bald der Scheitelpunkt erreicht wäre! Allzu hoch durfte das Wasser nicht mehr steigen, auch die kleineren Wellen nagten schon am Dünenfuß, angetrieben durch die stürmischen Böen.

»Noch ist hier kein Wasser eingebrochen«, sagte er zu Engeline, die die vier Jüngeren eng um sich geschart hatte. Enno, der Älteste, verteilte Decken und die verbliebenen Kleidungsstücke an die Geschwister.

»Ist bald Hochwasser?«, fragte er.

»Ich hoffe!«

»Werden die Dünen halten?«

»Bestimmt«, sagte Otto und dachte an den Sandwall, den lange Diek, mit viel Mühe errichtet und nun unter den Wassermassen nicht mehr zu sehen.

»Und wenn nicht?«

»Sie werden halten.« Doch Otto war sich alles andere als sicher.

Die See fraß sich Meter für Meter weiter in die Dünen, doch am Nord-Klipp trotzten sie dem blanken Hans, sie schützten das Tälchen, in dem sie wie in einer Schüssel saßen. Wenn das Wasser noch wenige Zentimeter steigen würde, könnten die ersten Wellen über die Dünenkuppe schwappen, sie dann schnell von hinten aushöhlen. So war es auch schon bei manchem Deichbruch geschehen. Doch Deiche waren wesentlich widerstandsfähiger als die jungen, zerbrechlichen Dünen des Memmertsandes.

»Nicht mehr steigen, nicht mehr steigen!«, ging es Otto durch den Kopf, »es muss jetzt Hochwasser eintreten, der Scheitelpunkt muss bald erreicht sein!« Er behielt seine Gedanken für sich.

Alle paar Sekunden erhob er sich, starrte auf die brodelnde See. Er versuchte, sich irgendwelche Landmarken zu merken, die Hütte, die anscheinend immer noch stand, wurde in Momenten, in denen der helle Erdbegleiter Licht spendete, sichtbar. Doch es war schwer abzuschätzen, ob das Wasser noch stieg, oder ob der Höhepunkt erreicht war.

Sollte es weiter stürmen, regnen, hageln, schneien. Wichtiger war, dass der höchste Wasserstand endlich erreicht sein würde. Nur dann wären sie gerettet!

Engeline und Otto saßen dicht beieinander, die vier jüngeren Kinder schmiegten sich eng an sie. Enno lag an der Dünenkuppe und beobachtete das Meer, berichtete alle paar Sekunden seinem Vater, was er sah. Otto staunte kurz über ihn, der sich so sehr für alle einsetzte, war er doch das letzte Kind aus seiner Ehe mit Martha. Warten, warten … Sekunden wurden zu Minuten. Wie lange harrten sie hier jetzt aus? Eine Stunde? Länger? Es schien ihnen wie eine Ewigkeit.

Der heftige Regen legte eine Pause ein. Otto erhob sich aus dem Sand. Kurz beruhigte sich auch der Wind. Er und Enno sahen sich an, waren sich einig.

»Es steigt nicht mehr!«, rief er. »Der Höhepunkt ist überschritten. Es ist nicht höher als beim letzten Mal, als wir schauten! Die Ebbe setzt ein!«

Ein Freudengejohl keimte auf, sieben Menschen, versteckt in einer winzigen Dünengruppe einer einsamen Insel in der Nordsee, die eine brutale Sturmflut um Haaresbreite nicht überlebt hätten, lagen sich in den Armen. Kalt, nass, erschöpft. Diese Nachricht machte neuen Mut.

»Gehen wir in unser Haus zurück?«, fragte Hans.

Otto war klar, dass angesichts des weiterhin aus West drückenden Windes eine lange Zeit vergehen würde, bis das Wasser weit genug fallen würde und die Sandfläche, die zwischen den Kobbe- und den Warfdünen lag, freigegeben würde. So lange würden sie hier noch bleiben müssen, eng zusammenhocken, um darauf zu warten, dass die schäumende Nordsee wieder Land freigab – den Memmertsand.

»Die Hütte scheint noch zu stehen. Ich werde Niemeyer erzählen, was für eine wunderbare Unterkunft er uns auf

Memmert gebaut hat. Aber das Wichtigste ist: Wir leben! Dem Herrgott sei Dank!«, Otto zwinkerte den Kindern zu. Hans, Willi, Otto junior und Nora sahen ihn mit großen Augen an.

»Mir ist kalt«, jammerte Willi.

Nora zitterte wie Espenlaub.

»Was ein Wunder«, entgegnete Engeline, »es ist alles feucht und der Wind ist kalt. Hüpft ein bisschen auf der Stelle, das hilft«, riet sie, »und lasst uns froh sein, dass wir das Schlimmste überstanden haben.«

»Wir können bald nach Hause gehen«, fügte Otto hinzu, »das wird nicht lange dauern, dann ist der Strand wieder frei.«

Aber es dauerte länger als gedacht. Nur widerwillig zog sich die See zurück. So langsam, dass man meinen konnte, sie bedaure, dass sie die menschlichen Kreaturen, die dort so jämmerlich in den Dünen hockten, nass und verkrampft, nicht in ihren ewigen Schlund hatte ziehen können.

Endlich konnten sie den Rückweg zur Schutzhütte antreten. Als sie das Haus erreichten, war die Freude riesengroß. Eine Fensterscheibe war eingedrückt worden und es hatte den Ausguck vom Dach gerissen, wodurch ein Loch darin war. Es hatte ordentlich hereingeregnet. Dennoch war es das größte Glück der Erde, lebend und gesund zurückgekommen zu sein. Nach mehreren Versuchen gelang es, den Ofen mit dem klammen Holz anzufachen. Engeline holte Wasser aus dem Regenfass, das gut gefüllt und intakt war, und brühte heißen Tee für alle auf.

»Das ist gerade noch einmal gutgegangen«, sagte Otto, als er hereinkam, nachdem er die Lage erneut beobachtet hatte. »Nicht mal eine halbe Stunde länger steigendes Wasser, und wir wären alle ertrunken!«

# 51

Am folgenden Tag umrundete die Familie die Insel, um zu sehen, wie groß der Schaden war, den der Sturm angerichtet hatte. Was würde übrig sein vom langen Diek, den kleineren Deichen und den Helmpflanzungen? Sollten die ersten Vögel begonnen haben, ihre Nester vorzubereiten, so würden allenfalls noch solche in den Mittel- und Süddünen vorhanden sein. Wie hoch wäre der Aufwand, die Zerstörungen an Dünen und Deichen wieder auszubessern? Müsste man wieder einmal von vorne anfangen?

»Herrje, was für eine Arbeit das doch war, von Juni bis September ... Und nun ist alles dahin«, zeigte sich Otto geschockt, als er bei leichter Brise und Sonnenschein die Schäden begutachtete. Engeline nickte ernst. Es war ein Jammer. Wegen des noch unzureichenden, jungen Bewuchses war der Sanddeich zwischen Haus- und Kobbedünen kein großes Hindernis für die mit voller Wucht gegen die Insel anrollende Sturmflut gewesen, zumal der Helm bislang nur an wenigen Stellen angewachsen war und den Sand festigte. Vereinzelte Sandhügel wiesen noch darauf hin, wo der Deich verlaufen war, dazwischen jedoch größere Strecken mit ebenem Strand. Als sei hier vorher nichts gewesen.

»Alles für die Katz'«, jammerte Otto.

»Wir müssen ihn neu anlegen«, erwiderte Engeline.

Woher nahm sie diese Kraft, diesen Mut, fragte sich ihr Mann.

»Ja, es bleibt uns nichts anderes übrig«, bestätigte er.

Während die Kobbedünen im Süden der Insel sehr stark angenagt worden waren, gleichwohl das Nordklipp, ihr Ort der Rettung, sich als sehr widerstandsfähig erwiesen hatte, fand ihr Optimismus wenig später neue Nahrung im Norden. Die Hammerdünen und die Kaapdünen zeigten sich fast unbeeinflusst von dem nächtlichen Schrecken.

»Es liegt an der Kachelotplate«, dachte er laut nach, »die tiefste und breiteste Rinne zwischen den Platen scheint im Moment genau in der Lücke zwischen Nord- und Hammerdünen zu liegen.«

»Vielleicht werden es die Hammer- und die Kaapdünen sein, die sich am besten entwickeln«, mutmaßte Engeline.

»Wir müssen abwarten, das haben wir nicht in der Hand. Aber der lange Diek muss neu gebaut werden. Er ist und bleibt ein wichtiges Bindeglied zwischen den Dünen. Aber ich habe noch andere Bedenken …«

»Welche Bedenken?«, fragte seine Frau.

»Die Häuser stehen nicht mehr so sicher, wie wir noch vor einigen Jahren angenommen haben. Diese Sturmnacht hat es deutlich gezeigt. Ein neuer Sturm von diesem Kaliber und sie sind weg.«

»Was bedeutet das?«, fragte Engeline.

»Wir werden umsiedeln müssen, in sicheres Gelände. Ich werde das mit Niemeyer besprechen.«

Die Leeges gingen am Weststrand zurück zur Schutzhütte, wo an einer langen Leine die Kleider trockneten. Hans und Willi suchten am Strand nach Brennholz, das nach der Sturmflut reichlich angeschwemmt worden war. Enno war bei Ihnen und trug einen dicken Holzbalken. Otto junior und Nora halfen ihnen, so gut sie konnten. Als die Kinder abends im Bett waren, die getrockneten Decken wärmten sie, spazierten Otto und Engeline noch einmal an den Weststrand. Hatte vor Kurzem ein Orkan gewütet und die Nordsee in einen brodelnden, den Tod verheißenden Kessel verwandelt, lag sie nun spiegelglatt vor ihnen, und die im Sinkflug befindliche Sonne brachte die Wasseroberfläche zum Funkeln. Eine laue Brise wehte und rief erste Gedanken an den Wonnemonat Mai hervor. Das Watt lag vor ihnen, Wasservögel stakten durch das kühle Nass auf ständiger Suche nach Nahrung. Die Nordsee plätscherte in der Ferne vor sich hin, als sei sie ein kleiner, im Schutz großer Bäume liegender Fluss. Die Wolken änderten ihre Farbe von reinem Weiß in Orangerot, der Himmel leuchtete.

»Wie friedlich«, sagte Engeline.

»Ja«, antwortete Otto und umschlang ihre Hüfte.

»Gestern noch haben wir die Hölle durchlebt!«

Otto sah nachdenklich in die Ferne. »Das hätte schiefgehen können, wir haben großes Glück gehabt.«

»Ich weiß«, erwiderte sie, und legte ihren Arm um seinen Rücken.

Nach ein paar Schritten blieben sie stehen, sahen einander an, küssten sich zärtlich. Einige Minuten sahen sie wortlos westwärts, wo der rot glühende Sonnenball sich anschickte, in einem spektakulären Farbenmeer in der Nordsee zu versinken.

»Der Memmert will sich wieder mit uns versöhnen«, hauchte Engeline in Ottos Ohr.

»Gestern Nacht habe ich ihn verflucht. Jetzt ist er mir schon wieder das liebste Plätzchen der Erde.«

# 52

Otto Leege stand vor seiner Klasse in der kleinen Ostermarscher Schule. Heute würde er eines seiner Lieblingsthemen durchnehmen, das er nun aus eigener Anschauung sehr gut kannte: die Entstehung der ostfriesischen Inseln. Neulich hatte man ihn in einem Zeitungsbericht den »Vater des Memmert« genannt. Ziemlich übertrieben, fand er. Das klang ihm doch zu heroisch. Die Klasse war der Entstehung einer Zeichnung an der Tafel gefolgt, die Otto mit einem Stummel Kreide entwarf. Juist, wie es heute aussah, ein östlicher Teil, auf dem sich auch das Dorf befand, ein westlicher Teil, in dem sich seine bevorzugten Gebiete zum Vogelschutz wiederfanden. Dazwischen der Hammer, eine weitläufige Sandfläche, die er gemeinsam mit anderen Natur- und Vogelschützern schon so oft vom Süddeich aus betrachtet hatte, was meistens in Spekulationen darüber endete, wie man die Insel wieder zu einer einzigen zusammenschweißen könne. Otto berichtete der Klasse von der fürchterlichen Petriflut, die Juist in zwei Teile gerissen hatte. Jetzt konnte er die Geschichte durch seine eigene ergänzen und erzählte von der erst kürzlich glücklich überstandenen Sturmflut auf Memmert, die er, Engeline und die Söhne Enno, Hans, Willi, Otto und seine Tochter Nora erlebt hatten. Die Schülerinnen und Schüler hingen an seinen Lippen, so wie es die Juister Klasse bei seiner Erzählung zur Strandung der Braganza getan hatte.

Als er geendet hatte, meldete sich die manchmal etwas vorlaute Charlotte Okkenga.

»Aber Sie haben doch noch mehr Kinder«, sagte sie, »wo waren die denn?«

»Ja«, sagte Otto nachdenklich, »die waren zum Glück alle am Festland. Dort waren sie in Sicherheit. Die sind ja schon groß und arbeiten. Aber wir auf Memmert, wir haben das nur knapp überlebt!«, übertrieb er keineswegs. »Um ein Haar hätte uns die Nordsee mitgerissen und wir wären alle jämmerlich ertrunken. Aber zurück zu unserer Insel Juist.«

»Und wo war der Inselwärter?«

»Der war im April noch nicht da. Der kam erst im Mai nach Memmert.«

Er räusperte sich und fuhr fort.

»Zwei Dörfer befanden sich zu der Zeit der Teilung der Insel auf Juist: das Hauptdorf vor dreihundert Jahren nordwestlich vom heutigen Loog«, hier machte er einen Einwand, wissend, dass fast alle Schüler des Plattdeutschen mächtig waren. »Watt een Loog is, weeten ji. Een Loog is dat plattdütsche Wort för Dörp.« Die Schüler kicherten, weil der Lehrer einfach so einmal plattdeutsch sprach, was bei ihnen zu Hause normal war.

»Das Hauptdorf lag unterhalb der heutigen Niedrigwassergrenze und der erstaunlich hohe und stabile Turm der Inselkirche war weit zu sehen. Darum herum mögen zwanzig kleine Häuser gestanden haben, Häuschen muss man eher sagen. Schlösser oder große Villen – ähnlich meinem Haus hier gleich neben der Schule – gab es nicht.« Wieder erntete Leege Lacher angesichts des geräumigen, aber unspektakulären Lehrerhauses, das allerdings im Vergleich mit der Inselschule auf Juist, an der er seine erste Lehrerstelle angetreten hatte, wesentlich stabiler gebaut und komfortabler ausgestattet war.

»Im Jahre 1651 kam die grausame Petriflut. Sie durchbrach Juist an dieser Stelle«, Leege zeigte auf seine grobe Skizze an der Wandtafel, »und teilte die Insel in zwei Hälften, die Bill im Westen, den Rest im Osten. Doch Insulaner sind Leute, die niemals aufgeben, was die Nordsee anbetrifft. ›Trutz blanke Hans‹, dieser alte Spruch der Küstenbewohner besagt …«, und dann erklärte er ihnen, was es mit dem Spruch auf sich hat.

»Die Petriflut zerstörte das damalige Inseldorf mitsamt dem Turm. Man baute aus den Trümmern des zerstörten Dorfes am Nordwestrand der östlichen Inselhälfte ein neues Dorf. Doch schon wenige Jahre später wurde auch dieses Dorf von der Seeseite her bedroht. Also brach man die Häuser ab und baute sie, noch weiter südostwärts, wieder auf. 1715 kam dann die Fastnachtsflut und zerstörte alles von Neuem. Aber die Insulaner gaben nicht auf. Nach dieser großen Zerstörung durch die Fastnachtsflut ordnete die Regierung in Aurich an, zwei neue, aber wesentlich kleinere Kirchen auf Juist zu erbauen. Eine davon im neuen Loog, in der Nähe der Domäne«, Leege zeigte, diesmal mit dem Zeigestock auf die Skizze, »und eine zweite auf der Bill. Das war ab jetzt die Hauptkirche …«, er machte eine Pause, sah, dass zwei Schüler in der hintersten Reihe gerade dabei waren, Papierkügelchen im Mund einzuspeicheln, um sie dann auf Mitschüler zu schnipsen.

»Edzard Meinen und Menno Wieben. Wenn ihr noch einmal eure Mitschüler mit euren Papierkugeln bewerft, gibt es eine saftige Strafarbeit!«

Die beiden, unerwartet entdeckt, machten große Augen,

sahen nach unten und hörten sofort mit dem Blödsinn auf. Er fuhr fort.

»Wenn man heute auf Juist ist, mag man kaum glauben, dass dort, wo die Bill ist, einmal das Hauptdorf und die Hauptkirche gelegen haben. Und ein neuer Schicksalsschlag kam für Juist gerade zu Weihnachten, woher die Flut von 1717 ihren Namen hat. Am Weihnachtsabend nahmen die Juister am Gottesdienst in der Hauptkirche teil, und es war so üblich, dass zu Weihnachten auch die Leute aus dem Loog an die Bill in die Kirche gingen. Es war Dezember, Winter, und es hatte schon tagelang gestürmt. Als die Juister zur Kirche gingen, war es noch Ebbe. Deshalb konnten sie einfach über die Sandfläche gehen, den Hammer, an der die Insel geteilt war. Es war ein Strandspaziergang. Als aber der Weihnachtsgottesdienst zu Ende war, kam die Flut. Das Wasser stieg ungewöhnlich schnell, kam einer großen Welle gleich. Von den achtzehn Häusern im Hauptdorf wurden neun zerstört und weggeschwemmt, der Rest schwer beschädigt. Die Kirche drohte danach zusammenzubrechen. Das Schlimmste aber war, dass achtundzwanzig Insulaner in den Fluten ertranken, ebenso wie alles Vieh, das so wichtig für die Ernährung der Insulaner war. Hier gab es nichts mehr zu retten und diejenigen, die die Weihnachtsflut überlebten, retteten sich zu den Inselbewohnern ins Loog. Und ihr werdet es kaum glauben, aber auch dieses Loog war nicht die letzte Besiedlung Juists. Wiederum musste es wegen Dünenabbrüchen aufgegeben werden. Einige siedelten sich etwa auf halbem Wege zwischen Loog und heutigem Dorf nieder, andere zogen noch weiter nach Osten, dorthin, wo heute das Dorf ist.«

Er pausierte, guckte einmal in der Runde. Es war still, alle schienen ihm zu lauschen. Sie hatten Heimatkunde.

Aber war es nicht gleichzeitig eine spannende Geschichte, die der Lehrer erzählte?

»Man kann nun glauben, die Nordsee sei es gewesen, gegen die Sturmfluten könne man eben nichts machen. Aber nein, das ist nicht die ganze Wahrheit. Wenn es zu arg kommt, wie wir es auf dem Memmertsand erst kürzlich erlebten, dann mag das stimmen. Aber ihr werdet euch sicher wundern, wenn ich euch sage, dass die Menschen selbst auch einen Teil der Schuld trugen. Sie hatten die Dünen, den einzigen Schutz auf den Nordseeinseln, in einen erbärmlichen Zustand gebracht. Sie taten nichts zu ihrer Erhaltung – man muss die Dünen bepflanzen, damit der Sand nicht wegweht und sie sich aufhöhen können. Aber, im Gegenteil, sie wurden vom Vieh abgeweidet und zertreten. Darüber hinaus wurde noch der Helm gemäht, damit man den Kühen im Winter Heu geben konnte. Natürlich brauchen sie etwas zu fressen, aber doch nicht den Helm der Dünen! So wurde deren Stabilität auf bedrohlichste und verwerflichste Art gefährdet. Aber was konnten eure Vorfahren schon dafür? Niemand hatte sie auf die gefährlichen Folgen hingewiesen. Keiner hatte ihnen gezeigt, wie man es richtigmacht. Schon einfache Dünenschutzmaßnahmen hätten helfen können, die schlimmsten Folgen zu verhindern. Außerdem hätte man das Dorf von vorneherein an einer Stelle wiederaufbauen können, wo es sicherer war. Hätte es jemanden gegeben, der ein wenig Ahnung von den Strömungen, von der Arbeit des Windes und des Wassers gehabt hätte – er wäre ein wertvoller Berater gewesen und viel Leid und Zerstörung hätte vermieden werden können. Nach wie vor denken wir Menschen vorher zu wenig darüber nach, welche Folgen unser Handeln haben kann. Dann wundern wir uns, wenn es anders passiert, als wir gedacht haben, weil wir eben nur an die schönen, guten Seiten gedacht haben. Wenn es dann katastrophal endet, schieben wir es auf die Politik oder den lieben Gott und sagen, man könne ja doch nichts tun. Aber so ist es nicht! Wir können sehr wohl nachdenken und wenigstens versuchen, abzuschätzen, wie unser Handeln enden könnte. Dazu, Kinder, geht ihr in die Schule. Um zu lernen, ja, aber vor allem, um nachdenken zu lernen und Zusammenhänge herzustellen!«

Mit diesen Worten ertönte die Schulglocke und die Kinder erhoben sich, um in die Pause zu gehen. Leege wies einen Schüler an, die Tafel sorgfältig zu putzen, packte ein paar Blätter unter den Arm und verließ das Klassenzimmer, um in die Lehrerwohnung zu gehen, die in dem Wohnhaus gleich neben der Schule war. Als er die Küche betrat, hatte seine Frau die Post auf den Tisch gelegt. Mehrere Briefe waren darunter, deren Absender er flüchtig studierte. Drei Schreiben waren von Ornithologen aus Mittel- und Süddeutschland dabei, eines vom Ostfriesischen Kurier, der Tageszeitung für Norden und Umgebung. Man fragte ihn, ob er nicht über die schreckliche Sturmflutnacht mit seiner Familie auf Memmertsand etwas für die Zeitung schreiben wolle.

»Woher wissen die das denn?«, fragte er.

»Ich habe es ihnen nicht erzählt – aber du wirst es jemandem erzählt haben, und der hat es weitererzählt. So verbreiten sich die Nachrichten schnell in nur wenigen Tagen an viele Adressaten.«

»Ach ja, das Leben wird immer schnelllebiger! Ob das gut ist? Vier Briefe an einem Tag! Wann soll ich die beantworten? Glauben die Leute, ich hätte sonst nichts zu tun?«, fragte er, ohne eine Antwort seiner Frau abzuwarten. Er erhob sich, um die letzten Schulstunden des Tages hinter sich zu bringen.

# 53

»Wieder wird es Herbst«, sagte Leege mit einigem Bedauern in der Stimme, als er sich für einige Tage von Engeline verabschiedete. »Ich hoffe, das Wetter hält sich. Van Echten verbringt auch die letzten Tage auf Memmert, vielleicht treffe ich ihn noch.« Die letzte Reise des Jahres nach Memmertsand stand bevor. Niemeyer und er hatten entschieden, die Hütte auszubessern, aber den Standort vorerst noch nicht zu wechseln. Wenn sie diesen fürchterlichen Sturm überdauert hatte, bewies das doch ihre Standfestigkeit. Und die Randdüne würde sich hoffentlich wieder verbreitern und erhöhen. So hatte der Norddeicher Ingenieur im vorherigen Sommer mit Hilfe von zwei Arbeitern, die der Juister Bürgermeister Hugo Droste freundlicherweise für Arbeiten auf Memmert freigestellt hatte, das Dach neu gedeckt, mit stärkeren Bohlen und zwei Lagen wasserdichter Dachpappe, die er wie immer aus Norddeich mit einem kleinen Kutter gebracht hatte. Das kaputte Fenster war durch ein doppelscheibiges ersetzt worden. Eine neue Regenbacke stand im Schutz der Hütte, das Regenwasser des Daches sammelte sich darin. Der Wärter hatte bei allen Arbeiten fleißig mit angepackt.

»Ich fühle mich jetzt doch wieder sicher in unserem kleinen Memmerthaus«, sagte Otto zu Engeline. »Ich hoffe, wir werden es nicht versetzen müssen. Und selbst dann wäre es ja normal, man muss sich nur die Inselgeschichte Juists ansehen, wo ein Dorf nach dem anderen und eine Kirche nach der anderen nach Osten verlagert wurde, weil die See sie sich vorher genommen hatte.«

»Erinnere mich nicht daran«, sagte Engeline nur, »ich mag unser kleines Häuschen auf Memmert sehr.«

Dann radelte Otto in Richtung Norddeich los, eine kleine Tasche mit den wichtigsten Kleidungsstücken und einer Kiste auf dem Gepäckträger, in dem sich Lebensmittel für eine knappe Woche befanden.

Otto wollte vor den Herbst- und Winterstürmen kontrollieren, ob die Arbeiten des Jahres Früchte trugen. Die Folgen der zerstörerischen Sturmflut des vergangenen Jahres waren noch längst nicht beseitigt. Zerstörung erfolgte in Stunden oder gar Minuten, Wiederaufbau dauerte Monate oder Jahre. Der »Lange Diek« war wiederhergestellt. Wärter van Echten hatte Tag für Tag Helm gepflanzt, doch noch konnte man jeden einzelnen Halm sehen, eine zusammenhängende Vegetationsdecke bestand noch nicht. Neben kleinen Sandaufschüttungen und neuen Helmpflanzungen zur Verbindung der Nord- mit den Haaksdünen im Norden Memmerts hatte er in den sich gut entwickelnden Dünengruppen, auch den Kobbedünen, die er jetzt nur noch »unsere Lebensretterdünen« nannte, allerhand Pflanzenmaterial vom Festland und von Juist mitgebracht.

»Ich möchte viele weitere Schutz- und Nistplätze erschaffen«, erklärte er Niemeyer.

Otto hatte den Ingenieur gebeten, bei einer der Fahrten zum Memmert mit dem Behördenschiff Weidenstöcklinge mitzubringen, von denen er hoffte, dass sie schnell anwachsen und zur Stabilisierung der Binnendünen beitragen würden.

Niemeyer brachte sie und da der Hafenbaumeister erst am nächsten Tag zurück nach Norddeich fahren würde, inspizierten sie am späten Nachmittag den Nordweststrand.

»Ich muss Herbst und Winter nutzen, um all meine Notizen zu systematisieren. Ich will in den Jahresberichten der Ornithologischen Gesellschaft veröffentlichen, wie sich die Vogelpopulationen auf Memmert vergrößert haben. Ich muss die Zahlen eigentlich nur noch ordentlich zusammenstellen. Aber was muss man nicht alles ›eigentlich nur noch‹?« Otto lachte.

»Das ist wahr«, bestätigte Niemeyer.

»Es wartet eine Menge Arbeit auf mich. Es wird mir nicht langweilig werden, wenn es draußen dunkel, nass und kalt ist. Manchmal bedaure ich sehr, wenn es Herbst wird, die frühe Dunkelheit … Und manchmal sehne ich den Herbst herbei, weil dann mehr Zeit zum Schreiben ist. Dann ist er plötzlich da und ich verfluche ihn, weil ich nicht zum Memmert segeln kann.«

»Das Jahr hat seinen Gang. Wir können viel, aber nicht alles ändern.«

»Sagt der Ingenieur! Aber so ist es.«

»Seien Sie froh über das, was Sie geschaffen haben. Und seien sie froh über Ihre große Familie!«

»Ach ja, ich wäre gerne mit ihnen auf Juist geblieben. Die Ostermarsch ist schön, Schul- und Wohnhaus gefallen uns sehr. Die Menschen sind liebenswürdig, bringen uns gerne mal etwas aus ihrem Garten vorbei. Und doch hängen unsere Gedanken ständig an Juist und vor allem am Memmertsand.«

»Auch auf dem Festland sind Ihr Wissen und Ihre Tatkraft gefragt. Sie tun dort ja ebenfalls viel für den Naturschutz.«

Da hatte Niemeyer recht. Das ewige Meer hatte es Otto angetan, dieser ruhige, anmutsvolle Moorsee. Ebenso die Hauener Hooge nicht weit von Greetsiel. Eine Insel in der Leybucht, die eine enorme Vogelvielfalt aufwies. Er hatte, nach den vielen Jahren, die seit seiner Auricher Zeit am Lehrerseminar vergangen waren, endlich wieder das Große Meer besucht und dort erfahren, dass der alte Fischer Lengen längst verstorben war.

Auf der Bill auf Juist hatte sich der Wärter, ebenso wie van Echten auf Memmertsand, gelohnt. Das Gebiet war ein Kleinod der Pflanzen- und Vogelwelt geworden. Dr. Arends sah hin und wieder im Vogelschutzgebiet nach, ob alles in Ordnung war. Dafür war Otto dankbar, er konnte sich eben nicht mehr um alles kümmern, schon gar nicht, seitdem er in Ostermarsch lebte. Andererseits war er hier doch etwas näher am Geschehen. Es gab mehr und schnellere Gelegenheiten, sich Gehör zu verschaffen; die Norder Zeitungen, aber auch die Emder und Auricher Journale veröffentlichten immer wieder mal kleinere, mal größere Beiträge von ihm. Viele zur Vogelwelt, manche zu den Pflanzen und immer mehr zu seinen volkskundlichen und sprachlichen Forschungen. Es kamen Einladungen zu Vorträgen in Oldenburg, Osnabrück, Bremen, Groningen. Die naturforschende Gesellschaft zu Emden meldete sich und lud ihn ein. Auf den westfriesischen Inseln hatte er mehrfach niederländische Ornithologen getroffen, auf Vlieland hatte er einen vielbeachteten Vortrag über seine Forschungen auf Memmert gehalten. Auch nach Schleswig und Holstein war er gereist. Die nordfriesischen Halligen hatten ihn begeistert, weil sie so ganz anders als die west- und ostfriesischen Inseln waren. Hier die Überbleibsel einer durch Sturmfluten zerrissenen Küste, dort die im Laufe der Zeit gewachsenen Düneninseln. Und ein völlig anderes Antlitz präsentierte Helgoland. Ein Fels in der Brandung im wahrsten Sinne des Wortes.

Von vielen gedrängt hatte er in diesem Herbst gegenüber Engeline die Absicht geäußert, er werde nun bald damit beginnen, eine Neuauflage seines vogelkundlichen Buches anzufertigen, um eine aktuelle Gesamtübersicht über die Vogelwelt der ostfriesischen Inseln zu liefern und damit das nach wie vor umfassendste und bekannteste Werk von Droste-Hülshoff abzulösen.

»Verheb dich nur nicht«, bemerkte Engeline, »tritt den Leuten nicht auf den Schlips! Wissenschaftler sind schnell in ihrer Ehre gekränkt!«

»Ich halte mich an das, was ich gesehen und beschrieben habe. Fakten, sonst nichts. Das müssen alle anerkennen.«

Otto musste allerdings noch viel Material durcharbeiten. Zeitraubend war das. All die anderen ornithologischen Studien, Dutzende von Berichten der einzelnen Sektionen des Vogelschutzvereines. Er wollte gerne die Statistiken und Berichte von Jordsand, Trischen, Minsener Sand, den Knechtsand einsehen und mit seinen vergleichen. Heinrich Schütte hatte 1903 mit Mellum eine neu entstehende Insel zwischen Jade und Weser entdeckt und, zusammen mit Wilhelm Focke und Karl Sartorius, deren Bedeutung für den Vogelschutz erkannt. Er durfte ja nichts außer Acht lassen, wollte er die Fachwelt von seinen Erkenntnissen überzeugen. Aber all das kostete Zeit.

»Ich werde noch ein wenig lesen«, war somit ein geflügeltes Wort geworden, wenn er sich abends an seinen Schreibtisch zurückzog. Hier wühlte er in mehreren Stapeln Papier, eng beschrieben, suchte und fand dann die Tagebucheinträge, die er benötigte. An diesem Abend entdeckte er einen, den er vor einiger Zeit an dem kleinen von Niemeyer gezimmerten Tisch in der Schutzhütte auf Memmert kurz nach der Sturmnacht 1912 an einem fast windstillen Abend niedergeschrieben hatte. Er las noch einmal nach:

»Um 9 Uhr in die Dünen. Wunderbar schöner Morgen

und Zug mehr denn je zuvor. Solche Tage wie die letzten wiegen alles Ungemach und alle Schrecknisse reichlich auf.« Wann war das? Er las weiter: »Aus dem Helm und den Asterbüschen schrecken überall Singdrosseln auf, und fortwährend treffen von N her neue Scharen ein. Von *Turdus torquatus* sehen wir nur ein Stück, aber *Ruticilla phoenicums* ist sehr häufig. *Phylloscopus trochilus* massenhaft und Buchfinken kommen, untermischt mit wenigen Bergfinken, fortwährend in kleinen Trupps an. *Sylvia sylvia* und *Sylvia curruca* ziemlich häufig, ebenso *Troglodytes,* aber sehr häufig *Erithacus rubecula.* Eine Bekassine stöbern wir aus dem Röhricht auf, hören aber ihr Ratschen an verschiedenen Stellen. Im hohen Grase am Rande der Süßwasserlachen stochern Brachvögel. Ein prächtiges Idyll genossen wir am Ufer des Süßwasserteiches, in dem eine winzige Insel liegt, bewachsen mit mannshohen Seeastern *(Aster Tripolium),* zwischen denen Reisig steht. Am Südrande des Teiches pflanzte ich im Vorjahre *Typha latifolia, Butomus umbellatus, Glyceria spectabilis, Oenanthe aqaatile* und anderes an, und diese bilden jetzt eine dichte Kulisse, in deren Schutz man das Leben auf der kleinen Insel in einigen Metern Entfernung messen kann. Hier spielt sich während des Zuges ein Treiben ab, wie es der Binnenländer nicht ahnt.«

So saß er noch ein, zwei Stunden und las hier und dort, machte neue Notizen, legte Blätter zusammen, die zusammengehörten, und entwarf eine erste Gliederung seines geplanten großen Werkes über die Vögel der norddeutschen Inseln. Viele davon waren mittlerweile auf Memmert gesehen worden.

»Siebzig Tage dieses Jahres habe ich nun auf Memmert verbracht«, schrieb er auf ein neues Blatt Papier. »Alles, was ich neben meinem Schuldienst entbehren kann.

# 54

»Von Berlepsch hat in seinem Brief nach den Beobachtungen zum Löffler gefragt. Ihm will ich gerne antworten. Aber alle wollen immer etwas und haben keine Ahnung, wie viel Mühe es kostet, die Daten zusammenzustellen, von den praktischen Arbeiten einmal abgesehen. Aus dem Ausland sind auch wieder Anfragen da – aus Dänemark, den Niederlanden, der Schweiz.«

»Du bist ein gefragter Natur- und Vogelexperte, deshalb schreiben Sie dir.«

»Nun lass mal die Kirche im Dorf … Aber wir sollten doch noch einmal ein paar Arbeiter anfordern. Wenn wir drei, vier Helfer für ein paar Tage hier hätten, könnten wir den Diek so mit Helm bepflanzen, dass noch in diesem Herbst eine weitere Festigung erfolgen würde. Er muss so stabil werden, dass er auch zwei, drei Herbst- und Winterstürme überlebt.«

»Und wer bewirtet deine drei, vier Leute, die dann auf Memmert weilen?«, fragte Engeline.

»Du willst doch nicht, dass ich für sie koche?«, stellte Otto eine Gegenfrage.

»Nein, das wäre wohl nicht gut, sie würden gleich wieder abreisen«, lachte sie.

Einige Zeit später bekamen die Leeges Besuch von Professor Hennicke. Sogleich begann Otto mit seinem Bericht zur Entwicklung der Vogelfreistätte Memmertsand.

»Ich schätze die Silbermöwenkolonie mittlerweile auf

über 20.000 Möwen, die der Brutpaare auf 6.000. Die Möwen sind – so räuberisch sie manchmal sein mögen – das Lebenselixier des Memmert. Wer sich einmal überzeugte, was so ein Möwenmagen täglich an Fäces und Speiballen in die Dünen trägt und diese fruchtbar macht, der erahnt, welche Bedeutung die Vögel für die weitere Entwicklung des Memmert haben.«

»Die Leute beklagen sich über die Möwen«, entgegnete Hennicke. »Aber Sie, Leege, Sie rücken die Möwe in das richtige Licht.«

»Allein«, dachte Otto laut nach, »es werden immer mehr, und ob das gut ist, weiß ich nicht so recht. Sie vertreiben andere Arten, die zahlenmäßig oder von ihrer Statur her unterlegen sind. Sie wissen ebenso gut wie ich, wie groß die Silbermöwen sind, welche Spannweite sie haben. Das beeindruckt andere, kleinere Vögel. Hinzu kommt, dass sie räuberisch sein können. Klauen so mir nichts, dir nichts Eier aus anderen Nestern. Das tut den anderen Vögeln nicht gut. Ich habe Furcht, dass sie zum Beispiel die kleineren, aber so kolossal grazilen Seeschwalben verdrängen könnten.«

»Das mag sein. Haben Sie Anhaltspunkte dafür?«

»Durchaus. Voriges Jahr hatten wir einige Brandseeschwalbenpaare auf Memmert. Die habe ich nicht wiedergesehen.«

»Es muss nicht an den Möwen liegen«, warf der Professor ein.

»Nein, aber die Vermutung liegt nahe.«

»Aus meiner Sicht ist es vornehmlich wichtig, den Schutz der Vögel aus Gründen des Insel- und Küstenschutzes immer wieder zu betonen. Das müssen auch die vielen Kurgäste begreifen, die sich mittlerweile überall tummeln, selbst viele Behördenvertreter scheinen es nach wie vor nicht zu wissen. Der Dünger der Vögel ist pure Nahrung für die Pflanzen. Sie festigen die Dünen.«

»Es ist so einfach, und doch wollen es viele nicht begreifen«, erwiderte Otto mit leichtem Bedauern in der Stimme.

»Vielleicht ist es das, lieber Leege. Sie wollen nicht begreifen. Denn der Natur- und Vogelschutz stehen nach Meinung vieler dem Fremdenverkehr und anderen wirtschaftlichen Interessen im Wege. Dann scheren niemanden die Tatsachen.«

»Aber man gräbt sich doch selbst das Wasser ab. Wenn der Inselschutz leidet, nutzt der Fremdenverkehr doch auch niemanden mehr!«

»Das Geld, lieber Leege. Sie haben sich nie sonderlich darum geschert, ich weiß. Aber da gibt es viele Menschen, die interessieren sich zuallererst für den Gewinn. Alles andere wird dann nebensächlich.«

»Ja, so ist es wohl. Mir ist es egal. Ich werde weitermachen!«

»Unbedingt! Sie dürfen niemals aufgeben. Und die Bill und der Memmert sind doch wunderbare Ergebnisse Ihrer Bemühungen. Die Goldfischteiche im Osten des Juister Dorfes sind ebenso ein Kleinod geworden! Aber mal etwas anderes. Ich mache mir Sorgen wegen der politischen Entwicklung in unserem Lande.«

»Ach, die Politik …« Otto machte eine wegwerfende Bewegung mit der rechten Hand.

Hennicke fuhr fort. »Ich fürchte, die Spannungen werden zunehmen. Und der Kaiser findet immer schärfere Worte gegenüber den Franzosen, den Engländern …«

»Der Kaiser wird wissen, was er tut«, meinte Otto.

»Die Regierung Preußens hat Riesensummen in die Marine und das Heer gesteckt.«

»Und was tun die Franzosen, die Engländer? Sie rüsten auf, seit Jahren! Also müssen wir aufpassen, wir müssen doch ein Gegengewicht bieten, müssen wachsam sein. Unsere Rüstung ist nur eine Antwort auf die Vergrößerung des Waffenarsenals der anderen. Dass man Wilhelmshaven ausgebaut hat, ist richtig. Fragen Sie Wilhelm Krüger, der kann Ihnen viel darüber berichten.«

»Glauben Sie, man wird uns angreifen?«

»Das wird niemand wagen. Eben weil wir eine große Marine und eine starke Armee unterhalten«, war Otto überzeugt.

»Und umgekehrt?«

»Wie meinen Sie das?«

»Es gibt im Offizierskorps nicht wenige, die, sagen wir, ein gewisses Sendungsbewusstsein entwickeln.«

»Ich vertraue dem Kaiser und seiner Regierung. Dass er dafür sorgt, dass unsere Armee uns verteidigt, wenn es so kommen sollte.«

»Ein Krieg wäre für uns nicht gut.«

»Ein Krieg ist nie gut. Man kann ihn jedoch nicht vermeiden, wenn man angegriffen wird.«

»Wenn wir angegriffen würden …« Hennicke kam nicht weiter.

»Dann wird man den Krieg nicht verhindern können. Sollen wir uns von den Engländern und Franzosen einfach vereinnahmen lassen? Wohl kaum. So sehen es auch unsere Vogelschutzfreunde, von Berlepsch, Wilamowitz-Moellendorff …«

»Sie sind Offiziere, es ist ihre Aufgabe, uns zu verteidigen. Wir beide sind fein raus, wir werden nicht mehr zum Militär müssen.« Otto lächelte Hennicke zu. Dann überlegte er ein paar Sekunden und fügte hinzu: »Am

Ende sind wir alle Deutsche und müssen unsere Interessen schützen.«

»Sie haben recht. Ich werde aufgrund meines Alters nicht mehr in den Krieg ziehen müssen. Und Sie aufgrund Ihrer Stellung als einziger Lehrer der Ostermarscher Schule sicherlich auch nicht. Andere schon. Es wäre schade um die Jugend. Sie sollen lernen, nicht kämpfen«, meinte Hennicke kritisch.

»Aber sie müssen kämpfen, wenn wir dazu gezwungen sind zurückzuschlagen. So ist es nun mal. Wenn der Kaiser zur Waffe ruft ... Würden Sie sich widersetzen? Wohl kaum. Man muss dann folgen.«

Hennicke schwieg. Er hatte das kleine Bild Wilhelms des Zweiten auf Ottos Schreibtisch gesehen. »Unsere vielen Aktivitäten im Natur- und Vogelschutz, sie würden sehr an Bedeutung verlieren, sollte es zu kriegerischen Auseinandersetzungen kommen«, lenkte Hennicke nun das Gespräch auf einen anderen Aspekt.

»Das wäre wohl so«, bestätigte der ehemalige Insellehrer.

»Wenn Deutschland in den Krieg ziehen würde, wäre es Ihnen recht?«

Otto wusste nicht, worauf Professor Hennicke hinauswollte. »Was mir in diesen Fragen recht ist oder nicht, wird kaum jemanden interessieren, lieber Hennicke, damit müssen wir uns abfinden. Aber deshalb widmen wir uns auch anderen Dingen als der Politik, oder?«

»Da haben Sie nun wieder recht. Ich habe Bedenken wegen des Tones, der mittlerweile angeschlagen wird, der Ton gegenüber Frankreich, England, Russland. Die werden sich das nicht gefallen lassen. Und es gibt wirtschaftliche und politische Interessen, die wird man nur schwer in Verhandlungen in den Griff bekommen. Dann die Entwicklung auf dem Balkan …«, Hennicke wurde von Leege unterbrochen.

»Ihre Sorgen sind sicher berechtigt, lieber Freund, aber hoffen wir doch das Beste. Unser Kaiser wird am Ende auch nicht wollen, dass ein Krieg ausbricht«, war Otto überzeugt.

»Ich bin mir nicht sicher …«, murmelte Hennicke.

»Was ist schon sicher?«, raunte Leege ihm zu.

Dann saßen die beiden Männer einige Zeit schweigsam in den beiden kleinen Sesseln in Ottos Ostermarscher Arbeitszimmer.

»Wissen Sie, Hennicke«, griff Otto den Gesprächsfaden schließlich wieder auf, »ich habe meinen Standpunkt zum Natur- und Inselschutz immer und immer wieder erläutert. Seitdem Memmert als Pachtgebiet an von Berlepsch und die Berichterstatter, also auch mich, übergegangen ist, ist nur noch der Landrat in Norden und die staatliche Stelle für Naturdenkmalpflege in Berlin berechtigt, auf Antrag besonders Interessierter Erlaubnisscheine zum Besuche des Memmerts auszustellen. Aber es kommt dennoch noch vor, dass trotz des Verbotes von Schiffen aus auf Vögel geschossen wird. Oder Segler anlanden. Gerade, wenn der Wärter nicht vor Ort ist. Als säßen einige auf ihren Booten vor Memmert und lauerten nur darauf, endlich auf die Insel zu kommen und Vögel und Kaninchen, die sich übrigens rasch vermehren, zu schießen oder Eier zu stehlen.«

»Kaninchen? Wie kommen die nach Memmert? Sie werden wohl kaum herübergeschwommen sein?«

»Irgendwer hat sie ausgesetzt. Eine sehr schlechte Idee. Sie vermehren sich, wie gesagt, wie … wie die Kaninchen eben. Und sie wühlen sich durch die Dünen!«

»Man wird sie bekämpfen müssen.«

»Tun wir schon. Meine alte Flinte tut ihr Werk. Kaninchenfleisch ist im Übrigen sehr wohlschmeckend!« Otto schmunzelte kurz, setzte dann aber eine ernstere Miene auf.

»Außerdem habe ich den Eindruck, dass die Tätigkeit von mir und Engeline auf dem Memmert zuweilen bespöttelt wird. Das ist die andere Seite der Medaille, die mir im Moment mehr Kopfzerbrechen bereitet als ein Krieg, an dessen Ausbruch ich nicht glaube.«

»Ignoranz gab und gibt es auf dieser Welt schon immer«, befand Hennicke, »Ignoranz spielt wohl auch in der großen Politik eine Rolle.«

»Vielleicht.« Otto war sich nicht sicher. »Aber es gibt ja auch positive Erlebnisse. Gerade neuerdings habe ich den Eindruck, dass wir mit mehr und mehr Veröffentlichungen zu Naturschutz und Naturschutzthemen, aber auch durch meine Vorträge, gerade hier an Ort und Stelle, und die persönliche Inaugenscheinnahme der Teilnehmenden zunehmend Menschen von der Bedeutung des Vogelschutzes überzeugen können. So ist schon aus manchem Saulus ein Paulus geworden.«

»Aber es ist mühsam.«

»Das ist es!«

»Hoffen wir, dass sich die Regierungen einigen«, sagte Hennicke, dem das Thema der zunehmenden politischen Spannungen in Europa nicht aus dem Kopf zu gehen schien.

»Nur kein Krieg«, sagte Engeline, die in diesem Moment den Raum betrat, »einen Krieg kann doch kein vernünftig denkender Mensch wollen.«

»Sie haben recht, Frau Leege«, bekräftigte Hennicke.

»Es wird schon alles friedlich bleiben«, wiegelte Otto die Bedenken seiner Frau und Professor Hennickes ab. Dann winkte er ab. »Ach, genug davon. Lassen Sie uns noch einen Tee trinken und dann zu Bett gehen.«

# 55

Otto Leege hatte einige Zeit am Fenster des Hauses neben der Ostermarscher Schule gestanden, die im Sturm hin- und herschwankenden Bäume betrachtet und die an der Scheibe herunterkullernden Regentropfen auf ihrem der Schwerkraft folgenden Weg nachverfolgt. Er war völlig in Gedanken versunken, hatte zwischendurch nur den von seiner Frau mit grober Wolle gestrickten, warmen Pullover übergezogen, denn der Wind pfiff durch die Fugen des Fensters. Der Herbst war da, die Tage wurden kürzer, und er wollte den dunklen Jahresabschnitt bis zum Frühjahr nutzen, um so viel Liegengebliebenes aufzuarbeiten wie möglich. Hennicke hatte er einen Aufsatz zum Brutergebnis der Vogelkolonie für das Jahr 1913 versprochen und musste sich sputen, um den Abgabetermin des Manuskriptes einzuhalten. Er nahm den Stift zur Hand und schrieb:

»Im Gegensatz zu früheren Jahren beweist die Staatsbehörde fortgesetzt ihr großes Interesse für die Weiterentwicklung der Insel, das Wachstum des Dünengeländes und seine Festlegung, nicht weniger für die Zunahme der Brutvögel, und die Herren Landrat Bayer wie auch Baurat Graessner inspizierten in diesem Jahre wiederholt den Memmert. Von den Herren Pächtern war erfreulicherweise Freiherr v. Berlepsch vom 13. bis 16. Juli anwesend, Graf v. Wilamowitz-Moellendorff hingegen war leider durch mancherlei Berufsarbeiten und seine anstehenden Auslandaufenthalte – bis nach Bagdad wird es ihn erneut im Rahmen seiner wichtigen, internationalen Aufträge führen – am Besuch gehindert. Das Besuchsbuch weist weniger Namen als im Vorjahr auf, weil Herr Landrat Bayer mit Recht bei der Erteilung von Erlaubnisscheinen nur solche Antragsteller berücksichtigt, bei welchen angenommen werden darf, dass nur wahres Interesse und nicht bloße Neugierde vorliegt.«

Leege sah auf und überlegte einen Moment, dabei im Gästebuch blätternd, in das sich jeder Besucher des Memmertsandes eintragen musste. Es war ihm eine wertvolle Erinnerungsstütze. Er schrieb weiter: »Von Ornithologen mögen genannt werden: Alf Bachmann aus München, Dr. J. Hendel aus Hamburg und W. Müller von Norderney. Zwecks entomologischer Studien hatte das Provinzialmuseum in Hannover auf acht Tage seinen Assistenten Füge hierher entsandt, der ein reiches Material heimtragen konnte. Während wir im Vorjahr Anlass hatten, über die wüste Schießerei im Grenzgebiet der Freistätte bittere Klage zu führen, blieben diesmal unsere Vögel verschont, zweifelsohne eine Folge der mancherlei Polizeistrafen. Der Wärter wurde von zum Besuch unbefugten Personen weniger als in anderen Jahren behelligt.«

Er positionierte die Petroleumlampe neu, sodass ihr karges Licht besser auf das Papier vor ihm schien, und schrieb, kurzzeitig immer wieder seine Tagebuchaufzeichnungen sowie das Gästebuch und allerhand lose Blätter zu Rate ziehend, die teilweise verstreut umherlagen:

»9. bis 11. Juni durch hohe Fluten, besonders am 11., viele Gelege auf dem Strande vernichtet.

13. Juli. Unglaublich, was den Jungen alles zugetragen wird, so z. B. eine ganze Wurst, ein größeres Stück Speck, Kerzen, Bücklinge, alle möglichen Küchenabfälle. Wenige

Male frische Fische (winzige Kliesschen, kleine Heringe, Stint, Spierlinge, Wittlinge, lauter Arten, die bei Ebbe in den flachen Watttümpeln zurückbleiben oder beim Fischen über Bord geworfen werden). Am l. Juni sieht der Wärter die ersten Jungen ausschlüpfen. An anormalen Eiern zwei reinblaue in verschiedenen Nestern, ferner zwei Zwergeier. Gegen zehn Nester enthalten nur zwei Eier, jedenfalls Nachgelege, alle übrigen die normale Zahl außer einem mit vier und einem mit sechs Eiern. Von außergewöhnlichen Nestanlagen erwähne ich einen Horst in einem angetriebenen Fischkorb am Strande, einen anderen in einem Spalt einer zerbrochenen großen angeschwemmten Seetorfscholle. Am 14. Juli sehe ich die ersten flugfähigen Jungen sich schwerfällig in den Dünen erheben. Ziemlich viel verendete Junge liegen in den Dünen umher, aber weniger als im Vorjahr. Sie zeigen dieselben Verletzungen an Hinterkopf, Rücken und Brust wie sonst. Eierraub seitens der Möwen lässt gegen Schluss der Brutzeit erheblich nach.«

Und dann ergänzte er seine Vogelbeobachtungen um andere typische Lebewesen des Wattenmeers und der Küste: »6. August. Fast keine flugunfähigen mehr in der Kolonie. An Gewöllen fast ausschließlich Muscheln und Krebse. Von Muscheln besonders häufig *Mytilus*, erbsengroße und wenig größere, jedenfalls von Wracks abgeschabt, sehr viele *Tellina baltica. Carcinus maenas* sehr häufig, wenige *Pagunis bernhardus*, ab und zu sogar der große Taschenkrebs, *Cancer pagurus*. Viele Junge bringe ich wie sonst durch Ergreifen zum Erbrechen, um zu sehen, was an Weichtieren aufgenommen ist. Mehrere Male fingerlange Jungheringe, die ihnen von den Eltern zugetragen sind, aber doch verschwindend wenige, fast immer speien sie *Carcinus*-Knäuel aus. In den letzten Tagen sind Seesterne wieder häufiger. Von den zehn Kilometer entfernten Abladestellen auf Juist sind viele Hühner- und Entenköpfe durch die Alten herangeschleppt, von den Jungen aber verschmäht, ebenso wenig finden einige Kadaver von angetriebenen Tümmlern und Robben Beachtung. Als Kuriosum möge noch erwähnt sein, dass sogar einige Lutscher von Kindersaugflaschen herbeigetragen sind, die ebenfalls nicht die nötige Würdigung finden, weil sich die Jungen jedenfalls über ihren Gebrauch im Unklaren befinden.«

»Otto? Kommst du zum Abendbrot?« Der Ruf Engelines riss ihn aus seinen Gedanken. Die Buchstaben waren nur so aus der Feder herausgeflossen.

»Wie bitte?«, fragte er, gedanklich noch am Memmertstrand.

»Hast du Hunger? Dann komm.« Leege dachte: gerade jetzt. Doch er wollte seine Frau nicht enttäuschen. Was würde er ohne sie nur tun?

Nach dem Essen begab er sich nochmals an den Schreibtisch.

»Die Zeit drängt«, hatte er Engeline mitgeteilt und ließ sie am gedeckten Tisch zurück.

Nachdem er sich gesetzt hatte, las er weitere Einträge: »13. Mai. 7 Uhr + 13° Klar. Frischer o. 1 Uhr + 20°. Klar. Frischer o. 7 Uhr + 14°. Klar bis bewölkt. Geringer ONO. Wenig. In der Remise wenige Buschrötel, einzelne Singdrosseln. Um die Häuschen eine Rauchschwalbe. Mittags nach Bill-Juist. Unterwegs passieren sehr viele *Hirando msäca*, ziemlich viele *urbica*, wenige *rlparia*. Am Strande alles bedeckt mit *Tringa alpina* und *Haematopiis*. Abends auf unserm Holzhaufen mehrere Buschrötel, einzelne Rotkehlchen und ein Zaunkönig.« Dann der 14. Mai: »14. Mai. 7 + 15°. Klar bis wolkig. Frischer bis still. 1 Uhr + 18°. Klar.

Frischer o. 7 Uhr + 14°. Klar. Frischer o. Es ziehen viele Rauchschwalben. Bei den Häuschen …

In den Dünen …

14. Juli. Herr v. Berlepsch und ich bemerken vormittags große Unruhe in der Kolonie. Über ihr kreist ein Seeadler, der von den Möwen heftig angegriffen wird und dann nach W abstreicht.

15. Juli. Mit Herrn v. Berlepsch einen genussreichen Tag in der Billkolonie zugebracht. Außer Brutvögeln keine anderen Arten gesehen.

16. bis 28. Juli war ich bettlägerig. Ärgerlich, ärgerlich.«

Otto musste bei diesem letzten Eintrag schmunzeln. Ärgerlich, ärgerlich, in der Tat, wiederholte er in Gedanken. Nichts hatte er so wenig gebrauchen können wie eine Erkältung, die ihm gerade in den wertvollen Sommertagen zwölf Tage ans Bett gebunden hatte.

»29. Juli … 5. August … 7. bis 9. August. Nichts von Bedeutung.« Nichts von Bedeutung, dachte er, legte seine Feder zur Seite, nahm die Nickelbrille ab und rieb sich die Augen. Für heute war es genug. Der Kopf war noch voll – doch die Müdigkeit übermannte ihn. Als er sich aufmachte, um sich bettfertig zu machen, sah er, dass Engeline in ihrem Stuhl eingeschlafen war, das Nähzeug in der Hand. Er weckte sie und als sie endlich das Schlafzimmer betrat, befand er sich bereits in tiefsten Träumen, die ihn zu seiner Insel entführen mochten, die jetzt den Herbststürmen ausgeliefert sein würde. Doch Memmertsand wurde von Jahr zu Jahr widerstandsfähiger gegen die Angriffe der Nordsee, die das bösartige Antlitz dieses Meeres zeigten, während es an anderen Tagen mit einer Weite und Schönheit daherkam, dass einem das Herz warm wurde, schaute man einfach nur zum Horizont.

# 56

Im Frühjahr 1914 ankerten zwei Schiffe vor Memmert. Eines kam von Juist, das neue Kartoffeln und ein paar andere Versorgungsgüter bringen sollte und Professor Hennicke, der wiederum zwei Tage auf Memmert verbracht hatte, wieder zum Festland mitnehmen sollte. Ein zweites von Borkum, »mit hohem Besuch«, wie Otto seiner Frau mitteilte, »die wollen sicher auch Tee.«

Das Borkumer Schiff brachte Gäste aus Braunschweig, die erstmals das kleine Eiland besuchten.

»Sehen Sie hier«, erläuterte Otto den Gästen aus der Löwenstadt, Angehörige der Braunschweiger Regierung, »da wir ablaufend Wasser haben, entstehen in kürzester Zeit Gebilde, die uns den ganzen geomorphologischen Formenschatz zeigen, der sich in den Gebirgen und Ebenen der Erde in Jahrmillionen entwickelt. Sie müssen«, fuhr er fort, »mit wachen Augen am Strand entlanggehen. Man darf hier nicht nur an der Wasserkante spazieren. Überall, alle paar Zentimeter, sieht man neue Formen oder findet interessante Dinge! Und wenn Sie den Blick auf das Wasser wenden, sehen Sie womöglich den Kopf eines Seehundes oder einer Kegelrobbe herausschauen. Also seien Sie aufmerksam. So sage ich es meinen Schülern auch immer.« Er lächelte und die Braunschweiger Reisegesellschaft erwiderte das Lächeln.

»Sehen Sie diese merkwürdigen Furchen im Sand? Flache und tiefe, mal parallel der Brandungslinie, mal in umgekehrter Richtung, regelmäßige und unregelmäßige, außerordentlich wechselnd in Gestalt und Größe, besonders abwechslungsreich, wo kleinere Rinnsale bei ihrer Mündung in einen Priel ein wundervolles Delta bilden, das heißt sich in vielen verzweigenden Armen in den Priel ergießend. Dabei nimmt das Wasser wieder und wieder Sand mit, das Ergebnis ist, dass die kleinen Arme tiefer werden. Diese Vorgänge können Sie gleichsam auf die Entstehung von Prall- und Gleithang an allen großen Flüssen der Erde, die Entstehung von Terrassen und Flusstälern mit ihren Auen übertragen. Der bedeutende Unterschied ist, dass sich das hier am Nordseestrand zweimal am Tag wiederholt und Sie alle paar Meter die Möglichkeit haben, es zu beobachten. Mal abgesehen von den Strandläufern, Austernfischern, Silber- und Mantel- und Lachmöwen und sonstigen Vögeln, die dazwischen herumlaufen und nach Nahrung picken, denn bei Ebbe tut sich ein unerschöpfliches Nahrungsparadies für die Vögel auf. Die Unbeständigkeit alles Irdischen tritt uns nirgends in so auffallender Weise entgegen als bei der Betrachtung der Wellenfurchen am Strand, wenn die Ebbe ihn freilegt. Hier wird der Mensch daran erinnert, dass alles Grenzen hat, räumliche und zeitliche!« Spätestens bei diesen Worten wurden die Zuhörer gewahr, mit welcher Arglosigkeit sie bislang über die Strände dieser Welt gegangen waren. »Manche ungelöste Frage über geologische Bildungen im Binnenland finden ihre Lösung bei Betrachtung des strömenden Wassers am Meeresstrand«, ergänzte Otto und blickte die Gäste lachend durch seine runde Brille an.

Während Otto am Strand die Aufmerksamkeit auf Rippelmarken und Ebbströmungen lenkte, hatten sich Peter Smidt, der mit dem Juister Schiff zum Memmert herübergekommen war, und Otto junior, der mittlerweile fünfzehn Jahre alt war, in die Dünen geschlagen. Er und Peter verstanden sich gut.

»Wir lassen die Herrschaften mal allein, damit wir nicht in den Verdacht von Halbwilden gelangen«, hatte Otto junior zu Smidt gesagt, »ich kann dir ein paar neue Entwicklungen zeigen – und Vaters Vorträge kennst du so gut wie ich.« Er lachte.

Smidt entgegnete: »Gute Idee, man sah ja schon von Weitem, dass da gewichtige Leute kommen. Aber was meinst du mit Halbwilden?«

»Na hör mal, kurze Hosen und barfuß, dazu ein kurzärmeliges Hemd. So darfst du auf Juist oder Norderney nicht am Strand umhertollen!«

»Nee, zumindest nicht am Strand mit den Badehäuschen ... Und wie die aussahen«, spielte Smidt auf die Ankunft der Braunschweiger Reisegesellschaft an.

Der Borkumer Segler war durch die Dünung der Osterems gestampft, um kurz darauf westlich des Kaaps vor Anker zu gehen und eine sommerlich weiß bekleidete Schar von Männern und Frauen im Beiboot an Land zu setzen.

»Schön sind sie ja anzusehen, wenn die Janmaaten in Seestiefeln die mehr oder weniger süßen Lasten auf die breiten Schultern nehmen und durchs flache Wasser tragen.«

Leege junior meinte nur: »Na, man will halt keine nassen Füße kriegen«, und schaute unwillkürlich auf seine eigenen Füße, die ein wenig im heißen Memmertsand versunken waren und die sich, solange sie auf Memmert waren, kaum in Schuhbekleidung zwängten.

»Vater ist ein Ass im Erzählen. Du hast ja gesehen, wie schnell er sich von einem halbwilden Insulaner in einen hellbekleideten Gentleman verwandelt hat und nun mit

Weste und Jackett über die Insel stolziert und den Festländern einfachste Dinge erklärt, die sie dennoch nicht wissen. Und, mal ehrlich, das ist doch die ungünstigste Kleidung, die man sich hier denken kann. Aber den Herrschaften fällt es nicht einmal auf!« In der Ferne sahen Leege junior und Smidt den Senior mit weißer Mütze und dem vielversprechenden »Benimm« den braunschweigischen Gästen Inselwissen lehren.

»Hör mal«, sagte Smidt, »der Westwind trägt sogar seine Worte zu uns.« Unweit hörten sie Leeges Naturpredigt in der gewohnten kräftigen Art. Kameras waren um ihn herum gezückt – ein Bild des Vaters des Memmert würde im Binnenlande beeindrucken.

»Nun scheinen sie zum Haus zu gehen. Ich hoffe nur, Mutter hat den Tee fertig, es ist nicht mehr viel da«, raunte der junge Otto Smidt zu, die beiden saßen, halb verdeckt, hinter einer mittelhohen Düne, die sich »in den letzten zwei Jahren sehr gut entwickelt hatte«, wie Otto senior gestern am Abendbrottisch erläutert hatte.

Dann beobachteten sie, wie die Besucher im Gänsemarsch auf die Memmerthäuser zugingen. Auf der von Niemeyer erst vor Kurzem gebauten Veranda wurde ihnen von Engeline das Gästebuch vorgelegt und ein selbst gepresster Holundersaft angeboten. Später, als das Borkumer Boot längst wieder ablegte, hörten Otto junior und Peter Smidt, dass jene Hoheiten Mitglieder des braunschweigischen Herrscherhauses waren.

»Hast du das gewusst?«, fragte Leege jun. Smidt.

»Nee.«

»Sie überlegen, uns eine Spende zukommen zu lassen, davon können wir ein paar neue Sachen kaufen«, erzählte Otto.

»Das ist doch was. Du, Otto«, wandte sich Smidt an seinen Freund, »ich muss jetzt wieder zum Boot, es wird bald dunkel und ich sollte zurück nach Juist.«

»Ich begleite dich«, antwortete der junge Leege spontan. Die Sonne, unterdessen schon weit westlich stehend, hüllte Insel und Meer in ein herrliches Licht, als sie zum Nordstrand zum Boot des Juisters wanderten.

»Das wird ein schöner Abend«, sagte Otto Leege junior nach Westen blickend, als er Peter Smidt verabschiedete, der das Segel hochgezogen und das Boot in knietiefes Wasser gezogen hatte.

»Auf Memmertsand ist es am schönsten«, rief Smidt ihm zu, »und du wirst hier einmal leben, um ihn zu schützen und weiterzuentwickeln.«

»Na«, rief Leege zurück, »warten wir's ab. Ich habe auch noch ein paar Brüder. Mal sehen, wer hier weitermacht, wenn Vater zu alt ist und es nicht mehr kann.«

Das Großsegel fing den leichten Südwestwind ein, legte sich ein wenig auf die Seite und nahm Fahrt auf. Der junge Leege winkte, Smidt grüßte zurück.

Dann ging Otto junior langsam am Nordstrand zurück Richtung Schutzhütte. Er hatte keine Eile. Zu Hause angelangt fragte er seine Mutter, wie der Besuch gewesen sei.

»Festländer, wie sie im Buche stehen«, sagte Engeline, »eine der Damen hatte ausschließlich Sorgen, wie sie all den Sand wieder aus Kleidung und Schuhen bekommen sollte.«

Ihr Sohn lachte.

»Und die Spende?«

»Vater hat alle Register gezogen, sie waren sehr überzeugt, dass ihre Spende Gutes bewirken wird.«

»Das ist ja auch so. Wir brauchen Strauchgut und einiges an Werkzeug.«

Engeline war beeindruckt, dass ihr Sohn bereits an derart praktische Dinge dachte. Sie schenkte ihm eine Tasse Tee ein, die er mit Genuss trank und gleich nach einer zweiten verlangte.

# 57

Das friedliche Leben auf Memmert und Juist schien nicht zu den Entwicklungen auf dem europäischen Kontinent zu passen. Die politischen Verhältnisse änderten sich. Niemand wolle Krieg, behauptete der Kaiser, aber wenn das Kaiserreich gefordert werde, müsse man handeln. Kaiser Wilhelm hatte Österreich-Ungarn bedingungslosen Beistand versprochen und die Lage auf dem Balkan wurde mit jedem Tag unsicherer.

Im Frühjahr und Sommer 1914 waren Engeline und Otto einige Male auf Memmert gewesen, er hatte neue Pflanzen- und Tierarten entdeckt. Als sie Ende Juli in ihrem Wohnzimmer in Ostermarsch saßen, starrten sie auf die Titelseite des Ostfriesischen Kuriers, den die Nachbarin Aline Janssen stets am späten Nachmittag zu ihnen brachte. Das Attentat auf den österreichisch-ungarischen Thronfolger Franz Ferdinand war der Funken, der noch überspringen musste, um die Spannungen, die sich in den letzten Jahren entwickelt hatten, zu entladen. Die Aufrüstung der Länder, die der Entente angehörten, und der Mittelmächte hatte zu einem waffenstrotzenden Europa geführt. Der Ton wurde aggressiver. Österreich-Ungarn drohte Serbien offen mit einer Kriegserklärung.

»Das werden die Österreicher nicht auf sich sitzen lassen«, bemerkte Otto.

»Hat der Kaiser ihnen nicht uneingeschränkt Unterstützung zugesagt?«, fragte Engeline.

»Das hat er.«
»Er sollte nicht in einen Krieg eintreten.«
»Es gibt Zusagen, daran muss man sich halten.«
»Wird es Krieg geben?«
»Das könnte sein.«
»Was wird dann werden?«
»Das dauert nicht lang«, gab sich Otto überzeugt, »die Situation auf dem Balkan wird geklärt und dann ist Schluss.«
»Und Frankreich? England?«
»Wenn sie klug sind, halten sie sich raus. Wir müssen dem Verbündeten beistehen, aber das wird sich schnell regeln.«
»Wenn du nur recht hast … Was wird aus dem Memmert werden?«
»Krüger aus Wilhelmshaven erzählte mir schon vor Längerem, dass, wenn es zu einem Krieg kommen sollte, bei dem auch England dabei ist, Soldaten auf Memmert stationiert werden sollen. Ich frage mich, warum. Dort kann man nicht mit Kriegsschiffen eine Invasion vorbereiten. Auf Borkum, ja, der Kaiser hat die Insel schon vor vielen Jahren zur Seefestung erklärt, um mögliche Landungsoperationen der Briten zu verhindern.«
»Soldaten auf Memmert …«, dachte Engeline laut nach, »kaum zu glauben.«
»Sie könnten die Rolle des Wärters übernehmen, zu Kriegshandlungen dürfte es auf Memmert kaum kommen. Und sie würden sowieso niemanden auf die Insel lassen. Ich könnte ihnen erklären, wie sie sich gegenüber den Vögeln zu verhalten hätten, dann wäre weiterhin der Schutz der Vogel- und Pflanzenwelt gegeben.«
»Ich glaube kaum, dass sie sich für Vogelschutz interessieren«, zweifelte Engeline.

»Sie können zumindest verhindern, dass Leute den Memmert aufsuchen, die dort nichts zu suchen haben. Aber, liebe Frau, es wird schon nicht so kommen. Der Mord am österreichischen Thronfolger wird sich doch politisch regeln lassen. Nach ein paar Tagen ist das alles vorüber.«

»Es ist ja nicht nur dieser Mord. Es gab im Vorfeld schon viel Uneinigkeit zwischen Deutschland und den anderen Nationen.«

»Nicht zwischen allen. Aber gerade die Engländer haben enorm aufgerüstet.«

»Und was hat der Kaiser getan? Die Marine ist doch seine Herzensangelegenheit! Du hast mir doch von Krüger erzählt, der Wilhelmshaven zu einem großen Kriegshafen ausgebaut hat.«

»Na, er allein hat es ja auch nicht getan. Man muss stark sein, den anderen etwas entgegensetzen. Aber, wie gesagt, das Ganze wird nicht lange dauern.«

»Wenn du nur recht hast!«, wiederholte Engeline.

Schon bald nach dem Attentat von Sarajevo trat Deutschland in den Krieg ein. Wenige Tage später erklärten Frankreich und England Deutschland den Krieg. Und schon bald wurden auf Memmertsand Soldaten des Bückeburger Jägerbataillons stationiert. Das Betreten der Insel wurde streng verboten. Das Misstrauen gegenüber Großbritannien war so groß, dass man eine Invasion aus Richtung der Nordsee mit dem Versuch, die ostfriesischen Inseln einzunehmen, nicht ausschloss. Jedes Segelboot, jedes Frachtschiff, jeder Kutter wurde von heute auf morgen scharf kontrolliert.

»Nun breitet sich der Krieg aus«, sprach Engeline an einem Augustabend des Jahres 1914.

»Der Kaiser hat Österreich-Ungarn Beistand versprochen. Ein gegebenes Wort muss man halten«, murmelte

Otto, »aber die Franzosen und Engländer machen uns keine Angst.«

»Nun haben wir so viele Jahre auf Memmert gearbeitet. Und nun mussten wir die Insel verlassen, weil Krieg herrscht. Das ist schwer begreiflich.«

»Wenn der Krieg beendet ist, und ich sagte doch schon, das wird nicht lange dauern, dann ziehen die Bückeburger Soldaten ab, und wir nehmen unsere Insel wieder ein.«

»Wie es doch kommen kann«, antwortete Engeline, »wir haben durch unsere jahrelange Arbeit mit Erfolg erreicht, dass Memmert Schutzgebiet ist und Menschen nicht mehr Vögel von ihren Nestern schießen. Und nun schießen Menschen auf Menschen.«

ENDE

*Weitere Titel finden Sie auf den folgenden Seiten und im Internet:*

**WWW.GMEINER-VERLAG.DE**